Avis de tempête

Du même auteur
aux Éditions J'ai lu

LA FILLE DE L'IRLANDAIS

N° 8618

SUSAN
FLETCHER

Avis
de tempête

ROMAN

*Traduit de l'anglais
par Marie-Claire Pasquier*

J'AI LU

Titre original
OYSTERCATCHERS
Éditeur original : Fourth Estate, Londres

À Guy

Aujourd'hui encore, je rêve d'eau.

Je vois toujours sa lumière, et des ombres. Le large sillage tacheté que laisse un canard en nageant. Ou bien je rêve, parfois, de marée haute, et de mer à la nuit tombante, je rêve des énormes dos gris ondulants de mes eaux atlantiques de jadis, avec leurs phoques et leurs ports. Je vois des pleines lunes. Et des étoiles. Un jour j'ai rêvé d'une queue argentée au-dessus des vagues, et j'étais là au bord de l'eau, les yeux plissés. Une baleine, peut-être, ou une sirène – je fais aussi ce genre de rêve.

Et puis il y a l'eau plus sombre – des puits, des lits de rivière. Je dors, et je retourne patauger dans cette mer plate qui est la mienne depuis que je suis mariée, avec mon pantalon retroussé et mes cheveux défaits. Je compte les bateaux de pêche. Ou alors je me retourne, et je regarde les lumières de la côte qui s'allument. Je sais que dans les marais les échassiers dorment à cette heure – sur une patte, la tête sous l'aile – et je sais qu'ils ont du sel sur les plumes. J'en sens l'odeur, ou crois la sentir. C'est un rêve dont j'ai du mal à me réveiller, ces oiseaux m'accompagnent aussi, de jour, dans ma tête.

J'ai fait cela toute ma vie. Même avant que tu existes, dans mon sommeil je marchais dans l'eau ou je pêchais des crabes. Aujourd'hui, je marche plutôt sur le sable, ou alors je reste assise mais, parfois, il m'arrive aussi de plonger. Je rêve encore de choses sous-marines, de coquillages, de tombes et d'algues, et je rêve aussi de mains qui me frôlent les bras, qui m'attrapent par les cheveux et essaient de me sauver. Parfois je les saisis et, tirée par elles, je me réveille. Mais la plupart du temps je me détourne. Je ne veux pas quitter mon silence, ni sa lumière glauque. Alors je reste là. Je nage les yeux ouverts, au milieu de mes ancres muettes et de mes vieilles épaves égarées. Je les touche au passage. Je pense : *Je me souviens de toi...* Je dors au milieu de leurs chaînes moussues, et des poissons.

I

Avis de tempête

Cela fait quatre ans. Quatre – et combien de mois ?

Je ne sais pas. Je ne sais plus. Il me reste les années, mais j'ai perdu les unités de temps plus petites, plus pâles – les semaines, les jours et, en leur sein, les heures muettes. Elles m'ont quittée, ou peut-être du moins, mon désir de les compter. Jadis, je comptais : les minutes et les bruits de ton cœur ; les secondes sur ma montre. Je regardais venir les saisons : les arbres changer, les pousses jaillir de la terre, et les gelées, et je voyais ton fantôme fragile s'éloigner à travers les champs labourés. Je me disais : *l'année dernière...* et je t'imaginais telle que tu étais alors – en train de manger, ou dans l'herbe. Et c'est de cette façon, ma douce, que je mesurais nos vies, au début : par des retours, par la lente rotation silencieuse du monde. J'ai compté quatre citrouilles, quatre mois de mai printaniers. Des pins, des jours fériés ; une année bissextile. J'ai compté dix mille marées, Amy. J'étais la fille au boulier. C'est la nuit que je comptais tout ça.

J'étais dans l'espérance.

Dans l'espérance, comme une mariée, et soulagée, car ce n'était pas là une mort. Au début, c'est ce que j'avais cru. Tout le monde. *Elle n'est pas morte*, donc *tout ira bien*, voilà ce que je me disais. Je m'asseyais, je calmais ma respiration, et j'imaginais tel ou tel avenir avec toi – rétablie, avec une peau de fruit mûr, toutes tes blessures guéries. Tout ce que je trouvais de doux, de lisse, je te l'apportais, je le posais sur ton lit, parce que je me disais que cela devait te manquer, un monde qui contient de telles choses – de la lavande, des coquilles d'œufs, ou la peau sèche, transparente, d'une vipère abandonnée sur une pierre. Je disais : *Il neige.* Ou bien : *Les fraises sont précoces.* Til envoya une carte postale, et je te la lus. Elle parlait des déserts, et de leurs ciels immenses, sans nuages, si bien que l'espace d'un instant cette chambre n'eut plus des murs verts, et nous n'étions plus dans une ville, loin de la mer, avec ton odeur aigre et ton cœur fragile, malade.

J'ai dit aussi : *C'est comme ça, ma douce, qu'on marche.* En appuyant mon poing contre la plante de tes pieds et en repliant tes orteils, à la manière des chats.

Et maintenant ? Ai-je gardé l'espérance ? L'espoir que tu retrouves ta vie d'avant ? Peut-être. Mais l'espoir, c'est comme tout. Il perd de sa fraîcheur, de son velouté, il racornit. Je suis plus vieille, j'ai cessé de compter, ou de peler des oranges dans ta chambre pour la parfumer, et je n'apporte plus de coquillages pour les coller contre ton oreille. Je ne te parle plus de ton médecin couleur noix de cajou qui t'a recousue, t'a sauvé la vie et connaît l'obscurité de tes entrailles. C'est un homme solitaire, je crois. J'ai vu ses yeux.

C'est fini, les coquilles d'œufs et les chansons. Faut-il m'en vouloir ? Je ne suis plus qu'une pauvre visiteuse qui regarde les arbres par la fenêtre mais sans te les décrire. Et puis je suis fatiguée. Trouve une pierre, soupèse-la : je suis lourde comme elle. Oui, j'ai le cœur aussi lourd. Je ne viens plus déposer sur ton lit un joli monde inventé. À quoi bon ? À quoi cela a-t-il servi ? Tes yeux sont toujours fermés, et il a beau y avoir des lapins dans le parc de l'hôpital, et un ciel nocturne étoilé, la véritable réalité de ce monde est plus sinistre : des tours qui tombent, des maladies. Des guerres. Des sacs de clous qui explosent dans des trains. Il y a eu des inondations à Prague, et les bêtes du zoo sont mortes, ou se sont échappées – des gorilles sur les toits, un hippopotame bâillant sur la place de l'hôtel de ville. En Angleterre, nous avons incinéré nos vaches. La maison de Stackpole n'existe plus.

Est-ce que tu entends, seulement ? Ce que je te dis ? On nous dit que oui. Tu dors, mais ce n'est pas le sommeil que je connais. Tu fais très peu de mouvements, jamais tu ne t'étires. Ton sommeil est à moitié vrai, il atteint jusqu'à l'âme, et peut-être est-il froid, comme sous des voûtes ou dans une pièce humide, ou alors c'est un vaste paysage désert dans lequel tu es seule. Ou bien tu es sous la glace, et tu frappes.

Ou alors tu es enterrée. Et c'est comme ça que j'en suis venue à te voir au cours de ces quatre années : enfermée, muette. Ensevelie au plus profond de la terre.

*
*   *

Amy, c'est moi qui te parle, je veux que tu le saches. Ce ne sont pas des mots pris dans des livres, ou des magazines. C'est moi qui les dis, moi qui me suis toujours si rarement exprimée par des mots, les mêmes que tout le monde, mais bien plutôt par des nombres, des symboles, des marques sur la peau. Sois patiente avec moi. Je sais que je vais m'y prendre de travers, dire les choses deux fois, ou ne pas les dire, chuchoter ces mots dans ton oreille blessée, ou les crier tout haut de l'autre bout de la pièce. Mais ces mots, ils sont aussi dans ma tête. C'est la voix de mon esprit, qui ne se tait jamais, et ce sont mes pensées : vives, miroitantes comme des écailles de maquereau. Elles surgissent par éclairs dans mon cerveau pendant que je marche, ou que je lis. Que je plante des jacinthes, agenouillée dans l'herbe de la pelouse. Que je ferme les fenêtres de cette chambre quand je sens venir la pluie.

J'ai près de vingt-huit ans. Ce n'est pas vieux, loin de là. Mais est-ce que tu me reconnaîtrais aujourd'hui ? Je crois qu'en apparence je suis la même, mais je sais que ce qui est en moi n'est plus pareil. *Rien ne change* – notre mère avait dit ça, un jour, et elle avait tort. J'ai changé mille fois. Mes sables ont été plus mouvants que les tiens, de mille façons. Jadis, je marchais sur les galets à Cley-sur-Mer, seule, farouche, le cœur bourré de mensonges ; j'avais une broche avec moi. Maintenant ? Parfois, je m'allonge dans notre jardin, je regarde bouger les nuages, et je repense à mes autres vies – à toutes ces autres filles que j'ai été. Des créatures sèches, vindicatives. Et sans cœur. Je m'en suis séparée, tout comme j'ai quitté les champs de betteraves, et le cloître, et la fille de pierre aux pieds perdus dans les feuilles. Peut-être ne faudrait-il pas dire *quitté*, peut-être que je ne les ai pas *quittées*, mais qu'elles sont enfermées à l'intérieur de moi – tassées sous des pierres, leurs os se pressant contre les membranes qui les retiennent, et quelquefois, comme toi, elles remuent un peu. C'est sans doute plus juste de dire les choses de cette façon. Mais que ce soit l'un ou l'autre, j'ai jeté la broche dans les marais, quand je les ai traversés pour la dernière fois. Entendu le bruit clair, musical qu'elle a fait en tombant. Suis rentrée à pied à Blakeney en pensant : Une pie la trouvera. Aura le coup de foudre pour son éclat.

Et donc maintenant, je reste assise. Je suis là en visite. Je me cure les ongles. Je regarde ton cœur tressauter sur un écran.

Et aussi : je suis une bonne épouse. Une femme aux cheveux bruns, bien en chair, l'amour aux lèvres, qui a des histoires à raconter. Je passe mes journées dans une maison blanche orientée à l'ouest sur une côte anglaise que tu n'as jamais vue, avec Ray, et un grenier, et un jardin potager plein de feuilles. Je vais pieds nus d'une pièce à l'autre, je m'arrête devant les fenêtres. Ou bien je marche sur un campus universitaire, mon manteau bien fermé, serrant des livres contre mon cœur, mes lunettes sur le nez. Je connais les termes médicaux, les formules chimiques. J'ai suivi des cours dans des amphis sans fenêtres. Et pendant longtemps, après ta chute, j'ai passé des heures dans une pièce étouffante avec une femme qui ne me connaissait pas du tout mais qui, en même temps, me connaissait. C'était son travail de me connaître, de comprendre. J'ai pleuré, je me suis confessée. Je lui ai dit ton nom, et d'autres noms, et elle souriait, elle les prenait en note.

Quant à mes soirées ?

Quelquefois je les passe avec mon mari. Une partie d'échecs, des livres, ou simplement on reste ensemble tous les deux. Ou moi, toute seule, dans un grand bain d'eau salée.

Mais quelquefois aussi je les passe ici, avec toi.

*

* *

Je viens te voir quand le jour tombe. Je roule vers le nord, puis vers l'ouest. Je traverse le pont à péage pour entrer dans le pays de Galles, je suis le soleil jusqu'à ses derniers rayons, et je te trouve allongée sur le dos, impassible comme une reine – les veines bleues, la peau transparente. Dégageant des relents de merde. Je reste quelques heures avec toi. Quand il se fait tard, je rentre.

Tu te rappelles la jetée de Cromer ? Comment je t'avais frappé la pommette du tranchant de la main, et tu as failli perdre l'équilibre, mais tu n'as pas pleuré. Tu as ouvert de grands yeux. Et puis tu t'es rapprochée de moi et tu m'as pris le pouce, comme si c'était moi qui m'étais fait mal. Dix ans, et déjà pleine de sagesse. Je le savais – nous le savions tous je crois. Tu comptais mal, tu faisais des fautes d'orthographe ; tu croyais que la lune était un soleil nocturne – et pourtant, oui, tu

avais de la sagesse. Une sagacité de prêtre. Et cette qualité te tenait chaud, je crois, car un hiver je t'avais volé
tes couvertures et je les avais cachées. Cette nuit-là,
j'avais ouvert ta fenêtre en cachette, et tu ne t'étais
plainte de rien. Tu avais dormi dans tes vêtements, les
genoux remontés. Au petit déjeuner, tu fredonnais.

Tu vois ? C'est une vérité de mauvais augure. Je ne
suis pas une sainte, je te le jure. Je suis prête à remuer
ciel et terre pour le prouver. Car si je parle de guerres,
de territoires et de secrets, et si je parle de terroristes
qui s'avancent calmement sur une place de marché ou
dans un train, ne devrais-je pas parler de nous ? De
notre guerre ? Car c'était une guerre, en un sens. Tu as
débarqué. Toi, l'intruse, à l'haleine de bubble-gum, et
moi j'étais la fille dure, obstinée, qui plissait les yeux,
complotait, cherchait à rassembler ses troupes. Il est
arrivé qu'on me traite de sorcière. Essaie de te représenter : moi, avec des étincelles au bout des doigts,
jetant des sorts, la langue boursouflée. Toutes ces malé-
dictions. Je t'ai maudite, parfois. Bébé, tu étais rose
comme un asticot. Je regrettais le monde d'avant. Les
vieilles habitudes. Amy, je me suis endurcie.

Est-ce cet endurcissement qui t'a amenée ici ?
Jusqu'à ce lit d'hôpital ?

C'est toute la question. Voilà plus de quatre ans
qu'elle me hante. Forcément : tu n'as qu'à regarder ma
vie, et les choses que j'ai faites. Si ma façon de marcher,
de parler, de respirer avait été différente, ce lit serait-
il vide à l'heure qu'il est, ou occupé par une autre
patiente ? Serais-tu en train de grimper aux arbres
quelque part ? De donner aux chevaux des choses
bizarres à manger, comme tu le faisais jadis, par exemple des toasts, ou des prunes pas mûres ? J'ai essayé de
répondre à tout ça. J'ai refait le trajet à l'envers,
jusqu'au moindre détail, j'ai cherché à retrouver le
moment, le nœud dans le fil qui nous a amenées ici, à
l'instant présent, à cette chambre. Ce nœud n'existe
pas. Ou plutôt, il y en a des centaines – les portes cla-

quées, mon infidélité d'épouse, d'épouse de Ray. Tout mène à ceci. À aujourd'hui. À ce lit dans cette chambre.

La culpabilité. Elle est en moi, malgré tout, car j'ai entendu parler du pouvoir du cerveau – *Imagine une chose*, disait Til, *et elle se produira*. Elle m'avait dit ça quand j'avais ton âge, et que je devais passer des examens ; et puis plus tard, lorsque Ray était encore un nom que je n'osais pas prononcer. Je ne l'avais pas crue, à l'époque. *Stupide*, m'étais-je dit ; et je l'avais plantée là. Pourtant elle m'avait dit de m'imaginer en épouse, dans une maison sur la côte, regardant au loin, la main en visière sur les yeux, au-delà des eaux de mon enfance, vers les ferries et le dos plongeant de Lundy Island, là où l'air est battu par les ailes des macareux. Et qu'il y ait ou non du vrai dans sa façon de penser, que cela existe ou non, le Destin, je me retrouve en train de faire tout cela. Je porte une alliance. De notre chambre à coucher, je vois l'Atlantique. Tous les jours, je mets les pieds dans cette mer, c'est du moins l'impression que j'ai. Je marche dans l'eau, et de la bouée de balisage je regarde notre maison, je me vois dans l'encadrement de la fenêtre. Cela m'effraie de me dire, ma douce, que j'ai pensé trop fort, trop clairement, à te faire du mal.

Mais je n'avais jamais envisagé une chute – rien d'aussi brutal. Crois-moi : jamais. Ce que j'espérais, c'était une maladie, ou des cauchemars, ou peut-être un gros hématome jaunissant. Une fois, j'avais imaginé une piqûre de vipère : ce serait là des petites punitions, des petites vengeances. Mais pas ça : pas une chute d'une telle hauteur, avec les mouettes qui glapissent autour de toi, tes mains qui se raccrochent et se blessent au rocher, ton genou brisé net, et ce bref instant, interminable, où tu es en plein ciel. Et jamais je n'aurais imaginé que ton cuir chevelu serait arraché et en partie soulevé par la pierre, comme il le fut. Ni que, plus tard, le docteur extirperait une moule de ton crâne – luisante, bleue comme un œil.

*
* *

Moïra, ce que nous rêvons, nous le rêvons...

Encore une phrase de Til. Le jour où elle avait dit ça, elle portait son pendentif en quartz rose ; il oscillait devant elle comme un balancier. Et peut-être qu'elle a raison, que c'est vrai : car nous pouvons ruser avec nos heures de veille, notre moi de plein jour, mais pas avec celui qui dort, la nuit. Je le sais. J'étais grande, solitaire. Je pouvais hausser les sourcils comme un guerrier. Ce qui ne m'empêcherait pas, plus tard, d'être terrassée, dans le noir, par mes vieux rêves atlantiques.

Et toi ? Je me suis souvent demandé s'il y avait des rêves, dans ton étrange sommeil noir et, si c'était le cas, ce qu'ils pouvaient être. Stackpole ? Si tu en rêves, sache une chose : cet endroit n'existe pas. En tout cas, plus pour nous. La maison basse tassée dans son allée de prunelliers et de sable amené par le vent, c'est fini. Elle a été vendue – à un homme qui n'y connaît rien en marées, ni en marées noires ; ce qu'il veut, c'est le terrain, pas la maison qui est dessus, alors il est possible qu'il n'y ait plus une brique debout. Nos parents ont quitté Stackpole pour de bon. Ils ont fait leurs bagages, et ils ont déménagé vers l'intérieur, pour être plus près de toi. Et donc le pré aux chevaux et les échassiers et les canons de l'armée ne font plus partie de leur vie, ni de la tienne. Ni de la mienne, même si j'y pense encore. J'y ai toujours pensé. Une fois, à Freshwater East, j'ai trouvé une mouette morte. Il s'en dégageait une odeur de tristesse, et j'en rêve encore, vingt ans plus tard : son bec ouvert, les yeux qui manquaient. La façon dont les plumes douces et neigeuses de sa poitrine s'écartaient au moindre souffle de vent.

Ou bien est-ce que tu rêves de toi ? Telle que tu étais avant ? Le petit château branlant plein d'entrain qui s'endormait dans la brouette, mettait du lait dehors pour le hérisson qui vivait au milieu du tas de compost. Notre mère raconte qu'un jour, tu lui avais craché des coques dans la paume de la main, et que tu t'étais essuyée contre la manche d'un inconnu – c'est cette enfant pour qui elle prie. Je l'ai vue faire. Elle pose sa broderie, ferme les yeux. *Seigneur, si...* Notre père vient parfois, lui aussi, pendant les week-ends. Et le soir je suis là, pleine de confessions, et d'ombres. Sentant la peinture.

Des ombres, Amy. Beaucoup d'ombres, comme si je marchais dans une grotte. J'ai vu des choses que tu n'as jamais vues, et aussi j'ai fait des choses. J'ai vu une grenouille morte qui dansait. J'ai senti l'odeur de tout un pays sur des enveloppes expédiées par avion. J'ai traversé des criques au petit matin, vu le vol bas, étrange, des échassiers, je les ai entendus, j'ai senti en moi un chagrin que je n'aurais pas su nommer ni exprimer. Cela existe, ce genre d'émotions : vastes, profondes. Elles m'habitent. Un homme a traversé une pièce rien que pour me dire : *Votre mari a de la chance. Je l'envie. Rappelez-vous que je vous ai dit ça.*

Et puis mon nom, écrit dans la neige. Là, sur le terrain de hockey. On m'avait punie pour ça, ensuite : des insultes, et un lit plein d'herbe. Je m'étais dit que ces lettres qu'on foulait dans la neige étaient une erreur. *Il y a deux Moïra. Ou alors un nom a été écrit de travers.*

Mais c'était pour moi, et ce n'était pas une blague.

« C'est ce que tu avais cru ? m'avait demandé Ray. Que c'était une blague ? »

*
*   *

Je pense à toi, tout le temps.

Je ne compte plus les minutes, désormais, et je ne pense pas aux saisons à venir dont, peut-être, tu feras partie. Mais je te porte en moi. Je sens le vent pour toi, je mords dans des fruits à ta place. J'enfonce la main dans la toison d'un chien. Je souffle sur les aigrettes de pissenlit, comme tu le faisais. Quand je trouve mon mari endormi sur le ventre, les bras coincés en dessous, ce n'est pas à toi que je pense en premier, c'est à lui. Je l'appelle par son nom et il bouge. Mais tout cela mène à toi, en fin de compte.

Alors on attend, Ray et moi. Nous sentons la terre tourner. Nous nous réveillons le matin et nous nous disons : *Aujourd'hui ?* Non, pas aujourd'hui. Et demain, pas davantage, car j'ai perdu l'espoir, ou presque, et je suis fatiguée d'attendre, à la longue. Si fatiguée, j'en ai tellement assez ; je me dis que moi aussi je pourrais m'enfoncer dans un sommeil semblable au tien. Ou bien te débrancher, et renverser ton lit. Ou encore, avec le pouce et l'index, te boucher le nez en serrant ta mâchoire dans ma main. Tiens, est-ce que ce n'est pas un signe de plus de ma cruauté ? Que j'en sois là ? À avoir de si mauvaises pensées ? Celles-là et d'autres. J'ai passé des milliers de soirées dans ce fauteuil, et j'ai senti ma vie s'écouler goutte à goutte plus vite encore que la tienne. J'ai vu le monde s'obscurcir, et les nuages filer. Je vieillis. Et chez nous, dans le calme de notre maison, Ray me parle de jungles, de la chaleur des villes, d'éléphants et de fonds de vallées ; il égrène des noms de volcans, comme si c'étaient des personnes avec lesquelles il se serait promené. Je l'écoute, je me représente toutes ces choses. *Je nagerai dans un bras de mer. Je me tiendrai sur l'équateur.* Cela me fait follement envie. J'ai toujours eu envie de parcourir le monde avec Ray. Mais nous ne bougeons pas. Comment le pourrions-nous ? Ma mère me demande de rester – et elle te le demande à toi aussi, quand elle se croit seule. *Reste...* Elle persiste à croire que tu vas survivre, d'une manière ou d'une autre. Mais moi, Amy, je crois que tu vas mourir.

Je ne dis ça à personne. Pas même à Ray. Car qui le croirait, ou voudrait le croire ?

Ça arrive, les miracles, disent-ils. Et aussi : *Tu es sa sœur.*

*

* *

C'est là que je suis assise, en ce moment. La peau couleur de lune, mes lunettes sur le nez. Il y a des lis près de toi, leur lourd pollen tombe sur le carrelage. Je sens leur odeur. J'entends les battements de ton cœur, lents, réguliers.

On est en décembre.

Est-ce que tu m'écoutes ? Est-ce que ceci te parvient, tant soit peu ?

L'Atlantique. Un mot plein de secrets.

Comme la plupart des choses, c'est par la mer que cette histoire commence.

II

Le pré aux chevaux

L'eau grise, immense. L'eau sans cesse agitée, avec des pointes blanches sur les vagues grises. Il y avait des ferries, et des bouches d'aération. Des pies de mer, avec leurs becs orange, debout dans les criques. Les phoques clignaient de l'œil, les herbes tremblaient, et le soir le phare de Caldey Island faisait lentement tourner son œil pâle.

Une côte d'écume et de lumière. Avec une maison que je vois encore : battue par les vents, usée par le sel. Ses haies de prunelliers, sa porte d'entrée verte. Les ajoncs du chemin côtier débordaient sur le jardin, et des goélands argentés, toute une rangée, étaient perchés sur le toit – gris, debout sur une patte. Tu te rappelles ? Ils blottissaient la tête sous l'aile, rayaient les tuiles de blanc. À deux prés de là, il y avait des chevaux. Les jours de tempête, ils dressaient la queue et prenaient la fuite.

Et puis un pommier. Une balançoire.

Et je vois aussi nos parents, avant qu'ils ne soient nos parents. George qui maniait des clés à molette ; Miriam avec ses cheveux bouclés et son ventre rond, dur, faisant rouler une boule chinoise.

*
* *

Ils étaient venus à Stackpole à cause de la mer. Ils avaient un désir de mer, je suppose : nous avons tous, à un moment ou à un autre, le désir d'une chose que nous ne savons pas nommer mais que nous ressentons à l'intérieur de nous. Lui disait toujours, *La mer...* d'un air nostalgique, comme si c'était seulement un rêve qu'il avait fait jadis, quand il était enfant. Il disait : *Tu sens l'odeur ?* Des tentacules et du bois refendu ; des cordes, des objets brillants, des casiers à homards : il adorait tout ça, qu'il avait connu dès son plus jeune âge. Et donc, juste après leur mariage, avant ma naissance, avant que je ne sois même que deux cellules roses, ils étaient venus dans le Pembrokeshire, main dans la main, se promener en haut des falaises. Pour capter l'air marin. Pour se dire et redire le mot *mariés*. Sur les plages à marée basse, et dans le noir.

À VENDRE, était-il écrit. Devant une maison avec des goélands sur le toit.

Alors ils achetèrent la maison, la briquèrent à fond. Et s'y installèrent.

Du moins, c'est le récit qu'ils me firent, quand je fus plus grande : tout ça très romantique, sur fond d'écume de mer. Et je me suis remise à imaginer tout cela, je me suis finalement octroyé le droit de voir nos parents jeunes mariés, qui écoutaient l'eau couler goutte à goutte dans les grottes, posaient le pied pour la première fois sur le promontoire de St Govan's Head. Découvraient la chapelle cachée dans les rochers. Notre mère surprise par le vent, sa jupe s'envolant à Barafundle.

Stackpole. Un nom solide. Un village solide lui aussi, endormi sur la côte sud-ouest du pays de Galles. Ramassé, bien entretenu. Son église était posée dans un creux, son salon de thé vous accueillait, la bouilloire toujours chaude. Le village avait son propre port, calme et tranquille, avec les bouées qui se balançaient au gré des marées, et le roulis des bateaux. Le pub avait des massifs de fleurs, de la fumée qui sortait de sa cheminée, de l'eau pour les chiens et, près de la porte, un gratte-pieds pour les bottes des promeneurs. Des moineaux dans ses haies. Et des vaches qui mastiquaient pensivement dans la ferme laitière. Le matin, notre mère les entendait mugir pendant qu'elle étendait sa lessive.

Elle était ravie. *Miriam.* Jusque-là, elle avait vécu en ville ; mais maintenant elle adorait la mer elle aussi. Peut-être pas autant que mon père, d'un amour aussi avide, aussi instinctif. Mais elle apprit à aimer son souffle, et ses oiseaux. Et puis elle avait au-dedans d'elle sa propre mer. Marchant sur les plages en fin de journée, une vie minuscule amarrée en elle, j'imagine qu'elle devait se dire : *Où pourrait-on être mieux qu'ici ?* Quel autre endroit avait d'anciens châteaux et des ports ? Des criques désertes ? Des ciels comme ceux-ci ? George pensait la même chose. George à la peau salée, George le barbu, qui nageait par tous les temps et ramassait des moules sur les rochers. Quand ils marchaient ensemble à marée basse, la plante de leurs pieds déclenchait des éclairs lumineux dans le sable mouillé.

« Un jour, avait-il dit, j'aurai mon propre bateau. » En attendant, il faisait tourner ses clés à bougie comme des bâtons de tambour-major, et il sentait l'huile. Des pièces détachées de voiture encombraient leur jardin, sous des tentes en toile de bâche, et leur fille aînée, une fois là, apprendrait à les connaître – à observer la façon dont, en cas de pluies torrentielles, ces tentes battaient et s'enflaient. Elle descendait en cachette la nuit pour les regarder projeter des ombres bleues sur le mur blanc de la cuisine. Elle était persuadée que ces tentes rêvaient de s'évader. De s'élever dans les airs, comme des dragons, d'ouvrir leurs ailes et de disparaître dans la nuit.

*
* *

Lors de leur premier mois de mars à Stackpole, ma mère se rendit à Tenby. Elle le faisait souvent. Mais cette fois-là, c'était différent, parce que j'étais à l'intérieur d'elle, et en marchant sur le front de mer, devant les maisons couleur pastel, elle suçait de la réglisse. Elle avait glissé une pièce de monnaie dans un télescope et avait regardé dedans, pour observer le large. Près de la gendarmerie maritime, une femme l'avait accostée, une femme qui avait des étoiles tatouées sur les bras et une marque sur la lèvre. Une gitane, ou quelque chose de ce genre. Elle avait posé la main sur le ventre de ma mère et lui avait dit : *Une fille. Aux yeux noirs*. Elle avait cligné des yeux et avait ajouté : *Étrange...*

Miriam n'y attacha pas d'importance. Elle sourit, recula d'un pas et rentra chez elle en voiture, écoutant des chansons à la radio, avec les essuie-glaces qui marchaient. Elle croyait en Dieu, pas à la magie. Elle allait à l'église tous les dimanches, disait ses prières, et plaçait parfois des bouquets près du bénitier. Elle ne croyait pas à ce genre de prédiction faite par une femme dont l'haleine sentait l'alcool. *Qu'est-ce qu'elle en sait ?* Elle avait secoué la tête d'un air sceptique.

Mais ces paroles restèrent ancrées en elle. Je sais que cette nuit-là, ma mère eut du mal à dormir. Elle entendait les bourrasques de printemps, grattait nerveusement du pouce sa couverture et se disait : *Une fille*. Et aussi : *Étrange*. Qu'est-ce qui était étrange ? Elle ne comprenait pas ce que cela voulait dire.

Plus tard cette même nuit, je naquis. Pendant cette nuit bleu foncé, sans étoiles, ma mère se réveilla avec une sensation de peur fichée en elle, comme un poing serré. Elle se glissa hors de son lit. Debout dans la salle de bains, où les prunelliers cognaient contre la vitre, elle s'agrippa au lavabo, et je sortis comme une anguille et tombai par terre. Avec dix semaines d'avance. Mes parents se penchèrent sur moi, attendirent. J'étais

muette, toute petite, et dans la pénombre, ils se serrè-
rent les mains, firent des promesses, prêts à tout donner si seulement leur petite fille prématurée aux yeux
noirs pouvait rester avec eux et survivre. *Notre argent.*
Notre propre santé.

Rien, pendant quatorze minutes. Alors, enfin, je me
mis à vagir.

Était-ce cela, le côté étrange ? Cette naissance prématurée ? Dans les années qui suivirent, il arrivait à
mon père de raconter cette histoire. À l'occasion d'un
anniversaire, ou tard le soir, il la ressortait, l'embellis-
sait : le sang sur le linoléum, mes yeux grands ouverts,
et comment mon vagissement fragile, humide l'avait
fait s'appuyer contre la baignoire et répéter sans fin :
Dieu soit loué. « On t'a enveloppée dans une taie
d'oreiller, disait-il, et tu as attrapé nos doigts – comme
ça... »

Je me suis souvent demandé si les goélands, en
m'entendant, s'étaient redressés sur le toit, les pattes
pendantes, ou encore si c'était marée haute – et je me
disais que je demanderais à ma mère. Mais elle évoquait rarement ma naissance, ou la femme aux étoiles
sur les bras. Une seule fois elle a parlé de ces choses :
au téléphone, un hiver où j'étais pleine de rancœur et
de tristesse, elle m'a avoué qu'elle avait eu peur cette
nuit-là. Et que donc le moment le plus heureux de sa
vie n'avait pas été son mariage, ni la rencontre avec
George, ni d'avoir appris qu'elle était enceinte – mais
celui où elle gisait sur le sol gelé de la salle de bains,
une nuit de début mars, sa chemise de nuit relevée
autour de la taille, avec dehors un étroit croissant de
lune, et une petite fille toute visqueuse, bien portante,
qui s'essayait à l'existence. Qui criait dans la maison
nocturne et en modifiait la forme.

*
* *

Bébé, pendant un jour ou deux. *Bout d'chou*. Parce qu'ils avaient toujours imaginé un garçon à l'intérieur de Miriam – un robuste garçon, patient, généreux, pas une fille. Alors ils n'avaient pas prévu de noms de fille, et elle fut donc simplement *Bébé*, au début. Toute petite, la peau blanche.

Bout d'chou. Bébé.

Finalement, *Moïra*.

Moïra, dérivé de Mary – voilà qu'elle existait, comme la mer existe, et les nuages, et le promontoire, et qu'elle avait des yeux si noirs que tout se reflétait dedans : l'herbe, et le ciel. Miriam disait que parfois elle se voyait aussi elle-même. Pendant qu'elle m'allaitait, ou qu'elle me donnait mon bain.

Chez nous. J'aime bien l'expression. Je suis plus à l'aise avec les chiffres et les faits, car ce sont des choses qui ne changent pas, qui n'ont pas mille facettes différentes. Mais tout de même j'aime bien *chez nous*. Le dire. Le *ch*, en chassant l'air, le *ou* en arrondissant la bouche.

Pour toi, c'est sans doute le pommier. Le chat roux de la pension de famille qui ronronnait, comme une abeille. Quoi d'autre ? Le village. Les étangs aux nénuphars à l'ouest avec leurs loutres et leurs libellules. Il y avait aussi Mr Bannister, qui habitait au bout du petit chemin dans une maison appelée *Sea View*, avec une rangée de sapins et une femme qui tremblait. Il jouait aux boules ; il disait *Bien le bonsoir !* Je pense que tu devais noter tout cela, comme j'aurais pu le faire, mais quand Ray me demande ce que cela représente pour moi, la maison de mon enfance, ce n'est pas aux pommes ni au terrain de boules que je pense. En tout cas, pas en premier.

C'est aux plages. Forcément. Tu n'as jamais beaucoup apprécié le sable entre les dents, ni le fucus vésiculeux noir et brillant qui jaillissait sous ton talon. Mais moi, c'est avec ça que j'ai grandi. Je suis née dans cette maison en pleine tempête, et j'ai fait mes premiers pas à Freshwater East. C'est dans son parking que j'ai goûté mes premières coques – avec leur goût métallique, leur goût de saumure.

Swanlake. Presipe. Barafundle.

C'étaient des noms que je connaissais aussi bien que le mien, ou même mieux. Je savais qu'il y avait des fulmars qui nichaient à Broad Haven. Qu'il poussait des orchidées dans les garennes, pas loin. Du champ de tir militaire de Castlemartin parvenait le bruit du canon, comme des portes qu'on aurait claquées. J'avais essayé de manger les tout petits coquillages d'un blanc nacré qui s'accrochaient à l'herbe des dunes de Barafundle. Je me caressais les bras avec des plumes, et un jour j'ai trouvé une mouette morte. Je suis restée près d'elle jusqu'à la tombée de la nuit, à la caresser, et à pleurer cette mort froide et solitaire. À Swanlake vivaient des moules, dressées en cathédrale, qui soupiraient dans leurs coquilles. Un étroit chemin de racines et de bois de flottage menait à cette plage. La rambarde métallique qui le bordait était défoncée par endroits. Plus grande, portant des lunettes, je posais la main dessus en marchant, et je comptais les piquets de bois. Un, et deux. Et... Vingt-cinq en tout. Plus tard, il y en avait moins, car certains avaient brûlé, et d'autres avaient été enlevés par le vieux chien jaune errant. C'est là qu'il nageait, qu'il courait. Il dormait dans les dunes.

Moi, et ma mère, et les plages. La forme de Lundy Island, les cordes usées. Quand elle me portait sur sa hanche, je sentais la petite bosse dure que faisait son ventre sous son maillot de bain. Elle marchait dans l'eau. Elle disait : *Regarde !* C'est peut-être mon premier souvenir. Comment en être certaine ? Mais je sais en tout cas que j'étais petite – trois ans, je crois. On avait fait un château de sable. Le soir, en y jetant un dernier regard, j'imaginais que les crabes venaient l'habiter – dormant dans les tours, se glissant dans le fossé. Car il y avait beaucoup de crabes : frêles, translucides, ils couraient sur le sable quand la mer se retirait. Ils remontaient leurs pattes la nuit dans mes forteresses, et rêvaient leurs rêves fragiles de crabes.

*

*   *

« Tu es un bébé de la mer. »

C'est mon père qui avait dit ça. En rentrant à pied, un mardi, après avoir été à la pêche aux crabes à Stackpole Quay. On était passés devant le chat roux sur son mur, puis devant la ferme laitière, et il avait dit :

« C'est ce que tu es. Si on naît sur la côte, on en fait partie. On adopte ses rythmes – les marées, les vents. » Il avait souri. « Fais-moi confiance, Moïra, tu ne dormiras jamais bien à l'intérieur des terres. »

Et je lui ai fait confiance. J'avais confiance en lui comme dans le fait que le ciel resterait au-dessus de ma tête, et que la bouilloire chanterait, et que tout ce qu'il m'avait toujours dit était vrai, car comment aurais-je pu douter de lui ? Lui qui pouvait faire chanter un brin d'herbe. Je croyais que les étoiles de mer pouvaient faire repousser leurs membres, et que les fous de Bassan nageaient comme des poissons, et que les sirènes, ça existait, et que les bébés, on vous les donnait, et que les pirates naviguaient sur de simples planches, et qu'on pouvait conserver les rayons de lune dans un pot.

Quelquefois, on allait tous les deux en barque à Skomer Island : un ciel moutonneux, et des ailes pour nous propulser. Je voyais des fous de Bassan, des cormorans huppés et des fulmars ; des mouettes à dos noir et des cormorans. Des phoques s'ébattaient sur les rochers, des mouettes tridactyles hurlaient leur nom, et puis il y avait des macareux. Eux, c'étaient mes préférés. J'aimais leurs ailes rapides, leur façon maladroite de toucher terre, et leurs gros becs charbonneux. Quelquefois je serrais la corde si fort que j'avais encore mal aux mains, le soir, dans mon lit.

Je restais couchée sous mon édredon en patchwork. Bien au chaud dans mon lit douillet. J'entendais le claquement que faisaient les oiseaux en plongeant dans l'eau, et le bruit de l'envol des macareux.

*

*   *

L'année de mes quatre ans, novembre ne fut que tempêtes. Mon père l'avait vu venir, une sorte de pressentiment, ou peut-être était-ce la couleur de la lune, ou les changements du vent, ou bien la mer. La nuit, des coups de vent venaient et repartaient. D'autres frappaient la maison de plein fouet, et faisaient grincer la balançoire. Au plus fort de l'orage, nous montions au grenier à la queue leu leu, en robe de chambre, pour entendre la pluie sur la lucarne, voir les arbres, et regarder la tempête venir s'abattre sur la maison.

Les vents faisaient tourbillonner sans fin la girouette de l'église. À Lamphey, un arbre s'abattit sur une boîte aux lettres. Les chevaux piaffaient, leurs sabots lançaient des éclairs dans le noir. Une nuit, les vagues furent si fortes qu'elles démolirent une partie du promontoire de Stackpole Head, j'entendis le bruit de mon lit. Au début, j'avais pensé que c'était le tonnerre, et j'avais attendu que ça recommence. Mais le lendemain matin, mon père et moi avions bravé le vent pour aller jusqu'à la plage. Là, nous avions vu d'énormes brisants, et la falaise avait changé de forme.

De la pluie, aussi, jour après jour, et de la boue. Un câble fut arraché sur la grand-route, si bien que notre maison fut plongée dans le noir. Ma mère dit : « Mon Dieu, et les Bannister ? » Car ils étaient vieux tous les deux. Mr Bannister marchait tout raide, il avait une moustache blanche, et sa femme avait une maladie qui la faisait trembler et lui faisait perdre l'équilibre, et quand elle parlait, ses paroles s'envolaient comme des mouches. Ma mère prit donc le chemin de *Sea View* avec de la soupe, des allumettes et des bougies. Passant devant les sapins. Elle ne revenait pas, alors mon père a dit : « Attends-moi là », il a mis son manteau et il est parti à sa recherche. Elle était tombée, elle avait glissé dans la boue. Elle était affalée sur le ventre, sur sa bosse dure, si bien qu'une ambulance vint jusqu'au pré aux chevaux, et je vis sa lumière bleue à travers les buissons de prunelliers. Ma mère avait laissé du sang sur sa jupe, et les bougies au milieu du chemin. Elle répétait : *Tout va bien, tout va bien.*

Mais tout n'allait pas bien. Pas si bien que ça. Pendant un certain temps, après cette nuit-là, elle se mit à dormir pendant la journée ; elle n'avait plus d'appétit.

À quatre ans, c'est tout ce que je sus, rien de plus. Comment en aurait-il été autrement ? J'étais toute jeune, et muette, ou quasiment. Je me promenais dans la maison, en tenant à la main un haricot de mer que la tempête avait déposé pour moi à Freshwater East. Une petite graine toute lisse, venue d'un pays étranger. *D'Amérique du Sud*, m'avait dit mon père. Je la tenais serrée dans le creux de ma main.

J'ignorais tout du malheur. Je ne connaissais que les différents types de mouettes. Je savais que je pouvais rester plus d'une minute sans battre des paupières ; que si je plissais les yeux, je distinguais mieux les arbres ; que Mrs Bannister, notre voisine, était en train de mourir lentement, et que peut-être il n'y avait pas une mais deux Mrs Bannister. En tout cas, c'est ce qu'on pouvait croire, parce que quand elle parlait de sa vie de jadis, à l'époque où elle ne tremblait pas encore, elle disait : *Dieu qu'elle était jolie...* Comme s'il s'agissait d'une tout autre personne.

Je connaissais aussi la brume de mer. Un jour, j'étais là dehors, dans mon anorak et mes bottes de caoutchouc, lorsque je vis arriver une auto rouge qui remontait l'allée en cahotant.

La portière avant était cabossée. Une femme en sortit, en manteau violet, avec des gants violets. Elle sourit et elle dit : « Moïra ? »

C'était Til, dont je ne me souvenais pas, ou alors vaguement. Peut-être que je me souvenais de ses souliers à boucle, des années plus tôt : moi assise sur le tapis avec ma moule dont je faisais claquer les deux lèvres, et mes cubes de couleur. Mais j'avais pu inventer ça. Les souliers à boucle appartenaient peut-être à ma mère. Ou à quelqu'un d'autre.

« Des jumelles », avait dit mon père. Il m'avait expliqué que les jumeaux, c'étaient des enfants « faits et nés en même temps, au même endroit »... Mais en quoi ces deux-là se ressemblaient-elles ? En rien. Je les regardais : ma mère était petite, calme, avec des cheveux couleur de miel. Tante Til avait des bracelets en bois, des chaussures rouges, et elle portait de longues jupes imprimées qu'elle relevait un petit peu en marchant dans le chemin. Elle disait : « *Ciel !...* » Ma mère ne disait pas *Ciel*. Des petites culottes apparurent sur les radiateurs et, sur le bloc-notes du téléphone, des gribouillis compliqués. « Je sais, disait-elle. Personne n'arrive à me lire. Mais je fais des efforts... »

Pas non plus des jumelles, parce que la plus jeune des deux habitait une maison à Stackpole, avec des goélands sur le toit et une porte d'entrée verte, et elle avait une fille qui voulait être un haricot de mer quand elle serait grande, alors que Til habitait à Londres. Pas près de la mer. Elle disait : « C'est vrai, j'habite la ville. Dans un appartement au-dessus d'une boulangerie. Je crois que le boulanger est amoureux de moi, en tout cas il m'a à la bonne, parce qu'il me fait cadeau de petits gâteaux et de pâtisseries. » Elle faisait un petit clin d'œil. « Et de beignets avec de la vraie confiture ! »

*

* *

C'était une belle femme. Elle avait de longs cheveux bruns qu'elle rejetait en souplesse, et un anneau d'argent qu'elle portait au pouce. Elle chantait. Elle me fit signe, et me dit : « Viens voir... » en me tendant un petit flacon qui contenait un liquide jaune. Elle m'en mit un peu sur les poignets et les oreilles. « Voilà. » Ça sentait l'orange.

Tante Til défit sa valise dans la chambre d'amis qui donnait sur les buissons d'ajoncs. Elle pendit des jupes longues. Posa sur la coiffeuse des flacons, des boîtes de poudre, des boules de cristal. La chambre prit soudain une odeur différente, et se mit à réfléchir la lumière d'hiver. Elle avait une boîte à bijoux en bois, qu'elle me montra, parce que j'avais louché dessus. Elle me dit : « Ouvre-la... Vas-y ! » J'obéis, le nez collé contre le bois, et à l'intérieur il y avait une poupée – rose, toute petite. Elle dansait sur les pointes au son d'une musique. Lorsque je refermai le couvercle, elle replongea dans le silence.

« Tu te souviens de moi ? Peut-être pas. »

Elle était venue, disait-elle, pour aider ma mère – la « soutenir ». Le terme me fit sursauter, mais je ne dis rien. Le soir, tandis que Til et mes parents débouchaient une bouteille de vin et s'installaient dans la cuisine, je traversai tout doucement le palier pour regarder la chambre d'amis. Je m'approchai d'un pot qui contenait une crème blanche épaisse. J'entendis Til, en bas, qui disait : *Elle n'a pas les yeux dans sa poche !* Je n'ouvris pas la boîte à bijoux, mais j'imaginais la danseuse à l'intérieur – dansant, la tête en bas, ou sur le côté, dans sa petite nuit personnelle.

*
* *

Til évoque pour moi le vent. C'est l'impression qu'elle faisait : un vent chaud du sud, parfumé, avec un grand rire. Elle chassait le silence, et les nuées d'orage, et la boue séchée dans le chemin. Ma mère sortait de son lit, se mouchait. S'enroulait autour de la femme au chapeau violet. Disait tous les matins « 'jour, Til ». Elles se promenaient bras dessus, bras dessous dans le chemin hivernal. Elles tenaient à deux mains leur mug de thé.

Til portait autour du cou une pierre rose, au bout d'une chaîne. Elle faisait couler pour sa sœur de grands bains parfumés. Et avec un petit compte-gouttes brun, elle versait dans un verre d'eau quelques gouttes d'un sirop ambré. Elle citait des noms de lieux londoniens. *Hammersmith. The Strand.*

« Bientôt ton anniversaire, non ? »

C'était vrai. Je fis signe que oui.

« Ça se voit, que tu es une fille de mars. »

Elle s'y connaissait dans ce genre de choses – les dates de naissance, les étoiles. Même si à Londres on ne voyait guère les étoiles, à cause des lumières, et des pots d'échappement des taxis. Mais un soir, pendant que mes parents faisaient la vaisselle, elle m'a emmenée dehors, et, en pantoufles, sur la pelouse, nous avons regardé le ciel. Il y avait plein d'étoiles. Je les voyais brouillées, mais je les voyais. Til dit : « Je crois que rien n'est là par hasard. »

Elle croyait aux boules de cristal, aux vertus des huiles, à la pensée positive, et à un sac brodé rouge qu'elle portait en bandoulière et qui contenait des cartes avec des images. Elle croyait aux lignes de la main. Aux quatre éléments, que nous avons tous en nous. « Avec un qui prédomine pour chacun. » Dans ce sac j'avais trouvé un stylo argenté, des mouchoirs en papier, et un petit miroir turquoise qui se refermait en claquant comme une palourde. Trois bâtons de rouge à lèvres. Un ticket – pour le train qui circulait, disait Til, sous les rues de Londres. « Il y a des souris qui habitent là. Je les ai vues, aux stations, tapies derrière les rails. »

De mon côté, j'avais pris Til par le petit doigt, et je l'avais emmenée dans tous mes endroits favoris – vers les chevaux et le terrier de blaireaux. À Stackpole Quay, avec ses balises flottantes. Devant tout ça, elle s'était exclamée : « Ciel ! » Mais ce qui l'avait charmée plus que tout, c'était l'étang aux nénuphars. Pas à cause des nénuphars, ni des cygnes qui y nageaient. Til s'était arrêtée net devant un rouge-gorge qui la regardait. Elle y était retournée le lendemain avec un sac de miettes de pain et de raisins secs. Et près de Grassy Bridge, un rouge-gorge qui voltigeait était venu se poser un instant sur le pouce argenté de Til – les pattes écartées, léger comme une coquille d'œuf. Il avait pris une miette dans sa main, puis il s'était envolé.

*
* *

Les éléments ? Les boules de cristal ? C'est Til, et pas sa sœur jumelle, qui aurait dû rencontrer la gitane de Tenby, cinq ans plus tôt. Elles se seraient bien entendues, elles auraient discuté racines de bardane ou lunes rétrogrades, tout ce en quoi on peut croire en ce bas monde. L'amour. La médecine. Les familles.

Est-ce qu'elle me plaisait parce qu'elle rendait la vie plus agréable ? À cause de sa sagesse ? Ou peut-être que j'espérais avoir des cheveux qui ressembleraient aux siens plus tard : épais, brillants, comme une aile. Cette femme, c'était des yeux violets, et des gâteaux à la crème. Des bracelets en bois qui tintaient quand elle remontait ses cheveux puis les laissait retomber.

« Je reviendrai », avait-elle dit en s'accroupissant devant moi.

Dans cette maison, j'étais en sécurité. On m'aimait. Je connaissais ma place dans le monde, je savais qui j'étais, et mon reflet dans la glace ne me dérangeait pas encore. Quand j'entendais les mouettes crier dans le conduit de cheminée, je pensais qu'elles s'adressaient peut-être à moi, alors je me mettais devant l'âtre et je leur répondais. Une fois Tante Til partie, la maison parut un peu vide, la chambre d'amis se retrouva dégarnie, à part le petit lit d'appoint dans le coin et son édredon rose. Mais je recommençai à faire mes coloriages, et à retenir ma respiration dans mon bain. À compter les vagues. Je retournai à mes parents, aux pièces détachées, et aux algues.

L'école était une grosse bâtisse blanchie à la chaux avec un serpent dessiné à la craie dans la cour de récréation, et un sycomore qui faisait de l'ombre. Un vestiaire dont les tuyaux grinçaient l'hiver. La salle de classe avait un alphabet, des serviettes en papier vertes, et au fond de la classe une mappemonde que Mrs Mole faisait tourner de son ongle verni. *Le monde*. J'étais assise à l'extrémité d'un petit pays, jambes croisées, sur du carrelage.

Dans la classe, vingt autres enfants. Ils chantaient en chœur, et ils écoutaient, ou ils ouvraient grands les bras, battant des ailes comme les dragons dans le jardin la nuit. Je les regardais en douce – leurs mâchoires béantes, leurs nez croûteux. Mais je ne voyais pas le tableau noir, et pas non plus grand-chose du monde. L'alphabet restait une énigme, le carrelage me grattait les jambes, et je parlais encore moins que d'habitude. Je ne souriais pas, je ne pleurais pas. Je ne levais le doigt que pour sortir me laver les mains, ou me moucher, et c'était à mon tour d'être regardée – de façon sournoise, un peu trop prolongée.

Mrs Mole, un sourcil dressé. « Il y a quelqu'un là-dedans ? » demanda-t-elle, un jeudi, en me cognant sur la tête du dos de la main. Et quand j'eus mal aux yeux, je commençai par me dire que c'était peut-être la faute de Mrs Mole – qu'elle m'avait peut-être blessée. Je fis la grimace. Je rentrai à la maison à pied, et sur le petit chemin, je ne vis pas le chien errant lever la patte dans les sapins, si bien que lorsqu'il se mit à aboyer, il me fit peur, et je tombai par terre.

Finalement, ce n'était pas la faute de Mrs Mole. Elle ne m'avait pas fait éclater la tête avec ses jointures, ou son alliance.

Mais le jour de mes six ans, on m'emmena à Tenby, où on me posa sur le nez des lunettes en plastique rouge. À la suite de quoi je pus distinguer l'écume sur la mer, et les bourgeons roses sur les arbres. Le tableau noir se mit à me dire quelque chose.

Et maintenant, de la part de Mrs Mole, rien que des bons points.

Bravo, écrit au feutre.

*

* *

Et les saisons passèrent. Pour la première fois depuis longtemps, je les voyais passer. Je les voyais dans leurs moindres détails, parce que j'avais deux verres épais devant les yeux. Par exemple les veines dans les feuilles du pommier. Les taches de rousseur sur les pommes.

« Ça te va très bien, ces lunettes. »

Je n'en étais pas trop sûre. Mais les mécaniciens de G. *Stone Autos*, où travaillait mon père, l'avaient tous dit. Dans leur hangar bleu, avec ses tubes métalliques, ses fils de fer et une frange de gouttes de pluie au-dessus de la porte. Ils avaient hoché la tête et dit : « Et maintenant, qu'est-ce que tu vois ? »

Les oisillons. Les jonquilles. Les scones qu'on vendait sur le quai, et les centaines de graines dans les pots de confiture de fraises. Les cinq points tous les mois sur le calendrier de ma mère. Je voyais chaque addition au tableau, chaque marque à l'encre rouge. Je voyais les balises, avec les chiffres marqués dessus, et je voyais les clous dans les fers du cheval blanc qui s'était sauvé de son pré, à l'automne. Il était passé en ruant devant l'école, avait poursuivi sa route au grand galop, envoyant dinguer sur son passage les cônes de signalisation.

Et puis le frai de grenouille. Je n'avais encore jamais vu ça. Mais au printemps suivant, alors que j'allais sur mes sept ans et que mes mains et mes pieds poussaient plus vite que le reste de mon corps, je passai un long moment assise au bord de l'étang aux nénuphars. Le frai était épais, doux, d'un bleu de colle, et j'en remplis un grand bocal que je ramenai à la maison, pour le garder.

Ma mère s'accroupit à côté de moi, dans son tablier, et me dit : « Tu ne crois pas qu'ils aimeraient mieux être libres ? Si tu les ramenais à l'étang où tu les as trouvés ? Ce serait plus gentil... » Elle ajouta qu'elle n'aimait pas les cages, qu'elles soient en fil de fer ou en verre. Il fallait que les choses puissent pousser.

Alors je ramenai les têtards à l'étang. J'enfonçai le bocal dans l'eau, et je les laissai, avec leurs têtes presque informes et leurs petites queues brunes, s'éloigner de moi à la nage. J'étais triste. Pendant un certain temps, je m'ennuyai d'eux. Je leur murmurais des secrets ; je leur donnais à manger du jambon et du corned-beef marbré, pris sur le casse-croûte de mon père.

Mais il y a des choses que même moi je ne pouvais pas voir – forcément. Avec mes parents un jour d'été, sur la plage de Lydstep, avec un plaid écossais pour le pique-nique, et du café dans un thermos, je me suis fait piquer. Le soleil, blanc, tapait dur. En posant mon pied sur le sable mouillé, j'ai senti au talon comme un coup de couteau, ou une brûlure. Une douleur aiguë et profonde. Mon père m'a portée jusqu'aux dunes en criant, *Une vive !* On m'a versé du café sur le pied. La petite Moïra, sur le dos, avec ma jambe, *sa* jambe en l'air, et les mouettes qui volaient près du sol, et les nuages qui volaient au-dessus d'elle.

Je pouvais me voir, *la* voir, allongée : une petite fille qui s'était fait mal.

Plus tard, j'ai dit que ça ne m'avait pas fait mal du tout. Mais ce n'était pas vrai. J'avais eu le pied tout rouge et endolori, et cette nuit-là, sous mon édredon en patchwork, j'avais senti des élancements. Mais mon père m'avait soulevée, m'avait portée dans ses bras, et j'en avais rêvé. J'avais rêvé de la vive s'enfonçant à nouveau dans le sable, après.

La vive, ça devait être en 1984, parce que mes lunet-tes, ça n'était plus tout récent, et je savais calculer de tête les divisions à la vitesse de l'éclair. Ma mère se massait le ventre avec de la crème, et il y avait des écureuils qui nichaient sur le toit de la Stackpole Inn et couraient sur les fils du téléphone.

Mes lunettes plairaient à Tante Til, me disais-je. Rouge cerise, avec des montures en plastique qui me faisaient une marque rouge sur le nez. On ne l'avait toujours pas revue, mais j'étais sûre qu'elle finirait par revenir, et je passais de longs moments assise à Barafundle, à en faire le vœu. Je mâchonnais des algues et je disais tout bas : *Reviens*. Cela ne prit pas tellement longtemps, finalement. Quelques mois après ma bles-sure de vive au pied, tout d'un coup, ma mère s'est assise par terre en plein supermarché, en gémissant : *Oh non, oh non*, et puis il y a eu un bruit d'eau qui coule. George est accouru du garage, avec de l'huile sur la figure. Une deuxième ambulance est arrivée : fin de l'histoire.

Et peu de temps après débarqua Tante Til. Amenée par le vent d'est. Des bottes à talons, des flacons, un roucoulement de tourterelle, elle serra ma mère dans ses bras et dit, « Ma pauvre chérie ». Et je la trouvai encore plus jolie qu'avant, avec des mèches couleur cui-vre dans les cheveux.

Et voilà. Tu savais ça, Amy ? Qu'il y avait eu des bébés à moitié formés entre toi et moi ? Dont les enveloppes avaient fui, ou s'étaient rompues, et ils étaient tombés, ou ils avaient largué leurs amarres. Je pense plutôt que non. Parce que si on ne m'avait rien dit, pourquoi t'aurait-on parlé à toi ? De nous deux, tu étais la sœur capricieuse : plus bruyante, souriant tout le temps, mais étourdie. Moins raisonnable, car tu étais sans méfiance, et dès que tu étais contrariée, tu tapais du pied et tu en voulais aux parents. Je ne pense donc pas qu'ils t'aient parlé. Qu'est-ce que tu aurais fait ? Qu'est-ce que tu en aurais dit ? Tu n'avais jamais compris qu'une auto puisse écraser un animal, ou à quoi ça servait de mentir.

Je les comprends. Oui. Quand nous sommes venus vivre, Ray et moi, sur cette côte, et après ta chute, j'ai choisi de reprendre mes études, de retourner aux livres, au bruit des souliers dans les couloirs, à la poussière de craie. J'ai eu raison. J'ai penché la tête, et j'ai étudié les fibres et les éléments chimiques que nous avons en nous. Dans une salle toute blanche, sur un campus universitaire pas très loin d'ici, j'ai disséqué une vraie personne. Comme à l'école je porte une blouse blanche. Je pense quelquefois à Mr Hodge. Qu'il serait heureux de savoir ce que je fais. Et je pense à toi, quand nous parlons du système limbique du cerveau, ou que nous disons le terme *traumatique*. Et le terme *coma*, bien sûr. C'est un mot qui fait signe, et qui ramène à toi.

Et il m'est arrivé, parfois, de penser à notre mère. Bien sûr elle n'en sait rien. Ça arrive, de perdre un bébé. Vois-tu, Amy, nous avons tort de croire que c'est facile de fabriquer et préserver un être vivant. À ton âge, je le croyais. Mais le corps peut se casser – tu es bien placée pour le savoir. Je repense, parfois, à la maison de Stackpole, et aux Bannister qui s'étaient toujours sentis responsables de la mort du premier bébé. *Si nous n'avions pas été si fragiles*... Car c'est à cause de leur fragilité que notre mère s'était risquée sur le chemin avec des couvertures et des bougies, et des chaussures qui glissaient. C'est ce qu'ils se disaient. Que c'était leur faute ; qu'ils étaient la cause de cet accident.

Et ils se rappelaient toujours la date de mon anniversaire. Ils m'envoyaient des cartes au pensionnat, par tristesse, et culpabilité.

*
*   *

L'été était précoce. Les lis étaient en fleur. La lavande de mer fleurissait sur le haut des falaises : des fleurs roses, bien dessinées, avec les rousserolles qui pépiaient au milieu.

J'avais grandi en âge et en sagesse. En taille également, et ma tante avait cessé de s'accroupir à côté de moi ou de me regarder faire mes coloriages. À la place elle disait : « Miss Stone, une petite promenade ? » En nouant un foulard de soie autour de sa tête.

Et donc la jumelle de Londres qui mangeait des pâtisseries à l'œil escaladait les échaliers avec sa nièce, essayait sur le dos de sa main des rouges à lèvres couleur prune au drugstore, déchirait avec ses dents des pochettes de papier pour verser le sucre dans son infusion de menthe. À Swanlake Bay, elle avait accroché sa jupe dans les fils de fer barbelés, lancé un mot inconnu, et rougi. « Ne répète pas ça », avait-elle dit.

Til – le diminutif de Matilda. « Un nom de vieille dame. » Pas vieille, mais ayant neuf brèves minutes de plus que sa sœur jumelle, nées toutes les deux trente ans plus tôt dans un hôpital de Londres. Un hôpital devant lequel Til passait parfois, en se rendant dans les théâtres où elle jouait : actrice poudrée, pleine d'entrain, avec des répliques à dire, et des projecteurs, et de la poussière. « Je suppose qu'il n'a pas dû beaucoup changer, disait-elle. Un hôpital, ça ne change guère. »

Nous faisions des promenades. À la sortie de l'école, je retrouvais Til, bras croisés, appuyée contre la grille. Elle prenait mon cartable, admirait d'un regard mes médailles, puis jetait le cartable dans la voiture. « Alors, où va-t-on ? » À Tenby, avec ses salons de thé. Ou au pub de Bosherston. Ou à Angle Bay, près des raffineries de pétrole. Sur le front de mer tumultueux de Freshwater West, où mes yeux pleuraient derrière mes lunettes et où les poteaux télégraphiques chantaient dans les rafales. Nous entendions ce filet de musique mélancolique passer au-dessus de nos têtes, en route vers l'intérieur des terres.

Elle disait : « Tout cet espace… » Parce qu'il n'y en avait guère à Londres. Rien que des taxis, des touristes, des ordures et des voies privées. Des néons. Et elle racontait que parfois elle s'allongeait dans les parcs de la ville. Ou alors elle allait au zoo. « Ou bien je m'assieds près des lions en pierre de Trafalgar Square. Il y a des centaines de pigeons. »

Et les souris du métro ?

« Toujours là. »

Toutes ces choses. Les histoires de Til – comme l'homme qui jonglait avec des bâtons enflammés, et la fois où elle avait saigné du nez dans le bus. Et le jour où elle avait vu un homme faire sa demande en mariage dans une rame du métro, et la fille avait dit *oui* ! Ils étaient descendus à Hyde Park Corner.

Je marchais avec elle sur les plages, j'entendais les détonations assourdies des canons de l'armée. Une grande mésange était venue picorer un raisin sec dans la paume de ma main. Et pourtant la seule chose à laquelle j'avais pu penser dans mon lit ce soir-là, c'était Londres, et les choses de Londres : les lumières, les flaques d'eau, les fauteuils rouges des théâtres. Ma tante perdant l'équilibre quand le métro stoppait brusquement.

Dieu qu'elle était jolie. Avec mes lunettes, je distinguais le duvet sur le lobe de ses oreilles, et la poudre vert pâle qui cernait ses yeux.

*
* *

Je nous revois aussi, Til et moi, à Stackpole Head, chacune une bouteille à la main. Des bouteilles de limonade vides. On avait écrit au crayon des messages secrets, et on les avait glissés à l'intérieur. Par un jour de grand vent. Et puis on les avait jetées, et Til, sur la pointe des pieds, avait fait un grand geste en disant : *Au revoir ! Bonne chance !*

Pourquoi ce souvenir ? Et pourquoi l'évoquer aujourd'hui ? J'y ai toujours repensé – à mon message, dans ma bouteille, dansant sur les vagues de l'Atlantique, se cognant à des bateaux et à des ailerons gris. Quelquefois j'aurais voulu être comme cela moi-même. Plus tard, devenue femme, ou presque, il m'arriverait de lire des lettres par avion, et de penser aux mers tropicales. Mais là, à Stackpole, je m'étais contentée de voir partir la bouteille, puis de rentrer à la maison, de boire du lait dans un mug à la cuisine. De recevoir le baiser du soir de mon père, ce baiser qui piquait la joue.

*
* *

Til était repartie, une fois de plus, klaxonnant sur le chemin, si bien que Mr Bannister, surpris par le bruit, avait peut-être renversé la soupe de sa femme. Les chevaux avaient tressailli dans leur pré, et le chien errant qui vivait dans les dunes avait peut-être dressé les oreilles et aboyé.

Dix sur dix : écrit sur mon cahier de maths. Je l'ai montré à ma mère, qui m'a passé la main dans le dos. Et dit : « Ça mérite un bon gâteau à la mélasse avec de la crème anglaise. » Qu'on a mangé avec des cuillers à dessert.

Dix sur dix et *Première de la classe*, et d'autres mots encore, calligraphiés à la plume rouge. Peut-être que c'était l'âge. Ou alors parce qu'on avait renforcé mes verres correctifs, et que du coup je pouvais voir les stries sur les pattes des mouettes, et un ballon jaune pâle qui, un dimanche après-midi, dérivait au-dessus des toits de Tenby. Une main collante l'avait lâché. Il s'était cogné contre une antenne, s'était faufilé entre les branches d'un chêne avant de poursuivre sa route, survolant le monastère et le terrain de boules de Tenby.

Quoi qu'il en soit, je me disais : *Il y a quelque chose*. Je ne savais pas quoi. Je ne savais pas pourquoi j'avais cette impression, mais je pressentais des secrets, ou des demi-vérités, au plus profond de moi, comme on pressent le mauvais temps. Ma mère fut à nouveau alitée et dit : *Une indigestion*. Mais il y eut la visite du docteur, et des fleurs, et je restai assise sur la balançoire, à regarder mes pieds. Il y avait *quelque chose* : comme le phoque qui m'avait regardée, dans la barque pansue, avait cligné des yeux, puis avait refermé les narines et s'était renfoncé sous les vagues. Je savais qu'il était là ; que si j'avais des bras plus longs, plus forts, je pourrais plonger la main dans la mer et le caresser. Mais la situation étant ce qu'elle était, ce n'était pas possible. Je ne pouvais qu'imaginer la chose. Le phoque m'applaudissant avec ses nageoires.

Imaginer, je le faisais. Dans mon lit, la nuit, avec le souffle de la mer, et les grincements en provenance du lit de mes parents.

*
* *

Très douée. On ne s'en rend jamais compte quand il s'agit de soi. Qu'y avait-il de spécial dans l'histoire du seau de têtards, ou dans le fait de bien connaître les

fractions décimales ? Ou la fois où pendant la récréation, un jeudi matin, j'avais laissé tomber l'argent de
mon déjeuner dans une flaque et que je m'étais mise à
genoux, et que j'avais farfouillé au milieu des chaussures et de la boue pour le retrouver ? Je ne connaissais
pas le terme *bourse d'études*. Je ne me disais donc pas
du tout que j'étais douée, différente, seulement. Avec
des lunettes qui agrandissaient encore mes yeux.

Mais un jour, surgit la question :

« As-tu pensé à ce que tu allais faire après l'école de
Stackpole ? »

C'est ma mère qui me l'avait posée, dans la cuisine, tout
en triant les pois secs à l'heure du goûter. Mon père n'était
pas rentré, pas encore, ma frange avait été coupée avec
des ciseaux de couturière, et j'avais presque onze ans.

Après : cette question ne m'avait jamais effleurée. On
ne me l'avait jamais posée. Je pensais juste que je
continuerais à vivre à Stackpole. Avec mon haricot de
mer. J'irais dans une autre école des environs, qui
aurait le même carrelage. Ma mère me dit : « Bon, ça
ne fait rien, mon minou », et elle passa à autre chose.

Un vendredi après-midi, à quatre heures. Mes
parents – tous les deux – vinrent me chercher à la sortie
des classes et rentrèrent dans l'école avec moi. Je me
retrouvai assise dans le vestiaire, avec une bouteille de
Coca-Cola qui avait fui dans mon cartable, si bien que
mon cahier de classe et mes stylos étaient tout collants.
Mon lacet de soulier était défait, et j'entendis mes
parents frapper à la porte de Mrs Mole. C'était loin du
vestiaire, mais je pouvais cependant tout entendre. La
voix de Mrs Mole portait comme les canons de l'armée.
Et puis elle avait laissé sa porte ouverte.

Mes parents disaient : *Oui*, et : *Vraiment ?* Ils parlaient d'écoles, et de moi. D'endroits loin de la mer. Et
puis l'école locale de Tenby n'avait pas une excellente
réputation, disait Mrs Mole. « Elle est exceptionnelle-
ment douée, vous savez, je vous conjure de… »

J'avais les mains collantes. Il y avait trente-deux porte-manteaux dans le vestiaire, et ma mère répondit : « Vous croyez ? C'est que… nous n'avons pas l'argent… »

Une bourse d'études. Et voilà. C'est Mrs Mole qui le murmura : un chapeau de magicien, ou une nappe qu'on soulève. « Est-ce que ça ne vaut pas la peine d'essayer ? »

Une quiche pour le dîner, ce soir-là. Elle fut servie fumante, et mon père se frotta les mains, mais je n'en mangeai guère. J'avais une boule dans l'estomac. Je restais là, mon couteau et ma fourchette à la main, et plus tard, je sortis le dictionnaire de l'étagère dans l'entrée, et je cherchai le mot.

Ma mère vint me rejoindre dans mon lit, sous la couette, et dit : « N'aie pas peur, Moïra. Rien ne changera, je te le promets. »

*
* *

Rien ? Crois-moi : elle avait dit ça. Elle l'avait dit, et je le croyais, comme je croyais tout le reste. Pourquoi aurais-je fait la grimace, pourquoi me serais-je dit : *C'est sûr ?*

Ma mère avait dit : *Rien ne changera*, tout en sachant que c'était faux. C'était cela le cadeau que j'allais ouvrir dans le noir, à Locke : *elle avait menti*.

Bref.

Je fis ce qu'on me disait de faire. En avril, je passai trois examens. J'étais restée dans la classe après les heures de cours, toute seule avec l'horloge et mes crayons, et Mrs Mole qui lisait un magazine féminin. Les ajoncs étaient en fleur. J'en sentais l'odeur. Je fis des additions. Une liste de capitales. En me mâchonnant les ongles.

Et un de mes crayons se cassa sur le papier – je l'avais mâché jusqu'à la mine, si bien que je rentrai à la maison les mains bariolées et la langue bleu vif. Je me plongeai dans un bain d'eau salée.

Le dernier examen fut le plus difficile. Sur le chemin du retour, tandis que je passais devant le pré aux chevaux, Mr Bannister me fit signe de la main et me dit : « Alors comment ça se passe, tes examens ? Je suis au courant, tu sais. »

J'ai dû hausser les épaules. Et probablement rougir.

Il demanda aussi : « Comment va ta mère ? On prie pour elle et pour le bébé. Tu lui diras ? Embrasse-la pour nous. »

Et voilà. Nous y sommes. J'ai appris ton existence comme ça, en uniforme d'écolière, en rentrant d'un examen pour avoir une bourse, de la bouche d'un monsieur à moustache qui jouait aux boules le dimanche. Pour finir il m'a dit : *Bien le bonsoir.*

Est-ce ma faute ? Est-ce que ça t'étonne vraiment ? C'est comme si on faisait disparaître tous les arbres, ou comme si l'herbe changeait de couleur, et que personne ne te dise pourquoi. La gitane n'avait-elle pas dit que j'étais étrange ? Je connaissais l'histoire, à l'époque. Ma mère me l'avait racontée, le jour de mon anniversaire.

Je ne crois pas m'être jamais mise en colère avant ça. Mais cette fois-là, oui. J'avais le cœur plein de rage. Ce soir-là, j'ai gardé les yeux fixés sur ma mère, sur son corps. J'ai marché sur le chemin les poings serrés, l'œil mauvais. Je n'ai ni mangé ni dormi, me répétant : *Trahison ! Trahison !* Qu'est-ce qui n'était pas au courant, à part moi ? Tout et tout le monde l'était, j'en étais persuadée. Le chien errant. Lundy Island. Les goélands argentés sur le toit.

Trois examens, pour trois écoles. Trois réponses positives m'acceptant comme élève sans aucun frais. Miriam a dit : « Celle-là, minou ? Regarde, c'est tout près. On pourrait t'y conduire en voiture tous les jours ! »

Ou alors il y avait un vieux couvent à la frontière du pays de Galles.

Ou encore un pensionnat à l'autre bout du pays, dans le Norfolk, où Mrs Mole avait elle-même été élève et elle avait dit : « Je vous la recommande. Je m'y étais beaucoup plu. » Sur son bureau elle avait déroulé une carte, elle m'avait montré le Norfolk, et l'endroit où se trouvait Locke School : à un avant-bras de distance sur la carte. Toute l'étendue du pays entre cette école et la maison de Stackpole, avec son pommier, et les pièces détachées d'automobiles.

George s'est frotté la barbe du dos de la main. Il a dit à Miriam : « Ma chérie, regarde comme c'est loin... »

Miriam était au bord des larmes. Elle a dit que cette école ne lui avait jamais plu, de toute façon, et que je n'aurais jamais dû passer cet examen, parce que voyons, à quelle distance était-ce ? « À des centaines de milles. George, tu vois bien ! » Mais Mrs Mole avait tenu bon. Mrs Mole avec son énorme anneau de fiançailles et ses yeux en boutons de bottine. Et George et Miriam n'étaient pas des lutteurs. Ils avaient acquiescé trop vite. Capitulé. Dit : *Bon d'accord.*

Til, elle, ne fut pas étonnée. Elle hocha la tête d'un air entendu, lors de sa visite suivante. Elle me regarda les lignes de la main. Parla de dureté, et d'eau, et de pleines lunes – sans expliquer ce que tout ça voulait dire.

*
*   *

Ne sous-estimez pas l'obstination d'une petite fille de onze ans. Ce serait une grave erreur. Peut-être que nous nous ressemblons plus que je ne le pense, toi et moi. Toi tu es tombée, moi j'ai sauté. À l'époque, toutes les deux nous avions dans le sang de l'amour sous une forme ou sous une autre.

Rien ne changera.

Fameux mensonge. Aussi noir et immense que peut l'être un mensonge. Tout changea, et je choisis Locke parce que quel autre choix avais-je, une fois que tout avait disparu ? Tout ce que je connaissais. Et puis j'étais pleine de rage. Je brandissais mes ailerons.

Et donc tu fus la cinquième vie à pousser sous la peau de notre mère. Du moins je pense que tu fus la cinquième. J'avais été la première, puis il y en eut trois autres qui larguèrent les amarres ou sombrèrent et disparurent : sur le chemin, au supermarché, et une fausse couche, je crois, dans la salle de bains où je suis née, car c'est là qu'un soir je les ai entendus pleurer tous les deux. Peut-être qu'il y en eut davantage. Mais est-ce que ce sont là des questions qu'on pose ?

Ils ont fini par me parler de toi eux-mêmes. Quinze jours avant mon départ pour Locke, alors que ton fœtus visqueux avait cinq mois, et qu'il était hors de danger, plus ou moins, et qu'on pouvait voir un net renflement sous la robe d'été de cotonnade bleue de Miriam, elle m'annonça : « Moïra, nous avons une bonne nouvelle... » Pensant que ça allait me faire plaisir.

J'espérais que tu n'allais pas tenir le coup. J'espérais que tu allais lâcher en route, ou te détacher, ou te ratatiner comme un vieux fruit flétri. J'espérais qu'il y aurait encore un grand éclair bleu, et du sang – dans le chemin, ou sur le carrelage, ou au lit. N'importe où. Ce qui ferait qu'on se retrouverait comme avant. Trois paires d'empreintes dans le sable humide.

Mais ce ne fut pas le cas. Tu t'es accrochée.

Je suis sortie marcher sur le chemin. Toute seule. Les détestant, et te détestant, toi.

*
* *

Parle-moi de toi à cette époque-là.

C'est Ray qui m'a posé la question un jour. À Noël, l'année précédant notre mariage. Je savais ce qu'il voulait : mes émotions, mes espoirs et mes craintes d'enfant. Des histoires, comme toujours. Il voulait l'histoire que je viens de te raconter, mais je n'étais pas prête pour ça. Alors j'ai fait la moue. Je l'ai regardé un moment, puis j'ai haussé les épaules. *J'étais la même. En plus petit.*

Ah, mes réponses, sèches souvent, comme celle-là. Faites en levant les sourcils, ou lancées sans un regard, au moment de partir. À une époque, j'étais connue pour ça. N'empêche qu'il avait raison de poser la question, parce qu'elle n'est plus là, cette créature. Moïra la pimbêche. La Moïra qui avait été heureuse a cédé la place à une Moïra qui a fait sa valise, de la colère dans le cœur, la paume des mains griffée par ses ongles. Une Moïra qui s'est refermée comme une huître.

Pendant des années elle n'est pas retournée voir les étangs aux nénuphars ni le terrain de boules.

III

Les rochers

Laisse-moi te parler de tes blessures. Laisse-moi te raconter comment elles étaient au début, car maintenant elles sont à peu près cicatrisées. Là où tu avais saigné, il n'y a plus que la peau blanche et plus épaisse. Et les os qui ont pris de nouvelles formes.

Je vais commencer par tes pieds. Bien formés, petits. Ils reposent sous ces couvertures avec leurs orteils tordus, et l'ongle qui manque. Ce sont aujourd'hui des pieds roses, comme il convient à des pieds, mais au début la chair avait éclaté, et ils étaient rouge et noir, à cause des herbes qui poussent sur Church Rock. *Elle a glissé, Mrs Cole. Il y a des marques...* Sur la plante des pieds. Trois orteils cassés. Une profonde coupure au talon gauche, d'où on a lavé le sel, ensuite.

Tes jambes ? Les docteurs ont tiré le drap sur le côté pour montrer un énorme hématome couleur d'encre sur ta cuisse, comme une main, provenant de ta chute. Au cours des semaines, il a changé de couleur. Et un genou gauche enflé – la rotule – parce que tu te l'es cassé en tombant. Le docteur m'a décrit la chose en tapant du poing sur la table. Il a dit *Crac !* Donc j'imagine que c'est le bruit qu'a fait ton genou. Il s'est brisé en morceaux, on l'a remplacé par un genou en plastique, ce qui fait qu'il y a des cicatrices sur ta jambe gauche – la peau bourgeonne, avec un dôme artificiel tout lisse.

Passons à ton corps, Amy. Le thorax. L'abdomen. Là ce sont des blessures sournoises, plus difficiles à voir, car c'est sous la peau que les dégâts se sont produits, et pas en surface. Quatre côtes cassées – trois côtes flottantes, et une côte vertébro-sternale. Elles ont été repoussées vers les organes abdominaux. Les poumons n'ont pas été perforés, mais il y a eu des dégâts à l'intérieur. Ils ont appelé ça des *hématomes internes*. Je ne les ai pas vus, mais je les ai imaginés cent fois – une fleur violacée sur un rein, ou un œil jaunâtre sur le foie.

D'autres fractures également. Il y avait une fêlure au sternum – à l'endroit où on pourrait accrocher un pendentif, ou nouer une écharpe de soie, sous cette étendue de peau, l'os était cassé. On t'a droguée, on t'a endormie, on t'a mis une broche. Ce qui fait que maintenant il y a une espèce de creux à cet endroit-là. Comme la marque d'un pouce appuyé dans la chair. Un garçon aurait pu tomber amoureux de cette petite dépression, si tu avais fini par te réveiller. Il aurait pu dire : *C'est joli*.

Et puis il y a les longs bras couverts de taches de rousseur qui jadis se suspendaient aux arbres, qui supportaient ton poids quand tu faisais le poirier. Un muscle déchiré – le *deltoïde* – à hauteur de l'épaule. À cause peut-être d'un effort désespéré pour te rattraper, car tes mains étaient à vif, au début – brûlées par la corde de nylon bleue que j'avais attachée là. Tu as dû te raccrocher à tout ce que tu pouvais : les rochers, les plantes, l'air. Il y avait sous tes ongles des herbes et des fientes de mouette.

Et maintenant ta tête, ton crâne, *cranium*, les dommages qui lui ont été causés qui font que tu te retrouves sur ce lit, endormie. Trois coups, pensent-ils. Gauche, droite : comme si ta tête avait ricoché. Des chocs rapides, brutaux, au-dessus de tes oreilles. La troisième blessure était la plus importante. Tu as atterri de face sur un rocher plat qui t'a brisé la clavicule et ébréché les dents. Mais c'est juste avant cela qu'est survenue la pire blessure : ta tête a cogné contre un coin de pierre qui t'a tondue, qui t'a soulevé le cuir chevelu. Tout un pan d'épiderme. Des cheveux collés. C'est là qu'ils ont trouvé une moule, et qu'ils l'ont extirpée.

Je ne sais pas comment tu as pu, à Church Rock, ne pas saigner à mort. Car tu as saigné. Des litres de sang. Les mouettes ont poussé des glapissements en voyant ça. Le type qui se promenait sur les falaises, c'est ce qu'il a vu en premier. Une tache rouge dans l'eau, qui s'étalait de plus en plus. Il a cru que c'était une espèce de chiffon.

Et voilà. C'était toi. Tout ce qui te reste aujourd'hui de ces blessures, ce sont les cicatrices, leurs fantômes, et ton crâne blanc entouré de pansements. La dent ébréchée, que je vois si je soulève ta lèvre inférieure. La dent, et les veines bleuâtres de tes gencives.

N'empêche. *Votre sœur a eu de la chance.* Voilà ce que j'entends – ce qu'on m'a dit et redit. Parce que tu ne t'es pas brisé le cou, ni la colonne vertébrale. Et parce que tu es tombée à marée basse. Un terrain dur et pointu pour y atterrir, mais si cela avait été marée haute, en se retirant elle t'aurait entraînée, elle aurait rempli tes poumons et toutes tes cavités de sel, de sable, d'écailles de poisson et t'aurait laissée sur un banc de sable un ou deux jours plus tard – ballonnée, bouffée par les crabes.

De la chance ? Je n'en suis pas si sûre. Moi, j'aurais choisi la mort sauvage, sanglante, la mort par l'eau. Mieux aurait valu, me semble-t-il, devenir une légende, dans le pays de Galles du Sud, avec des fleurs déposées sur la plage en souvenir de moi. Ou même une plaque. Ou un banc avec mon nom, orienté au sud, là-haut sur les falaises.

Mais nous sommes différentes, toi et moi. Et tu as choisi de venir ici dormir. Loin de la mer. Dans une chambre d'hôpital.

Et moi, calée contre mon dossier, je reste à distance.

Il n'y eut pas de dernières promenades. Pas de larmes. George et Miriam ne dirent pas : *Non. Tu ne peux pas aller là-bas.* Leur fille avait envisagé cette possibilité. Elle s'y attendait à demi lorsque son père s'approcha d'elle, un après-midi, les mains enfoncées dans les poches de son jean. Au lieu de quoi il dit : « Tu viens goûter ? »

Un mois de septembre humide, décoloré. Des touristes luttaient contre le vent sur le chemin côtier ; les chevaux aux crinières mouillées gardaient la tête basse sous les arbres. Moïra relevait son capuchon, s'asseyait sur la balançoire du jardin et regardait Lundy Island à travers la brume. Elle errait près des sapins, respirait leur odeur. Mais elle n'allait pas très loin.

Elle passa les derniers jours à la maison. Au milieu des livres et des plumes de paon. On descendit du grenier une vieille malle en cuir avec les initiales *G.S.* marquées en noir, et on la posa sur son lit. Elle avait des sangles défraîchies et une doublure de soie rouge. Il pleuvait dans le chemin, sur les plages. Moïra plia ses vêtements. Attacha ses chaussures ensemble par les lacets.

Et tout en faisant ses bagages, elle se demandait si ce qu'elle laissait ici l'oublierait, les chevaux et les prunelliers par exemple. Si elle reviendrait pour ne plus retrouver ses trous d'eau, ou ne plus entendre les drisses chanter. La mer aurait peut-être perdu la forme de son corps. De son poids, des battements de ses pieds en ciseaux.

Peut-être que les mouettes pousseront des cris en me voyant, parce que quand je reviendrai elles ne sauront plus qui je suis.

Dans sa chambre ce soir-là, elle réfléchit à la question de savoir si les choses avaient des souvenirs ou non. Elle pensait plutôt que non, mais d'un autre côté, un arbre avait des cercles qui indiquaient son âge, et les oiseaux savaient où se trouvait leur nid. Les bulbes se réveillaient au printemps. Donc en fait, elles en avaient peut-être, des souvenirs, et plus fidèles que les siens. Et la mer, tout comme ses parents, souffrirait peut-être de son absence.

*

* *

Miriam avait dit : « Je veux que tu sois heureuse. » Elle disait ça, appuyée contre la porte de la salle de bains – une serviette dans les bras, les cheveux retenus en arrière. « C'est la seule chose que désirent les mères, tu sais. Que leurs enfants soient heureux. »

Moïra était en train de se brosser les dents. Elle cracha l'eau, se rinça la bouche. Rentrée dans sa chambre, elle inscrivit *brosse à dents* sur son bloc-notes, pour penser à l'emporter.

*

* *

Excuse-toi. Et : *N'aie pas le bébé.* C'est ce que Moïra se disait, en grinçant des dents.

Tante Til débarqua les tout derniers jours. Elle remonta l'allée avec un parapluie et, enveloppée dans du papier d'argent, une poignée d'hortensias bleus qu'elle avait cueillis dans un jardin la nuit. Elle but son infusion de menthe. Elle s'assit, jambes croisées, sur le lit de Moïra et la regarda plier soigneusement ses affaires.

« Tu fais ça très bien », dit-elle. Avec admiration.

Elle ne dit pas : *Comment te sens-tu ?* Elle ne dit pas non plus : *Tu es bien certaine ? C'est vraiment loin...* phrase que Moïra avait entendue déjà dite par cinq personnes différentes. Mr Bannister avait dit : « Mon

Dieu, pourquoi si loin ? » Et sa mère avait dit : « Il y a des endroits plus près... Il y a une école à Cardiff qui t'a répondu oui... » Moïra s'attendait à ce genre de remarque de la part de Til – ça ou quelque chose d'approchant.

Au lieu de quoi Til fit un chignon de ses lourds cheveux qui tombaient jusqu'à la taille, se mit des boucles d'argent aux oreilles, et dit : « Viens avec moi. » Posa sa tasse. Entraîna Moïra en bas, puis dehors, dans le chemin, sous la pluie d'août.

Deux heures dans le pub de Stackpole. Une salle chaude, fumante, où des fleurs artificielles étaient posées dans des brocs, et où un chien mouillé dormait près de la porte. Til but un demi de bière brune. Un liquide épais, noir, magique. Elle leva son verre et dit : « À toi. À un avenir différent. » Elle essuya la mousse de sa lèvre supérieure.

Et puis Tante Til parla de Londres, comme toujours. Des coulisses du théâtre, et de la seconde intense, électrique, qui précède le moment où l'on entre en scène, toute corsetée, les mains moites. « C'est bien pire, disait-elle, d'être dans les coulisses à attendre que d'être toute seule dans la lumière des projecteurs. » Elle parla des souffleurs, et des toiles de fond. Des soirs de première, et de la rose qu'un jour on lui avait lancée sur scène. Rose comme l'intérieur d'un coquillage. Elle en avait séché les pétales, en avait rempli un verre à pied.

Quant au Norfolk, elle avait entendu dire que c'était plat, et très beau, et que les oiseaux y hibernaient. « Et puis c'est venteux, je crois. Il y a plein de moulins. »

Moïra opinait. Elle aussi elle avait lu ça. Des moulins à vent et des clochers ronds. Et en se promenant on pouvait ramasser des silex par terre. Il y avait de la lavande. La mer était vaste.

« Écoute-moi, avait dit Til. En se penchant. Ce n'est pas une question d'amour. Tu comprends ça ? »

Til, avec ses boucles d'oreilles en argent. Dans le pub de Stackpole.

*

* *

Moïra referma le couvercle de la malle. Elle avait pris des cintres, ses pyjamas, ses lunettes de rechange. Une boussole en plastique. Son haricot de mer tout lisse.

Elle avait aussi pris le joli cadeau tout dur que Til lui avait mis dans la main, en rentrant du pub. Sa tante avait dit : *Tiens…* Une broche en argent. Deux poissons qui nageaient, l'un vers le haut, l'autre vers le bas. Ils avaient des écailles, et des nageoires, et deux yeux de verre.

« Le signe des Poissons, avait dit Til. Ça vient d'une boutique de Camden Market. J'ai vu ça et j'ai pensé à toi… »

C'était cela que Moïra regardait, tandis que la voiture qui l'emmenait s'éloignait de la maison à la porte d'entrée verte ; leurs bouches ouvertes bien dessinées. Leurs queues. Elle appuya la pointe de l'épingle contre son doigt.

Elle ne se retourna pas. Mais Moïra savait bien à quoi ressemblait la maison qu'elle laissait derrière elle, elle se doutait qu'elle n'avait pas changé : la toile de bâche, et les fenêtres, et les digitales qui penchaient sous la pluie. Les balances à crabes orange devant la maison. La rangée de goélands argentés.

Vers l'est, toujours vers l'est. On traverse les montagnes. On pénètre en Angleterre, et on continue à rouler vers l'est. On dépasse des villes, des aéroports, des usines. On prend des autoroutes. On déjeune sur une aire de stationnement pleine de chardons et de vapeurs d'essence, avec une thermos de café qui fuit dans la voiture. Et qui a mouillé les sièges.

Vers l'est, vers le pays plat. On prend une route qui se faufile à travers de sombres champs marécageux où les vaches s'enfoncent dans la boue jusqu'aux genoux, et Moïra voit filer une église à sa gauche. Et au passage, des moulins à vent. Un épouvantail dans une haie avec une casquette de toile. George dit : « On arrive bientôt. Tout va bien derrière ? »

Voici ce qu'elle retiendrait du voyage : un bas-côté, dans les Fens. Sa mère, penchée en avant, retenant ses cheveux. Des bruits rauques, comme en ferait une bête. De la voiture, Moïra vit un filet de liquide laiteux s'écouler de la bouche de sa mère. Le courant d'air d'un camion qui passait le saisit au vol. Il restait des filaments suspendus à la lèvre de Miriam, et elle les essuya sur sa manche.

Quand Miriam remonta dans la voiture, une odeur un peu aigre se répandit. Ils poursuivirent leur route en silence. Moïra ne cessait de penser à ce parasite glouton, charnu. C'était donc son odeur : âcre et pénétrante. Il rotait à l'intérieur de sa mère, il épaississait ses chevilles, lui donnait une haleine fétide. Il laissait sa bave blanchâtre sur sa manche.

IV

À l'est

Locke Hall, pensionnat pour jeunes filles, 1 mille. En lettres d'or sur un panneau bleu foncé, dont elle vit la peinture s'écailler lorsqu'elle en fut à son troisième été. Attaché à un poteau télégraphique, ils l'aperçurent après avoir traversé le village de Lockham Thorpe. « Un mille », dit George.

Fin d'après-midi. Sentiment de nausée, mal à la nuque, les jambes ankylosées. Dans la voiture on manquait d'air, et ils finirent par quitter la route pour emprunter une allée de gravier. Ils franchirent un portail flanqué de grands vases de pierre. Le gravier crissa, entre deux rangées d'arbres. Locke Hall était une bâtisse de briques grises, avec des plantes grimpantes sombres, et des fenêtres. Un mât avec un drapeau mouillé. « Voilà », dit George. Sur une brusque expiration sifflante. Et il coupa le moteur.

*
* *

Dure, Moïra. Dure comme un galet. Et de mauvaise humeur. Mais mal à l'aise, aussi, promenant sa langue sur le bord de ses dents tout en regardant l'école de là où elle était, debout sur le gravier.

La directrice était une femme mince, raide comme un fil de fer. Elle comprima à lui faire mal la main de

Moïra en lui souhaitant la bienvenue. Une voix sèche et coupante comme une paire de ciseaux. Elle parla du voyage, et des bourses. Leur proposa une tasse de thé.

Miss Burke – qui portait une veste violet foncé, cintrée, avec des boutons d'argent, et une jupe violette à mi-mollets. De grandes boucles d'oreilles à clips. Les cheveux gris-noir rassemblés en boule sur sa nuque et retenus par un filet et des pinces. Comme s'ils étaient irritables, pleins de mauvaise volonté, et qu'il fallait les empêcher de nuire.

Miss Burke introduisit les nouveaux venus dans une pièce carrée avec des fauteuils, une cheminée désaffectée et une fenêtre donnant sur un noyer. « Le thé est servi », annonça-t-elle. Il y avait une très grande hauteur de plafond. Miriam et George restèrent posés au bord de leur siège. Le thé fut versé dans des tasses en vraie porcelaine qui tintait contre leurs alliances. On passa à tout le monde des gâteaux élégants, glacés de blanc et poudrés de sucre, avec une cerise rouge. Moïra goûta le sien du bout des lèvres. Elle sut que désormais les cerises lui rappelleraient Locke, et les voyages en voiture.

Elle mastiquait. Et pendant que Miss Burke parlait notes, politesse, esprit d'équipe, respect des règles, Miriam regardait tristement le noyer et les moineaux dans les branches. George opinait du chef sur sa cravate rouge vif parsemée de miettes, il disait : *Oui, oui, bien sûr.*

*
*   *

Curie. On lui donna ce mot, elle l'enregistra.

Une grande élève avec des dents de métal vint chercher Moïra et ses parents, les arrachant au bâtiment principal et aux tasses de thé. Soleil mouillé sur l'architecture en briques. Son sourire faisait luire le métal, et il y avait aussi dans sa bouche des élastiques qui s'allongeaient tandis qu'elle parlait de netball et de cours de français. « Par ici », dit-elle. Elle les amena vers une allée de gravier qui longeait un long bâtiment de brique avec des fenêtres à guillotine. À leur droite, une haie de troènes taillés en arceaux. Un cadran solaire. Des feuilles mouillées qui collaient aux semelles de Moïra.

Quatre résidences. Toutes portant des noms de femmes qui avaient changé le monde, qui avaient parcouru leur propre allée de gravier la tête haute, dans le froufrou de leurs jupes de soie.

Curie. La dernière maison.

Moïra remonta ses lunettes sur son nez. Curie donnait sur un court de tennis, un banc de bois, et une vaste étendue de terrain de hockey.

*
*   *

Plus tard, Miriam pleura – crispée, serrant les mâchoires. Elle dit que ce n'était pas lié aux hormones. Elle s'assit sur une chaise, se moucha. Dut à nouveau aller vomir, dans la salle de bains, au bout du couloir.

Douze lits, dans ce dortoir. Par paire de six. Une pièce calme, aux murs couleur crème, avec du lierre aux fenêtres, ce qui donnait une lumière bizarre. Du parquet. Moïra avait un lit, un bureau, un placard, et une lampe de bureau avec un dessin à l'encre rouge sur l'ampoule. Les autres lits étaient marqués – par des coussins ou des vêtements, ou des formes sous les couvertures. Mais la pièce était vide. Rien que Moïra, ses parents, et le parasite qui tétait.

Et donc Miriam pleura. Ses larmes étaient noires, et lorsqu'elle fit ses adieux, son souffle était rauque.

Moïra les laissa partir. Elle ne fit pas de signe d'adieu, elle ne regarda pas la voiture diminuer à l'horizon. Non, elle resta là où elle était, debout près de son lit. Ses parents redescendirent l'escalier sans bruit, rebroussèrent chemin, et rejoignirent la résidence pour les hôtes de passage qui se trouvait à Holt, à dix milles de là. Où Miriam passerait la nuit à pleurer, la tête enfoncée dans un oreiller de dentelle. Cependant que Moïra, dans sa nouvelle chambre, sortait ses affaires de sa valise en cuir. Il y avait des rayons de lumière, et des grains de poussière. Sa bouche était pleine de cerises.

Et voilà, je suis là.

Elle prit les poissons d'argent et les mit dans le tiroir de sa table de nuit.

Tel fut donc le premier jour à Locke. Et au commencement de son séjour dans l'est de l'Angleterre, dans une maison où il n'y avait ni mouettes ni plumes dans des vases, elle ne ferma pas l'œil. Elle eut beau essayer. Elle passa sa première nuit dans un lit qui grinçait, dans une chambre où elle n'était pas seule, dans une maison qui s'appelait Curie. Elle restait allongée sur le dos, les yeux grands ouverts. Elle regarda sa voisine de dortoir, une élève qui avait des cheveux couleur de prune, et qui dormait en tenant dans la main un chiffon de coton gris.

C'étaient peut-être les bruits. Avant toute chose, c'étaient les bruits, car la nuit, il y en avait toutes sortes de nouveaux. Dans sa tête, elle en fit la liste : les respirations, les réveils ; les tuyaux de chauffage. Un bruit dehors, dans le noir. Au loin, à un étage supérieur, elle entendit une porte se fermer.

Pas de mer. Pas de chouette dans le chemin.

Elle les nota, au crayon. De sa petite écriture ronde. Mais il y avait aussi de nouveaux bruits de jour – la cloche qui sonnait pour le petit déjeuner, les pieds des élèves dans la cage d'escalier, une louche métallique contenant du porridge, qui cognait contre son plateau métallique. La porte d'entrée de Curie qui résistait quand elle la poussait. Les pieds des chaises qui raclaient le plancher. Miss Bailey était une surveillante ronde, aux cheveux blonds, aux joues rouges et au nez rouge, elle frappa dans ses mains pour dire : « Toutes les nouvelles, rassemblement immédiat sur le court de tennis ! » Et Moïra entendit alors une douzaine de pieds qui firent crisser le gravier de l'allée.

Il y eut une visite guidée. C'est ainsi qu'on présenta la chose. Trois grandes de terminale qui avaient des trous dans leurs collants firent faire à Moïra et à cinq autres élèves, poings enfoncés dans les poches, le tour de l'école. Les couloirs, les salles de classe. Les vestiaires. Le salon de musique. Le grand hall de réunion. Le gymnase avec son plancher vernis, les labos de sciences, et la petite piscine couverte qui empestait le désinfectant, et dont l'eau était bleu turquoise. Les lunettes de Moïra se couvrirent de buée. Des gouttes coulèrent par terre. Elle les essuya, vit son reflet – cheveux noirs et uniforme bleu marine.

Les élèves avaient échangé des informations sur l'endroit de la bibliothèque où se trouvaient les livres érotiques, et sur les profs qui buvaient. Et puis : « Tu vois ça ? Le campanile ? Un jour, il y a des années, une élève s'y est pendue, il paraît qu'on l'entend se balancer... »

Des bruits, et encore des bruits. Le lendemain elle entendit des chaussures de hockey qu'on tapait contre les murs pour enlever la boue et les touffes d'herbe collées, et le bruit électrique des bandeaux qu'on ôtait des cheveux, et le son d'un piano au loin. Le grattement d'une plume sur le papier. Quand il y avait du vent, le mât avec le drapeau sur le toit du bâtiment principal tintait, et Moïra s'arrêtait près de la haie de troènes pour l'écouter.

Et le silence ? Est-ce que c'était un bruit, ça aussi ? Sur la côte, à proximité d'un champ de tir, il n'y avait jamais un instant de silence. Jamais un moment sans le souffle de la mer, inspiration, expiration. Et maintenant ? Maintenant, il y avait cet immense silence noir qui envahissait les dortoirs à minuit, au moment où le groupe électrogène s'arrêtait. Un silence qui venait se poser près d'elle, comme l'aurait fait une personne, et qui pesait contre ses oreilles.

*
* *

Stackpole, c'est fini. Maintenant, c'était Locke, avec sa pelouse vert bouteille, et des écureuils qui chipaient des noix du noyer et les enterraient un peu partout dans le parc. Elle les voyait à l'œuvre.

Petit à petit, les cours commencèrent. Deux bâtiments allongés de plusieurs étages étaient situés à l'arrière de Locke Hall, c'est là que se trouvaient les salles de cours. Leur toit était plat, ce qui fait qu'il était tout verdi par l'eau de pluie. Moïra se tenait assise bien sagement, le crayon à la main. On ne s'adressait pas à elle, elle n'ouvrait pas non plus la bouche, mais elle observait tous les professeurs : les chaussures qui claquaient de Mrs Maynard ; la bosse sur le nez de Miss Kearney. Les tableaux noirs, les rapporteurs ; l'odeur de colle des livres de classe. Elle faisait son travail, car que faire d'autre ? Mais aussi, parfois, elle regardait par la fenêtre, car les salles étaient hautes de plafond, et du côté nord on voyait des champs de betteraves, des pylônes, et au loin le toit gris d'un élevage de volailles. Du côté sud, Moïra voyait l'église de Lockham Thorpe, et une rangée de peupliers qui se balançaient par grand vent, et murmuraient tout bas. En dessous de tout cela, il y avait la cour : sa mousse, ses détritus, et un passage voûté. Et au milieu, une vieille fontaine oubliée. C'est triste, se disait Moïra : une jeune fille de pierre, avec une cruche de pierre qui ne verse pas d'eau. C'est ce qu'elle était censée faire, mais rien ne coulait. Les pieds de la jeune fille étaient cachés par les feuilles mortes, ses mains étaient tachées de rouille, et tout ce qu'elle versait, c'était une toile d'araignée, et l'air froid et venteux du Norfolk. Un après-midi, une semaine après son arrivée, Moïra se dit que ce serait une bonne idée, un jour, peut-être, de se servir de la cruche comme cachette – pour un message, ou un oiseau qui cherche un nid.

Elle remarqua aussi la vitre fêlée dans la salle d'histoire. La tache d'humidité sur le mur de la salle de français. Elle entendait parfois siffler les grillages près des courts de tennis, et le soir, elle lisait tranquillement dans sa chambre. Elle se prit d'affection pour le petit singe sur sa lampe d'architecte. Il la regardait faire ses devoirs, il avait un petit chapeau rouge. Un jour où il n'y avait personne, elle lui parla, lui dit comment elle s'appelait – *Moïra Stone* – et ce fut son premier ami à Locke, car lui ne l'appelait pas *Bûcheuse* ni *Boules-de-Loto*, et il ne chuchotait pas dans son dos. Un singe dessiné au feutre sur une ampoule électrique.

*

* *

Il se passa la chose suivante :

Un lundi, elle tomba. Il y avait de la boue – près du terrain de hockey. Elle se promenait toute seule, à l'heure du déjeuner, son haricot de mer dans la main, et elle glissa. Elle tomba par terre sur le côté, et en essayant de se relever, elle tomba de nouveau. Sous le regard des élèves en cours de maths, qui se moquaient d'elle.

Elle rentra comme elle put à Curie. S'enferma dans la salle de bains au bout du couloir. Enleva sa jupe d'uniforme et la passa sous le robinet, la frottant avec un morceau de savon grisâtre, fendillé, qui ne moussait pas et qui laissait des marques grasses. La baignoire se remplit de boue. Elle s'en mit sur les mains, en répandit par terre. Elle était là, au milieu du désastre, en petite culotte, quand on frappa à la porte.

« Il y a quelqu'un ? »

Miss Bailey. Elle avait entendu l'eau qui coulait, et la porte qu'on fermait à clef. Elle frappa de nouveau, et en voyant Moïra, elle s'affaira comme une tourterelle turque : « Mon pauvre petit... donnez-moi ça. » Revint avec une jupe de deux tailles trop grande, mais propre : elle était depuis un an aux objets trouvés sans que personne vienne la réclamer ; Miss Bailey l'avait lavée et gardée pour faire face à ce genre d'accident.

Moïra était furieuse contre ce savon. Furieuse contre les robinets, et le papier-toilette rêche, et l'hématome

67

qu'elle eut sur la fesse, à la suite de sa chute. Elle avait lâché son haricot de mer dans la boue et ne l'avait pas retrouvé. Mais sa jupe, elle, revint, comme neuve.

« Ce sont des choses qui arrivent », dit Miss Bailey.

*
* *

Moïra oublia presque l'incident. Quand on essaie très fort d'oublier quelque chose, on y arrive plus ou moins. Alors Moïra se plongea dans les verbes et les multi-plications. Mais devant le réfectoire, une élève aux longs cheveux châtains qui bouclaient au bout lui dit : « Je t'ai vue. Toi. En train de tomber. » Elle sourit. « Moïra ? C'est comme ça que tu t'appelles ? »

Moïra observa la façon dont son nom était prononcé, dont il prenait forme dans cette bouche. *Moy-rah*.

L'élève, elle, s'appelait Heather : « Bruyère », la plante qui pousse dans les crevasses des rochers. Heather, qui pensait qu'il n'y avait pas pire au monde que les lunettes en plastique et les bourses d'études.

Dans le casier marqué S, Moïra trouva une enveloppe rose, avec une adresse barbouillée d'encre. La pluie avait fait couler son nom.

Voici ce que disait la lettre :

M, ma chérie,

Comment vas-tu ? On est l'après-midi, Papa est à son travail, alors je me suis dit que j'allais m'installer à la table pour t'écrire. Aujourd'hui il fait du vent. La mer est d'un blanc de craie, et c'est un vrai temps pour aller se promener en haut de la falaise, alors cela me fait penser à toi. Tu te souviens du jour où nous avions marché jusqu'à Manorbier, et où on avait vu un dauphin ? Tu étais encore toute petite, alors peut-être que tu ne t'en souviens pas.

Ici, la vie continue. Ton papa a eu un gros rhume la semaine dernière, il reniflait dans toute la maison. Moi, je ne l'ai pas attrapé – grâce aux vitamines, peut-être ! Le pub a de nouvelles corbeilles suspendues avec des pensées d'hiver, qui sont magnifiques, mais je ne crois pas qu'elles tiendront tout le mois. On nous a prédit des tempêtes. Nous allons faire du feu et ne pas bouger de la maison pendant une semaine ou deux.

Les Bannister t'envoient toutes leurs amitiés. Leur chêne perd ses branches, alors on sera peut-être obligé de l'abattre. Si c'est le cas, le chemin aura l'air bizarre sans lui. Le bébé grandit tous les jours. Il donne des coups de pied et me réveille quelquefois. Il me charge de t'embrasser.

Tu sais, Moïra, il y a des jours où tu me manques terriblement. Aujourd'hui, par exemple. Je suis allée dans ta chambre, et j'ai vu tous tes livres sur l'étagère. J'espère que tu es heureuse, que tout se passe bien.

Je me réjouis énormément de te voir à Noël.

Tu as des amies, là-bas ? Parle-moi d'elles. Peut-être qu'elles pourraient nous rendre visite pendant les vacances, si cela te fait plaisir ?
Écris-nous si tu peux.
Je t'embrasse de tout mon cœur

Maman, xxx

Moïra prit sa lettre, la replia.

*
* *

Peut-être qu'elle se serait sentie mieux à Locke Hall si elle y avait été toute seule. Sans les autres élèves. Rien qu'elle – et le singe, et peut-être Miss Bailey. Et l'aquarium dans le labo de biologie.

Mais il y avait des centaines d'élèves. Des centaines de nattes, et de bourses suspendues à un cordon. Cela lui avait pris longtemps, mais elle avait fini par apprendre quelques noms. L'élève qui dormait dans le lit à côté du sien, avec le tissu gris dans la main, s'appelait Annie, diminutif d'Annabel. Elle ne défaisait jamais les lacets de ses chaussures, elle se contentait d'enfoncer ses talons à l'intérieur, si bien que le cuir était devenu tout mou et d'un marron plus clair. Un jour, de son lit, elle avait dit à Moïra : « Tu as *gagné* une place ici ? Tu as fait une *demande* ? » Pour Annie, ce n'était pas le cas. C'étaient ses parents, avait-elle dit, qui l'avaient placée là parce qu'ils ne voulaient prendre ni le temps ni la peine de s'occuper d'elle. Ils étaient en train de divorcer – enfin c'est ce qu'ils avaient dit. C'était trois ans plus tôt, et elle ajouta qu'elle divorcerait d'eux elle-même quand elle aurait l'âge, « parce que maintenant c'est permis ». Elle sentait la poudre de talc. Quand elle s'ennuyait, elle s'enroulait des élastiques autour des doigts, si bien que les bouts noircissaient et gonflaient comme des fruits.

Jo faisait du hockey, et était la voisine de table de Heather au réfectoire. Vee (son vrai nom ? ou bien le diminutif de quelque chose d'autre ? Moïra ne lui demanda pas) avait des dizaines de petites nattes, qu'elle fixait sur son crâne aux cheveux noirs. Et puis il y avait Geraldine – genre baleine, lente, la peau fendillée sur les mains et les paupières. Geraldine qui, la nuit, se grattait dans son lit. Les ongles sur la peau.

« Arrête ! » disait Heather, en se retournant dans le noir.

Et puis Moïra avait repéré les cousines Knox. Petites, vives, elles enfonçaient le pouce dans les avertisseurs d'incendie de Curie, et elles connaissaient tous les gros mots. Un mardi, pendant le cours de biologie, Mr Hodge avait demandé aux élèves de faire pousser des graines de moutarde sur une serviette en papier mouillé, « pour démontrer l'influence de la lumière sur la croissance », avait-il dit. Et alors que Moïra alignait en bon ordre sa rangée de graines, les petites Knox s'étaient battues. Elles s'étaient jeté leurs serviettes en papier à la tête à travers toute la classe. « Mesdemoiselles !... » avait lancé Mr Hodge. Une des serviettes avait atteint le plafond et s'y était collée. Elle avait séché et était restée là-haut.

Elles se battaient aussi à l'église. Le dimanche matin, les élèves allaient toutes en rang à l'église de Lockham Thorpe et s'asseyaient dans la pénombre. Miss Burke leur faisait le sermon du jour, et Moïra regardait les prie-Dieu, et les personnages tristes des vitraux. Un dimanche d'octobre, un hurlement continu remplit l'église : c'était une des petites Knox qui avait tiré les cheveux de l'autre.

La responsable des études les avait entraînées dehors de force. Comment s'appelait-elle ? Moïra n'en savait rien. Mais elle avait dix-huit ans, avec la grâce de cet âge. Comme toutes les élèves de terminale, qui étaient logées au dernier étage de Curie, derrière une porte

71

rose bonbon qui disait, en jolies lettres à l'encre noire,
Entrée interdite !

Et les graines de moutarde avaient vaillamment
poussé sur le rebord de la fenêtre, tournant leurs petites têtes vertes vers la lumière d'automne et les pylônes.
Celles placées dans l'obscurité de l'office avaient moins
bien réussi. Moïra avait remarqué la différence : elles
étaient blanches, et elles étaient mortes.

Boules-de-Loto. Elle hérita de ce sobriquet à
l'automne, avec les gelées bleuâtres, épaisses. En rentrant de l'église, elle traversa un champ de citrouilles.
Au ras du sol. Elles étaient orange, rebondies, avec leur
écorce épaisse marquée de côtes en relief. Moïra n'avait
encore jamais vu ça.

Et elle n'avait jamais connu d'automne loin de la
mer. Le vent poussait les feuilles mortes à l'intérieur
des portes et sur les pieds. Le gardien et ses aides les
ratissaient, en faisaient de grands tas de couleur cuivre
et les brûlaient. De l'allée de gravier, elle les regardait
faire. L'odeur se répandait jusque dans l'école, emplis-
sait les cages d'escalier, et imprégnait les vêtements. Il
y avait aussi une odeur qui se dégageait des radiateurs :
une odeur de poussière, et de chaleur. De gros radiateurs à l'allure bizarre. Trop brûlants pour qu'on les
touche, et pourtant ils ne chauffaient pas du tout les
pièces. Les élèves arrachaient la peinture par lambeaux. Et appuyaient leurs pieds en chaussettes contre
les tuyaux.

Alors le soir, elle allait se promener. *Boules-de-
Loto*, ou *la Bûcheuse* : quand elle n'avait pas de
devoirs à faire, elle quittait le singe dessiné au feutre
rouge, le dortoir, la compagnie des autres élèves, et
elle sortait sans se faire remarquer. Ce n'était sans
doute pas permis. Les autres élèves lisaient, ou prenaient une douche, ou restaient dans la salle de télévision, le menton posé sur les genoux. Mais Moïra,

elle, sortait. Tirait les manches de son cardigan bleu sur ses mains. Enjambait les flaques dans ses chaussures à boucle.

À l'est, toute. Elle tenait à la main sa boussole en plastique. Ou alors elle se contentait de marcher, toute seule, et de regarder l'école sous tous ses angles secrets. Depuis les courts de tennis, ou l'allée de gravier, ou de l'arrière de la cuisine, là où se trouvaient les grandes poubelles métalliques, et l'attrape-mouches bleu, et où cela sentait les vieilles épluchures de légumes. Elle s'accroupissait contre l'infirmerie, voyait par la fenêtre les draps amidonnés, et la rangée de lavabos blancs. L'infirmière était une petite femme grassouillette qui portait des lunettes rondes et dont le cou tremblotait quand elle secouait le thermomètre pour faire descendre la température. Moïra avait découvert ça pendant ses promenades du soir. Aussi, que l'infirmière aimait les boules de verre car elle en avait cinq sur son bureau, lourdes, roses, avec un paysage de neige à l'intérieur.

Je suis là, point final. Un jour, près du noyer, elle regarda la lumière dans l'aile gauche du bâtiment principal. C'est là que logeait Miss Burke – là qu'elle dormait, qu'elle lisait. Là qu'elle devait se limer les ongles, et laver ses cheveux noir de jais. Moïra se racontait ça, debout près du noyer, et elle vit soudain une élève, dehors, à cette heure-là, devant le réfectoire, qui fumait lentement, un bras serré contre elle pour se réchauffer, et qui soufflait la fumée par le nez. Toute la sagesse du monde. Sans lunettes.

Moïra se cacha. Moïra la détective, dans son cardigan bleu.

C'était seulement au cours de ces soirées, près de la fontaine de pierre, ou faisant crisser la gelée blanche, ou blottie dans la remise où l'on gardait les obstacles pour les courses de haies et les ballons de basket, qu'elle se permettait de penser à Stackpole et à ses parents avec leurs chaussettes de nuit. *Il n'y aura rien de changé.* Tout est changé, tout avait changé... Elle savait pourtant, par les lettres de sa mère, que le tapis en patchwork était toujours replié au pied de son lit. *Nous allumons le feu, et...* Toujours avec du bois de pommier, et la lumière devant la porte d'entrée qu'on laissait allumée.

*
*   *

Très vite, elle se mit à rêver de la mer.

Elle rêvait des remous d'un bateau qui venaient battre contre le quai en pierre calcaire. Des branchies d'un poisson. Elle voyait l'eau ridée par la pluie, au large de Barafundle. Une nuit, elle se vit en mouette perchée sur un rocher noir, et quand elle se réveilla le lendemain matin, elle eut du mal à secouer ce rêve d'un battement de paupières. Dehors, il y avait de la neige fondue. Elle avança en pataugeant sur l'allée de gravier, son bonnet de laine sur les oreilles, et après le petit déjeuner, il lui vint une idée.

Dans la bibliothèque, elle trouva une carte de la côte du Norfolk. Elle l'ouvrit sur le bois lisse d'une table en acajou. Elle essuya la neige fondue sur ses verres, et ôta son bonnet. Une vaste étendue de mer. Et sûrement plus belle que l'autre, parce que c'était la mer du *Nord*. Elle devait être froide, et houleuse, avec de grosses vagues, et de l'écume, et aussi des mouettes plus belles. Le spectacle de cette mer-là vaudrait bien toutes les plages de Stackpole. Il y aurait du ressac ; et des criques pour pirates. Et cela, pour elle toute seule.

Elle en parla au singe rouge. *Est-ce que tu savais... ?* Il ne savait pas. Il l'écoutait, les yeux ronds, ses yeux dessinés au feutre. Et cette mer du Nord sauvage, elle l'imaginait aussi pendant ses promenades du soir, ou quand elle était sur le terrain de basket, les mains marbrées par le froid. Ou encore la nuit, quand le groupe électrogène s'arrêtait, et que surgissait le silence. Elle pensait à toute cette eau inconnue, elle repliait ses orteils et se voyait les enfonçant dans le sable humide et froid. Qui avait besoin des choses du passé ? Pas elle. Elle n'avait besoin de rien, en fait, et elle avait l'estomac un peu moins noué, la nuit, au fur et à mesure que le trimestre avançait, et que la mer du Nord gagnait en vigueur et venait frapper à la porte de son dortoir.

*
* *

« Enfin », dit Annie, quand arriva décembre. Moïra était dans le grand hall du bâtiment principal, elle faisait tourner entre ses doigts une décoration d'argent sur l'arbre de Noël. On vit des traces de renard près de la haie de troènes. Il y eut un service avec des chants de Noël dans l'église au clocher rond.

Une nuit, pendant que Moïra dormait, elle sentit qu'on la touchait. Elle tressaillit, frappa au hasard.

Une main était posée sur son épaule, et au début elle pensa à de l'eau, mais son rêve s'évanouit. Elle chercha ses lunettes à tâtons. Pensa, *Moy-rah !* Mais ce n'était pas Heather.

« Moïra ? Est-ce que vous dormez ? Je sais qu'il est tard, mais... »

Alors Moïra se frotta les yeux, et suivit Miss Bailey. Elle sortit du dortoir sur la pointe des pieds et se retrouva, à près de onze heures du soir, au mois de décembre 1989, en robe de chambre dans l'escalier de Curie House, le téléphone dans la main gauche. Elle entendit les mots. *Une fille* et *se porte bien*. Elle imagina le visage de sa mère, et George à ses côtés. La chose visqueuse.

Elle raccrocha.

Elle retourna se coucher, garda sa robe de chambre parce qu'elle avait froid. Elle crut presque entendre, l'espace d'un instant, les bêlements. La bouche vorace qui était au monde, maintenant – là-bas, au fond du parc de l'école. Troublant la surface de l'eau des douves.

Moïra se retourna sur le côté droit, s'endormit.

V

La broche aux poissons d'argent

Ma douce. En venant ici, cette nuit, en passant sur la rivière toute noire, j'ai repensé aux petites criques, aux roselières, et à la vieille digue. C'est le temps qui leur convient – du moins c'est mon sentiment. Je les ai vues en toutes saisons, et par tous les temps, et les mois d'été leur donnent de l'éclat. Les cornets de glace, les couchers de soleil, la lavande de mer. Tout cela n'est pas sans beauté. Mais je sais que j'ai toujours préféré mes lentes promenades d'hiver sur la côte du Norfolk – le vent oblique, et le ciel gris. La boue. C'étaient les retours de promenade, aussi, que j'aimais, voir les lumières de la côte s'allumer, et le fanal dans le plus petit des deux clochers. Après une journée au bord de la mer, je voyais tout ça avec l'œil du marin. *Un feu dans la cheminée, une bière. Un pâté de viande tout fumant*. Je pensais à mon mari qui m'attendait. Les oiseaux volaient lentement, on voyait leurs pattes grêles se refléter dans les canaux.

Si nous avons tous une saison, eh bien voilà la mienne. L'hiver. C'est quelque chose qu'on peut aimer, on peut même en ressentir le besoin : les longues nuits et les journées courtes. Je suis sûre que tu n'es pas d'accord. Toi, c'était le Frisbee, et les guirlandes de pâquerettes. Mais moi je foulais les champs labourés en soufflant sur mes mains, et je n'aurais pas échangé les grands espaces ni la froidure contre Blakeney Quay ni Titchwell Reserve, ni n'importe quelle plage ensoleillée. Peut-être que je tiens ça de notre père – lui, il a toujours eu un faible pour le mauvais temps. Ou alors je suis une sorte de grippe-sou, ou d'ermite. Le crabe tout pâle qui cherche un coin tranquille dans les roseaux, où il puisse faire craquer ses pinces. Til avait déjà observé cela chez moi, je pense, en tout cas ça lui paraissait naturel : *cette fille aime la pluie...*

Et nous avons un bon hiver. Avec de la pluie. Mais il y a surtout eu des gelées, et des ciels dégagés, et la nuit dernière j'ai fait mon vieux rêve familier de vagues prises par la glace. Chez nous, il fait bon. Au début, j'avais peur que non, car les fenêtres sont immenses, et les planchers sont surtout en bois. Mais j'y ai déjà passé plusieurs hivers avant celui-ci, et maintenant nous connaissons bien la maison, nous savons où se trouvent les endroits les plus chauds. Le palier, le grenier où il fait sa peinture, la cuisine, bien sûr. C'est important, parce que si je veux aller me promener en plein hiver, au bord de la mer glacée, je veux en rentrant trouver une maison bien chaude, avec de l'eau qui bout pour le thé et des chansons à la radio. Pouvoir me faire couler un bain. Ça fait partie du plaisir. N'avons-nous pas tous notre jardin secret ?

Donc il fait froid. Au moment où j'arrivais, un poids lourd cahotant m'a lancé des signaux avec son gyrophare orange. Je vois que nos parents ont laissé près de toi un bocal de pot-pourri : il y a dedans des pommes de pin et des bâtons de cannelle. Une poire séchée dorée. Je ne sais pas reconnaître ce que cela sent – des épices, mais aussi une espèce de musc. De l'encens ? Ce que je ne sais pas bien non plus, c'est comment on montre son amour, car j'ai rarement eu l'occasion de le faire. Mais c'est ce genre d'attention que les gens se rappellent pieusement, cela, je le sais. Pas la fanfare, mais les bâtons de cannelle, ou un dessin représentant un chien endormi. Ou bien le cadeau d'un galet devenu une petite boule toute ronde à force d'être roulée par la mer pendant tant d'années.

Et voilà. Tu nais.

Et sur une autre planète une Moïra plus forte, plus brune te voit avec précision : une peau de fruit mûr, et piaillant si fort que les éprouvettes des labos de sciences semblent vibrer des cris de ce bébé qui réclame du lait ou qui veut qu'on le prenne dans les bras.

*

* *

Les labos étaient au dernier étage du bâtiment réservé aux salles de cours. De longues salles avec des baies vitrées qui sentaient la poussière de craie et les serviettes en papier vertes, plus une odeur aigre : les produits chimiques, et les tubes en caoutchouc posés sur les becs Bunsen. Les murs étaient tapissés de vitrines remplies de bocaux, de fioles, d'étaux de bois, d'éprouvettes, de papier de tournesol. Un organe quelconque conservé dans le formol : petit, orangé. Il y avait également des poissons. Un aquarium de cinq poissons rouges au fond de la salle – faisant des bulles, avec une lumière bleue et au milieu des herbes un panneau qui disait : Pêche interdite ! Quand elle était dans le labo, elle se trouvait la peau sèche. Une fois, par défi, elle se versa sur le poignet une goutte d'acide chlorhydrique, pour voir ce qui se passerait. En fait, rien, pas la moindre rougeur. Mais elle remarqua que l'acide avait rongé son tablier blanc, et, plus tard, que sa peau la démangeait à cet endroit-là.

Elle partageait un banc avec Anne-Marie – une élève dont les bras étaient si gros que sa blouse la serrait et que les poignets à élastique lui laissaient des marques. Moïra avait vu ça en levant les yeux de son cahier d'exercices : foncées, profondes comme des traces de dents. Moïra écrivait des équations. Les propriétés des gaz. Les sept caractéristiques de toutes les choses vivantes. Mr Hodge se promenait dans la salle avec nervosité. Il avait des dents de lapin, et des mains toujours en mouvement. Il observait l'intérieur des éprouvettes, et parfois il bondissait les bras grands ouverts lorsqu'un accident venait de se produire – une flamme trop vive, ou une odeur inconnue, bizarre. Sa formule préférée c'était : *Vous n'avez pas écouté ?* Il passait son temps à le dire. Et puis, de la main gauche, il caressait son crâne dégarni, de l'arrière vers l'avant, comme pour se calmer. Son alliance brillait sur son crâne blanc. La rumeur disait que sa femme était beaucoup plus âgée que lui.

Le mouvement. La respiration. La sensibilité. La croissance. La reproduction. L'excrétion. La nutrition.

Il y avait aussi, dans la salle de biologie, un squelette en plastique suspendu à côté du tableau noir, qui remuait un peu chaque fois qu'on ouvrait ou qu'on fermait la porte. Il cliquetait, comme un carillon. Il était vieux – « Il est là depuis aussi longtemps que moi », avait dit Mr Hodge. Il avait trouvé Moïra là, à la fin de la journée. Ne touchant pas le squelette, mais debout à côté, la tête basculée en arrière, lisant les noms des os minces et jaunis. Elle aussi elle avait ces os dans son corps. *Sternum. Fibula.*

« Vous savez, dit-il en enfilant son manteau, on raconte des tas d'histoires sur ce bonhomme. Quelqu'un l'a enlevé, une fois, en fin de trimestre. On l'a caché – pour rire. On l'a pendu dans le clocher. Un jour je l'ai retrouvé assis jambes croisées en salle de maths. » Il s'arrêta, regarda Moïra. « Vous voulez rester ici encore un moment ? Je peux attendre une petite heure avant de fermer la porte à clef. »

Oui. Elle voulait rester. C'est ainsi que Moïra apprit à connaître le labo de biologie. On enfermait à clef les produits chimiques, mais il y avait encore beaucoup de choses à regarder. Cet après-midi-là, elle se promena donc toute seule dans le labo, appuyant son visage contre les vitrines, étudiant les affiches, observant un attrape-mouches, laissant ses empreintes sur l'aquarium aux poissons rouges qui, la bouche ronde, lui racontaient leurs histoires. Elle souleva les mains du squelette. Plus tard, elle expliqua à Mr Hodge qu'elle pensait qu'il lui manquait peut-être un métatarse.

« Ah bon ? Ma foi c'est vrai ! »...

Pas d'autres élèves dans cette salle. La cloche sonnait et elles sortaient, seule Moïra restait. Personne pour se moquer du fait qu'elle portait des lunettes de protection par-dessus ses lunettes de vue, qui, du coup, laissaient des marques sur ses pommettes. De petites empreintes qui lui faisaient mal sur les deux côtés du visage, près des oreilles.

*
*　*

Elle se dirigea vers la bibliothèque, la grêle lui fouettait les chevilles. Elle passa devant la fontaine de pierre.

Une fois arrivée, Moïra murmura à la bibliothécaire : *Les livres de science.* On lui indiqua la rangée du fond : deux fois plus haute qu'elle, poussiéreuse. Et sur les longues tables d'acajou, elle ouvrit des livres où l'on trouvait des arcs-en-ciel et des formules, et le schéma de l'œil humain. $E = 0$, *c'est le Big Bang* : elle ne comprenait pas encore bien ce que cela voulait dire.

Les ventricules. Les ganglions lymphatiques.

Sur sa carte de bibliothèque, rose, on inscrivit des noms de livres. *Guide du corps humain*, et *La Table périodique*, qu'elle emporterait avec elle à Stackpole, décida-t-elle, pour les ouvrir dans son ancienne chambre. Si elle ne pouvait pas prendre avec elle les poissons rouges ni le noyer, cela ferait l'affaire. Elle sentirait l'odeur de Locke Hall sur leurs pages. La colle de leur reliure.

Elle rapporta les livres au dortoir en les tenant serrés contre sa poitrine, dans la grêle. Un corbeau surpris s'envola en poussant des cris.

Pour la dernière grande réunion du trimestre, Miss Kearney joua du piano. Miss Burke portait un bracelet à perles de bois qui cognaient contre le lutrin. Elle parla du don de charité, et de la foi. Et pendant le chant de Noël *Good King Wenceslas*, elle toussa dans son mouchoir.

À Curie, Miss Bailey coiffée d'un chapeau de papier fit une tournée d'inspection, vérifiant que les portes étaient bien fermées, les chaises à l'envers sur les bureaux, et les draps pliés. « À l'année prochaine », dit-elle.

Trois mois s'étaient écoulés.

Le gardien emmena quinze élèves à Norwich dans le minibus de l'école. On passa devant la cathédrale, et devant le fleuve. La ville était toute grise, et à la gare, Moïra blottit ses mains sous ses bras pour se réchauffer. Son père avait noté sur une feuille tous les horaires et les numéros des trains. *Et on sera tous là pour venir te chercher à Haverfordwest !*

Presque huit heures de trajet. Trois changements en tout : trois fois elle se retrouva sur un quai de gare glacé avec sa valise entre les jambes et son bonnet de laine rabattu sur sa frange, jusqu'à ses lunettes. L'intérieur des trains, ce n'était pas beaucoup mieux. Ils gardaient la trace des odeurs corporelles. Il y avait des traînées sales sur les vitres, comme des empreintes de mains, là où des têtes s'étaient appuyées.

Elle somnola. Regarda distraitement les Midlands défiler, et le début des collines galloises. Vers le milieu de l'après-midi, elle ne vit plus rien d'autre par la fenêtre que son propre reflet dans la vitre, alors elle le fixa du regard. Ses grosses lunettes. Sa petite bouche.

Le train arriva à Haverfordwest tard dans la soirée. Pas d'étoiles, mais en descendant du train avec sa valise, elle sentit aussitôt l'odeur de la mer qui vint l'envahir, tout imprégnée de poissons, de crabes, d'algues, d'ailes de macareux, de bois mouillé, de moules, de vieux cordages usés, et peut-être même de l'odeur de Lundy Island. Elle vit ses parents debout sous la marquise dans leurs anoraks : sa mère, une écharpe blanche autour du cou, qui agitait un gant blanc ; son père avec sa barbe hérissée. Ils étaient accompagnés d'un landau bleu.

Miriam s'agenouilla pour serrer Moïra dans ses bras. Elle embrassa ses épaules, son front. « Tu as maigri », dit-elle.

Sur la véranda de End House il y avait un calicot blanc où l'on avait peint : BIENVENUE !

End House lui parut tout d'abord être comme avant. Les mêmes rideaux, les plumes de paon, les mêmes taches de rouille dans la baignoire. Toujours les ajoncs, et la balançoire. Sa chambre aussi était exactement la même – petite et chaude, avec le plancher qui grinçait, les cartes postales du Pembrokeshire, et le macareux en peluche sur son lit. Les mêmes livres. Et la nuit, elle entendait le bon vieux bruit des tuyaux. Elle alla pieds nus jusqu'à la fenêtre, l'ouvrit, entendit l'Atlantique dans le noir.

Ç'aurait pu être un rêve. Locke aurait pu ne jamais avoir existé, sauf qu'elle avait les livres de sciences portant le cachet de l'école, et la broche aux poissons avec son épingle pointue et froide. Elle sentait sur son pull-over la poussière de craie, donc elle savait que Locke existait. Mais Stackpole était comme avant, sous bien des rapports, et s'il y avait des changements, peut-être que cela tenait à Moïra. Pas du tout à la maison.

Elle le croyait presque. *C'est moi qui ne suis plus la même*. Mais pendant qu'elle était assise devant la fenêtre, en pyjama, regardant le jardin de nuit, un cri perçant parvint jusqu'à elle. Il s'arrêta. Puis il recommença. Il y eut des bruits de pas, on alluma une lumière, et elle sut que c'était cela, le changement intervenu à End House. Un bébé. Qui criait la nuit. Qui criait aussi parfois dans la journée. Une odeur affreuse s'en dégageait. Des linges d'un brun pâle trempaient dans un seau à l'arrière de la maison, et Miriam les remuait avec une cuiller en bois. Miriam elle aussi faisait un nouveau bruit : *chuuut…* Sans arrêt. Elle vérifiait la température du lait sur son coude. Sentait la crème. Déboutonnait son corsage, si bien que Moïra sortait de la chambre.

George lui dit : « Alors ? Qu'est-ce que tu penses de ta sœur ? »

Elle sortit de la maison, fermant les portes derrière elle. Le troisième après-midi, sans prévenir ses parents, elle mit son duffle-coat et partit sur le petit chemin. Passa devant la maison des Bannister ; devant les chevaux tout fumants près de la barrière, et s'arrêta un instant pour les regarder. Puis elle traversa la fumée de bois du pub de Stackpole, et prit la route jusqu'au quai. Tout était calme aux abords de la ferme laitière. La pension de famille affichait complet, et on n'y voyait pas le moindre chat roux. Trop froid, ou alors il était mort. Moïra sentait son nez rougir.

Elle s'assit sur la jetée de pierre calcaire et regarda l'eau, les grandes algues brunes qui poussaient sur les pierres au-dessous de la ligne des hautes eaux et qui bougeaient avec les vagues. Elle compta les balises flottantes. *Cinq.* Une mouette à tête noire était posée sur l'une d'elles, qui dansait avec la marée. Au loin, on voyait scintiller les lumières de Manorbier. C'était un endroit tranquille. La mer battait doucement. Trop glacée pour y nager, se dit-elle, et maintenant, grâce à son livre, elle savait ce qu'étaient l'hypothermie et les gelures. *Des cristaux de glace peuvent se former dans les tissus : la chair durcit, et on perd toute sensation.* Mais elle avait le sentiment que la mer se souvenait peut-être d'elle, après tout. La mouette aussi, car elle se nettoya les ailes, et ne s'envola pas quand Moïra se moucha.

Elle emprunta le chemin montant du retour. Et dans le sentier, elle marcha dans le sable jusqu'à la lumière de l'entrée, et la porte verte. Miriam cligna des yeux, toucha ses pommettes. « Je croyais que tu lisais dans ta chambre », dit-elle, stupéfaite. Pas contente du tout.

*

* *

Pendant cinq jours, Moïra ignora ostensiblement la présence du bébé. Pas de regards à la dérobée. Quand on lui présentait le paquet, elle détournait la tête.

Mais le soir de Noël, ils se retrouvèrent tous assis dans l'église de Stackpole, au milieu des cierges et des fientes de chauves-souris. La même chaire, et les rangées de chaises. Le parasite emplit ses poumons d'air et se mit à hurler au milieu des prières. Geignit et geignit, et il s'exhala une odeur épaisse, qui fit que Moïra se retourna, regarda la bouche mouillée, béante. Miriam sortit de l'église comme une voleuse, et à plusieurs reprises George jeta des coups d'œil derrière lui. Elle pensa au singe dessiné au feutre rouge, et aux citrouilles. Elle se disait qu'il y avait peut-être deux Moïra, maintenant, dans deux univers différents. C'est le sentiment qu'elle avait.

Minuit. Elle souleva ses couvertures. Se glissa hors de son lit, traversa le palier. Le bébé dormait dans la chambre d'amis, dans son berceau, et Moïra vint à côté de lui l'observer. Une figure joufflue. Avec des fossettes et des yeux enfoncés dans la chair, comme dans de la pâte à pain. Le nouveau-né était allongé sur le dos, les bras dressés de chaque côté de la tête, et s'il s'était réveillé il aurait vu une frange brune, des yeux bruns, et peut-être son propre visage joufflu réfléchi dans les lunettes. *C'est à ça que ça ressemble.* Maintenant, elle savait.

Moche. Petit et joufflu.

Elle retourna se coucher.

*
* *

Pour Noël cette année-là, Moïra reçut un coffret de correspondance : du papier à lettres rose et bleu, avec des enveloppes. Un carnet d'adresses. Et un stylo à plume. Les Bannister lui envoyèrent un billet de cinq livres. La carte de Til imitait le givre et portait ces mots : *Je viens te voir bientôt !*

Miriam demanda : « Quelle matière est-ce que tu préfères ? Qui as-tu comme amies ? »

Cela, dans la cuisine. Moïra était là, un torchon à la main. Elle fit quelques réponses brèves, et passa le reste du jour de Noël dans sa chambre, sur son lit, avec le *Guide du corps humain*, qui sentait la poussière et le monde savant, et Locke. Pendant qu'elle lisait, les hurlements du bébé faisaient vibrer l'ampoule électrique, et les tympans de Moïra.

La maison n'était plus la même, et Moïra n'était plus la même, plus rien n'était comme avant. Tant de choses avaient disparu.

À Locke, parfois, la nuit, je passais un moment dans la salle de bains carrelée et je retournais mes mains, paume en l'air. Une carte de rivières. Des lignes rouges ou décolorées qui parcouraient les deux paumes. Je repliais les doigts pour approfondir les plis, en faire des vallées. Sous la lumière crue de l'ampoule, je les observais. Puis je refermais les mains, et je retournais me coucher.

*
* *

Pour le deuxième trimestre, Locke Hall avait été repeint à neuf, en crème. Les couloirs sentaient la peinture. Annie avait vu un écriteau, PEINTURE FRAÎCHE, elle n'y avait pas cru. Elle avait touché, et laissé des empreintes de doigts crème sur une porte laquée de couleur foncée.

Ainsi allaient les choses. Moïra retrouva le papier-toilette rêche, et les toasts minces du petit déjeuner au réfectoire. Les femmes de service n'avaient plus leurs boucles d'oreilles brillantes de Noël, les décorations de l'escalier de Curie avaient disparu, et pendant une semaine ou deux, l'air du dortoir sentit le désinfectant. Les élèves s'en plaignirent : cela leur donnait mal à la tête, les faisait éternuer. « À chaque début de trimestre, c'est la même chose », dit Geraldine en se grattant les mains. La partie palmée entre son pouce et son index était rouge.

Heather sourit. « Alors Moïra, comment ça s'est passé, Noël ? » Elle portait un cœur en argent au bout d'une chaîne et jouait avec, et quand elle vit le stylo de Moïra et le papier à lettres rose, admirative, elle ouvrit de grands yeux : « Tu en as, de la chance !... »

Lumière bleuâtre sur le terrain de hockey, l'après-midi. Le craquement de la balle contre la batte, et ensuite, dans les vestiaires, la même odeur aigre de pieds, et de bombes aérosol. Les chaussettes qu'on ne retrouve pas. Quand elle enlevait son sweat-shirt en le faisant passer par-dessus la tête, elle devait ôter ses lunettes, et pendant une dizaine de secondes, elle ne voyait plus rien du tout.

Ce mois-là, elle fit beaucoup de hockey. Non qu'elle fût très forte, mais les quatre maisons jouaient les unes contre les autres, et Moïra grelottait au fond du terrain pendant que Jo frappait la planche blanche avec la balle à l'arrière du but. Austen House grelottait également. Moïra était à côté d'une rouquine avec des taches de rousseur sur le front qui disait « On gèle ! » en tapant des pieds. Miss Bailey donnait des coups de sifflet. Peupliers dégarnis.

Au cours du match contre Nightingale, une balle vint frapper un tibia, au point que même Moïra au fond du terrain entendit le craquement. Ciel gris. Coups de fusil au loin dans les bois, là où se trouvaient les faisans. Moïra regarda la foule se rassembler autour de l'élève qui pleurait en se tenant la jambe. Il y avait de la neige dans l'air. Moïra tendit la paume de sa main pour la recueillir. Sa main bleuie par le froid.

On appela une ambulance. Elle arriva en faisant crisser le gravier, et dans les classes on se pressa aux fenêtres pour la regarder. Miss Bailey secoua la tête, secoua les mains et dit : « Et vos jambières, où est-ce qu'elles étaient, bon Dieu ? » Les portes de l'ambulance se refermèrent et le véhicule repartit en brinquebalant.

« Ouille », fit Annie, d'un air entendu.

Finalement, pas de fracture, mais l'élève porta un pansement à la jambe. Boitilla un peu. Prit son temps dans les escaliers. Nightingale gagna le match retour, et l'élève guérit.

*
* *

Le squelette ne s'était pas enfui à Noël. Mr Hodge dit que c'était une bonne surprise de le retrouver suspendu à sa place, mâchoires ouvertes. Et quand Moïra s'approcha de l'aquarium, une pincée de poudre à la main, elle remarqua que les poissons se collaient à la vitre en frétillant.

Mr Hodge demanda à Moïra, un vendredi après-midi : « Vous allez bien ? Pour de vrai ? » S'inquiétant peut-être de voir une élève choisir de passer ses loisirs toute seule dans une classe au milieu des poissons et des os synthétiques. Il la regardait au-dessus de ses lunettes aux verres en demi-lune.

Et peut-être qu'il parla à Miss Bailey, ou alors c'est Miss Bailey qui fut assez fine pour se poser des questions de son côté, toujours est-il qu'elle vint trouver Moïra près des casiers en février et murmura : « Est-ce que tout va bien ? » Tout allait bien. Et tout serait allé encore mieux si on avait cessé de lui poser la question, mais elle ne répondit rien, elle se contenta de hocher la tête. Elle se retourna vers les casiers qui étaient bourrés d'enveloppes rouges. Pas de cartes de Saint-Valentin pour elle. Heather en avait trois, et Geraldine une, mais qui venait de ses parents, alors ça ne comptait pas, et elle la cacha, n'imaginant que trop la réaction de Heather si elle voyait ça. *On t'embrasse, papa et maman.*

S'il te plaît, ne dis rien, plaidait sa figure ronde et moite.

Moïra s'allongea sur son lit avec les poissons d'argent, et pensa aux chevaux les jours de grand vent. Elle ouvrit la broche, la referma.

*
* *

Mais il y eut des enveloppes, il suffisait d'attendre. Trois semaines plus tard, par un jour de vent, Moïra eut douze ans. Des crocus poussaient près du cadran solaire. Elle coiffa sa frange, boutonna son cardigan, et trouva trois cartes d'anniversaire qui portaient son nom.

Deux venaient de Stackpole – une de ses parents, et un paysage marin des Bannister qui disait : *Que l'année à venir soit pour toi remplie de joie.* Et puis une carte de sa grand-mère d'Écosse qu'elle n'avait jamais vue. Son cadeau d'anniversaire était un chandail en lambswool bleu clair.

« Très joli. Regarde-moi ça ! »

À l'heure du déjeuner, elle jeta de nouveau un coup d'œil dans le casier. Au cas où. Elle cherchait quelque chose qui porterait le cachet de Londres, mais il n'y avait rien.

Et voilà, elle avait douze ans. Plus rien à voir avec onze ans.

*
* *

Les week-ends à Locke étaient bizarres : des heures vides, informes, dont Moïra ne savait pas trop quoi faire – à quoi les occuper, comment les percevoir. La plupart du temps, elle travaillait. Elle restait dans la bibliothèque, sur une chaise à haut dossier, léchant le bout de son doigt pour tourner les pages. Ou bien elle se promenait dans le parc. Elle regardait le gardien réparer la clôture là où les renards étaient passés. Une fois elle alla à l'infirmerie, avec un mal de tête, ou en tout cas disant qu'elle avait la migraine. Elle y passa deux heures à dormir, dans une salle silencieuse, sur des draps amidonnés. Les boules à neige brillaient, et les chevilles épaisses de l'infirmière débordaient de ses chaussures beiges.

Certaines des élèves ne restaient pas à l'école. Les week-ends pouvaient être synonymes de liberté : celles qui habitaient assez près pouvaient rentrer chez elles le vendredi soir. Prendre un bain chaud, se servir de papier-toilette moins rêche. Boire du thé dans une pièce où il y avait la télévision. Et puis il y avait des sorties. Les grandes, celles qui habitaient derrière la porte rose bonbon, sortaient du parc, cheveux au vent, allaient prendre le car pour Holt, où elles iraient boire un café ou s'acheter des vêtements ou du shampooing. Et parfois des parents venaient : ils se garaient sur le gravier près du noyer, embrassaient leurs filles et les emmenaient se promener en ville, ou au restaurant, ou faire des courses, ou au bord de la mer. Moïra assistait à tout cela de sa chambre. Elle restait assise sur son lit, les mains sur les genoux. Un jour, sa mère lui avait écrit : *Quand Amy sera plus grande, ça nous ferait plaisir de venir te rendre visite*. Mais cela représentait de longues heures de voiture. Et Moïra n'en avait pas envie, elle s'était dit in petto, *Ne vous donnez pas cette peine*. Elle ne voulait pas de la cravate bleue de George, de sa mère qui vomirait, ni du bébé avec sa figure en pâte à pain et son odeur.

Donc elle étudiait, ou se promenait. Ou donnait à manger aux poissons rouges.

Et elle fut bien étonnée lorsque, le samedi suivant, Miss Bailey lui annonça : « Une visite pour vous. Dans la grande maison. » Moïra était près du cadran solaire. Dans son duffle-coat, la tête levée, essayant de déchiffrer l'heure. Mais la lumière du soleil était pâle, humide. Elle finit par regarder sa montre.

Une visite ?

« Dépêchez-vous ! » dit Miss Bailey. Sur quoi, elle disparut.

Qui donc ? se demanda Moïra.

Puis *Ce doit être une erreur*.

Mais sur le chemin de la grande maison, elle vit ceci : une voiture rouge, avec la portière cabossée. Et, appuyée contre la voiture, une femme en bottes à talons et col de fourrure noir qui se poudrait le nez.

Tante Til leva les yeux. Mit les doigts dans sa bouche et siffla.

Til, diminutif de Matilda, plus lumineuse et parfumée que jamais, avec les cheveux aussi épais qu'à Stackpole en haut de la falaise. Ses cils étaient noirs et recourbés, et elle dit : « Surprise ! » Elle pencha pour serrer Moïra dans ses bras. Tante Til, si chaleureuse, qui portait son anneau d'argent au pouce, et une ceinture à large boucle où les choses venaient se refléter : des oiseaux qui passaient, la lumière sur les fenêtres de l'école. Quand Til signa son nom sur le registre des visiteurs, ce fut d'un trait de plume audacieux, plein de boucles et d'encre. Son nom serpentait librement sur la feuille.

Elle dit : « Je sais, je sais, j'aurais dû te prévenir. Mais je voulais te faire la surprise ! Ça ne t'ennuie pas ? »

Non, ça n'ennuyait pas Moïra. Elle rentra vite à Curie chercher son bonnet de laine et ses gants, si bien que Heather lui demanda : « Où vas-tu comme ça ? » Moïra se disait que la voiture rouge ne serait peut-être plus là quand elle reviendrait. Mais Til était toujours là. Les mains dans les poches, agitant son talon.

« Eh bien, dit-elle en examinant Moïra, tu m'as l'air plus grande qu'avant, et plus maigre. Comment ça se fait ? »

Til à l'odeur de mandarine. Til à la cicatrice en forme de lune et aux souris souterraines, qui avait fait le voyage de Londres rien que pour la voir – et qui serait venue plus tôt, mais elle avait été débordée et, de toute manière, c'était un goûter d'anniversaire. « Ça mérite un gâteau, je trouve. *Ciel !* Douze ans ! Je me rappelle… » Elle parla de la nuit bleu foncé, sans étoiles, où sa sœur l'avait appelée et avait dit : *C'est une fille !* Til parla aussi, tout en conduisant, du théâtre où elle avait joué, qui était hanté, elle raconta qu'un figurant avait mystérieusement été poussé par-derrière. « Un fantôme jaloux… dit Til. Imagine-toi ! Si je le vois, je te le dirai, bien sûr. »

Elles avaient quitté Locke. Roulé vers le nord, quitté le village, et les peupliers, et le panneau qui disait :

LOCKE HALL, PENSIONNAT DE JEUNES FILLES, 1 MILLE. La voiture cliquetait. Til grommela contre la boîte de vitesses, se pencha en avant tout en continuant à conduire. Essuya le pare-brise avec sa manche. Et Moïra ouvrit la vitre, posa son menton contre la portière et vit défiler les murs de galets, les haies, les fossés, le chaume dans les champs. Quand elles arrivèrent à un carrefour, Moïra observa les veines d'une feuille, la rouille d'une porte.

Heureuse. Plus heureuse en tout cas qu'elle ne l'avait été depuis longtemps.

« Ah, Moïra... Sens-moi ça. *L'odeur de la campagne.* » Elle prononçait les noms des villages. Enfin, elle essayait. *Letheringsett. Field Dalling.*

Til ne posa pas de questions sur Amy, ni sur Locke, ni sur les parents de Moïra. Pas un mot de tout ça – elle ne parla que de théâtres, et d'églises avec des clochers ronds. Elle klaxonna un faisan, et cria : « Attention ! » Puis elle se tourna vers Moïra avec ses yeux violets et dit : « Eh bien, où crois-tu que je t'emmène ? »

La mer.

Elle le savait.

*
* *

Ne pas croire que Moïra passait son temps à rêver d'eau. Ne pas croire ça.

Quelquefois, dans son lit à l'école, dans le silence qui suivait l'arrêt du groupe électrogène, elle pensait à d'autres choses – comme les sciences, ou le drapeau mouillé de l'école. Ou bien elle pensait à la touffe de cheveux qu'elle avait extraite de la bonde de la douche, un jour – à des choses glissantes comme des anguilles, ou sèches et cassantes.

Mais cela fit sourire Til. « On rêve ce qu'on rêve... Ça ne se contrôle pas. »

Et Moïra savait qu'elle avait raison. Pas de murs dans le sommeil. Les verrous cédaient. Certaines nuits, elle imaginait à quoi ressemblerait la mer du Nord le jour où elle finirait par la voir : comment elle balancerait les bateaux, viendrait se fracasser contre les rochers pour retomber en éclaboussures qu'elle absorberait de nouveau. Tous les poissons. Les bateaux naufragés. Les vagues grises, comme des dos. Si elle essayait de rêver d'autres choses, cela revenait toujours, elle ne pouvait pas s'empêcher d'y penser. Elle se réveillait de ces rêves avec du sel dans la bouche, et du sable dans les cheveux et les yeux.

Il y aura des vagues déferlantes. Il y aura des falaises avec des fulmars.

Ou bien une digue. Un bateau de pirates. Ou une énorme queue qui se dresse au-dessus de l'eau.

Til se gara à Wells-sur-Mer. Lança : « Prête ? »

Pas de falaises. Pas de pirates.

Moïra se souviendrait de ce moment. Il y avait l'air salé et des mouettes, mais c'était une plage plate, grise. Une côte droite. Pas de rochers, ni de trous d'eau. Pas la moindre falaise. Pas de baleines ni de fulmars. Et s'il y a des instants dans la vie où le cœur vous lâche et où la tristesse s'infiltre en vous comme une eau sournoise, c'est un de ces moments-là que connut Moïra, dans son duffle-coat, les bras ballants, avec la mer loin, très loin, brunâtre, lente : pas d'écume, pas d'eau blanche et sifflante. Rien qu'une plage. Et Til. Deux pies de mer au bout de la plage, qui cherchaient des coques.

Sa tante dit : « Oh. » Voyant la même chose.

Et Moïra se sentit triste. Triste, et idiote, d'avoir pensé que toutes les mers étaient les mêmes, avec les mêmes vagues. *Moïra l'idiote.*

Elles remontèrent dans la voiture, et Tante Til n'emmena plus jamais Moïra à Wells. La fois suivante, ce fut Titchwell, une réserve d'oiseaux, avec des marais. Des roseaux et des cachettes secrètes, et là il y avait moins de risques, car Moïra n'avait pas de point de comparaison. À partir de là, ce fut Titchwell à chaque visite : ses avocettes, le bruit du vent, et les bancs orientés à l'est où elles s'asseyaient, pensant à leurs vies, et aux vastes espaces qu'elles contenaient.

*
* *

Til entoura le cou de sa nièce de son bras, et lui embrassa la tête. C'était l'après-midi, elles se dirigeaient vers un salon de thé de Holt. Journée de mer vide, de ciel vide. Til commanda deux tranches de biscuit de Savoie avec un glaçage jaune citron. Elle regarda Moïra, se pencha au-dessus de la nappe et dit : « Tu veux ton cadeau maintenant ? »

Une carte d'anniversaire avec, dessus, un sac à main garni de plumes. Un paquet enveloppé dans du papier de soie entouré d'un ruban avec un nœud que Moïra défit doucement. À l'intérieur, il y avait une chemise de nuit : vert pâle, avec un ruban, et un ourlet de dentelle verte. Elle était douce et cotonneuse, et Til demanda : « Elle te plaît ? Quand je l'ai vue, je me suis dit : *Je connais quelqu'un à qui ça plairait…* »

Oui, elle lui plaisait. Elle était jolie, et elle sentait une bonne odeur de propre. Moïra la replia dans son papier de soie. La posa sur ses genoux, pendant le trajet du retour. Serra le paquet contre elle, sur le gravier, en regardant Til repartir de Locke Hall – ses feux arrière rapetissant. Til klaxonna. Une main qui portait un anneau d'argent au pouce fit signe par la vitre, avant que la voiture ne rejoigne la route et disparaisse.

*
* *

Mais Moïra ne la porta pas. Impossible : elle était trop jolie.

Au lieu de la mettre, quand elle se coucha, elle la posa à côté d'elle, du côté du mur. Et elle pensa au monde qui existait de l'autre côté de ce mur, de l'autre côté du plâtre et des briques. Tout là-bas. Plus loin que les champs de betteraves et les pylônes, et le salon de thé. Elle pensa aux oiseaux noir et blanc, et aux renards, et à tous les gens qu'elle connaissait, se demandant ce qu'ils étaient en train de faire, juste maintenant, à neuf heures quarante du soir un samedi de mars. Elle se les imaginait. Son père peut-être, dans son tablier rayé, une casserole à la main, les genoux de sa mère dans un bain de mousse ; le parasite endormi ; Tante Til, rentrée à Londres, sur le quai d'une station de métro, les yeux fermés, sentant passer sur sa figure le souffle d'une rame qui se rapproche. Elle imagina Mr Bannister dans un lit avec sa femme, et le lit qui tremblait.

Il y a des jours où le monde paraît si vaste que c'est trop pour vous. Il vous arrache toutes les choses auxquelles on tient. On se sent aussi petit qu'une graine, ou qu'un grain de sable sur une plage. Moïra connaissait maintenant le Big Bang, elle savait que l'univers était né d'une minuscule et unique particule de matière qui avait explosé, s'était répandue, et avait projeté dans l'espace les étoiles, les planètes, les gaz et tous les atomes dont est faite la vie. Tous les arbres, les plantes, et les goélands argentés. Elle arracha des petits morceaux du plâtre qui s'écaillait, se griffa la peau avec une broche et pensa à tout ça. $E = 0$, et un univers en expansion. Donc, un simple point, ça pouvait compter ? Avoir quelque chose de magique...

VI

Dans les ombres

Tu grandissais.

Tu auras tout oublié de cette époque, car quel âge avais-tu ? Six mois. Tu souriais, mais tu ne parlais pas, tu ne rampais pas beaucoup non plus. Tu suçais tout. Tu mangeais. Tu dormais. Par moments tu empestais. Tu ne faisais rien d'autre, à l'époque.

Et je ne sais pas quand on commence à avoir une vraie mémoire : à trois ans, dit-on. J'ai entendu dire qu'avant cet âge-là le cerveau, le cortex cérébral, et tous ses circuits et ses petites trappes sont incapables de retenir les souvenirs. C'est peut-être vrai. Mais j'ai connu des gens qui pensent que c'est faux. Et j'étais peut-être plus jeune que cela quand ma mère m'a posée sur sa hanche et est entrée dans la mer à Barafundle avec moi. Je m'en souviens. Son maillot de bain bleu. Le cercle d'écume blanche qui entourait ses genoux. Je crois qu'elle a dit : *Tu vois, mon ange, ça c'est la mer* – ou quelque chose d'approchant. Mais ça, c'est la partie que j'ai ajoutée, ce n'est pas un vrai souvenir, comme le chapeau de soleil et l'os de la hanche.

Ton premier à toi ? De souvenir ? Je ne t'ai jamais demandé. Je dirais les ajoncs, ou les taupinières. Quelque chose d'heureux, de proche de la terre, en tout cas, mais je n'en suis pas sûre, et je ne le saurai probablement jamais. Encore une chose de perdue. Encore un vide dans mes histoires sur toi.

Été 1990. Moïra descendit du train à Haverfordwest pour trouver une créature plus grande. Agitée, avec des mains grassouillettes. Trapue comme une bombe.

Une créature qui avait découvert les plaisirs de la bouche : elle la remplissait de jouets, de tissu. Avec ses poings fripés. Jusqu'à une feuille qui s'y effritait. Et le gratte-pieds devant la véranda, avec sa lame rouillée – Amy s'y était coupé les gencives. C'est là qu'elle avait hurlé le plus fort. Du sang sur le pas de la porte. Miriam s'était précipitée sur la petite en criant : *Non !* Bourrelée de remords pendant des jours, à la suite de cela. Se frottant le front du plat de la main, poussant un gros soupir las. « Suis-je une mauvaise mère ? » avait-elle demandé. En entendant ça, Moïra avait haussé les épaules et était sortie. Était restée assise sur la balançoire jusqu'à ce que l'incident soit clos.

Été chaud, blanc. Le petit chemin était plein de mauves, et le sable amené par le vent était chauffé par le soleil. Les ajoncs d'un jaune pastel, et imposants, George les avait déclarés magnifiques. Il adorait leur odeur. Disait que pour lui, ça signifiait l'été. Mr Bannister avait étendu sa lessive sur la corde à linge, et l'avait fixée en haut d'une perche, si bien que Moïra voyait de la fenêtre de sa chambre leurs vêtements et leurs draps. Des voiles blanches. Une jupe bleue avec des motifs.

End House craquait sous l'effet de la chaleur. Les gouttières bougeaient, et au début Moïra passa ses après-midi dans le jardin : à lire, ou assise sur la balançoire. Elle restait là, silencieuse, regardant un papillon dérouler sa langue. *Je veux aller me promener toute seule*, mais sa mère disait : « Trop petite, je suis désolée, mais tu es encore bien trop petite. » Elle n'avait le droit d'aller que jusqu'au pub, mais quel intérêt cela avait-il ? Elle ne voulait pas y entrer. Elle ne voulait pas tendre des pommes aux chevaux.

Un samedi, on glissa Amy dans un drôle de siège en métal qui se fixait au dos de George, et ils traversèrent Tenby tous les quatre. Une excursion. Une expédition familiale, mais Tenby était plein de touristes, et c'était marée haute, si bien qu'ils ne purent pas aller jusqu'au rocher de la baie. Moïra marchait derrière ses parents. À cinq pas derrière. Ils passèrent devant les maisons aux murs peints, devant la cale du canot de sauvetage et les télescopes qui brillaient sur le front de mer. Ils montèrent jusqu'aux ruines du château, au-dessus de la ville. S'y reposèrent. Le bébé but, George soupira, ils s'assirent en rang d'oignons sur un banc, regardant la mer en bas, et les toits des maisons, et le ciel. La statue du prince Albert, derrière eux. Qui portait un goéland argenté en guise de chapeau.

« Qu'on est bien ici ! dit Miriam. Tu ne trouves pas ? »

Non. La journée était gâchée par le bébé. Il enfonça son poing dans le cornet de glace de Moïra : tendant le bras pour l'attraper, puis le repoussant, ce qui fait que la glace vint s'écraser par terre.

Et Moïra se dit : *Il y a des signes avant-coureurs*. Elle avait appris à les reconnaître : le bébé qui se raidit, qui rassemble ses forces. Et puis la bouche qui s'ouvre, et les cris qui surgissent. Énormes, en cadence. Ils firent sursauter un chien, et les moineaux dans le buisson s'envolèrent. Miriam berça le bébé contre sa poitrine, en roucoulant : « Là, là, Amy, mon petit ange. Ma toute-petite. »

*
*   *

Douze ans. Elle pouvait dire ces mots de façon dure, méchante. Elle s'y exerçait, en faisant la grimace. En comprimant ses lèvres aussi hermétiquement qu'une coquille d'huître.

Dans les dunes, à Freshwater East. Elles n'étaient que toutes les trois, car George travaillait loin de la mer, dans le hangar où perlaient les gouttes de pluie, et qui sentait l'huile. On étala un plaid sur le sable. Moïra portait une chemise à manches longues. Ne voulant pas attraper de coups de soleil.

Ce jour-là, le bébé écrasa un crabe décoloré avec son pouce, poussa des cris en voyant le sable. Moïra attacha ses lunettes autour de sa tête avec un cordon, marcha jusqu'à la mer encombrée d'algues, et avança dans l'eau en maillot de bain, avec sa chemise blanche à manches longues. Resta une heure à se baigner. Elle avait l'impression que ça faisait bien longtemps qu'elle n'avait pas nagé dans cette mer. Qu'elle n'avait pas rempli ses oreilles de ses bruits, qu'elle ne s'était pas pris les doigts de pieds dans des algues cachées. Elle fit la planche, bras et jambes en étoile. Retint son souffle, se laissa couler, et quand elle remonta à la surface, elle se frotta du bout des doigts les yeux sous ses lunettes. *Moïra-le-Rat*. D'où elle était, sa mère et Amy paraissaient toutes petites.

Bien longtemps aussi qu'elle n'avait pas senti le goût du sel sur sa peau, une fois ressortie de l'eau. Une année entière. En un sens, ça lui paraissait bien plus long.

*
*   *

J'ai une photo de cette journée. Pas de ma baignade, ni d'avoir léché le sel sur mes doigts, comme le faisaient les chevaux. Mais de Tenby. Prise sans doute par un inconnu, car nous sommes toutes les trois dessus. Tu connais cette photo, tu l'as vue. Le banc, et l'herbe. Notre mère porte sur la tête un foulard avec des roses. Et tu as trouvé la photo affreuse, à cause des bourrelets de graisse sous ton menton, et sur tes jambes, en plus tu te tortilles. Tu essaies de descendre de ses genoux. Moi je ne souris pas. J'ai un air méfiant, dirait-on. Maussade – mais c'était mon air habituel.

Non, pas maussade, a dit Ray, quand je lui ai montré. *Mais l'air sérieux...* Comme si l'objet de mes pensées était la paix mondiale, ou le remède à toutes les maladies. Comme si j'étais un puits de sagesse, dépositaire de secrets enfouis dans les tréfonds. Cette photo le faisait sourire et hausser les sourcils comme si cela confirmait ce qu'il avait toujours soupçonné depuis nos premières paroles échangées.

C'était il n'y a pas très longtemps. J'ai mis des siècles à lui donner Stackpole. À le partager avec lui : les étangs aux nénuphars, la fumée de cheminée. Le gant rayé, solitaire, qui, un hiver, fut planté sur un poteau et qui y resta pendant des mois, ce qui me faisait penser qu'il se dressait là pour moi, pour me saluer quand je passais. Un ami, tout comme le singe au feutre rouge. Tout comme le haricot de mer, dans le temps. Je ne suis pas sûre que Ray connaisse cette partie de l'histoire, mais le moment venu, il l'apprendra.

Le mois de septembre fut rouge, avec des feuilles cra-
quantes après un été de soleil. C'était aussi le mois où
les élèves changeaient de dortoir. Tout le monde se
déplaçait comme les pièces d'un échiquier : à gauche,
en haut, sur le côté. On prenait la chambre d'une autre.
On grattait avec une pointe de compas le nom de
l'ancienne occupante à la tête du lit. On testait la résis-
tance du sommier sous le poids d'un corps différent.
Tout cela ne se faisait pas sans bruit. Il y avait toujours
des protestations. Toujours une porte qu'on claquait,
et dans le bref instant de silence interdit qui suivait,
Moïra entendait un oiseau chanter, ou le bruit de la
tondeuse à gazon, ou la cloche de l'église de Lockham
Thorpe. Elle n'avait pas emporté le singe avec son fez.

*
* *

Miss Bailey dit : « Dortoir numéro dix, Miss Stone »,
en montrant la liste punaisée sur le tableau d'affichage.
Moïra trouva son nom et, du doigt, elle éplucha les
autres noms. Les douze lits n'étaient plus que six. Ses
nouvelles camarades de chambre. Cinq noms, et elle
s'éloigna du tableau.

Annie était déjà là, dans la chambre. Elle dit :
« Salut » en mâchonnant du chewing-gum, une jambe
allongée sur le lit, le pied nu, avec les ongles des orteils
rouge cerise. « On ne se quitte plus. Tu sais qui il y a
d'autre ? »

Moïra fit non de la tête.

« Jo : les cheveux courts, elle fait du hockey. Orlaith.
Heather. » Elle plissa les yeux. « Je ne me souviens pas
de la quatrième. Bon, une élève, quoi. »

Moïra s'assit sur son lit dans le coin de la pièce,
regarda par la fenêtre. La vue n'était plus la même,

c'était Nightingale House, et l'arrière du réfectoire. Elle voyait aussi le noyer, au moins en partie : ses écureuils, et son ombre qui s'allongeait l'après-midi en travers de la pelouse.

*
* *

Et puis des bruits nouveaux, bien sûr. Le nez d'Orlaith était un quart de cercle lisse et blanc, et elle ronflait : une petite membrane de chair dans la narine, apparemment, qui battait dans le noir. Il n'y avait pas de lierre aux fenêtres, donc pas de bruit de feuilles contre la vitre. Pas de Geraldine se grattant la peau, mais le soir, Moïra entendait les restes de nourriture qu'on jetait dans les grandes poubelles métalliques, et le mardi, le camion jaune poussif qui venait chercher ces ordures.

Et aussi, un autre changement : un jeudi, en sortant du labo de biologie pour aller en cours de maths, Mr Hodge lui fit signe et lui dit : « J'ai pensé que ça pouvait vous intéresser. » Il était rentré de son été de jardinage et de mots croisés pour trouver un espace vide derrière la porte. Il avait fouillé toute l'école, et avait fini par trouver le squelette assis dans le salon de musique, installé devant le piano de Miss Kearney, les doigts sur les touches, avec la partition de la *Lettre à Élise* ouverte sur le pupitre à musique.

*
* *

Moïra consulta un ouvrage intitulé *Les Maladies courantes*, et là, elle apprit que le ronflement était dû à un resserrement des conduits d'air pendant le sommeil – causé par du mucus ou des tissus cutanés. Qu'on pouvait l'atténuer par des sprays ou en ouvrant les conduits avec du ruban adhésif. Qu'on pouvait aussi soulager la pression du corps en se retournant. En dormant sur le ventre, ou sur le côté. Elle ne dit rien à Orlaith, parce que Orlaith pouvait avoir la langue acérée, et qu'elle avait fait rire Heather, et que du coup elles étaient devenues amies. Mais elle laissa *Les Maladies courantes* en évidence dans la chambre, ouvert à la page en question. Espérant qu'Orlaith tomberait dessus. Qu'elle comprendrait le message. Qu'à l'avenir elle dormirait sur le ventre, afin que Moïra puisse se reposer, et ne pas se retrouver fatiguée le matin, avec des cernes sous les yeux.

*

* *

C'était merveilleux de te voir, comme toujours, Moïra ma chérie. Un an seulement, et te voilà une vraie jeune fille ! Amy a été contente aussi de ta présence. Elle essaie de parler – à neuf mois ! – et elle a l'air de savoir ce qu'elle veut. Elle a une passion pour le chat de la pension de famille, mais n'a pas encore compris que les chats n'aiment pas qu'on les tripote. Alors je l'empêche de s'en approcher. Tu imagines les drames que ça provoque !...
Ton père travaille dur, comme toujours. On dit qu'un autre garage pourrait s'ouvrir sur la route de Lamphey. Espérons que ça ne se fera pas. Quant aux Bannister, ils t'envoient toutes leurs amitiés. Et tante Matilda s'est vu offrir un rôle important dans la pièce qu'elle jouait. Elle est montée en grade ! L'actrice qui était tombée de scène et s'était cassé la jambe ? C'est Til qui la remplace pour de bon ! Elle dit que c'est le Destin, bien sûr.
Nous nous sommes demandé si on t'avait mise dans un nouveau dortoir cette année. Oui ou non ? J'aimerais beaucoup savoir à quoi ressemble ta chambre, pour t'y imaginer. Vous êtes combien ? Et que vois-tu par la fenêtre ?
Écris-nous, ma chérie,
Nous t'embrassons,

Maman, papa et Amy

Moïra n'écrivit pas. À la place, elle se fit dans sa tête une description de la vue depuis la fenêtre : le toit, le réfectoire, le noyer. Mais de son bureau, elle ne voyait rien de tout cela, car il était face au mur. Tout ce qu'elle voyait, c'était une craquelure dans la peinture, et une éclaboussure brune, comme si quelqu'un avait jeté une tasse de thé. Cela voulait dire également qu'elle tournait le dos à la pièce. Elle n'aimait pas trop ça. Elle savait qu'on faisait des grimaces dans son dos. Une fois, Heather avait ri. Quand Moïra s'était retournée, Heather avait fait de grands yeux et dit : « Eh ben quoi ? »

Il n'y avait pas non plus de singe rouge. Alors, pendant sa deuxième année à Locke Hall, Moïra prit l'habitude d'aller faire ses devoirs à la bibliothèque. Sur les tables en acajou, et sous une lampe de bureau verte qui avait des glands sur l'abat-jour. Une salle très tranquille. Mrs Duff, la bibliothécaire, enlevait ses chaussures pour marcher sur la pointe des pieds, en collant. On chuchotait. Et Moïra avait une prédilection pour la chaise du fond, dans le coin, là où se trouvaient les dictionnaires. De là, elle voyait l'ensemble de la salle, et la cour avec sa fontaine, remplie des feuilles mortes de l'année précédente.

*
* *

Elle résolvait des équations. Faisait des listes des différents types de roches qui existent au monde, avec leurs caractéristiques. Et au cours d'histoire, on leur avait fait recopier dans leurs cahiers l'arbre généalogique de la famille Tudor, avec un crayon à mine grasse bien taillé et une règle.

« Et voici le devoir à faire », leur avait-on dit.

Il s'agissait de choisir l'une des six femmes de Henry VIII et de se mettre à sa place. D'écrire son journal, comme elle aurait pu le faire. D'imaginer ses jupes sur le plancher du dortoir, et les perles de ses boucles d'oreilles. Six reines. Moïra, à huit heures du soir, était dans la bibliothèque, faisant semblant d'être la quatrième femme, celle qui était allemande et qui n'était pas restée bien longtemps l'épouse du roi. *Je suis Anne de Clèves*, avait-elle écrit. *J'ai des dames d'honneur, et un grand front.* Elle s'était mordu les ongles, avait lu son livre et avait continué *Et le roi n'est pas propre*. Cruel, également, car il l'accablait d'injures. De sa plus belle écriture, à l'encre bleue, Moïra avait écrit *Je vaux bien mieux que lui.*

« Seigneur, avait dit Miss McPherson, aux cheveux clairsemés. Une forte femme ! Et elle l'était, c'est la vérité. »

Excellente note pour Moïra, et un sujet de réflexion pour le soir dans son lit : le fait qu'Anne de Clèves avait survécu à tout le monde, Henry et toutes ses autres femmes, plus jeunes et plus jolies. Elle portait une collerette blanche, soulevait un sourcil noir, elle était riche et fière, et c'est vrai que le roi n'était pas propre. Il était mort d'une maladie peu ragoûtante – du moins c'est ce qu'avait dit Miss McPherson.

Ça plaisait à Moïra, cette idée. Elle s'était redit dans sa tête l'expression *peu ragoûtante* lorsque Heather – en tout cas une élève, mais sans doute elle – avait rempli ses chaussures de toile de boules de papier-toilette mouillé, ce qui l'avait obligée à passer la pause-déjeuner à enlever tout ça, à racler ce qui collait sur ses doigts, et à mettre ses chaussures à sécher, à l'envers, sur le radiateur.

*
* *

Le vent avait changé de direction. Il soufflait maintenant de l'ouest, amenant avec lui des odeurs de poules, de terre, et de tracteurs roulant sur les champs de betteraves. Il amena aussi Tante Matilda, avec son rouge à lèvres, un chapeau de feutre vert, des gants assortis, et une couche épaisse de rimmel bleu foncé.

C'était dimanche. « J'ai ma journée ! dit-elle en soufflant l'air avec sa bouche. Et toi, comment ça va ? »

Elles passèrent l'après-midi dans la réserve naturelle
de Titchwell, à l'ouest, sur la route du littoral. Au milieu
des échassiers et des roseaux. Elles se promenèrent sur
les allées de planches, et s'assirent sur un banc pour
regarder les marais, et le ciel, et les clochers.

« Ta mère t'a dit ? Pour la pièce ? »

Til fixa son regard sur sa nièce et affirma que maintenant, elle croyait vraiment aux fantômes. Comment
le contraire serait-il possible ? Elle était devenue une
actrice pour de vrai. « Pas une figurante, ni un simple
membre de la troupe... Maintenant je salue toute seule
à la fin du spectacle ! Rien que moi ! Remarque, les
tarots avaient annoncé tout ça... »

Moïra n'était pas trop sûre. Elle ignorait si elle y
croyait ou pas. Les fantômes ? Peut-être. Ce qu'il y avait
en tout cas, c'étaient des oiseaux – des avocettes, avait
précisé Til, et des vanneaux, des courlis et des chevaliers avec leurs longues pattes maigres et roses. Trois
grands cygnes gris, qui passaient à grand bruit au-dessus
de leurs têtes. Elle avait vu tout ça d'un abri de bois,
avec des jumelles et des gourdes de thé.

« Parle-moi de ton école, mon chou. Des cours. Des
élèves et des profs. »

Moïra s'exécuta – brièvement. Elle tira les manches
de son chandail sur ses mains, et parla des cours de
sciences, d'Anne de Clèves, de la formation des roches,
mais pas de la broche aux poissons, ni des surnoms
qu'on lui avait donnés.

Til lui dit, plus tard : « Tu es quelqu'un de rare, tu
sais ? » Puis elle repartit en toute hâte pour Londres,
retrouver *Hedda Gabler*, laissant sa nièce dans la bibliothèque avec ces mots qui résonnaient dans sa tête, ainsi
que le bruit qu'avaient fait les cygnes, et une impression bizarre, comme une sensation de froid. Elle se dit

qu'elle rêverait peut-être de fantômes, cette nuit-là. Mais elle vit des mouettes, la tête sous l'aile.

*
* *

Et donc : sa tante jouait sur les planches d'un théâtre londonien d'où l'on voyait la cathédrale Saint-Paul et, aux informations, on avait annoncé la chute du mur de Berlin. Moïra avait vu ça dans la salle de télévision – toutes les mains levées, et un ciel étoilé.

Je me rappelle aussi ceci : Miss Burke, dans un tailleur de couleur émeraude avec des chaussures à semelles compensées, annonça une soirée feu de joie pour le *Guy Fawkes Day* : la première du genre, à Locke. Peut-être était-ce un geste de bonne volonté inhabituel de sa part. Peut-être s'agissait-il de réunir des fonds pour réparer le toit de la petite salle de théâtre, qui fuyait par temps de pluie, si bien que le placard aux costumes sentait le moisi et que les élèves qui jouaient éternuaient.

Elle annonça ce projet en assemblée plénière de l'école. « Avec un feu d'artifice ! »

Il y eut des remous dans la salle. En rentrant ensuite au dortoir, Vee, l'élève aux nattes, dit à Moïra : « J'attends de le voir pour y croire. » En même temps qu'elle haussait les épaules, elle gonflait les lèvres. Moïra remarqua ce geste. Ça lui parut une expression de grande personne.

Mais la fête eut lieu. Miss Burke n'avait pas menti. Moïra, sur le terrain de hockey, crosse à la main, vit le gardien empiler des chaises cassées et des étagères de bois près de la piste de course. Lorsque les journées se firent plus courtes et que les feuilles tombèrent, on passa une corde autour de ces chaises pour éviter que le vent ne les emporte. Le gardien tapa dans ses mains pour enlever la poussière, et les copeaux de bois.

« Ça sera bien », dit Geraldine en se grattant le menton.

Peut-être. Moïra n'en était pas sûre. Quand arriva le samedi soir, Moïra sortit avec son duffle-coat et son bonnet de laine rouge. Le feu était immense. Il éclairait tout le parc, on voyait même les peupliers, et les fenêtres des labos étaient illuminées, rouges comme des yeux. Il y avait foule – gobelets de vin chaud à la main, cols relevés. Les visages des parents, à demi éclairés. Miss Burke portait un bonnet de fourrure, comme si elle était russe, et ses joues étaient rougies par le froid. Moïra fit le tour du feu. On ne voyait pas d'étoiles, à cause de la fumée. Elle prit un mouchoir en papier dans sa poche, s'essuya le nez.

Miss Bailey surgit à ses côtés. Elle portait un plateau de pommes caramélisées et dit : « Pour réparer le toit de la salle de théâtre. Cinquante pence pièce. » Moïra en acheta une.

Quant aux autres élèves, elles formaient des petits groupes, tapaient des pieds, se hélaient d'un groupe à l'autre. Les plus jeunes – celles de sept ans – étaient postées près de la cabane à outils, avec des serre-tête, des cierges magiques dans les mains, et des professeurs pour les surveiller. Les yeux en l'air, guettant le début du feu d'artifice. Mais les autres déambulaient. S'asseyaient sur le banc près des courts de tennis. Ou se prenaient par le poignet pour aller aborder un autre groupe, et se racontaient des histoires. Moïra se promenait au milieu de tout ça. Elle chercha Heather ou Annie. Quelqu'un.

En se rapprochant de la clôture qui entourait le parc, là où la terre était meuble, elle entendit des voix différentes, plus basses. Il y eut des rires, elle se dit : *Des garçons*, et elle eut envie de pleurer. Elle entendit, *Bizarre, celle-là...* Alors elle lâcha sa pomme caramélisée et s'éloigna.

Elle se sentait seule. Les feux d'artifice éclatèrent soudain contre ses lunettes.

Alors elle rentra à Curie, monta l'escalier pour rejoindre sa chambre, et regarda la fin du feu de joie du pied de son lit.

Et, cette nuit-là, l'avertisseur d'incendie. À deux heures du matin. Une fusée – pas une de celles de l'école, devait préciser Miss Burke – avait été déclenchée en secret près de la remise aux accessoires de sport. Une étincelle, ou peut-être la fusée elle-même. Quoi qu'il en soit, les murs se mirent à fumer, et Moïra se réveilla au son d'une sonnerie hurlante qui lui fit mal aux oreilles, à elle comme à Orlaith, si bien qu'elle se les boucha avec les mains en passant dans le couloir, puis en descendant les escaliers. Miss Bailey en tenue de jogging rose disant : *Ne courez pas...* Échevelée.

Pendant trente-deux minutes, toute l'école grelotta dans l'air nocturne de novembre, sur la grande pelouse. Elles étaient tout un troupeau, pâles, recroquevillées. Et puis elles furent toutes illuminées de bleu par l'arrivée des voitures de pompiers.

Celles-ci traversèrent le terrain de hockey. Bien obligées. Le lendemain, on trouva l'herbe retournée, écrasée. Pendant un certain temps, tous les matches furent annulés. Puis le gardien planta du nouveau gazon. À genoux, avec les merles qui chantaient.

Quant à la remise, il n'en restait plus, au bout du compte, qu'une trace noire sur l'herbe. Les barrières pour les courses, les filets de tennis, les balles lestées, les javelots, soit étaient calcinés, soit avaient disparu, si bien que l'argent collecté par la fête servit à remplacer tout cela. Finis les feux d'artifice, et dans la salle de théâtre, les taches grises d'humidité ne furent pas éliminées.

*

* *

Ce fut une première perturbation. Mais au cours du deuxième trimestre, il en survint une autre : une épidémie de poux. Personne ne savait d'où elle provenait, quelle était l'élève qui était rentrée de vacances avec une colonie de pattes et de dents dans les cheveux. Mais soudain, on vit tout le monde se gratter. On entendait le bruit des ongles frottant le cuir chevelu, les cheveux qu'on secouait. Moïra remarqua le phénomène. Pendant la réunion plénière, elle se retourna et compta le nombre de mains qui s'activaient. Dans les quinze jours, chacune des élèves fut envoyée à l'infirmerie. Moïra fut convoquée pendant le cours de géographie. Elle se rendit à l'infirmerie, s'assit sur une chaise, enleva ses lunettes, et sentit le peigne aux dents métalliques et les doigts actifs lui racler le crâne. Elle ferma les yeux. La salle était fraîche et tranquille, et elle se détendit.

« Vous n'avez rien, lui dit l'infirmière. Mais si vous sentez le moindre signe de démangeaison ou si vous apercevez des œufs, revenez me voir. Et brossez-vous les cheveux aussi souvent que possible. Ça leur casse les pattes, ça les tue. »

Elle fut vigilante, guettant les œufs, la moindre démangeaison. Mais non, rien, ce qui ne l'étonna pas. Les poux, ça s'attrapait certainement en sautant sur le dos de ses camarades, ou dans des batailles d'oreillers, ou en utilisant la même brosse à cheveux. Pour elle, pas de poux à qui casser les pattes. Elle n'eut plus l'occasion de sentir passer dans ses cheveux le peigne aux dents métalliques.

*
* *

Je la garde en moi. La nuit du feu d'artifice. L'impression que ça me fit de me retrouver sur l'herbe de la pelouse à minuit dans mon vieux pyjama rayé et en robe de chambre. Avec des chaussures à lacets d'uniforme.

Une fois, tu as eu des poux. J'avais – voyons, quel âge ? J'étais mariée, en tout cas. Dans un salon de thé à Sheringham tu avais soudain arraché ton serre-tête, tu l'avais laissé tomber dans une soucoupe, tu avais pris tes cheveux dans tes mains et tu avais tiré dessus. En poussant des cris au-dessus de la théière, je m'en souviens encore. J'avais lavé tes draps, je t'avais tirée jusqu'au lavabo de la salle de bains, et je t'avais frictionné le cuir chevelu avec une lotion pharmaceutique rose, épaisse.

Tu avais pleuré. Et moi, avais-je ressenti la moindre sympathie ? Non. Je m'étais représenté le moment où on n'arriverait plus à se débarrasser des poux en appliquant des lotions ou en leur cassant les pattes. Car les choses s'adaptent. Elles résistent à ce qui, au début, les blesse, elles se renforcent. Et je me disais – je me le dis encore – que si les poux s'emparaient du monde, cela deviendrait un endroit épouvantable. Un monde d'ongles qui écorchent la peau, de crânes chauves, et de suicidés.

VII

Les aiguilles

J'arrive tard, ce soir, je le sais. Mais ç'a été une journée bizarre, dans notre maison blanche. Je ne saurais pas mettre un nom dessus, mais je suis fatiguée, muette, et je ne resterai probablement pas longtemps avec toi. Une heure peut-être. Puis je partirai.

Je sais ce que c'est, je sais que pour Ray, les jours les plus difficiles sont ceux où il a terminé un tableau, et où il l'a vendu. Des mois de travail, et puis la toile disparaît. C'est suivi d'une période de deuil. *Soir dans le Devonshire* lui manque, le chevalet est vide sans lui, et Ray est silencieux, comme si un ami était parti. Il y a une absence que je ne peux pas ignorer, ni remplacer. Ray était renfermé aujourd'hui, et je comprenais pourquoi, mais je sentais aussi un poids dans la poitrine qui ressemblait à de la nostalgie, ou à de l'envie, ou à de la peur : tous sentiments que je connais bien. Mais finalement, ce n'est pas de cela qu'il s'agissait.

J'ai passé ma journée à la cuisine, à réviser un test sur la musculature. *Dr Cole*. Moi médecin : tu imagines... On n'y est pas encore, loin de là, mais je suis sur le bon chemin. Je fais des études de médecine dans une université qui a des sculptures sur le campus, et un amphi qui sent bon le bois, et je me demande si Mr Hodge serait fier de moi – que je connaisse les articulations, et les hormones. Aujourd'hui, j'ai passé longtemps à la table de la cuisine, avec mes manuels, le ronronnement du frigidaire, et le robinet qui goutte, comme toujours. *Latissimus dorsi*, *quadriceps femoris*, et je n'ai vu mon mari que lorsqu'il est descendu prendre un café : pas rasé, les yeux cernés. J'ai posé mon stylo, je me suis levée. On s'est touchés un moment, comme on toucherait un arbre : précautionneusement, du plat de la main. Nous avons esquissé un sourire. Mais nous n'avons guère parlé.

Est-ce que ça t'étonne ? Que ce ne soit pas toujours un long fleuve tranquille, entre nous ? En tout cas, pas toujours. Il me regarde encore, souvent, pour me dire *Tu es…* Mais il y a eu des orages, dans notre couple, Amy, de la boue qui entre dans la maison, ou un message perdu, ou de l'orgueil. Ou alors c'est ma dureté de jadis qui est revenue. J'ai rejeté mes cheveux en arrière, claqué des portes. Quitté la maison pendant des heures, par obstination. Quant à Ray, il est aimant, tolérant, mais même lui, il lui arrive de perdre patience – de lever les deux mains, paumes tournées vers moi, en disant : *D'accord…* Mais nous faisons la paix. Nous regardons nos doigts s'enlacer. Je ne crois pas que la perfection existe, mais ce qui s'en rapproche le plus, c'est ceci. Nous ne nous sommes jamais endormis sur une querelle, Ray et moi. Nous échangeons de ces petites excuses timides, honnêtes, qui peuvent mener à autre chose, et dans ces moments-là, je le revois tel qu'il était. *Lui.* Celui qui m'écrivait des lettres ; qui rôdait près de la clôture, à Locke, me cherchant. Montre-moi mieux que ça, Amy. Montre-moi un couple qui sans ciller ose parler d'un mariage parfait, et je demanderai à Til de tirer les cartes, de voir où sont leurs ombres, et ce que l'avenir leur réserve. Il y aura des Épées, et des Tours, j'en suis persuadée. La perfection, on peut seulement s'en approcher. Et je te raconte cela parce qu'on peut prédire, ce soir, que tu ne connaîtras jamais le poids d'un bras autour de tes hanches dans la nuit, ni l'éclat d'une alliance en or.

Il est plus de dix heures du soir. Tard.

Je vais te dire ce que c'est d'être une adolescente, à quoi ça ressemble, car c'est ce que tu es devenue, au cours de ton coma. Tout ce que tu connais de tes années d'après dix ans, c'est l'envers de tes paupières, et l'odeur de cette chambre. Alors je vais te raconter ce que ça a été pour moi. Puis je te laisserai, pour aller le retrouver.

*
* *

Il y eut gelée sur gelée, en cette nouvelle année. Des croûtes de glace qui gardaient pendant des jours les empreintes de pied, et quand on fermait les rideaux du dortoir, on trouvait des flaques d'eau sur le rebord des fenêtres, et puis il y avait des oiseaux derrière le réfectoire qui picoraient les couennes de bacon et les miettes de toast. Depuis les salles de sciences, Moïra voyait les champs labourés, vides, et les oies sauvages qui s'y venaient s'y poser.

C'était une école pleine d'échos. Il y eut des engelures, et, sur la lèvre de Jo, un bouton de rhume de la taille d'une groseille : d'abord brun, il prit ensuite une couleur de pain cuit, et elle le pressa. On tirait les manches sur les mains. En dehors des cours, c'était dans le salon des élèves que tout le monde se retrouvait – le salon avec ses tapis, ses rideaux, le long radiateur vert, et les tables auréolées par les tasses de café.

Les haleines qui fumaient quand on traversait la cour. La fontaine de pierre avait blanchi et un matin de février, en se rendant en cours d'histoire, Moïra trouva un glaçon mince et transparent suspendu au col de la cruche de pierre. Il y avait donc de l'eau qui avait coulé de là, au moins un instant : pendant que Moïra était dans son lit, la nuit précédente.

Pour la première fois, elle se servit de la bouillotte qu'elle avait apportée de Stackpole plus d'un an auparavant. Miss Bailey la remplit pour elle, en portant des gants.

*
* *

Et ça continuait. On n'avait pas besoin de taper les chaussures de hockey contre le mur de brique, parce qu'il n'y avait pas de boue qui collait aux semelles : toute la boue était encore gelée. C'était dur de jouer sur ce genre de gazon. On se tordait les chevilles. Les élèves rentraient les genoux et les coudes meurtris, tout secs et tout rouges, et dans les vestiaires, Moïra avait les mains trop bleues et trop raides pour arriver à boutonner sa chemise. De gros doigts gourds. Elle s'asseyait dans un coin, les suçotait. Les mettait sous ses aisselles, ou entre ses jambes.

« Ce temps, disait Jo, me fait mal aux genoux. » Laissant tomber son sac par terre. « Je voudrais du soleil, maintenant. De la chaleur... » Moïra ressentait la même chose. Et là où elle pouvait trouver le plus de chaleur, ce n'était pas contre le radiateur, ni même dans son lit. Elle passa un moment à regarder la piscine couverte. Frissonnant derrière la vitre. Vapeur d'eau, produits chimiques, bruit : rien de bien attrayant. Mais quand la porte de verre s'ouvrit, elle sentit la chaleur. S'imagina dedans, comme dans un bain.

Elle brava donc le chlore et les vieux sparadraps, les yeux qui piquent, et l'odeur dans les cheveux. Elle retrouva ses muscles d'antan. Elle avança dans l'eau, en tirant sur ses bras. Elle se plia en deux et plongea dessous, les yeux ouverts, le ventre raclant les carreaux de céramique blancs. Ce n'était pas la même chose. Mais quand elle émergea, elle se sentait plus forte. En rentrant à Curie House, un soir, les cheveux mouillés, elle regarda ses doigts fripés par le bain.

« *Seigneur !* Est-ce que ça va finir un jour ? » dit Annie, tapie sous ses couvertures, sans rien qui dépassait.

Un jour peut-être. Mais pas encore. Il y eut des rhumes – des nez bouchés, des lèvres supérieures mouillées, des odeurs de médicaments dans les couloirs : menthol, essence de wintergreen. Citron à l'infirmerie, parce que l'infirmière leur donnait une tisane citronnée amère contenant de l'aspirine. Moïra aussi dut en boire, car elle sentait un avertissement : une pointe d'épingle qui lui raclait la gorge. « Buvez ça, et couchez-vous de bonne heure », lui dit l'infirmière. Elle obéit, avec succès. Même si elle dormit mal, car dans le noir Orlaith ronflait et toussait sans relâche dans son oreiller.

*
*　*

À sa tante, Moïra écrivit : *Le temps est encore terriblement froid ici. Des gelées, et tout le monde éternue. L'école sent le menthol et le citron.*

Pendant des semaines, elle n'eut pas de réponse de Til, mais elle savait qu'elle était très occupée à Londres. Les théâtres, et les bars en sous-sol. Là-bas, le froid était différent : des flaques d'eau crevassées et une pluie drue. Elle imaginait sa tante blottie chez elle, son thé à la main, regardant par la fenêtre Camden Market au loin, de son appartement au-dessus de la boulangerie.

*
*　*

Un jour où elle était dans la salle de bains en train de se brosser les dents, Moïra se fit la réflexion : *Il n'y a pas que le temps qui soit froid.* Cela lui parut très adulte, comme remarque. Mais c'était vrai. Les choses avaient changé. Heather avait un nouveau flacon de parfum, de forme ovale, qu'elle gardait dans le tiroir de sa table de nuit. Elle s'en versait quelques gouttes sur le bout du doigt, et s'en tamponnait ensuite le cou, et le creux entre ses seins naissants. *Non !* disait-elle, en le brandissant au-dessus de sa tête, quand on demandait à le lui emprunter.

Treize ans, maintenant. Cartes d'anniversaire de Stackpole, et des Bannister. Le paquet qu'envoya Til contenait du vernis à ongles bleu, et un flacon plein d'un liquide bleu, marbré : couleur de sirène. Quand Moïra sortit de la douche, elle sentait la sirène. Ça lui plut. Elle rangea le flacon dans ses affaires, et de temps en temps, elle le faisait miroiter dans la lumière. Il contenait toutes les autres couleurs. Pétrole, arc-en-ciel. Elle n'avait jamais rien eu qui ressemble à ça.

Elle se répétait : *Treize ans !*

« On est des teenagers, disait Annie en regardant ses doigts de pied, eux aussi peints en bleu. Je ne vois pas la différence. Qu'est-ce que ça veut dire, en fait ? Des boutons, tout ça, des sautes d'humeur. »

Cela voulait dire également que Moïra avait parfois des bouffées de chaleur. Pour la toute première fois, juste avant Pâques, elle sentit un feu lui brûler la peau, elle aurait presque perçu son sifflement. Qu'est-ce qui se passait ? Elle se demanda si c'était le diabète, ou une insolation, ou un rétrécissement mitral. Peut-être même la maladie d'Hodgkin. Elle attendit. Elle était soudain brûlante, écarlate.

Mais ce n'était rien de tout ça. Peut-être que la Lune était en phase ascendante, ou que Saturne tournait, ou que Vénus était à son plus bas depuis des années : Til saurait ça, en tout cas, elle affirmerait savoir. Mais au cours de ces quelques mois, on vit aussi d'autres élèves changer. Moïra, avec ses lunettes, observa ces changements. Elle n'était pas la seule à sortir sans bruit, dans le noir, de sa chrysalide.

Si vous voulez en parler avec l'infirmière… Qui aurait une idée pareille ! Comme si une seule élève allait aller frapper à la porte de l'infirmerie pour poser des questions. C'était un secret. On le gardait pour soi, en silence – comme le gel pour la douche, ou un ours en peluche, ou le chiffon de coton gris d'Annie, ou un sac de nourriture qu'on aurait avalée puis vomie au dortoir pendant que tout le monde était en cours. Moïra supputait qu'il se passait ce genre de choses, car quelques élèves étaient plus maigres qu'elle – même si on ne les montrait pas du doigt en les traitant de *Sac d'os*. Ou peut-être qu'on le faisait. En tout cas, elles étaient maigres. Flottant dans leur cardigan. Mais Moïra n'avait pas de preuves.

*
* *

Elle donna un coup de téléphone à sa famille à Stackpole. Et trois jours plus tard arriva une lettre de là-bas.

Ma chérie, tu es sûre que c'est ce que tu veux ? On ne t'a pas vue depuis trois mois. Si c'est le voyage en train qui t'ennuie, ton père peut venir te chercher. On te promet que tu aurais ta chambre bien à toi, au calme, si c'est ce que tu veux. Qu'en dit l'école ? Combien d'autres élèves passent Pâques sur place ?
Bon, pas grand-chose à raconter. Il fait moins froid ici que là où tu es, je pense. T'es-tu servie de la bouillotte ? Amy commence à avoir sa voix bien à elle : une voix grave ! Comme un ours.

Sa mère écrivait aussi : *Qu'as-tu appris de beau ce trimestre ?*

Dans sa tête, Moïra en fit la liste : le fait qu'un bras mort se constitue à partir des méandres d'un fleuve, la forme d'un sonnet ; comment se servir du papier de tournesol. Qu'Annie avait commencé à prendre des leçons de cor d'harmonie dans une salle sans fenêtres à Austen House, et était revenue les joues rouges, avec la tête qui tournait.

Elle avait aussi découvert qu'on pouvait se percer la peau sans saigner. Pendant le cours de couture, elle avait pris une aiguille et se l'était enfoncée dans le bout des doigts. La peau blanche et dure. Et ça n'avait pas saigné. Ça l'avait étonnée. C'était donc de la peau morte ? Une écorce ? Elle ne savait pas. Elle était près de la fenêtre, dans la classe orientée le plus au sud, des aiguilles enfoncées dans trois de ses doigts, et elle faisait tourner sa main pour que les aiguilles prennent la lumière.

120

Elle avait décidé de rester à Locke Hall pour Pâques parce qu'elle ne voulait pas passer huit heures dans un train, ni trois semaines au milieu des odeurs et des cris de bébé. Et elle voulait avoir le dortoir pour elle toute seule : entendre son vrai silence et se réveiller quand elle le voudrait.

Le trimestre se termina donc, les élèves partirent. « Amuse-toi bien… », lui dit Heather, en passant les bras dans un sac à dos. Elle regarda Moïra de la tête aux pieds.

Petit à petit, le temps changea. Comme s'il sentait que l'école était plus vide, le vent du nord-est se calma et se déplaça, si bien que l'air qui agitait les peupliers cessa de venir de Russie, avec ses oies, pour venir de la mer elle-même. De l'eau au lieu de glace – mais il faisait toujours froid. Pendant les trois semaines de vacances, donc, Moïra dormit dans un dortoir vide. Cinq lits vides, plus le sien. Elle se calait contre les coussins avec un livre, couvertures tirées jusqu'à sa poitrine, et elle fixait le vide. S'imaginait les endroits où tout le monde pouvait se trouver. Ou bien elle restait allongée la nuit dans le noir : pas de ronflements, pas de corps qui s'agitaient. Pour la première fois, au cours de ces nuits, elle connut Curie House véritablement plongée dans un profond silence. Pas de poumons qui respiraient, pas de portes qui claquaient au loin, pas de bruits de pas. *Rien que moi*. Et, quelquefois, Miss Bailey – car elle aussi était restée. Avec sa radio, sa Mini Morris, et des copies à corriger.

Mr Hodge lui avait solennellement confié la mission de nourrir les cinq poissons rouges. Elle s'en chargeait à huit heures, et à quatre heures et demie. Une pincée de flocons de couleur que les poissons venaient attraper à la surface avec leurs bouches bien dessinées, bien rondes. Comme les bouches, se disait-elle, de ses propres poissons d'argent qu'elle gardait dans sa poche, ou dans le tiroir de sa table de nuit. Penchée en avant, les mains sur les genoux, elle les regardait se nourrir.

Et dans la bibliothèque, elle portait trois chandails et son duffle-coat, parce qu'on avait éteint les radia-teurs. Elle mangeait au réfectoire, avec les quelques autres élèves qui étaient aussi restées. Celles qui venaient de l'étranger. Celles qui voulaient travailler. Dans les escaliers silencieux, elle retenait son souffle.

Rien que moi. Ou presque.

C'est aussi pendant ces vacances de Pâques que Moïra se mit au jogging. Elle n'en avait jamais vrai-ment fait avant. L'après-midi, elle laçait ses chaus-sures et traversait le terrain de hockey – enjambait les lignes blanches et les crottes de renard. Elle laissait l'école à sa droite, la bâtisse en briques rouges, vide. Elle courait les pouces repliés à l'intérieur de la paume des mains, les coudes à l'extérieur, avec, dans la tête, ses pensées. *Inspire, un, deux, trois, expire, un, deux, trois...* Les genoux qui tressautaient lorsqu'elle traversait les courts de netball. Une fois, en passant devant la vieille clôture près de la glacière, elle ralen-tit, croyant qu'elle avait vu une ombre passer. Il y avait là autre chose qu'un oiseau. Peut-être, l'espace d'un instant, deux personnes qui retenaient leur souffle. Mais elle ne vit rien d'autre. Elle repartit au petit trot. *Un, deux, trois...*

Elle courait bien. Grâce à sa maigreur, peut-être – elle n'était que muscles et os, et à un moment où elle sautait par-dessus un tronc d'arbre tombé près de la limite du parc, elle entendit quelqu'un dire : « Bravo ! »

Moïra se retourna.

Une grande était là, penchée en avant, mains sur les hanches. Respirant à fond, avec une peau couleur de thé, et une tresse qui tombait sur une de ses épaules, retenue par un nœud noir. Rita. Pour de vrai, un nom plus long, mais Rita, c'était plus facile à dire et à retenir.

*
*　*

Rita, qui parlait avec une perle dans la bouche, du moins c'est le sentiment qu'on avait : articulant avec soin, les lèvres fermées, comme pour empêcher la perle de sortir. Elle avait quinze ans, résidait à Pankhurst House, et venait du Sri Lanka, où il y a des éléphants, la mousson, des combattants de la liberté, du thé de Ceylan, et deux cents espèces de grenouilles différentes. « On a des cancrelats gros comme ma main, avait-elle dit, et des fleurs de Nil Mahanel qui sont violettes, qui poussent dans les rivières, et s'ouvrent en étoile. » Trop loin pour rentrer chez elle en vacances, alors elle était restée là. À Locke.

Moïra cligna des yeux. Vit les éléphants. Vit les fleurs s'épanouir.

« Et toi ? Pourquoi es-tu restée là ? »

Moïra mentionna le bébé. Dit son nom, ce qui, pour la première fois, lui donnait une réalité.

Amy.

« Ça fait du bruit », confirma Rita. Elle était la dernière de six enfants. Parla de sa famille, et du fait que ça lui manquait. Elle sourit, et plus tard, quand elle se leva de table, elle sortit comme aurait pu le faire une infirmière, ou même une bonne sœur : d'un pas vif, précis, la tête en avant et les mains dans le dos.

*
*　*

Un jeudi après-midi, Moïra sortit du parc de l'école sans prévenir Miss Bailey et Rita. Elle n'avait jamais fait une chose pareille. N'avait jusqu'alors enfreint aucune règle. Tenant à la main dix livres tirées de ses économies, elle prit le car en direction du nord devant le pub *La Charrue* à Lockham Thorpe, passa devant des champs d'orge, devant les vaches, et arriva à Holt. Le car siffla, et Moïra descendit sur le trottoir. Les vitrines étaient éclairées par le soleil. Il y avait des gens, de la circulation. Des odeurs de café, de diesel, et d'after-shave. Il y avait du lierre sur les murs de l'école de gar-çons, des magasins d'antiquités, et un monument aux morts. Moïra s'acheta un carton de jus d'orange qu'elle but avec une paille, pendant qu'elle attendait un deuxième car. Près de la pâtisserie où Til l'avait emme-née un jour.

Ce deuxième car l'emmena jusqu'à la côte. À Sheringham, où elle n'était encore jamais allée, mais elle savait d'avance à quoi la mer allait ressembler. Une eau brune, sans grottes. Une zmer basse. Pas de grosses vagues, pas d'écume. Elle s'assit sur un banc de béton, picora un cornet de frites que les mouettes lui disputèrent. L'eau était plate, immobile. Pas de balei-nes, et elle mit des pièces de vingt pence dans les télescopes de métal, pour en être bien sûre. Défit ses chaussures, et enfouit ses orteils dans le sable froid.

Reprit le car du retour à quatre heures.

Une école vide, se disait-elle, c'est bizarre. Aussi bizarre qu'une mer sans écume, ou qu'un squelette en papier. La nuit, c'était presque trop lourd, et elle faillit courir frapper à la porte de Miss Bailey. Mais cela avait aussi ses avantages. Pendant trois semaines, Moïra n'eut pas besoin de prendre son courage à deux mains quand elle sortait du dortoir, pas besoin de cacher ses lunettes, ni sa broche en argent, elle n'avait plus à entendre des mots chuchotés dans son dos. Si elle en avait l'audace, elle pouvait s'asseoir sur le lit de Heather.

Voilà à quoi ça ressemble d'être elle.

Tout cela était nouveau, et Moïra en tirait de la force : ce que nous avons, ce que nous sommes, il faut s'y faire. Quel autre choix y a-t-il ?

*
* *

L'exploratrice en moi, cette excursion à Sheringham. Prendre quatre cars différents avec mon porte-monnaie et ma longue frange noire qui me tombait sur les yeux. Découvrant que si j'appuyais mon front contre la vitre, j'avais la vue trouble à cause des vibrations du moteur. Qui aurait pu croire qu'une fille comme moi – taciturne, scientifique, qui alignait ses crayons sur son bureau par ordre de taille – pourrait faire ce voyage, comme ça, en enfreignant les règles ? Je crois que moi-même j'en étais étonnée. Ce soir-là, je me suis regardée dans la glace en me brossant les dents.

Ce fut peut-être cela, le début. La première fois où j'enfreignis les règles. Et quand Miss Bailey me demanda, plus tard. *Où étiez-vous hier ? Je vous ai cherchée...* je fis mon premier vrai mensonge délibéré. Je parlai de la piscine. Ou peut-être de l'infirmerie.

Et puis j'écrivis à Tante Til.

C'était un vendredi, dans la bibliothèque, et j'écrivis avec un vrai stylo à encre bleue. Je lui demandai si je pouvais venir à Londres. Pour la voir sur scène, toute poudrée, avec un peu de salive brillant dans la lumière des projecteurs pendant qu'elle déclamait son texte. Pour manger ses pâtisseries gratuites. Pour être avec elle dans un bar, au sous-sol, à boire de la limonade. M'asseoir sur un lion. Pour me trouver dans une de ces rues dont j'avais entendu parler dans les journaux. Et j'employai des termes tels que *s'il te plaît ; différent ; plaisir.* C'était de cela que j'avais envie. Je voulais entendre, la nuit, les bruits de la rue devant son appartement londonien.

« Non. Pas une bonne idée... » Ce fut sa réponse. Au téléphone. Elle écarta ma demande, peut-être avec un geste de la main, et enchaîna : « Comment ça va, l'école ? »

Non. Quel effet crois-tu que ça me fit ? Quand j'entendis le téléphone raccroché, que je reposai le récepteur, et que je retraversai l'école vide ? J'avais cru que Til était différente. J'avais cru qu'elle dirait oui, qu'on aurait pris les bus de Londres, et vu un spectacle. Bon, je me dis qu'elle était comme le vent, et que le vent, ce n'est pas une chose sur laquelle on peut compter.

Nous sommes des animaux différents, toi et moi. Mais nous avons toutes les deux des poings. Nous avons toutes les deux durci notre regard.

Depuis, je crois avoir mieux compris ses raisons. J'étais à un âge difficile. Et c'était peut-être difficile d'être avec une fille comme moi. Ou peut-être qu'elle n'était pas, comme je l'imaginais, l'actrice à qui ses admirateurs envoient des bouquets et qui porte des jupes longues. Peut-être qu'elle n'avait pas d'amis. Peut-être qu'il y avait des semaines où elle ne travaillait pas et où elle dormait, fumait, ne se lavait pas. Peut-être que son appartement était trop petit. Ou qu'elle vivait une rupture douloureuse, ou une nouvelle histoire d'amour. Une raison ou une autre.

Quoi qu'il en soit. J'avais appris une leçon, une leçon que tu n'as sans doute pas encore apprise toi-même, et que tu n'auras pas le temps d'apprendre, et c'est la suivante : on suit son cours. On est toujours soi, et on persévère, malgré les deuils, les erreurs. Les femmes en particulier. Nous savons garder des secrets. Nous lestons d'un poids nos culpabilités, nos passions, nos haines, nos mensonges, et nous les laissons s'enfoncer, au point qu'on pourrait croire que rien de tout cela n'a jamais existé. Mais nous ne sommes pas dupes. Mes secrets, je peux tous les compter.

Je lui ai pardonné. Je suppose que toutes les femmes – toi, qui as seize ans ; même les femmes heureuses, mariées, avec des enfants, qui croient qu'elles ont fait sans peine le bon choix – ont sans doute leurs zones d'ombre. Il doit leur arriver de regarder par la fenêtre, de temps en temps, et d'imaginer ces autres vies qu'elles n'ont pas eues.

Même si je me dis, aujourd'hui encore, que j'aurais bien aimé qu'elle accepte. J'aurais adoré me promener dans Green Park avec elle. Ou voir un palais.

Mais elle n'avait pas dit oui, et on n'y peut rien.

De la pluie sur les fenêtres, vive comme des poissons d'argent. À la tribune du grand hall de rassemblement, Miss Burke n'était pas toute seule. Après l'hymne, et la prière, elle désigna d'un geste un homme en veste bleu marine, avec une chemise blanche au col déboutonné. Cheveux blonds. Plutôt jeune : la trentaine.

« Mesdemoiselles, dit-elle de sa voix cassante, je vous présente Mr Partridge. »

Le nouveau prof de géographie.

Annie se pencha en avant, arrondit les lèvres et émit un petit sifflement. Elle rentra au dortoir, s'allongea sur son lit, la tête et les bras dépassant sur le côté, et regarda Orlaith qui se brossait les cheveux. Annie répéta son nom. *Mr Partridge*... Les yeux rêveurs, elle posa sa joue contre son livre de géographie, soupirant comme une reine, et ébauchant un sourire.

La cloche sonna, faisant vibrer le plâtre, et tout le monde partit en cours.

*
* *

Il n'était pas grand. C'est ce que Moïra avait remarqué en le croisant dans les couloirs et en s'effaçant pour le laisser passer. Il disait : *Merci*. Ou bien, s'il marchait devant elle, il lui tenait la porte ouverte, du bout des doigts. Il sentait bon. Une odeur de fruit, ou de savon.

Non, pas très grand. Une dizaine de centimètres de plus qu'elle, peut-être – même si Moïra elle-même était grande pour son âge. Elle devait maintenant courber la tête pour passer sous les clématites qui poussaient au-dessus de la porte de Curie. Elle laissait une marque bien nette dans le sable quand elle faisait du saut en longueur. Ses pieds aussi avaient grandi. Et elle avait des mains comme des truelles, lui avait-on dit.

« Il est... » disait Annie. *Super*. *Sensass*. Elle était amoureuse. Pendant qu'elle apprenait sa leçon de géographie elle levait les bras, posant le livre derrière sa tête. « Je ne sais pas ce qu'il est...

— Le seul prof homme de moins de cinquante ans, disait Jo. Voilà ce qu'il est. Remets-toi. »

Quant à Orlaith, elle disait qu'il était vieux, et petit. Heather haussait les sourcils et se moquait, mais elle se vaporisait du parfum dans les cheveux, ce qu'elle n'avait encore jamais fait.

Alors, Annie en était réduite à se tourner vers Moïra, ce qui ne rimait pas à grand-chose. Qu'est-ce que Moïra connaissait à ces choses-là ? C'était peut-être justement pour ça. Elle ne pouvait pas répliquer, ni désapprouver, ni faire de commentaires. Ni se moquer d'Annie. Moïra était quelqu'un dont on se moquait, pas quelqu'un qui se moquait des autres. Alors elle tint compagnie à Annie, pendant une période. Se mit dans la file d'attente à côté d'elle pour la vaccination antituberculose, et l'écouta.

Il me tient les portes.

Quand il dit bonjour, il a ce regard...

Mr Partridge. Son bureau était au dernier étage de Locke Hall, il donnait sur le toit de la piscine et sur la piste de course.

*
* *

La vaccination eut lieu un vendredi sombre et orageux. Les élèves étaient toutes en rang devant l'infirmerie. Elles se collaient contre les murs. Se rongeaient les ongles. Relevaient lentement leur manche gauche.

Certaines pleuraient. D'autres s'agitaient dans la file d'attente, et parlaient trop, ou ne disaient rien du tout. Quant à Moïra, elle surveillait chaque élève au moment où elle sortait de la salle où se trouvait l'infirmière : la tête qu'elle faisait, et le tampon d'ouate contre son bras.

Elle regardait s'il y avait du sang. Certaines élèves étaient pâles, elle avait le sentiment que leurs genoux risquaient de fléchir, et qu'elles pouvaient tomber. Mais aucune ne tomba. Une par une, elles retournèrent au cours de physique – à leurs blouses blanches et à leurs montages de circuits électriques.

Ça ne faisait pas mal. Moïra garda les bras serrés contre elle, s'assit sur la chaise en plastique et regarda par la fenêtre. Au-delà des boules de verre, la cour. Le ciel. C'était un après-midi couvert, chaud, paresseux. Moïra sentit l'aiguille lui percer la peau, s'enfoncer dans sa chair, puis elle sentit le filet de sérum froid s'infiltrer, lui remplir le bras. Elle fut, pendant un bref instant, transportée sur la plage de Lydstep. Elle huma l'odeur du café, vit un plaid écossais, eut une douleur au pied gauche. Puis l'infirmière lui adressa la parole. Elle se retrouva dans le Norfolk, on lui donna son tampon d'ouate, elle se leva et sortit de la pièce.

Malgré tout, son bras saignait. Elle avait jeté le tampon trop tôt : le sang coula sur la manche de sa blouse blanche, faisant une tache rouge bien délimitée.

En forme de croissant, maintenant. *La tuberculose. J'avais treize ans*. Le soleil la transforme en tache de rousseur, et il y a des jours où je recouvre la cicatrice avec une manche de coton, ou de la crème protectrice. Des nuits où il la caresse du gras de son pouce.

*
* *

Toi aussi tu as vu cette cicatrice, ainsi que d'autres. Plus tard, à Blakeney, un jour où je me penchais sur les grilles blanches, en blouse légère, tu as vu ma cicatrice blanche, ronde comme la lune, à travers le tissu. Tu as appuyé dessus un doigt couvert de confiture, et tu as dit : *Qu'est-ce que c'est ?* Alors je t'ai parlé des

130

aiguilles qu'on enfonce dans le bras, il en sort du sang, et ça fait mal, et toi aussi on te fera ça un jour.

On te l'a fait ? As-tu seulement été jusque-là ?

Elle n'est pas très haut sur mon bras. J'avais dit que je ne pouvais pas relever davantage ma manche. Et l'infirmière aux jambes lourdes assise à côté de moi disait : *Allons, mon petit, allons*, comme si elle croyait que je risquais de pleurer, ou de me débattre, car c'est ce qu'avait fait Annie, avant moi. Annie avait vu l'aiguille, elle s'était dégagée et s'était sauvée. Alors une deuxième infirmière m'avait tenue si fermement par le bras qu'elle y avait imprimé sa marque, en plus de cette tache de sang.

*
*   *

On avait toutes vu Annie s'enfuir. Jaillir par la porte de l'infirmerie, et filer dehors. Sachant par expérience qu'elle ne supportait pas les aiguilles, que cela la terrifiait, de les voir briller, d'entendre le petit bruit liquide. Elle repoussa donc l'infirmière, donna un coup de pied dans la porte, et disparut, espérant peut-être que l'intrépide Mr Partridge la sauverait, ou qu'elle trouverait une salle vide où se cacher. Elle courut à travers l'école en blouse blanche. Elle raconta cela à Moïra par la suite. D'une pâleur de craie, hors d'haleine. Ses grosses lunettes encore relevées sur ses cheveux.

Pendant des heures, personne ne la vit. Au cours de physique, un bureau vide, et une place manquante sur les courts de tennis. Le gardien la chercha au moyen d'un émetteur radio qui, avec des grésillements, diffusait la voix de Miss Burke.

Un drôle d'après-midi violet. Pour Moïra, une bonne migraine. Le ciel du Norfolk était lourd, et ce fut un peu plus tard, en levant les yeux pour le regarder, sa raquette de tennis à la main, qu'elle vit Annie debout, sur le toit d'un des bâtiments où se trouvaient les classes.

Elle s'était évadée par la fenêtre des toilettes, et de là-haut elle dominait la pelouse, les champs de betteraves, et les toits de Curie, Austen, Pankhurst et Nightingale. Et les courts de tennis, et Lockham Thorpe, et peut-être même l'église de Holt. Elle était debout sur le toit, dans sa blouse blanche qui se détachait sur le ciel foncé.

Annie. En étoile, les bras écartés. Une sorte de reine, un bref instant.

Heather lança : « Mais qu'est-ce qu'elle… »

Et Annie resta assise, jambes croisées, sur le toit plat jusqu'à l'arrivée de la pluie, et jusqu'à ce que le gardien vienne la rejoindre et lui fasse signe. Elle se leva alors, et glissa. Tomba – pas jusqu'en bas, ce qui l'aurait tuée, mais sur le toit goudronné, ce qui aurait pu ne pas lui faire mal du tout, sauf que ce ne fut pas le cas. Elle dit qu'elle avait entendu un os craquer. Comme une crosse de hockey qui frappe la balle.

« Qu'est-ce qui vous a pris ? » Miss Bailey avait accompagné Annie dans l'ambulance, toujours dans ses tennis blanches.

Finalement, le bras d'Annie était cassé en deux endroits. Une fracture simple du cubitus ; une fêlure du radius. Elle porta un plâtre pendant cinq mois : pas de compétition sportive pour elle cette année-là. Elle écrivit de la main gauche, des gribouillis. Elle fut bien obligée de dormir sur le dos, de se contenter du rôle de spectatrice, et sous la douche, elle mettait un sac-poubelle sur son plâtre. Plus tard, quand on l'enleva, sa peau était blanche comme un lis. Dans toutes ses autres années à l'école, elle dut garder le bras plié pendant les exercices, et elle ne fit plus jamais la roue.

Et puis, à l'hôpital, alors qu'elle s'efforçait de gratter son nouveau plâtre jaune, une infirmière s'approcha d'elle et lui planta une aiguille antituberculose dans le bras gauche. Annie hurla, tapa sur le lit. Donc tout ça ne l'avait avancée à rien, ou presque.

« Mais j'étais bien, là-haut », dit-elle. Revoyant la scène. Un ciel d'été orageux, et le panorama depuis le toit goudronné plat.

Et Mr Partridge signa son plâtre, tout comme le firent d'autres profs. Un paraphe vert, près du coude. Elle fut enthousiaste, et peinée. Disant que c'était sûrement de l'amour.

L'amour...

Le mot était lâché. Dans la nature, en toute liberté.

*
* *

Je peux te dire que le temps fait pâlir certaines couleurs, mais pas toutes. C'était il y a bien des années, mais je vois encore la scène : Annie debout là-haut. Dans sa blouse blanche. Je la vois sur ta peau, ou se détachant sur le mur de l'hôpital. Où que je porte mon regard, je la vois, si je le veux. Bizarre, ce que nous gardons en tête, cela par exemple. Mais l'équipée d'Annie le jour du vaccin était un moment de folie, qui sortait de l'ordinaire. Je revois le gribouillage vert, bâclé, d'un homme qui n'était pas amoureux le moins du monde d'une petite de treize ans. Bien sûr que non. Il ne se rappelait sans doute même pas son nom.

À partir de là, au tennis, Annie servit à la cuiller. C'est comme ça que je la revois.

Mais, Amy, si je parle de tennis, alors il faudrait que je parle aussi de Miss Bailey, qui repliait les filets à l'automne, et les réinstallait pour le troisième trimestre. Ses mollets rebondis de joueuse. La visière blanche qu'elle portait, quand elle servait.

Elle regardait toujours les championnats de Wimbledon à la télévision dans sa chambre. Chaque année, en juin et juillet. Elle m'avait demandé de les regarder avec elle : un court vert avec deux joueurs en blanc. Dans la chambre se déversaient le soleil, et les applaudissements polis, et une atmosphère de bon genre anglais à l'ancienne. Le tout accompagné d'une odeur de fruits, et d'une vague de paresse. Il y avait du pollen dans l'air, et des accents clairs et nets.

Donc pour moi, le tennis, c'est elle, c'est Miss Bailey. Wimbledon, c'est Locke et mon adolescence – pas Stackpole ni mon âge adulte – même si j'ai entendu jouer au tennis plus tard, quand j'étais amoureuse, ou que je m'efforçais de ne pas l'être. Je dérivais au son des balles, loin des examens, sur les terrains de jeu. Vers des endroits étrangers. Là où il n'y avait pas de tennis, mais des alizés, et des signatures qui tenaient lieu de billets de banque, et des oiseaux qui frôlaient la surface de piscines d'eau transparente.

VIII

Church Rock

Cinq jours que je ne suis pas venue te voir. Peut-être que tu le sais, peut-être que non. Depuis ton accident, je n'étais jamais restée aussi longtemps sans venir. Ça fait quatre ans – et même un peu plus.

Désolée, ma douce. Mais ce n'est pas ma faute, et peut-être que tu n'as même pas remarqué que je n'étais pas là. J'ai eu beaucoup de travail, j'ai passé le contrôle sur les muscles, et j'ai eu à finir un devoir sur l'hypothalamus, figure-toi. Je pourrais te parler de l'appétit et des hormones. Te faire un dessin avec le doigt sur la paume de ta main pour te montrer où il est situé.

Est-ce que je t'ai dit que *Soir dans le Devonshire* s'est vendu pour le double du prix qu'il en demandait ? Je ne sais plus, mais c'est un fait. Il est tout étonné, il n'a jamais réalisé qu'il était doué, qu'il y avait de la magie en lui. Mais je crois que cela tient aussi à la plage qu'il avait choisie, pas seulement à sa façon de la peindre. Barricane Bay, où tous les coquillages qu'on trouve échoués viennent de l'hémisphère sud. C'est ça, le Gulf Stream. Un courant plus fort que l'être humain le plus fort, ou que tous les humains ensemble. On lui doit notre climat tempéré : tu savais ça ? Même cet hiver glacial dont nous avons souffert à Locke, où je m'étais baignée dans le chlore, où j'avais regardé les moineaux s'aligner sur le rebord des poubelles métalliques, oui, même cet hiver-là aurait pu être bien pire sans le Gulf Stream.

Il a donc peint la plage le soir, dans des couleurs rosées, avec le soleil qui baigne les falaises du côté est, et la toile s'est vendue pour un meilleur prix que ce qu'il escomptait. C'est un bon tableau, mais pas mon préféré. Ceux que j'aime, c'est *Le Rialto*, et *Le Moulin de Cley au crépuscule*. Il y a la qualité, et puis la valeur marchande, et ce n'est pas la même chose. Je préfère ses flamants à tout ce qu'il a pu peindre d'autre. Un simple crayon sur papier. Mais ça m'a ouvert tout un monde. Ils venaient de l'équateur, ils étaient vifs, libres, ils sentaient la crevette, et ils volaient, pattes pendantes, au-dessus de mon lit de pension.

Donc on a été très occupés, Ray et moi, entre les tableaux et le cerveau. Mais maintenant ça va. L'hypothalamus et Barricane Bay sont enfin loin de nous, ils ont repris leur existence autonome. On était fatigués, et pour la première fois en quatre ans, on a acheté un vrai arbre de Noël. Il est près du bow-window, du côté opposé à la mer. On l'a décoré de lumières argentées. Au dernier week-end, on a passé deux nuits loin de la côte, dans un hôtel à toit de chaume, où le savon était enveloppé dans du papier très fin, joli comme un bouton de rose. Et puis une chose que Tante Til aurait adorée : *Bonne et heureuse année*, en lettres lumineuses accrochées d'un balcon à l'autre, notre chambre en était tout éclairée. Le matin j'ai ouvert les rideaux et vu la brume dans les champs, la gelée matinale, et les vaches qui mangeaient du foin.

Bref.

Je suis de retour dans cette chambre. Je ne me rappelle plus où j'en étais. Voyons, j'avais encore treize ans ? Je fus, brièvement, amie avec Rita, Rita aux yeux de faon et à la perle dans la bouche. Annie se dressa sur le toit, les bras écartés, ce qui ne l'empêcha pas d'être vaccinée contre la tuberculose. Je crois que la moitié de l'école était amoureuse du prof de géographie, avec ses cheveux un peu trop longs, et son accent écossais. Je t'ai raconté ça ? Il venait des Highlands, avait-il dit. À la suite de quoi j'avais entendu les grandes parler de kilts, imagine un peu ! Jo avait raison je pense : il nous plaisait parce qu'il était différent, et qu'il nous paraissait jeune, voilà tout. Qu'il ne portait pas d'alliance.

Il y a longtemps de ça. Mais je revois encore avec une grande précision les pieds de caoutchouc vert des pupitres à musique, et la marque qu'ils laissaient sur le plancher vernis du hall si on les traînait pour les déplacer.

Les trimestres se succédaient. C'était toujours comme ça. En un clin d'œil, j'avais un an de plus. À un moment, je me suis brûlé les cheveux avec un bec Bunsen, l'odeur avait envahi les couloirs. Je l'avais fait exprès. Je m'étais penchée en avant, j'avais laissé tomber ma frange. Mais je crois que je n'en suis pas encore là.

*

* *

Wimbledon, et les aiguilles, et un homme pas beaucoup plus grand que Moïra.

Et un jour de compétition sportive par grande chaleur. Une seule journée : les murs de l'école craquaient, les parents d'élèves s'étaient mis sous des parapluies pour être à l'ombre, et Miss Burke croisait ses jambes gainées de nylon. Moïra s'était enduite de crème. Elle courut, puis but son eau près des peupliers. Mais cet après-midi-là, elle vit des épaules couvertes de cloques, et des nez qui pelaient par lambeaux, comme de la peau de serpent.

Des chaises en bois, des banderoles. Les élèves en shorts bleu marine. Moïra fit quatre courses, et les gagna. Courant au milieu d'une nuée de moucherons, avec un sparadrap sur le haut du bras. On épingla sur elle cinq rubans rouges, car elle avait aussi lancé le javelot. Elle était grande, avec des bras longs, et dans le champ près de la piscine, elle le brandit très haut, le lança en l'air, surveilla sa trajectoire, et se retourna avant qu'il ne se plante dans le sol, sachant que c'était un bon lancer. Elle se frotta les mains pour enlever la craie.

Un tracteur au loin. Une brise venue de l'est, et les parents qui applaudissaient.

« Regardez-moi ça ! dit Heather. Tous ces rubans ! Une vraie championne ! »

Plus tard, dans les toilettes, Moïra trouva Anne-Marie près du lavabo. Elle transpirait. Son short de sport lui collait aux cuisses, et elle bougeait d'une jambe sur l'autre, pleurait, ne disait rien. Moïra ne savait trop quoi en penser. Finalement, elle lui donna un ruban rouge. Qu'Anne-Marie prit, tout étonnée. Moïra s'éloigna.

*
* *

Rita quitta l'école en juillet. À l'heure du déjeuner, elle frappa à la porte du dortoir 10, Moïra était en train de rouler un petit morceau de peau qu'elle s'était arraché du pouce. Elle entendit frapper, leva les yeux.

« Au revoir », dit Rita.

Car elle avait seize ans, et Locke, c'était fini pour elle. Elle retournait dans une île où il y avait du safran et des rivières brunes, et où les pluies de la mousson faisaient sortir les insectes du sol. Rita posa un bout de papier sur le lit.

« Mon adresse. Si un jour tu viens là-bas. »

Après cela, Moïra resta près de la fenêtre ouverte, regarda Rita s'éloigner sur l'allée de gravier. Avec ses cheveux noir-bleu. Passer devant la haie de troènes, puis disparaître.

Moïra conserva son adresse – mais quand aurait-elle l'occasion de s'en servir ? Irait-elle jamais au Sri Lanka ? C'était un simple geste. De politesse, ou de pitié pour une fille qui portait des lunettes et qui avait de grands pieds et de grandes mains.

Malgré tout, elle la glissa dans son *Dictionnaire des termes scientifiques*. Au cas où.

Moïra partit elle aussi. Retourna à l'ouest, par le train, à Stackpole, où son père passa l'été la tête dans le capot d'une vieille voiture verte. « Une Aston Martin », dit-il. Fièrement.

Et Amy avait vingt et un mois : assez grande pour savoir que Moïra était sa grande sœur, la suivre partout, bredouiller son nom. Elle poussait des cris sauvages devant une porte fermée, ou lorsqu'il fallait aller se coucher, ou que Moïra marchait trop vite pour ses petites jambes chancelantes. Moïra la plantait là, dans le jardin. L'écoutait brailler, faire peur aux mouettes.

Et Miriam contemplait avec étonnement, semblait-il, sa fille aînée. Quand Moïra était descendue du train, elle avait reculé d'un pas, et dit en fronçant les sourcils : « Comme tu as grandi… » Ce qui était la vérité, car sa jupe ne descendait plus jusqu'aux genoux, et elle sentait en elle des os tout neufs. Une Moïra plus âgée, qui pouvait serrer les poings pour de vrai. Si bien qu'on lui permit, cet été-là, de se promener toute seule, d'aller vers Bosherston et de traverser les bois. Ou bien de marcher sur le chemin côtier, où le soleil tapait dans ses lunettes, faisant fuir les fulmars qui criaient : *Au feu !* Leurs ailes grisonnantes déployées.

La mer. Telle qu'elle aurait voulu que soit la mer du Nord, que soient toutes les mers. *Idiote*. Elle n'avait plus cette naïveté. Elle n'était plus jalouse des gens qui barbotaient dans l'eau ni furieuse contre les touristes qui sortaient du chemin et piétinaient la lavande de mer. *Je ne suis plus chez moi*. Elle se disait cela.

À Broad Haven, elle descendit jusqu'au sable par les rochers. C'était la fin de l'après-midi, la plage était plus calme. Elle plissa les yeux, mit sa main en visière, mais il n'y avait là personne de sa connaissance.

Alors elle fixa ses lunettes sur sa tête avec une ficelle. Elle enleva sa chemise, et son short. Dessous, elle portait son maillot de bain rouge deux pièces, qui accentuait le blanc laiteux veiné de bleu de sa peau, et elle entra dans l'eau. Elle fut saisie. L'eau montait sur ses hanches, et ses orteils heurtaient de vieux rochers. Elle sentait sa peau se tendre sur ses os. Elle laissa ses mains caresser la surface de l'eau.

Moïra se dit : *Je vais nager jusqu'au rocher*. Ce piton noir dont elle connaissait la forme, mais qu'elle n'avait jamais touché, et depuis lequel elle ne savait pas ce qu'on voyait. Elle n'avait jamais voulu nager jusque-là, mais elle n'était plus la même Moïra et le rocher était devant elle. Alors elle plongea la tête dans l'eau. Le sel l'enveloppa, et elle refit surface, les cheveux tout aplatis. Puis elle nagea vers Church Rock, en crawl, le visage sous l'eau, se pliant en deux et faisant des ciseaux quand arrivaient des vagues plus grosses. Elle se représentait les profondeurs au-dessous d'elle.

Quinze minutes pour l'atteindre. Elle arriva hors d'haleine. La base du rocher était moussue, et il y poussait des moules. Elle les sentit sous la paume de sa main.

Cet après-midi-là, Moïra n'escalada pas Church Rock. Elle se laissa porter contre lui par les vagues. Se retenant par les ongles, et sentant ses os heurter le rocher. Un jour elle l'escaladerait, quand elle serait plus grande. C'est ce qu'elle se promit.

George annonça : « Les Bannister voudraient bien te voir, à un moment ou à un autre. »

En tout cas, Mr Bannister. Pas sa femme branlante, et Moïra ne voulait pas aller frapper à leur porte branlante. Elle observa leurs sapins. Vit les dessous couleur chair de Mrs Bannister sécher sur leur corde à linge.

Que l'année à venir soit pour toi remplie de joie. Un samedi après-midi, elle prit le car pour Tenby sans prévenir ses parents, ni Amy, et elle alla vers le terrain de boules devant les remparts. Le gazon du terrain était éclatant. Elle se tint aux barreaux de la grille. Mr Bannister était là, agenouillé, son chapeau blanc rabattu lui cachant un œil. Il se redressa lentement, et elle aurait peut-être dû lui adresser un signe, mais ne le fit pas.

Elle repartit, s'assit sur un banc, près de la statue du prince Albert, et regarda le ciel vespéral, et les bouées de sauvetage, et sentit une tristesse au creux d'elle-même. Une sorte de bouche ouverte, ou de grotte.

Quand elle arriva à la maison, Miriam était en larmes. « Où es-tu allée ? Où étais-tu donc ? » Pleurant sa fille disparue, tandis que dans un coin son autre fille essayait de se tenir debout sur la tête, vêtue en tout et pour tout d'une chaussure.

*
* *

Moïra se mesura au tableau d'affichage des responsables des études, devant l'entrée principale : en janvier elle atteignait à peine le bas du tableau ; maintenant elle était trois noms plus haut. Elle semblait avoir grandi plus vite que ses cheveux n'avaient rallongé – même si cela aussi avait changé. Sa frange tombait sur ses lunettes. Sous la douche, quand elle avait les cheveux mouillés, elle les sentait contre sa colonne vertébrale, sous ses omoplates. Et elle sentait son pelvis sous sa jupe.

Annie déclara : « Tu es plus grande que moi. » Elle fit pivoter Moïra, se mit contre elle, dos à dos. « De… » Elle montrait l'espace entre le pouce et l'index de son bras pâle, récemment déplâtré : « … ça ! »

Elle était plus grande aussi que mademoiselle Lac, dans sa veste fuchsia, et plus grande que l'élève d'Austen House qui représentait le comté dans les championnats de netball, et qui n'avait pas besoin de sauter pour marquer des buts. Mais le squelette de la salle de biologie la regardait encore de haut. Son menton arrivait au-dessus de la tête de Moïra.

C'était peut-être pour cela. Ou pour une autre raison. Mais Moïra passa une grande partie de l'automne à dormir, elle eut en tout cas cette impression. *Debout, mesdemoiselles…* lançait Miss Bailey. Mais Moïra dormait pendant la journée, ses livres à côté d'elle, les genoux contre la poitrine, et une main sur les yeux. Trop de voix se mêlant dehors. Elle voulait être dans le noir, elle voulait le silence. Sur le terrain de hockey, elle appelait l'hiver de ses vœux, et les jours plus courts. Pour pouvoir dormir d'un sommeil lent et profond.

Ses heures de veille étaient bizarres. Elle voyait les tableaux noirs et les horloges comme à travers un voile, et quand on lui parlait, elle regardait la bouche qui remuait : ses mouvements, la commissure des lèvres, leur pâleur. Les vitraux de l'église, ou les faisans qui se glissaient sous la clôture extérieure, ce genre de chose attirait son attention, lui faisait écarquiller les yeux. La peau craquelée sur les mains de Geraldine. La cravate tricotée de Mr Hodge.

Et puis elle retournait au labo de sciences. À l'aquarium, et aux boîtes de Petri empilées dans un coin avec des initiales marquées au feutre.

« Zinzin ! » lança Heather en la croisant dans le couloir.

C'est vrai, se dit-elle. *Tout à fait ça*.

Et elle avait envie de dormir. De rêver de petites choses rassurantes, comme le blaireau qu'elle avait vu renifler près de la fontaine, ou la forme de Lundy Island, ou l'étoile Polaire.

*
* *

Contente de voir arriver Til. Elle ne lui en voulait plus de son refus, de son *Pas une bonne idée*. Elle marchait, et tante Matilda fit passer une mèche derrière son oreille et dit : « Laisse-moi te regarder... »

Une ado aux rotules saillantes, et sa tante aux yeux couleur de violette. L'automne à la réserve naturelle de Titchwell. Elles avançaient sur les planches, en direction de la mer, au milieu des bouquets de roseaux. À leur droite, des bécasseaux, que signala Til. Un ciel vaste et froid.

« Depuis quand est-ce que je ne t'ai pas vue ? » Moïra secoua la tête. « Tu es… » Moïra attendit. Elle savait les noms qu'on pouvait lui donner. *Sac d'os, P'tits Nichons.* « … gracieuse. » Til était rayonnante. Elle semblait fière d'avoir trouvé le mot juste, car elle le répéta, en prenant Moïra par le bras.

Tout en parlant, Til regardait autour d'elle. Les marais à perte de vue, le ciel. Elle parlait de choses bizarres : un chanteur des rues qui la connaissait par son nom ; une feuille d'arbre qui l'avait suivie dans Oxford Street, évitant les bus et les pieds des passants. « J'ai rencontré quelqu'un », dit-elle.

Au début, Moïra ne comprit pas. Til rencontrait plein de gens.

« Un garçon. En fait : Hamlet. Il a renversé son rhum-Coca sur moi au bar du théâtre. Il m'a invitée à dîner. » Elle se tourna vers Moïra, embarrassée. « Il a dix ans de moins que moi ! N'en parle pas à ta mère… Pas encore. »

Moïra regarda la rambarde de la promenade, elle écoutait sa tante. Comment il avait ramassé les glaçons, pour qu'elle ne trébuche pas dessus. Il avait des mains solides, adroites. « Et puis c'est un merveilleux Hamlet… » Til tripota son pendentif en quartz rose, puis s'assit sur un banc pour observer les oiseaux. Elle serra le bras de Moïra.

Et Moïra sentit que quelque chose s'était évanoui, comme si les oiseaux du marais s'étaient envolés tous ensemble, ou qu'un oiseau différent des autres était venu se joindre à eux. Quelque chose. Moïra sentit la fatigue, et dégagea son bras.

« Et toi ? Comment ça va ? »

Mais Til posait la question comme si elle connaissait déjà la réponse, et Moïra savait que ses pensées allaient vers l'acteur. Elles passèrent devant les bouquets de roseaux de Titchwell, leurs manteaux relevés jusqu'au menton.

*
* *

P'tits Nichons. Parce que c'était la vérité. Voilà comment les autres la voyaient.

Et puis Jo lui lançait des petits pains au déjeuner, en disant : « Attrape ! » À cause de ses grands pieds et de ses grandes mains. Comme un clown, avec des lunettes.

Et *Boules-de-Loto*. Ce qui était usé, comme plaisanterie, à la longue, et ne lui faisait plus tellement d'effet.

*
* *

Dans ses rêves, il y avait parfois Church Rock, sans qu'elle sache pourquoi. Elle n'avait pas rêvé d'eau depuis longtemps, et pourtant, une nuit, en novembre, elle vit le rocher et ses moules – d'un bleu-noir, couleur pétrole – à la base. Dans les vestiaires, au milieu de la boue, du linge de corps, et se changeant à la hâte en tournant le dos aux autres, elle essaya de se représenter ce qu'on pouvait bien voir de là-haut. Toutes les plages ? Pas Freshwater West. Mais les autres, peut-être. On devait voir la péninsule de Gower, ou alors, par une belle journée d'hiver, apercevoir le Devonshire.

Elle rêva qu'elle en sentait l'odeur. Qu'elle entendait les moules respirer.

*
* *

Dans la salle de maths, Mrs Maynard était debout, une craie à la main, balayant les élèves du regard. « Moïra fera l'affaire », dit-elle.

Elle écrivit au tableau MOÏRA STONE, en grandes lettres blanches, et elle parla de symétrie. D'images-miroirs. Des mains se levèrent, des lignes furent tracées à travers ces lignes, à travers le nom de Moïra. Le *M*, le *I*, le *E*. Et les deux *O* ronds et creux de son nom étaient sans fin, pleins de symétries, on pouvait tracer tant qu'on voulait des lignes à travers eux, si bien qu'ils finirent par perdre leur forme et par se remplir de craie.

« Voilà, dit-elle, c'est la leçon d'aujourd'hui. »

Ainsi, Moïra quitta la salle avec son nom barré.

*
* *

Le soir, elle regarda sa propre image-miroir. La fille aux cheveux noirs comme du pétrole. Les veines qui se nouaient sous les poignets, et dont on pouvait suivre le parcours sur le côté. Aussi sur le cou. En levant les bras, elle voyait ses côtes, sous la peau, comme du cordage.

De longs pieds blancs, avec lesquels elle avait nagé comme un poisson, avec lesquels elle avait sauté. Mais des pieds qui ignoraient les jolies chaussures. Elle s'était acheté une paire de tennis une taille au-dessus à la boutique de vêtements de Holt, et elle ne les quittait plus. Elle allait découvrir, par la suite, que les chaussures de toile ne tiennent pas chaud et qu'elles prennent l'eau.

Elle rentra de la salle de bains pour les trouver toutes endormies, à part Heather. Heather, qui ne disait rien. Elle se brossait les cheveux, la tête penchée en avant, si bien qu'on voyait sa nuque et ses épaules, roses, dans la lumière crue de l'ampoule électrique. Le visage caché par ses cheveux. Et pendant qu'elle se brossait, Moïra, l'observant, aperçut une marque étrange sur son cou – violette comme un raisin. Bien délimitée. Trop petite pour provenir d'une balle de tennis, ou d'une main ; trop grosse pour un pouce. Sur le côté de la nuque, sous l'oreille, si bien que quand Heather rejeta ses cheveux en arrière, pour dire : « Oui ? Tu veux quelque chose ? » la marque disparut.

Cela prit deux jours. Deux. Et alors Moïra comprit. Avec un haut-le-cœur, elle se recroquevilla dans son lit. *Une bouche ?* Une bouche sur le cou, un baiser intérieur. Elle avait entendu parler de ça. Par les conversations sous la douche, et quand les élèves se rendaient à l'église. C'était la marque d'un garçon, quelque chose qui la dépassait complètement, qui n'était pas à sa portée. *Tant de choses perdues.* Elle le savait. Une autre qu'elle, moins forte, en aurait pleuré dans le noir.

*
*   *

Les *O* étaient symétriques *ad infinitum*, un garçon avait fait un suçon à Heather, et Tante Til était amoureuse. Et puis Miss Bailey, un jour de novembre, ou de décembre, lui fit signe d'approcher et lui dit : « Dites-moi, Moïra, vos notes sont moins bonnes que d'habitude, ce trimestre. Vous allez bien ? Vous n'êtes pas malade ? »

Pas malade. Vigoureuse, avec une peau épaisse, si bien qu'il n'y avait que des lignes blanches, sèches, sur elle, pas de rouge. Mais Geraldine, elle, était malade, et les petites Knox s'étaient battues au réfectoire, l'une des deux avait une lèvre tout enflée, et pendant les cours de géographie Annie, les yeux brillants, posait son menton sur ses mains. Heather était marquée en secret. Mais pas Moïra ; elle n'était pas malade.

En entendant ça, Miss Bailey fronça les lèvres. Plissa les yeux, pas convaincue. « Bon... », fit-elle. Et elle laissa Moïra repartir. Peut-être lisait-elle dans les gens comme si c'étaient des livres, ou peut-être se retrouvait-elle elle-même, quand elle était jeune, dans cette grande fille maigre. Moïra se posa la question. Mais ensuite, elle vit Miss Bailey diriger les échauffements sur le terrain de hockey – sauter en écartant les pieds, lever le genou contre la poitrine en se tenant sur une jambe, crier avec les mains en porte-voix : il semblait très difficile de croire qu'une personne aux joues roses aussi réelle qu'elle, qui fredonnait en écoutant sa radio, puisse avoir eu un jour un crocodile accroché dans le dos de son chandail sans s'en rendre compte, et s'être rendue au réfectoire, puis au cours d'histoire, avec une queue en plastique qui se balançait. Moïra ne l'avait découvert que parce que l'infirmière le lui avait enlevé au passage. « Vous trouvez ça drôle », avait-elle dit avec réprobation. Comme si Moïra y était pour quelque chose, que, depuis six heures, elle était au courant, et le portait exprès, à titre de plaisanterie.

Enfin, il y avait la broche aux poissons d'argent, et les quatre rubans rouges. Les épingles auxquelles ils étaient attachés, pointues. La porte de la salle de bains fermée sans bruit. Une carte de Stackpole. Amy, au jardin d'enfants, avait trempé ses mains grassouillettes dans de la peinture orange et les avait appuyées sur la carte, comme des feuilles d'automne. *Pour Moïra*. Écrit d'une main d'adulte, puis recopié tant bien que mal au pastel.

*
* *

« Maintenant, elle fait des phrases, disait Miriam. Elle demande des choses. Elle est très forte pour dire *non*. »

C'était vrai. Pour son deuxième anniversaire, en décembre : un gâteau glacé rose, et un ballon accroché à l'arbre dehors. Au moment de se coucher, elle avait hurlé : « Non ! Je veux pas ! » Alors Miriam avait cédé, et l'avait laissée se fourrer encore une poignée de gâteau dans la bouche. Un vent d'ouest venant de la mer se leva et dura trois jours, si bien que le soir de Noël, le ballon se détacha et partit sur le petit chemin, vers les terres. George courut après. Miriam et Moïra, côte à côte, regardèrent la scène de la cuisine. Mais le ballon finit par se perdre du côté d'East Trewent – au-dessus des toits et des pylônes.

Oui, c'est vrai.

Un nouveau manteau, pour Noël : vert foncé, trop grand pour elle, avec un capuchon doublé de fourrure.

Amy se battait avec son propre cadeau : des ailes de fée et une baguette magique. Elle avait du mal à accrocher les ailes. Les cils humides, n'y arrivant pas, elle se mit à geindre, à tendre les bras pour qu'on vienne l'aider.

De la glace, là-bas sur les vagues. Une eau noire, de l'écume grise, les mouettes qui flottaient à la surface de la mer, la tête sous l'aile. Elle planta là Amy, inspira à pleins poumons l'air picotant d'aiguilles. Sous son capuchon fourré, ses oreilles lui cuisaient.

Elle enleva ses tennis, ses chaussettes. Défit la ceinture de son pantalon. Church Rock était bleuâtre, avec ses moules, ses algues, ses vieilles fientes de mouette. Encore plus bleu à cause de la lumière d'un après-midi d'hiver. Le rocher jaillissait de la mer. Une grande mouette était posée au sommet.

Il y a des formes de froid pour lesquelles il n'existe pas de mots : si forts que les mots ne sortent pas. Le corps ne sait plus comment il fonctionne, en tout cas, c'est l'impression qu'il a. Tout ce qu'il ressent, c'est le froid ; tout ce qu'il pense c'est, *comment avoir chaud ?* Et ce fut, pour Moïra, comme une mort, ou alors un moment d'une terrible intensité. Sa peau se ratatinait sur ses os. L'eau montait, la mordait, elle avait le souffle coupé, elle ferma les yeux, leva les bras au-dessus de sa tête. Plongea. Nagea sous une vague, puis remonta. Ses oreilles étaient gelées, elle respirait bruyamment, et sa mâchoire tremblait, faisant s'entrechoquer ses dents. Elle nagea jusqu'au rocher, mais en le touchant ne sentit rien. Essaya de se hisser, mais ses mains étaient engourdies, et elle glissa. S'érafla la peau.

Il y a des gens qui sont morts comme ça. Elle rebroussa chemin. De retour sur la plage, elle se regarda. Elle avait sur la peau des marbrures violettes, elle grelottait. Elle était couleur d'encre, avec les doigts blancs. Elle se rhabilla non sans mal. Rentra chez elle en titubant. S'enferma à clef dans la salle de bains.

L'écorchure n'était pas grand-chose. C'était une moule qui avait soulevé un petit morceau de peau. Il y avait un lambeau blanc qui pendait, dont elle se débarrassa, le soir, en tordant la peau jusqu'à l'arracher.

Je l'ai escaladé. Tu le sais.

Je l'ai escaladé pour la première fois pendant les vacances de Pâques suivantes, quand on commençait à parler de la première guerre du Golfe, et le Hamlet qui avait renversé son rhum sur la manche de Til lui avait laissé un mot disant : *Ne m'en veux pas, mais je suis vraiment trop jeune pour cette liaison...* Il l'avait quittée. C'était lâche de sa part. Til se jeta dans un petit rôle sans intérêt pour la télévision et se mit à trop boire, disant : « Ce que ça voulait dire, c'est que c'est moi qui suis trop vieille... » Mais elle récupéra, elle se mit sous la langue des teintures de fleurs, et passa à autre chose, du moins c'est ce qu'elle déclara.

Et toi tu étais l'enfant qui demandait tout le temps *Pourquoi ?* Des questions, à propos de tout. Pourquoi est-ce que le ciel est bleu ? Et mes cheveux, noirs ? Pourquoi est-ce que le chien à trois pattes que tu avais vu attaché devant le pub ne roulait pas par terre ? Tu passais ton temps à me tirer par la manche, c'est l'impression que j'avais.

Aussi : Pourquoi est-ce que la mer me donne le mal de mer ? Car c'était le cas. Une excursion à Skomer, quel événement redoutable : tu es devenue verte, et le vent t'a renvoyé ton vomi dans la figure. C'est notre père qui nous a raconté ça. Tu as eu la nausée pendant des heures, ensuite, a-t-il dit. Et moi ça m'a plutôt fait plaisir, dois-je avouer.

*
* *

Moïra – qui avait maintenant atteint sa taille définitive. Des bras musclés à force de lancer le disque et le javelot, trimestre après trimestre. Elle courait aussi, tous les après-midi, faisant le tour du parc de l'école, et quelquefois elle allait jusqu'au village en traversant le cimetière. Du coup, elle avait des jambes solides.

Alors en avril elle se hissa sur Church Rock. En appuyant, doucement, sur les moules, avec la plante des pieds. Elle s'accrochait au rocher avec les ongles, et trouvait des prises dans les anfractuosités. Deux fois, elle glissa. Une fois, elle jura, car elle avait acquis le vocabulaire. C'était une ado effrontée. Elle gardait le corps plaqué contre la roche, sans regarder en bas.

Et la vue de là-haut ? Panoramique. Manorbier, et le phare. Lundy Island, endormie. Derrière elle, si elle se retournait prudemment sur son trône de pierre, elle pouvait voir la côte anglaise où elle vivrait un jour avec un mari. Sauf qu'elle n'en savait rien. Pas même sous forme d'espoir.

Je ne sais pas de quoi nous avons besoin, ce dont nos âmes ont soif, quand nous ne sommes pas heureux. Mais j'étais là, en haut de Church Rock, avec l'air, et l'espace, et une mouette solitaire qui planait près de moi. Alors j'ai sauté. Un instant humide, lumineux, en plein ciel. Bras et jambes, mes cheveux. Mes lunettes attachées sur la tête, et, ensuite, des algues coincées sous les ongles.

J'ai fait ça à quatorze ans, à quinze ans, et à seize ans. J'avais appris à repérer les prises. J'avais attaché une corde de nylon bleue en haut du rocher, pour me hisser.

C'était moi avant Ray, avant Blakeney.

Quand il a vu Church Rock, il a dit *Tu as escaladé ça ?* Il m'a appelée sa sherpa, sa petite chèvre des montagnes. Sa femme était comme un saumon, qui nage à contre-courant.

IX

La tour du tarot

Est-ce que je t'ai déjà parlé – ou alors nos parents – de l'agent de service ? Presque tous les soirs, je croise un homme dans le couloir : chauve, des lunettes en plastique bleu qui lui serrent les tempes. Je dirais qu'il a la cinquantaine, mais il est peut-être plus vieux que ça. Il passe la serpillière. C'est son boulot, de passer le balai-serpillière sur les carrelages bleus et beiges de cet endroit. En salopette, il fait aller et venir son balai, puis il l'essore. Je marche sur la pointe des pieds parce que son sol est propre, et que la plupart du temps je porte les vieilles chaussures sales de Ray – les chaussures que je mets pour courir, ou pour marcher sur la plage à marée basse. Je m'excuse de laisser mes empreintes. Et il dit : *Oh ça fait rien*. Ou bien : *Vous en faites pas pour ça*.

Maintenant on se connaît, forcément : ça fait quatre ans que je le croise. On se dit : *Bonsoir* et : *Bonne nuit*. Il ne m'a jamais demandé qui je venais voir – peut-être qu'il n'en a pas le droit, il y a tellement de règles. N'empêche qu'il le sait. Tout à l'heure, quand je l'ai croisé, il m'a dit : « Votre sœur a remué la main, ce soir. » Puis il a hoché la tête, et il est retourné à son balai.

Je ne sais rien de lui, pas vraiment. Mais j'ai le sentiment qu'il mérite mieux que de passer sa vie à laver le carrelage des hôpitaux, à nettoyer la boue, le vomi, le sang, et tout le reste. Il met de l'eau fraîche dans tes fleurs, il essuie la poussière de ta table, et en ce qui te concerne, il est plus optimiste que moi, je crois. Peut-être qu'il a foi en Dieu ou dans le destin, comme Til jadis, ou encore maintenant, et je n'ai pas le courage de lui dire que ta main a déjà souvent tressailli, et que ça ne prouve rien. Un mouvement musculaire involontaire. Tu en fais, nous en faisons tous.

Donc c'est un inconnu, en vérité. Mais j'ai toujours pensé que ce devait être une bonne personne. C'est peut-être un jugement hâtif ou stupide de ma part, mais je repense à Mr Hodge, avec sa tonsure, ou à mon mari lorsqu'il se sèche après la douche. Peut-être en somme que nous savons reconnaître une bonne personne quand nous en rencontrons une. C'est peut-être notre moi secret qui sait la repérer. Regarde Miss Bailey : des joues comme des balles de cricket quand elle sifflait la mi-temps. Dès mon premier jour à Locke, j'avais senti sa bonté. Et lui, cet agent de service qui sifflote pour lui tout seul. Il a l'air heureux d'être là, tard le soir, un balai à la main, et ça fait bizarre d'arriver ici, dans le noir, de trouver le sol mouillé, l'air plein d'une odeur aigre de désinfectant, et de ne le voir nulle part. De l'avoir raté de peu. Il me manquera, quand tu ne seras plus là, et que je ne viendrai plus te voir, dans les vieilles chaussures de Ray.

Ce soir, il sifflait *Jingle Bells*. Le soir de Noël. La lumière brillait sur son crâne lisse et rose.

*

* *

Bref. Tu me vois ? Dans mon cardigan bleu ? Ou dans le manteau avec un capuchon doublé de fourrure que je relevais par-dessus mon uniforme, pour aller à l'église pendant les mois d'hiver ? Un vrai manche à balai, avec des grands pieds et des lunettes. Et l'été, j'avais cessé de porter le maillot de bain rouge. Bien trop petit. Le jour de mes quinze ans, Til en avait déposé un pour moi sur la table de pique-nique – de couleur prune, bordé de noir. Je l'ai essayé aussitôt que je me suis retrouvée seule.

Les autres élèves m'ont rattrapée, bien sûr. Je ne suis pas restée longtemps la plus grande de la classe cette année-là, ni la plus maigre. Au début, j'étais un vrai échalas, *une grande bringue. Quel temps il fait, là-haut ?* Mais à quinze ans, je faisais plus que mon âge seulement à cause de la barre que j'avais entre les yeux, et parce que j'avais une certaine froideur, un air grave qui me donnait l'air mûr. Et puis je ne faisais pas claquer des bubble-gums entre mes dents, comme les autres. Jo, la bouche toujours pleine de gomme à la menthe poivrée.

Cet été-là, qui suivit l'anniversaire de mes quinze ans, j'avais des cheveux longs comme jamais : presque jusqu'à la taille, même si je les laissais rarement tomber : je les nouais en chignon avec des épingles, si bien que même moi, ça me surprenait quand je les dénouais pour les peigner. J'avais oublié qu'ils étaient si longs. Sous la douche, les yeux ouverts, je les laissais s'imbiber d'eau.

L'amour ? Annie avait lâché le mot deux ans plus tôt – comme un oiseau qui se serait cogné contre la vitre, laissant la marque de ses plumes. Nous l'avions toutes entendu. Depuis, il n'avait plus battu des ailes, mais il s'était perché pas loin. Sur le toit de Curie. En nous. Je savais qu'à un moment ou à un autre il reviendrait, il serait dit et redit, encore et encore. Et c'est bien ce qui se passa, l'année de mes quinze ans.

Et si à cet âge-là j'avais les cheveux longs, comme une sirène, ce n'était pas le cas d'Annie. Elle les avait taillés à grands coups de ciseaux, pendant les vacances. Une engueulade terrible avec sa mère, avait-elle dit, et elle avait fait ça pour la punir. Sa couronne de gloire, disparue. Teinte en orange, avec des épis. « Ça l'a horrifiée », avait-elle ajouté, l'air triomphant.

Peut-être qu'au début, Annie avait trouvé ça joli en soi. Mais elle avait fini par détester sa coupe de cheveux, au mois de juin, quand Mr Partridge avait quitté l'école sans bruit, une nuit. Ce soir-là, je n'arrivais pas à dormir. J'étais allée pieds nus chercher un verre d'eau dans la salle de bains et je m'étais arrêtée dans le couloir près d'une fenêtre ouverte. Je l'avais vu. Portant des bagages, et une plante en pot. Miss Burke le regardait, bras croisés.

Finalement, il avait fait plus que donner des leçons particulières à une élève. En tout cas, c'est ce que j'avais entendu dire. C'était la rumeur, et si c'était vrai, je me demandais comment ça s'était passé. Dans mon idée, il s'agissait d'une sombre histoire de sentiment non payé de retour. Une fille comme Annie, le cœur en émoi, qu'il avait rejetée, et qui du coup avait menti, s'était montrée sournoise et cruelle. Était-ce inimaginable ? C'étaient des choses qui arrivaient depuis toujours. Ou alors ce n'était peut-être pas ça. Une ou deux fois je m'étais raconté qu'il s'agissait d'une vraie histoire d'amour, platonique, comme dans les romans. Leurs mains qui se frôlent quand l'élève lui rend son devoir. Les regards furtifs par-dessus les rangées de têtes. Elle qui frappe timidement à sa porte.

Quoi qu'il en fût, Annie pleura. Mit cela sur le compte de ses cheveux. Dit que tout aurait bien tourné si elle n'avait pas été aussi idiote. « Regarde à quoi je ressemble ! » Tirant sur ce qu'il lui restait, et sur ses lèvres crevassées par ses leçons de cor d'harmonie. « Pas étonnant qu'il soit parti... »

Que pouvait répondre Moïra à cela ?

Pas grand-chose.

*
* *

Et donc, un nouveau dortoir, donnant sur la clôture du parc, et sur les arbres. Une chambre sombre. Jo la détestait – elle devait s'asseoir sur le rebord de la fenêtre pour recouvrir ses boutons de fond de teint, ou pour se mettre du vernis *Paris au printemps* sur les ongles de pied.

*
* *

Du vent, en janvier, pendant des jours et des jours, un vent qui piquait les poignets et les oreilles de Moïra quand elle traversait la cour, ou qu'elle marchait dans l'allée de gravier pour se rendre au réfectoire. Par ce genre de temps, les élèves mettaient leurs collants de laine. Les mains de Moïra rougissaient, et le drapeau de l'école tirait sur sa corde. Le vent amenait parfois une pluie oblique, de sorte que quand Moïra regardait par la fenêtre de la classe, elle ne voyait que les courts de tennis, et un banc. Avec la pluie, elle ne voyait plus les peupliers.

Et puis, il y eut les grenouilles. Pas dehors, dans les champs, mais à l'intérieur. Un jeudi matin, les élèves entrèrent dans le labo de biologie pour trouver des grenouilles étalées sur les plans de travail en bois foncé. Sur le dos, les pattes écartées, exposant leur ventre blanc moucheté. Moïra regarda, effarée. Elle eut le souffle coupé. Elle se pencha, vit les petits doigts renflés. Elle souleva chacune des pattes élégantes, la forme délicate de la gorge d'où avaient jailli jadis les coassements.

Mr Hodge dit : « Vous trouverez des scalpels. »

Heather refusa. Elle fit toute une histoire, déclarant qu'elle sentait leur odeur, que ça lui soulevait le cœur. Elle resta assise au fond de la salle, bras croisés. « C'est répugnant ! » Quelques élèves se joignirent à elle.

Moïra sentait leurs yeux posés sur son dos – c'est du moins ce qu'elle se racontait. Mais elle disséqua sa grenouille. Elle le fit minutieusement, poussant de petits soupirs. La peau s'ouvrit, et à l'intérieur, elle trouva les poches d'air, les os fins comme un cheveu, le cœur minuscule. Des choses de toute beauté, qu'elle eut à extraire pour les déposer sur un carreau de céramique blanc. Petit à petit la grenouille perdit toute rigidité, et toute forme. Seule la tête restait la même – rejetée en arrière, les yeux fermés, la bouche entr'ouverte. *Pardon*, pensa tout bas Moïra.

« Comment elle peut... Faut être malade... »

Elle découvrit aussi que si l'on tirait sur certains ligaments roses, minces comme des fils, à l'intérieur de la grenouille morte, celle-ci bougeait. Les pattes se contractaient – cherchant à traverser à la nage le plan de travail pour sortir de la classe et aller retrouver la fraîcheur de l'étang. La cloche sonna et les élèves purent sortir, mais Moïra resta encore un peu. Dans sa blouse blanche, avec ses lunettes de protection sur ses lunettes de vue et sa grenouille au ventre blanc qui dansait.

*
* *

Le nouveau dortoir était plus calme que l'ancien. La proximité des examens, peut-être : des manuels, et des fiches de révision traînaient sur les bureaux et sous les lits. Mais il y avait aussi un changement, difficile à définir, chez les filles. Quand Moïra assise sur son lit regardait subrepticement par-dessus son livre, elle voyait Jo qui se tenait une main en l'air, examinant ses ongles rongés, et son pouce noirci par une balle de hockey. Geraldine avait grossi, elle avait des bras plus flasques, et un petit jabot de chair qui pendait sous le menton et bougeait quand elle toussait. Heather l'avait également remarqué, et ça l'avait fait sourire, mais elle n'avait rien dit.

Heather avait changé, elle aussi. Jadis, elle aurait passé ses soirées au dortoir à mâcher du chewing-gum, et à se moquer des autres élèves : leur poids, leurs fautes de grammaire, leur accent. *Ça te gêne pas d'être...* Des jambes de biche. Couvertes d'un fin duvet blond. Une fois, le regard innocent, elle avait dit à Anne-Marie, dont la blouse entaillait les bras charnus : *Ça te fait pas mal, tes genoux ? Avec un corps pareil ?* Et ça avait fait mouche, parce que ensuite Anne-Marie était tombée malade, ne nageant plus, ne mangeant plus. Mais Heather ne disait plus ce genre de choses. Elle ne disait plus *Phénomène de foire*. À huit heures du soir, allongée sur le ventre, tortillant une de ses mèches blondes et lisant un magazine, elle continuait à épier Moïra. Elle cornait les pages de son magazine où il y avait des robes en strass. Elle arrachait ses cheveux fourchus.

Pas de mépris. Pas de sourire entendu, langoureux, dirigé vers Moïra ou vers ses chaussures à lacets. Un soir, elle avait tenu la porte ouverte pour Moïra en se servant de son talon, et cela avait suffi à rendre Moïra méfiante. Ça ne lui disait rien qui vaille. Le soir, dans le dortoir, Moïra écoutait le tic-tac de sa montre, ou la lime à ongles de Jo. Elle regardait son livre. Ou bien son reflet dans la vitre, la nuit, et elle pensait à toute l'eau qu'il y avait dans le monde, et au cœur pâle de la grenouille.

*
*   *

Elle travaillait tard à la bibliothèque. Assise à une table dans un coin, sous une lampe de bureau verte, dont le rond de lumière jaune était la seule chose qui brillait dans la salle. Le reste n'était qu'ombres, et mots en noir sur les pages. Elle lisait ce qui avait trait à l'osmose, aux pronoms, aux facteurs pathogènes. Elle soulignait la date des guerres, en rouge. *1793-1815. 1939-45.* Elle retrouva, dans la petite écriture de sa première année à Locke, la liste des douze disciples du Christ.

Elle essuyait ses lunettes avec l'ourlet de sa jupe.

Dans son casier, elle avait trouvé ceci :

Tout se passera bien, mon minou. Tout le monde le sait. Tu as des capacités, et tu as travaillé dur. On pense à toi ! Ici, on a eu un méchant parasite, en tout cas Amy l'a attrapé. Affreux ! Elle a passé trois jours couchée.

Elle relut ce mot puis leva les yeux. De la fenêtre de la bibliothèque, elle voyait l'église de Lockham Thorpe, et les peupliers. Huit pylônes, au loin. Et des maçons, sur le toit de la piscine : quatre, en ce mois de mai. La trentaine, torse nu, respirant l'effort. Une écharpe rayée vert et jaune sur le capot de leur camionnette.

Quelquefois elle se trouvait juste au-dessous d'eux. Forcément, car le soir, elle allait nager. Les yeux ouverts sous l'eau, ce qui fait que le chlore les piquait, et que la nuit, une fois couchée, ça la démangeait. Ses cheveux étaient devenus épais et secs. Quand elle les peignait, ils cassaient.

*

*   *

Vois la chose dans ta tête. Concentre-toi, et vois-la avec précision. Et ce que tu vois se produira. Tout ce qu'elle voulait, c'était travailler. Mais Til arriva, dans une robe orange par-dessus son jean. Des sandales orange, et un sac à paillettes. Sur leur banc, à Titchwell, elle observa les oiseaux à travers ses jumelles, suça un bonbon à la menthe, et dit : « Tu ne t'es encore jamais fait de souci pour tes résultats scolaires. Tu ne vas pas commencer maintenant. Conseil de ta vieille Tante Matilda : *Visualise la chose dans ta tête. Toutes les questions sont des questions faciles. Représente-toi les notes que tu veux avoir. Concentre-toi et vois-les avec précision. Et tu les auras.* »

Moïra portait son cardigan. Tiraillait les bouts de laine effilochés de sa manche gauche.

*
* *

Est-ce que Til avait raison ? Moïra ne savait pas si c'était comme ça que le cerveau fonctionne, ni si le quartz rose était bénéfique pour les affaires de cœur, ni si les lignes de la main parlaient de l'avenir. Tout ce qu'elle savait, c'est que le gymnase, fin juin et début juillet, sentait l'encaustique, et les échardes de bois. Moïra était assise à la petite table pliante avec sa feuille d'examen devant elle, l'horloge qui faisait tic-tac, et une tasse d'eau en plastique. Elle rédigea ses réponses et vit dans sa tête la note A inscrite sur le mur à la mi-août.

Miss Kearney allait et venait dans la salle, en chaussures de caoutchouc, surveillant les candidates, ou distribuant des feuilles supplémentaires. Ses chaussures couinaient, et pendant l'examen de maths on évacua une élève de Pankhurst qui avait de l'asthme. Moïra regardait toutes les nuques devant elle – les nœuds, les peignes, les fermoirs des colliers d'argent, le dos des boucles d'oreilles, les taches de rousseur et les cicatrices. Et les cervelles qui bouillonnaient à l'intérieur. Le cadran de l'horloge était gris, avec une grande aiguille rouge, et même si trois heures, cela peut paraître long, toujours on arrivait au bout. Toujours. Miss Kearney finissait toujours par annoncer : *Posez vos stylos*.

Certaines élèves quittèrent alors l'école, en 1994. Seize ans, et par une belle matinée d'été silencieuse, elles partaient pour d'autres établissements, ou parce que le divorce des parents avait abouti, ou qu'il n'y avait plus d'argent, ou parce qu'elles en avaient assez. Toutes sortes de raisons. À l'assemblée plénière de fin d'année, Miss Burke évoqua l'avenir : « Courage, foi et savoir-vivre. »

160

La vie, donc. Moïra les regarda partir. Assise près du cadran solaire, et pensant à l'avenir de toutes ces filles. Des carrières, des maris. Des bébés.

Elle alla à l'infirmerie demander un sparadrap pour sa main, et trouva l'infirmière qui secouait la tête d'un air perplexe. « Regardez-moi ça ! » dit-elle. Elle fit entrer Moïra dans la petite chambre avec les lits aux draps empesés. Le squelette était allongé là, sur le dos, un thermomètre dans la bouche.

Un mètre soixante-dix-huit, avec des lunettes cerclées de noir. Une frange épaisse et deux lèvres minces que je serrais l'une contre l'autre et dont je mordais l'intérieur avec mes dents. Je fais encore ça, je crois. J'ai toujours des grosses pattes en guise de mains, et des pieds palmés.

Maladroite, avec ça. Avant, je ne l'étais pas, mais je le devins – me cognant les hanches contre les poignées de porte, heurtant avec mon crâne une porte de placard ouverte. Miss Bailey entendait le bruit, le localisait, passait la tête à l'intérieur de la pièce et disait *Aïe !* en ouvrant de grands yeux. Comme si elle avait ressenti le choc elle-même, et avait un peu le vertige, ensuite.

Tout en articulations. Pas d'élégance, pas d'ongles soignés. Troublée par ce qu'elle venait d'entendre en sortant du bâtiment de la piscine, une heure avant de quitter Locke pour les grandes vacances : un bref sifflement aigu. Tout en marchant, elle se séchait les cheveux avec une serviette. Ses lunettes dans ses poches, ses lacets défaits. Le bruit la fit stopper net. Elle n'avait pas d'eau dans les oreilles ; ce n'était pas un oiseau. Elle regarda autour d'elle, et alors cela recommença : deux notes haut perchées qui perçaient l'air pour venir l'atteindre, émises par un maçon, deux doigts dans la bouche, sur le toit de la piscine.

Moïra pressa un peu le pas. S'engouffra dans la cage d'escalier, serviette à la main, sentant le chlore, et paniquée par le sifflement effronté.

Elle ne cessa de le réentendre, dans le train qui la ramenait à Stackpole. Haut et fort. Elle passa huit heures à se demander en quoi pouvait bien consister la blague, à examiner toutes les différentes possibilités.

L'été, elle avait les cheveux salés jusqu'au cuir chevelu, alors la nuit, elle se passait les doigts dedans, jusqu'aux racines, et sentait le sel, collant. Tiède, comme de la salive.

Amy avait quatre ans et demi. Elle grandissait, elle aussi. En largeur également, et elle babillait avec ses jolies dents de lait. Ce qui croissait plus vite que tout, c'étaient ses pieds – deux appendices roses aux talons durs qui tapaient sur le carrelage de la cuisine, faisaient voler le sable de la plage. « De vraies palmes, disait George. Elle sera grande, comme toi, finalement. » Moïra buvait, observait : Amy se glissant dans ses chaussons de nuit, jetant les peaux d'orange par-dessus son épaule. Elle écrivait son nom, les trois petites lettres, dans le sable de Barafundle avec un bâton.

« Moïra ? Tu veux bien colorier avec moi ? » Ou chanter, ou faire des culbutes. Ou chercher des licornes.

Non. Elle disait toujours non. Elle lisait des livres, tous les livres qui lui tombaient sous la main : des atlas, *Les Hauts de Hurlevent*, le code de la route, des poèmes sur la mer, *Tom et Jerry*, la Bible, les livres de recettes de Miriam.

Le matin, elle restait dans sa chambre, puis elle mettait ses baskets et partait dans le petit chemin courir jusqu'à Stackpole Quay, sur les falaises. Un vendredi, elle se dirigea vers l'est, vers Manorbier, et elle y arriva au milieu de l'après-midi : en nage, ses vêtements trempés. Elle descendit au bord de l'eau, y plongea la tête, sentit le froid de la mer, et rejeta ses cheveux en arrière pour les nouer. C'était un moyen rapide, efficace, de se rafraîchir. C'est son père qui lui avait montré ça, un jour. Elle resta là jusqu'à ce que ses cheveux soient secs, et que ses vêtements soient redevenus légers.

Là aussi, elle faisait des ricochets. Les falaises de grès rouge de Manorbier, les murailles déchiquetées du château, et elle passait là les fins d'après-midi – des galets plats dans la main, genoux pliés. Au mois d'août, un jour où elle comptait les rebonds, un type lui avait dit : « Quatorze ? Je ne suis jamais arrivé à ça. Mon record, c'est douze. » Les mains dans les poches, une barbe de plusieurs jours. Elle s'en alla sans lui répondre.

Sur la route de Lamphey, elle tendit le pouce et fit du stop jusqu'à Tenby. But un demi à la Ship Inn, et pateaugea dans l'eau jusqu'aux genoux, ou plus haut, car sa jupe d'été fut mouillée. Elle s'assit sur le vieux banc près du prince Albert. *Je n'ai besoin de personne. De rien du tout.* Sous un ciel d'orage.

Et puis par une calme soirée, elle alla jusqu'à l'étang aux nénuphars, avec ses moucherons au-dessus de l'eau, et les hirondelles qui plongeaient pour les attraper. Et là, assise sur le Grassy Bridge, faisant flotter des feuilles sur la surface de l'étang, elle vit passer les Bannister. Lui était grand, comme toujours. Moustache blanche taillée au carré, pantalon aux plis bien repassés, il agrippait deux poignées de caoutchouc grises reliées à un fauteuil roulant de métal gris. Il fit traverser le sentier à sa femme. Cahotant sur les racines d'arbre, dépassant les ajoncs. Moïra regarda Mrs Bannister : c'était la première fois qu'elle la voyait en fauteuil roulant. Les mains posées sur ses genoux, avec ses cheveux blancs qui tombaient sur ses épaules. Elle vit aussi Mr Bannister déposer un bref baiser sur la tête menue de sa femme. Moïra entendit sa voix de l'autre côté de l'eau, sans distinguer les mots. Elle continua à entendre la voix une fois qu'ils furent hors de sa vue. Et ce fut la toute dernière vision qu'elle eut de

Mrs Bannister, qui mourut à l'automne. Tremblant dans son lit pour la dernière fois.

*
* *

Un autre changement s'annonce.

Si Moïra ne prononça pas ces paroles, elle les pensa. Les sentit résonner à l'intérieur d'elle-même. C'était peut-être son âge, ou quelque chose de plus. Les rêves étranges qui lui étaient venus dans sa petite chambre silencieuse de Stackpole. *Quelque chose.* Comme un vent du large, ou la pleine lune. Ou la migraine qu'elle avait ressentie sur le court de tennis juste avant le tonnerre et le bras cassé d'Annie. Quand une enveloppe était arrivée contenant ses résultats d'examen, et que ses parents avaient dit « Alors ? » Mention très bien aux dix épreuves, bien sûr ! Miriam avait pleuré, et George avait débouché une bouteille de vrai champagne. Amy avait essayé d'attraper le bouchon, sans succès. Il avait atterri quelque part au milieu des ajoncs.

N'empêche que Moïra sentait un changement. Qui s'annonçait.

C'est seulement une fois sur Church Rock qu'elle put s'en abstraire, cesser d'être la Moïra qui n'a que des bonnes notes, qui a une bourse, et tout ce qui s'ensuit. *Mon rocher*, pouvait-elle maintenant se dire. Car elle avait sorti du garage un rouleau de corde de nylon bleue, sur la route de Lamphey, et elle l'avait transporté à la nage, en bandoulière, sur son épaule et enroulé autour de sa taille. Jusqu'au rocher. Là elle l'avait attaché autour de la corniche, s'assurant que le nœud tenait bon en pesant sur la corde de tout son poids. Puis elle avait fait une série d'autres nœuds.

Le sel, le vent, et le petit bruit des moules qui respirent.

D'en haut elle avait sauté à l'eau, avait rejoint le rivage à la nage et était rentrée à Stackpole en traversant le promontoire. Dans la maison, Amy avait mis des chaussettes à ses mains, George dormait.

Moïra entra dans la cuisine pour entendre la bouilloire qui sifflait.

*
* *

Rêve d'une cloche qui sonne. De Heather penchée sur elle, psalmodiant son nom : *Moy-rah...*

« Moïra ? »

Elle ouvrit les yeux. Descendit derrière sa mère, prit le téléphone. C'était Tante Til : assise dans son appartement londonien, fumant, rêveuse, regardant le commerçant d'en face baisser son rideau de fer pour la nuit. Tous les graffitis dont il était couvert.

« Je m'en vais », annonça-t-elle.

Quoi ? Où ça ?

Pas pour un spectacle. Pas avec un homme – ni avec personne. Elle était fatiguée. Elle voulait du soleil, de l'espace, des vacances, rester allongée sur un drap de bain, regarder les pélicans accoster sur le rivage, ne plus avoir à apprendre un texte, ni risquer de rencontrer Hamlet dans le métro.

« Alors j'ai acheté mes billets. Pour la Floride. À Noël. Et devine un peu. Devine quelle carte j'ai retournée hier soir. »

La mort ? Le magicien ?

« La tour, annonça-t-elle. Il fallait que je te le dise, tu penses bien. » Sa nièce. La seule personne qui n'allait pas rouler de grands yeux à l'idée de cette carte inquiétante. La carte des bouleversements.

Comment pouvaient-elles être jumelles ? Sa mère et cette femme qui fumait au téléphone, parlait de cartes de tarot, et ne croyait pas en un dieu unique. Qui rêvait de voir un butor à la réserve de Titchwell. Qui refusait de passer un Noël froid et sinistre à Londres, et qui partait à la recherche d'une vie plus gratifiante et sereine, dans les Everglades ou sur les plages. Avec des billets verts, des pélicans, des cocktails *Mojitos*, sans vieux fantômes, sans Hamlet, sans circulation pour l'empêcher de dormir la nuit. Rien que des cigales. Rien que Til, toute seule, et le mouvement nocturne des palmiers, avec leurs feuilles au dessous poussiéreux.

X

La neige

Notre tante et son tarot. Le dos des cartes d'un rose de coquillage sous ses doigts. Je l'avais regardée une fois les étaler sur une table collante de pub, et elle m'avait dit : *Choisis-en une...* J'avais choisi le onze. Et elle les avait retournées, avec un petit claquement de langue. Comme si rien de ce qu'elle voyait ne l'étonnait.

Bien sûr, je ne sais pas ce qu'elle avait vu et interprété, quand elle avait retourné la tour, ni si ce qu'elle avait aperçu était la vérité, ou une simple coïncidence. Un bouleversement, avait-elle dit. *Qui changerait sa vie.* Mais que serait-ce ? Sans doute pas la Floride. Ni Lady Macbeth. Peut-être était-ce ce qui lui arriverait dans l'avion, ou peut-être que c'était ma vie qu'elle voyait. N'avais-je pas à l'horizon de grands moments de tristesse et de solitude ? En plus, elle n'avait pas dit quand, et c'est important. Jusqu'où lisait-elle dans l'avenir ? Une semaine ? Dix ans ?

Est-ce qu'elle te voyait, toi ? C'est la question, en fait, et voilà plus de quatre ans que cette question vient se cogner à moi, comme une bouteille à la mer, quand je suis seule. Est-ce que Tante Til au pouce argenté sentant le zeste d'agrume a regardé un jour dans les cartes et vu ceci ? Des fils partout, et un bracelet blanc à ton poignet, avec ton nom ? La moule ? Ou peut-être qu'elle vit la chute elle-même : la corde, et les mouettes. Ton petit museau de chat ensanglanté s'ouvrant pour miauler.

Si elle vit ces choses, elle n'en souffla mot. Elle ne me prit pas la main. Elle garda ça pour elle, caché dans une boîte avec sa danseuse rose et son œil de tigre.

Ou peut-être qu'elle n'avait pas compris ce qu'elle avait vu. Elle s'était dit : *Des algues* ?

Ou peut-être qu'elle n'avait rien vu du tout.

*
*   *

Seize ans. Ça brillait. Tout l'été, Moïra exposa son âge à la lumière, comme si c'était du verre, et qu'elle y voyait des couleurs. Enfin c'était là. Quand elle avait douze ans, elle s'était imaginé la chose, elle avait regardé les grandes qui marchaient en balançant les hanches, et qui faisaient boucler leurs cheveux derrière les oreilles. Elle n'avait jamais cru que ça lui arriverait à elle. *Seize ans*. Comme une sorte de cadeau, c'était à elle maintenant. Elle regardait son âge, comme un objet dans ses mains.

Toutes les autres faisaient la même chose. Elles essayaient l'expression *Élèves de terminale*. Et le jour de la rentrée du nouveau trimestre, Moïra monta sa valise, passa par la porte peinte en rose bonbon qui disait *Entrée interdite !* et monta au dernier étage de Curie. Une odeur de vernis à ongles et d'aérosols. Des lucarnes dans le couloir avec de la mousse qui avait poussé, des fientes d'oiseaux et des marques noires laissées par la pluie. Si bien que le sol était moucheté de lumière. Comme si on était sous l'eau, ou sous des arbres.

Miss Bailey avait des taches de rousseur, et des cheveux comme de la paille. Clipboard en main, elle lut tout haut : « Chambre numéro un. » Alors Moïra avança dans le couloir, se frayant un passage au milieu des autres élèves, lisant les numéros sur les portes. Cinq, quatre... Passa devant une salle de bains. Elle poussa la dernière porte. Jo était allongée sur le dos, sur un lit près du mur, les jambes en l'air contre le mur. Elle abaissa son livre. Déçue. « Salut », dit-elle.

*
* *

Et voilà. Moïra défit ses affaires, mit son pyjama sous l'oreiller du lit le plus proche de la fenêtre. Celle-ci donnait en plein sur la verdure du terrain de cricket et sur les peupliers, et, au-delà, sur les champs de betteraves. Le clocher rond, et quelques toits d'ardoises. On voyait tout ça de haut, comme du haut d'une falaise. Elle leva le châssis de la fenêtre, sentit l'air : pas une odeur de sel, mais de métal – une odeur de métal acide, parce qu'une échelle d'incendie longeait le mur. Il y avait dessus des toiles d'araignées. Des traces de pigeons.

Elle se dit qu'elle n'avait jamais eu une aussi belle vue. Orientée au sud, et surplombant le paysage. Cela avait quelque chose de familier, elle ne savait pas bien pourquoi. Elle était assise sur son lit lorsque Heather arriva – bronzée par l'Italie, les cheveux plus clairs, presque blancs. Elle leva un sourcil. Plus tard, elle allait soulever sa blouse pour montrer un petit anneau d'or qui lui transperçait le nombril. Plus tard encore, cela se mettrait à saigner.

Quant au dernier lit, il resta vide pendant trois jours. Annie finit par venir l'occuper – une angine l'avait gardée enfermée chez elle, rendue toute rouge. Elle sentait le désinfectant, et elle dormit dans le lit près de la porte. Une bosse sous les couvertures. La nuit, sa respiration était rauque.

*
* *

Lorsque le vent se levait, les peupliers près de la clôture du parc se balançaient, et quand la fenêtre était ouverte, Moïra les entendait de son lit. Un lent frissonnement aquatique. Elle voyait les peupliers se retourner pour exposer l'envers blanc de leurs feuilles. Elle les avait déjà entendus sur le terrain de cricket, mais sans jamais les écouter vraiment : trop occupée, ou les yeux pris par le ciel, ou l'école. Mais là oui. Le bruissement de vingt peupliers. Il lui parvenait au milieu de son travail, ou quand elle ouvrait une lettre portant sur le dos de l'enveloppe un x, de l'écriture de sa mère.

Moïra, comme nous sommes fiers de toi. Tes notes magnifiques ! Je me demande comment ton père et moi avons pu donner naissance à quelqu'un comme toi… Alors comment est-ce, la vie en terminale ?

Comment était-ce ? Différent. Il y avait pour les élèves un petit salon au dernier étage avec des fauteuils en tapisserie déchirés par endroits, et une télévision roulante. Des porte-revues, et une bouilloire électrique. L'unique fenêtre donnait sur Austen et sur le réfectoire, si bien que le salon sentait souvent les carottes bouillies, ou la vapeur, et seules les cuisinières pouvaient les voir là-haut, sur le toit couvert de gravier. Les élèves y grimpaient, s'asseyaient, le dos appuyé aux cheminées de brique, et fumaient. Tirant sur le papier doré du paquet. Les jambes allongées devant elles. Elles bavardaient les yeux fermés, se tenant les coudes dans les mains. Elles passaient leurs mégots sous le robinet et les fourraient dans la boîte à ordures, ou les laissaient tomber dans la gouttière, qui, à son deuxième automne, se trouva bouchée par tous les mégots et les feuilles pourries. Le gardien dut monter sur le toit à leur suite, en passant par la fenêtre.

Les cours n'étaient plus les mêmes non plus. Moïra ne faisait plus de langues, ni d'histoire. Tout ça appartenait au passé, comme Stackpole, et le singe au feutre rouge sur l'ampoule. Elle n'allait plus qu'aux cours de maths et dans les labos de sciences. Presque tous les jours elle portait sa blouse blanche et ses lunettes de protection, et le soir elle rentrait au dortoir en sentant l'acide, avec de la poudre de craie dans les cheveux. Elle avait fait une expérience avec une tranche de foie de vache, pour en extraire les protéines. Elle avait brièvement mis le feu à ses cheveux, remplissant la salle de l'odeur de brûlé. Elle pouvait passer le doigt à travers la partie jaune d'une flamme. Et puis pendant tout cet automne-là, Mr Hodge fut en mauvaise santé, il éternuait dans des mouchoirs. Ses éternuements étaient haut perchés, juvéniles. Il disait : « Bien, Moïra » d'une voix pâteuse. Son nez devint rose violacé comme une prune.

*
* *

Miss Bailey, qui punaisait des listes sur le tableau d'affichage de Curie, estimait qu'à seize ans on est raisonnable, et elle autorisait les élèves à aller au village les jours de semaine, si elles le souhaitaient. Pas à Holt, ni à Norwich – sauf permission spéciale. Elles pouvaient inscrire leur nom sur un cahier bleu auquel était attaché un crayon mâchonné, quitter l'école, aller à pied jusqu'à Lockham Thorpe. « Mais il faut être rentrées pour le dîner. »

Un peu de liberté, donc. Une bouilloire électrique, une gouttière bouchée, plus d'oraux de français, une fenêtre donnant sur un paysage mouvant de nuages et de récoltes, mais en plus, Moïra pouvait échapper à tout cela. Les après-midi d'automne étaient brumeux, l'air vif, et elle descendait le sentier dans son manteau à capuchon. Marchant sur les vieilles feuilles. Évitant un faisan mort qui s'enfonçait lentement dans l'herbe. S'arrêtant devant le pub *La Charrue* pour respirer son odeur de bière et ses massifs de fleurs. Moïra prenait son temps, elle observait tout – les bouses de vache, les murs de galets, un cageot de courges à vendre. Les anciens hospices. Elle traversait le cimetière, s'asseyait sous le porche du clocher rond et trapu de l'église de la Toussaint, avec sa note manuscrite, décolorée par le soleil : *Silence SVP : hirondelles faisant leur nid*. L'église était différente quand les élèves de Locke Hall ne s'y trouvaient pas. Plus calme.

Au retour, elle se sentait fatiguée. Elle remontait le sentier vers le panneau en lettres d'or sous lequel elle était passée avec ses parents, cinq ans plus tôt, et les vases de pierre près de la grille d'entrée. Plus tard, le soir, elle sentait sur sa peau une odeur différente – la mousse du cimetière, peut-être, ou de la fumée de feu de bois. Ou bien une odeur de bière, quelque chose, en tout cas.

En octobre, Miss Bailey, qui repliait le filet de tennis, fit signe à Moïra et lui dit : « Vous devez finir par bien connaître le village. Je vois votre nom sur le cahier. »

Ce n'était pas un reproche. Moïra s'était dit que c'en était peut-être un, mais Miss Bailey leva les yeux, sourit, et plissa lentement les lèvres. « Il n'y aurait pas un garçon, par hasard ? »

Moïra l'aida à replier le filet. Le prit par l'autre bout et suivit les grandes enjambées robustes de Miss Bailey dans l'herbe pour le rapporter dans la remise où l'on rangeait les accessoires de sport. Miss Bailey parla de choses de l'hiver : le netball, les gelées, une nouvelle bâche sur la fosse du saut en longueur. Ah, vivement le printemps. Elles rangèrent le filet dans un coin sombre, entre les témoins de relais et le mur. *Un garçon ?* pensa Moïra. Elle releva ses lunettes sur son nez.

« Moïra, dit Miss Bailey, s'accroupissant pour refermer la serrure de la remise, vous savez où se trouve mon bureau, n'est-ce pas ? »

Laissant Moïra perplexe.

*

*   *

Un vent du sud-ouest, qui amenait de la poussière des Brecklands, et un fond d'odeur aigre en provenance des élevages de poulets en batterie. Moïra écrivit :

Le foie est le plus grand des organes internes. Son rôle comprend la production de bile, le stockage des minéraux, la production de chaleur et la désintoxication. Il est de couleur rouge foncé.

Sa petite écriture régulière. Pas de grandes boucles, comme Til, ni de cercles pour faire les points sur les *i*, comme Mrs Duff. Elle souligna « foie » en bleu, à la règle. Elle le dessina soigneusement, avec un crayon à la mine bien taillée.

Heather lui dit : « On est samedi soir, et tu travailles ? *Non, mais je rêve !* »

Elle sortit de la chambre. Moïra regarda le vide qu'elle laissait derrière elle, et réfléchit à sa remarque.

J'ai seize ans, maintenant.

Et à la suite de ça, quand la nuit tombait, elle allait parfois s'asseoir dans le petit salon, ou regarder un film dans la salle de télévision, ou bien se promener dans le parc, comme elle le faisait jadis. Elle s'asseyait sur le rebord de la fontaine de pierre, regardait la gelée blanche se former. Qu'y avait-il d'autre à faire ? Elle ne fumait pas. Annie se coiffait à présent comme Heather le lui avait conseillé, elle parlait comme elle. Tante Til ne faisait pas signe, de son appartement du nord de Londres ; elle comptait les heures jusqu'à son séjour en Floride.

Alors, dans le dortoir, dans le rond jaune de sa lampe, elle écrivit : *Le foie a deux arrivées de sang...*

*

*   *

C'était donc peut-être sa faute (n'était-ce pas presque toujours le cas ?) si une nuit elle rêva à nouveau d'un monde obscur et humide, dans lequel elle entendait battre son cœur, et dans lequel tout ce qu'elle touchait collait, une espèce de colle rouge. Elle pataugeait dedans comme si c'était de la vase. Les bras levés au-dessus de sa tête.

Dans ce rêve, elle tenait une lance à la main. Ou un javelot. Mais elle le brandissait très haut, si bien que son bras lui faisait mal et que la marée rouge et gluante montait autour d'elle, par vagues. Jusqu'à la taille. Elle vit une forme à l'intérieur, comme un poisson, ou des poissons. Alors elle jeta la lance, perçant l'eau, qui formait un cercle rouge, et elle embrocha la créature. Sauf que ce n'était pas un poisson. Elle souleva la lance et trouva Mrs Bannister qui se tortillait au bout, les yeux exorbités, glapissant.

Moïra se réveilla. La bouche sèche.

Un bruit comme un grincement de scie, aller, retour. Sa respiration.

Elle se rallongea. L'eau rouge remonta dans sa tête, et fut évacuée. Mrs Bannister n'était plus qu'une femme pâle et silencieuse.

Mais il y avait toujours un bruit de scie. Aller, retour. Moïra chercha à tâtons ses lunettes sur la table de nuit, les chaussa. Cligna des yeux. Et elle vit alors que le lit de Heather était vide, que la fenêtre était ouverte, et que les rideaux légers de couleur crème bougeaient, rentrant, ressortant.

Peut-être que cela faisait aussi partie du rêve. Ça n'était pas arrivé pour de vrai. C'était possible. Car elle avait eu des rêves si réalistes qu'elle s'était déjà réveillée avec du sable dans les yeux. Elle avait rêvé que ses dents tombaient dans sa main, comme des perles, et le lendemain, ses gencives lui faisaient mal, battaient au rythme de son cœur. Alors peut-être que Heather avait dormi toute la nuit, dans ses chaussons, avec du baume sur les lèvres, et que Moïra s'était trompée.

Un rêve. C'est tout.

Mais ça la tracassait. Elle observa le petit saut guilleret de Heather pendant qu'elle mettait son sac à dos. Un signe ? Non. Et l'après-midi, quand elle regarda la fenêtre à hauteur de vue, cherchant des empreintes de pied, elle ne trouva pas la moindre preuve. *Je l'ai rêvé.* Elle eut honte. Se rassit à son bureau, avec son livre de biologie, ou de maths. De toute manière, où Heather aurait-elle bien pu aller ? Qui pourrait vouloir se glisser dehors en douce à minuit ou même plus tard, alors qu'il se mettait à faire vraiment froid, et qu'il n'y avait rien d'autre à l'horizon que des fossés, des peupliers, et les champs de terre meuble – les récoltes étaient terminées.

*
* *

Le soir, elle appela Stackpole. C'est George qui répondit. Il lui dit que là-bas le temps était bizarre, instable, et qu'ils avaient fait du feu dans la cheminée. Elle s'appuya contre le mur, vit la scène. L'âtre de pierre. Les plages plates d'octobre.

Amy, elle aussi, avait quelque chose à raconter. « Devine ce que j'ai ! Devine ! » Elle crachotait les mots, ou avait la bouche pleine. Elle répéta : *Devine, Moïra !*

Moïra était fatiguée. Elle pensa : *Bon, quoi ?*

Un animal. Et quel animal ? Un hamster ! Après cinq semaines de supplications, ses yeux gris au bord des larmes, les parents avaient cédé. Une boule rousse, turbulente, ne servant à rien. Un rongeur. Qui mangeait des rondelles de concombre avec ses petites mains. Qui s'endormait sur son bol de nourriture, et qui se balançait au toit de sa cage, comme un singe. Moïra voyait tout ça. Miriam vint au téléphone, dit : « Tu sais, il y a des mois qu'Amy réclamait… »

Voilà autre chose qui va me hanter. Dans sa cage.

Et ce fut le cas. Moïra dressait la tête dans la bibliothèque, croyant entendre une bête détaler, ou ronger les livres en silence. Elle entendait trotiner le hamster sur son lit.

Donc pendant un bout de temps, une semaine ou deux, elle oublia son rêve de Heather, et les rideaux qui remuaient. Elle ne pensait qu'aux plinthes de Stackpole, et à ses fils de fer. À la nouvelle odeur de sciure de bois.

Et puis elle travaillait. Des diagrammes, des équations. Un retour à la photosynthèse, et elle taillait tous ses crayons avec la pointe de son compas.

« Amuse-toi un peu, Moïra. Franchement... »

Et trois jours avant Halloween, elle se réveilla pour trouver un lit vide, et cette fois encore la fenêtre était ouverte.

Amy, ça a commencé. Deux ou trois fois par semaine, quand Moïra était allongée dans le noir, elle entendait un bruit, avant que le groupe électrogène s'arrête et que s'installe le silence. Des couvertures qu'on soulève. Une fermeture Éclair qu'on remonte, un talon qu'on enfonce dans une chaussure. Puis le châssis de la fenêtre était levé, il y avait un courant d'air froid, et Heather n'était plus là.

Moïra attendait. Elle comptait les tic-tac de sa montre. Elle se hissait sur les coudes, trouvait ses lunettes, les mettait. Regardait bien le lit de Heather pour vérifier qu'elle n'y était pas. Une heure passait. Parfois deux. Une fois, elle entendit chanter les oiseaux, et le lit de Heather était toujours vide. Annie et Jo continuaient à dormir, ou faisaient comme si, à plat ventre, sous leurs couvertures. Peut-être qu'elles savaient, en secret, que Heather sortait de cette façon. Mais si c'était le cas, elles n'en disaient mot. Le matin elles se lavaient les dents. Elles bâillaient, elles se coiffaient.

Où vas-tu ? Moïra voulait le savoir. Il y avait des moments, dans la journée, où elle guettait les cernes sous les yeux de Heather, ou un sourire dissimulé. Un air entendu. Mais il n'y avait rien, si bien que Moïra, à nouveau, en venait brièvement à avoir des doutes. Un rêve ? Elle se posait toujours la question lorsque, en s'habillant un jeudi où il pleuvait dehors, avec une matinée de maths en perspective, elle vit les tennis de Heather sous son lit – mouillé, avec de l'herbe sur les bouts.

*
* *

C'était furtif. C'était lent, silencieux, et si Moïra restait allongée sur le côté, ses lunettes sur le nez, elle

178

voyait tout le manège. Le miroir dans lequel Heather se maquillait les yeux. Les bracelets qui tintaient. Le pull-over qu'elle enfilait et lissait, et le parfum capiteux qu'elle se vaporisait sur les poignets et sur les cheveux avant de sortir. Elle passait devant Moïra, qui sentait cela dans sa bouche, comme des épices.

Cela lui faisait penser à sa tante, sans qu'elle sache pourquoi. Ces nuits-là. Alors dans la journée, elle mettait une pièce de monnaie dans le téléphone payant du hall, et elle faisait son numéro. Elle aurait voulu entendre le *Allô ?* curieux. Mais Til ne répondait pas. Soit elle jouait, soit elle dormait, supposait Moïra. Elle relisait encore une fois le mot de Hamlet. Ou elle était assise près des énormes lions de pierre de Trafalgar Square, regardant les pigeons, imaginant les larges avenues et la serviette de plage toute chaude sur laquelle elle serait bientôt allongée, à trois mille milles de là.

*
* *

Temps humide. Il n'y avait plus de mûres. Les champs labourés étaient animés par les troupeaux d'oies aux pattes brun et rose, venus se réfugier à l'intérieur des terres, et les jours de grand calme, dans les chambres silencieuses, elle les entendait. Échangeant des murmures. Elle les voyait faire leur toilette sous leurs ailes.

Le matin, les toiles d'araignées de l'échelle d'incendie étaient magnifiques, mais le reste du monde commençait à s'enfoncer dans la boue et les feuilles collées. Le gardien mit une bâche sur la pile de chaises et de bureaux cassés derrière le réfectoire. Il en assujettit les coins par des briques. Mais avec le vent, la bâche tirait quand même pour se libérer.

Et les vents eux-mêmes prenaient des forces. La girouette de l'église de la Toussaint pivota, le coq faisait maintenant face à l'ouest, le vent était porteur de glace. Un air vif et piquant venu de l'Arctique, qui avait soufflé sur des eaux et des fjords noirs, des plates-formes pétrolières et des baleines. Sur les marais. Elle le respirait. Elle se rendit à Lockham Thorpe avec ces pensées en tête. Le vent du large. Une nouvelle lune.

Dans les labos, elle l'entendait. Le vent appelait. Il s'engouffrait au coin du bâtiment, traversait les fils électriques. Moïra, dans sa blouse blanche, une éprouvette à la main, tournait la tête pour voir ça. Mr Hodge se faisait du souci pour le bouleau près de sa maison. Il expliqua qu'il était pourri. Il risquait de tomber sur sa voiture, ou sur son potager.

« Moïra, demanda-t-il, à quatre heures de l'après-midi, en essuyant le tableau noir. Avez-vous pensé à ce que vous alliez faire ensuite ? Après Locke ? »

Il voulait dire l'université. Il voulait dire : *Voulez-vous être médecin ? Vétérinaire ? Chercheuse ? Prof de fac ? Enseignante dans une* public school *? Biochimiste ? Naturaliste ?* Il fit la liste. Et elle cligna des yeux. Elle n'y avait jamais pensé. Elle n'avait jamais pensé à ce qu'elle ferait après Stackpole, jusqu'au jour où elle s'était retrouvée dans le vestiaire avec sa bouteille de Coca-Cola qui avait fui. Et elle n'avait jamais imaginé ce qu'elle ferait après Locke. Pas vraiment, pas encore. Elle supposait qu'elle irait quelque part. Mais elle ne savait pas où, ni ce qui l'attendait.

*
* *

Heather continuait à sortir la nuit. Le craquement électrique de ses cheveux lorsqu'elle les brossait. Moïra se triturait les ongles, en classe, et se demandait si elle n'irait pas en parler à Miss Bailey : par exemple sortir en même temps qu'elle et marcher à ses côtés sur l'allée de gravier, ou aller la trouver dans les vestiaires. Mais elle ne le fit pas.

*
* *

Le lendemain matin. Ou peut-être était-ce le surlen-
demain.

Heather, pendant l'assemblée plénière, parlant la
main devant sa bouche. Dans l'oreille de Jo. Jo avait les
yeux écarquillés, et la bouche à moitié ouverte.

Simple question de temps, sans doute. Moïra ne fut
pas réellement surprise lorsque cela se produisit.
Quand elle leva la tête, loucha, et vit trois formes blanches dans la chambre, qui étaient les draps de leurs
trois lits vides, et trois silences, et qu'elle se retrouva
seule dans la chambre.

Est-ce que tu te dis : *pauvre Moïra* ? Tu aurais tort. Elle l'avait cherché. Sérieuse, ne pensant qu'aux sciences, bizarre d'allure, et puis elle aurait dû porter des lentilles de contact plus tôt. Elle n'aurait pas dû avoir ces yeux toujours étonnés, et ces os, et un capuchon doublé de fourrure où elle s'enfouissait quand elles se rendaient à l'église. Elle n'entendait rien, à l'intérieur de ce capuchon. Rien d'autre que sa propre déglutition. Son propre cœur.

Je ne sais pas. C'était il y a longtemps. Mais ne t'y trompe pas, Amy. Il se peut que je me sois retrouvée la nuit dans un dortoir et que j'aie eu conscience des vastes étendues glacées, et que j'aie pensé à toi, à notre maison, et aux oiseaux blanc et noir alignés, silencieux, au bord de l'eau à Manorbier. Mais toi, plus que quiconque, tu sais ce qu'il y a de dur en moi. Un cœur de silex, et des yeux de silex. Une fille de pierre, cette pierre dont on fait les murs. Qui fait battre sa queue de sirène.

À un moment, pendant cette période, je suis passée devant l'infirmerie, et l'infirmière m'a attrapée au passage, m'agrippant le coude, d'un geste d'autorité. Elle m'a dit que j'avais l'air épuisée. *Rongée par les soucis* – drôle d'expression. Elle m'a pris le pouls. M'a demandé si je dormais bien, mangeais bien. Au moment où j'allais partir, elle m'a dit : *Tenez, pendant que vous êtes là, montez donc sur la balance*. Je t'ai parlé de dissimulation. Amy, je t'ai dit la façon dont ces filles quittaient la chambre en catimini, la nuit, comme des voleuses. Vérifiant que j'étais bien endormie en chuchotant mon nom, ou en passant sur mes pieds la pointe d'un crayon. Je ne m'attendais pas à ça de la part d'Annie, mais la vraie dissimulation, on ne peut jamais la prévoir. J'étais là, sur cette balance. Les mains dans les poches. L'infirmière fut surprise, je crois, car elle fit la moue, et nota quelque chose. *Poids un peu en dessous de la normale, mais...* J'imagine que le gardien, lui aussi, fut surpris, lorsque, nettoyant la fontaine au printemps, enlevant les feuilles et les saletés, il trouva à l'intérieur une boule à neige. Lourde, pouvant tenir dans une poche. Peut-être qu'il la soupesa, comme une balle de cricket. Lourde comme une pierre, et je l'avais prise, je m'en étais servie, puis je l'avais fourrée dans la cruche de pierre de la fontaine en passant devant. Mission accomplie. Tu vois ? Dissimulation. J'en étais capable, moi aussi.

Je voulais savoir où elles allaient, ce qu'elles faisaient, qui elles retrouvaient quand elles me laissaient toute seule dans mon lit. Alors je marchais sur la pointe des pieds et je retenais ma respiration près des portes. Je faisais semblant de dormir. Je relevais les jambes, quand j'étais assise aux toilettes, pour qu'elles puissent croire qu'il n'y avait personne, et j'entendis Jo dire : *Aujourd'hui, je suis fatiguée...*

Mais ça valait le coup ?

Oui.

Avec les yeux aussi, je les épiais. J'observais leurs mouvements. Quand Jo murmurait quelque chose à Heather, elle lui prenait le poignet. Annie, avec ses cheveux orange, était toujours un ou deux pas derrière.

*
* *

Les heures. Les longues heures solitaires dans une chambre vide.

Le réveil sur la table de nuit, et le bruit de ses talons secs grattant le drap. Ou bien l'air qui arrivait sur elle par la fenêtre ouverte, qui tombait sur ses mains, ou son visage, et elle le humait, le testait, comme font toutes les créatures nocturnes. Une ou deux fois elle avait entendu un bruit bizarre derrière le mur à côté duquel elle dormait – un grattement, ou un frôlement. Et elle imaginait des chauves-souris à l'intérieur du mur. Qui déployaient leurs ailes noires, nervurées. Qui ouvraient leurs bouches minuscules et chevrotaient.

Elle les entendait toujours partir. En tout cas, au début. Allongée dans le noir, ayant gardé ses lunettes, elle entendait un bruit bref de fermeture Éclair, ou le bruit brusque de lacets qu'on noue. Heather qui disait : *Bon*. Ou bien : *Prêtes ?* Un tube de mascara qu'on ouvre d'un coup sec, des bracelets qui tintent. Et puis Moïra les laissait partir – soulever le châssis de la fenêtre, mettre le pied sur l'échelle d'incendie. Descendre avec précaution dans leurs chaussures à talons, et disparaître.

Quelquefois elle regardait. Accroupie près du rideau. La première fois, il n'y avait pas d'étoiles, et elle ne vit rien du tout. Mais d'autres fois, il y avait un ciel de pleine mer et un clair de lune, et elle les apercevait – toutes les trois. À la queue leu leu, rapides comme du vif-argent. Se glissant sous la clôture du parc, puis plus personne.

Elle se demanda comment elles la verraient, si elles se retournaient. Une deuxième lune. Sa figure pâle, ronde, cireuse, fantomatique, fixant au loin le fond du parc.

Où vont-elles ? Moïra en était réduite à des hypothèses. Dans la journée, passant d'un cours à l'autre avec des cernes sous les yeux, elle se les représentait quelques heures plus tôt – évitant la boue, accrochant leurs manches à des barbelés. Elle ne savait pas où elles allaient, mais elle imaginait des arbres. Un taillis, au-delà des champs de betteraves – des arbres rabougris, noueux, serrés les uns contre les autres, un sous-bois avec des champignons vénéneux, et des toiles d'araignées, et peut-être une chouette quelque part. De la mousse sous les ongles.

Des brindilles qui cassent. Et ensuite quoi ? Ensuite, qu'est-ce qui se passait ?

Des heures et des heures. Rien qu'elle toute seule, et le silence, et la lumière crue de la lune. Elle se récurait les doigts de pied. Elle se tâtait les ongles et cherchait la broche en argent avec les deux poissons. Il y avait des espaces entre les étoiles, les traits sur les cartes, et la profondeur des choses.

Elle pensa : *Je n'ai même pas une meilleure amie.*

Moïra découvrit la douceur de l'intérieur de sa lèvre, et en fin de compte dormit probablement moins que les autres, ces nuits-là.

*
* *

Ce mot, enfin, de Tante Matilda :

Je dors beaucoup, et je lis des livres pour enfants dans la boulangerie, en bas. Et puis je prépare déjà mes bagages – des jupes, des robes, des chaussures, et un chapeau de soleil (pas commode à faire tenir dans une valise). Je vais passer trois semaines allongée sur une chaise longue, et je vais adorer ça. As-tu parlé à ta mère récemment ? Amy a eu des ennuis, parce qu'elle s'est cachée derrière un rideau à l'école, et qu'elle n'a suivi aucun cours. Au moins, ça prouve qu'elle a de l'imagination.
Je t'appellerai avant de partir, c'est promis. Et là-bas je penserai à toi, Moïra. Prends bien soin de ta précieuse personne.

Précieuse. Elle passa son pouce sur le mot. Elle pensa à Til, assise contre un mur peint, avec un café et une pâtisserie. Perdue dans un livre.

Elle replia la lettre.

*
* *

De la gelée blanche, un exercice d'évacuation en cas d'incendie, un oiseau qui vint se cogner contre la vitre de la piscine et se brisa le cou au moment où Moïra émergeait de l'eau. Dans l'encadrement de la porte du grand hall, elle écouta les douces voix haut perchées du chœur qui répétait les chants de Noël. Les deux petites Knox se disputaient dans le couloir, disant : *Garce. Retire ce que tu as dit.* Dans la salle de télévision, Moïra apprit que le télescope Hubble avait découvert certaines des plus petites étoiles, et qu'un nombre de gens incalculable étaient morts au cours d'une guerre africaine.

Dans le dortoir, Heather lança ses cheveux en avant pour les brosser, si bien que Moïra vit son cou, et une deuxième marque bizarre dessus – douce comme une pomme talée, de la taille d'un penny.

Et George s'était coincé la main dans la porte de son garage, il avait fallu lui faire des points de suture. Et le hamster aimait les miettes de pain, et le cheddar pas trop fait, et Amy avait appris le mot *cool*. C'était sa réponse à tout, maintenant, prononcée avec sérieux et lenteur. *Cool...*

Et au réfectoire, en faisant la queue, au milieu de l'odeur des petits pois et de la viande réchauffée, au milieu de la vapeur, du brouhaha, du cliquetis des couverts, Moïra, son plateau à la main, écoutait Heather parler. Les bonnets de laine, et *l'endroit habituel*, et le cidre avec de la liqueur de cassis. « Ce soir à minuit OK ? » Heather jeta un coup d'œil derrière elle, vit Moïra, haussa un sourcil.

C'est au réfectoire, un vendredi – *fish and chips*, biscuit de Savoie à la mélasse – que Moïra entendit pour la première fois le mot *Ray*. Elle ne pensa pas que c'était le nom d'un garçon. Elle pensa plutôt que c'était une créature plate et grise qui écumait le fond de la mer, avec une nageoire caudale pointue. Ou une lampe qui exhibait ses filaments. Ou le soleil brillant sur une colonne.

Voilà tout ce que Ray signifiait pour elle, à ce moment-là.

On peut résumer ainsi :

Elle connaissait les bras morts des rivières, les verbes français, le nombre pi et les guerres mondiales. Elle avait arraché les tendons d'une grenouille et l'avait regardée danser toute seule. Elle avait écrit une lettre en tant qu'Anne de Clèves, avait dessiné une cape pour Prospero, elle connaissait les pentamètres iambiques, les ballades, les sonnets, les odes, elle savait que Socrate avait bu la ciguë et qu'Hemingway s'était tiré une balle dans la tête. Elle avait corné les pages de son *Enéide* et des *Métamorphoses* d'Ovide. Elle connaissait la fortune en diamants de l'Afrique, les routes migratoires de la baleine à bosse, elle savait que Thalès avait inventé la géométrie, que la peau était le plus grand de tous les organes, que les Aztèques croyaient en treize paradis et que les sirènes chantaient pour tuer les marins en les jetant sur les rochers. Aphrodite avait jailli de l'écume de la mer. Marie Curie avait eu deux prix Nobel. Aristote enseignait dans un jardin, le tournesol était la fleur de l'État du Kansas, et le chant des sansonnets s'appelait *murmuration*. Les ganglions lymphatiques étaient en forme de haricot. Les glaciers fondaient. Emily Dickinson avait donné son nom à une marque de confitures, et un seul des présidents américains n'avait jamais été marié.

Elle savait ces choses, et beaucoup d'autres. Qu'Annie dormait toujours avec un chiffon de coton gris.

Mais il y avait des choses dont Moïra ignorait tout. Il y avait, se disait-elle, deux types d'éducation, et que savait-elle de la vie loin des livres et des salles de sciences ? Des réalités ? De ce qu'on apprenait en descendant par une échelle de secours ? Elle était larguée, perdue. Couchée dans son lit, elle se voyait : les os, les veines, le pyjama rayé. Elle ne rêvait que de choses qui n'étaient plus là, ou qui ne viendraient jamais à elle. Il lui manquait tout le savoir et les vérités essentiels, car à quoi pouvait lui servir à présent la cape de Prospero, avec son fil d'argent ? Avait-elle jamais servi à quelque chose ? *Ce n'est pas ça que je veux connaître.* Elle voulait savoir ce que ça voulait dire, les marques sur le cou d'une fille, le cidre, les rendez-vous de minuit, cette chose qui s'appelait Ray. Savoir à quoi ressemblait l'école au clair de lune.

Elle serrait les poings, parfois, dans le noir. Il y avait ses poings, les poissons d'argent, ses bras. Il y avait tout un monde qui bougeait autour d'elle, dont elle ne faisait pas partie, même pas un petit peu. Elle ne pouvait même pas chercher à l'atteindre. Moïra ne savait rien, rien du tout. Elle connaissait seulement l'osmose, et savait comment ça fonctionne, une grenouille. Elle savait que des pipistrelles logeaient derrière le mur du réfectoire.

*
* *

Au téléphone, sa mère lui dit : « Tu n'as pas ta voix habituelle. »

Qu'est-ce qu'on répond à ça ? *Et alors ?* Ou bien : *Mais si, je t'assure.* Moïra tripota le fil. Pensa à des mots à dire : *On me laisse toute seule la nuit. Elles sortent par la fenêtre en ayant mis du parfum.* Mais pourquoi irait-elle dire ça à sa mère ? En particulier à sa mère ?

Stackpole, le trou perdu, l'humidité de l'hiver, l'air marin en haut des falaises : tout cela était dans la voix de sa mère pendant qu'elle lui parlait. Church Rock dressé au milieu d'une mer démontée. Sur le promontoire, les scilles et les ajoncs devaient s'agiter. Miriam annonça que la maison des Bannister avait été mise en vente, car Mrs Bannister était morte, et comment pourrait-il dorénavant vivre là ? « Avec tous ces souvenirs… » – et le champ de tir, à l'est, faisait moins de bruit qu'avant.

« Moïra, dit George, quand il vint au téléphone, je trouve que tu n'as plus la même voix. »

Moïra aurait voulu donner des coups de pied dans le mur. Ou jeter la chaise par terre. Quelque chose de physique. Elle raccrocha rageusement le téléphone : et vlan pour eux, tous autant qu'ils étaient !

*
* *

Le cœur a un poids moyen de trois cents grammes, et il a la taille d'un pamplemousse. Il expulse le sang dans l'aorte et l'artère pulmonaire.

Elles revinrent, une nuit, à trois heures du matin, main devant la bouche, faisant *Chuuut...* Un lacet de chaussure pris dans le châssis de la fenêtre, de brefs rires étouffés. Moïra garda les yeux fermés, et l'une d'elles s'approcha de son lit, retenant son souffle, puis s'éloigna. *Elle dort !* Il y avait une nouvelle odeur dans la chambre. Une odeur douceâtre, comme un fruit trop mûr.

Elle envisagea, pendant un moment, d'aller frapper sans bruit à la porte de Miss Bailey – ou même de Miss Burke, avec son bois sculpté et son loquet de fer – et de les mettre au courant. Cette pensée lui était venue pendant les cours. Ou bien, plus innocemment, de se réveiller au milieu de la nuit, et d'appeler, inquiète de voir les lits vides. Ou encore elle pensa à appuyer sur l'avertisseur d'incendie avec la pointe d'un crayon à minuit, ce qui fait que pendant l'appel grelottant, leurs trois noms résonneraient et resteraient sans réponse. Elle imagina de fermer la fenêtre à fond, et de bloquer le loquet. De fermer les rideaux. Et de rester couchée, à les entendre gratter sur la vitre en suppliant : *Moïra !* En lui susurrant plein de gentillesses hypocrites.

Moïra envisagea tout ça pendant qu'elle nageait dans la piscine surchauffée qui sentait le chlore, ou qu'elle soulignait des réponses à des questions. Ça mettrait fin à leur manège. Ça ferait d'elle une reine violente, aux yeux rouges, ayant du pouvoir, et peut-être qu'elles la verraient d'un autre œil, et qu'elles recommenceraient à dormir dans leurs lits. Elle n'aurait plus à rester couchée, voyant de loin le monde poursuivre sa course folle, les nuages filer, les chauves-souris prendre leur vol et traverser le Norfolk plongé dans le noir, attraper des moucherons, éviter les arbres, avant de retourner à leur perchoir. Cette situation lui faisait horreur. Plus que tout le reste. Elle avait horreur de ce radeau étroit qu'était son lit, et elle avait horreur des marques un peu collantes que laissaient ses lunettes derrière ses oreilles, et de l'échelle d'incendie, et de l'haleine des filles qui soufflaient sur elle pour voir si elle dormait, avec Jo qui chuchotait sur un ton de moquerie : *Alors bonsoir…* Et de tous les vieux sobriquets qui traînaient encore par-ci, par-là – l'inusable *Boules-de-Loto* – et de leur manière entendue de parler des garçons, dont elles portaient l'odeur sur elles au retour.

Devant la salle de maths, Heather vit que Moïra était à portée de voix, et qu'elle avait la tête penchée. Alors elle se retourna, lui sourit – un sourire éclatant, triomphant, dents blanches et gloss. Une main sur la hanche. « Oui, Moïra ? »

« Il m'a dit qu'il m'aimait », murmura-t-elle plus tard, avec un clin d'œil, comme si elles étaient amies.

*
* *

Je découvris que si je me tenais debout dans la salle de bains, que je prenais mes hanches entre mes mains, et que je tirais fort sur la peau, je pouvais parfaitement voir l'os pelvien. L'*ilion*, l'*ischion*, et le *pubis*. Comme un visage, à travers la peau.

Aussi, que je pouvais faire bouger mes rotules avec le creux de ma main : je m'arrêtais quand j'entendais le déclic.

En décembre j'eus au téléphone ma tante, qui parlait toujours de la tour de son jeu de tarot, et du fait qu'elle cherchait tous les jours à en vérifier la vérité. Disait qu'elle avait hâte d'être au soleil. Pour se sentir… quoi ? De nouveau vivante ? Belle ? Ouverte à tous les possibles ? « Je t'enverrai une carte postale », dit-elle. Enfin quitter la froidure de Londres. Une photo d'elle dans son passeport, prise huit ans plus tôt. Un sourire au coin de sa voix.

*
* *

Le mois de décembre amena une odeur sèche et poussiéreuse de chauffage qui imprégnait les couloirs. Miss Bailey accrocha la même décoration rouge que l'année précédente au-dessus de la porte de Curie.

Moïra regarda sa montre, et pensa à l'avion de Tante Til qui décollait de Heathrow et s'élevait dans le ciel. Aux yeux de Til qui se fermaient.

Visualise une chose. Ce que tu vois arrivera. Et Mrs Bannister était morte, maintenant. Elle déboucha la drôle de bouteille de shampooing de Jo qui n'était pas du tout du shampooing, en fait, mais un liquide clair au goût fort. Elle y goûta, en but.

Elle pensa : *Je pourrais aller avec elles.*

Je pourrais. Si un fantôme pouvait pousser une femme hors de la scène, si un oiseau pouvait croire qu'une vitre était une pelouse, ou le ciel, rien n'était sans doute impossible. Elle pouvait demander.

Elle le fit.

Et Heather resta plantée là, sans la moindre réaction. Elle avait les cheveux noués en chignon, retenus par une pince en écaille. Bras croisés. Elle finit par cligner des yeux, froncer les sourcils, et dire : « J'ai dû mal entendre. Répète ce que tu demandes.

— D'aller avec vous.

— Quoi ? »

Mais Heather le savait bien – que Moïra pouvait glisser un mot sous la porte d'un prof. Bloquer la fenêtre. Mettre fin à tout ça. Elle la dévisagea longuement : ses lunettes, ses grandes mains, ses cheveux longs.

Moïra attendait.

Heather dit : « Si tu veux. » Et sortit de la chambre.

*
*   *

J'ai fait beaucoup de choses qui ont eu de l'importance, après lesquelles j'ai poursuivi mon chemin. La corde de nylon bleue, ou bien me faire ramener en voiture par une nuit froide. Mais ce fut là, je crois, la chose la plus importante que j'aie faite de ma vie, cette demande. Car sans ça, où serais-je ? J'avais bu de la vodka dans une bouteille de shampooing, et j'avais demandé à les accompagner. Et si je ne l'avais pas fait ? Que se serait-il passé alors ? Et aujourd'hui ? Quelle Moïra aurait marché à ma place ?

Pas de Cley-sur-Mer, et pas de saphir sur une bague. Peut-être que c'est moi qui dormirais ici, et pas toi.

Tu en aurais fait autant, je crois. Tu l'aurais peut-être fait plus tôt – mais oui, je crois que tu aurais demandé à Heather, ou même que tu lui aurais annoncé la chose. Ou bien que tu les aurais suivies sans demander. Tu te serais contentée de leur taper sur l'épaule, dans le noir, près de la clôture du parc ou de la glacière, et tu aurais dit : *Coucou*.

Je ne peux me dire ça qu'à cause des histoires que nos parents m'ont racontées, depuis que tu es tombée de Church Rock. À cause des quelques occasions où j'ai pu observer moi-même ton tempérament : ta façon de taper des pieds. D'enlever une dent qui branlait. *Amy la courageuse* – même à huit ou neuf ans. Courageuse d'avoir nagé comme ça jusqu'au rocher, alors que tu n'aimais pas l'eau. Courageuse, ou imprudente. Je sais que la différence est mince.

Est-ce que tu crois qu'on était programmés, toi et moi ? Raymond m'a posé cette question un jour, non loin de l'église de Salthouse. À une question comme celle-là, il n'y a qu'une seule réponse : *Je n'en sais rien*. Comment pourrait-on le savoir ? Ça ne tient qu'à un choix mineur que j'ai fait quand j'avais seize ans. Pile ou face. Un dé qu'on lance. Peut-être qu'on était programmés, et peut-être pas. Je ne peux rien en dire de plus, aujourd'hui encore.

Si je n'avais pas… Mais je l'ai fait, Amy. Je portais mon manteau à capuchon, et mes tennis. J'avais aplati ma frange.

*
* *

Moïra vit tout. Elle nota les ombres, et les bruits. Les visages à demi éclairés. La vibration de la fenêtre qu'on ouvre. Annie trempant le doigt dans un pot de cire et s'en frottant les lèvres. Mettant ses mitaines.

Il faisait froid. Pas de vent, mais l'air était piquant. Les chaussures de Moïra firent un bruit léger, métallique, sur l'échelle d'incendie. Elle remonta ses lunettes sur son nez et suivit les autres. Passant devant d'autres dormeuses, et un mur de brique. Elle retenait son souffle. Le bracelet de Heather cogna contre l'échelle. Il n'y avait pas la moindre lune.

Chuut...

L'air de minuit. Son odeur d'eau – non, de glace. Ou de métal. Et elles avançaient à pas de loup, en direction de l'est. Elles longèrent à la queue leu leu la clôture du parc, avec ses échardes que Moïra sentait sous la paume de ses mains, et ses odeurs de mousse. Elles passèrent devant le trou qu'avaient fait les renards. Heather marchait la première, on voyait ses cheveux briller. Moïra se disait : Je suis là, je suis dehors, c'est la nuit. Elle n'était pas dans son lit, le regard fixe. Cette fois-ci, on ne l'avait pas laissée toute seule, elle était avec les autres. Elle avait froid, elle se retourna pour regarder l'école, son drapeau mouillé, les lumières du porche. Elle imaginait son lit vide, encore tiède de sa présence. Elle imaginait la Moïra d'hier dans le dortoir donnant au nord : son visage lunaire, une Moïra esseulée. Un pyjama bleu clair à rayures.

Elles franchirent la clôture. Passèrent sur une planche au-dessus d'un fossé. Derrière la rangée des peupliers, qui étaient hauts, silencieux, avec une écorce blanche. Moïra leva les yeux pour les contempler.

Annie l'attendait. Les épaules recroquevillées par le froid.

« Allez viens !... »

Elles traversèrent le champ de betteraves. Des mottes de terre sous les chaussures. Elles approchèrent d'arbres plus sombres, et d'une pyramide de briques. La glacière. La lumière de la lampe de poche. L'odeur de la mousse.

Je suis là, se disait-elle. Sous son capuchon.

Une allumette qu'on fait craquer, et elle fut soudain illuminée, vue.

*
* *

Près des étangs aux nénuphars, il y a des oiseaux qui descendent picorer des graines dans vos mains.

Personne n'annonça : *Je vous présente Moïra Stone.* Il n'y avait pas d'autres rondins, ni d'autres cageots retournés, alors elle s'assit par terre. C'était glacé. Et humide, en plus – elle sentit son pantalon se plaquer contre elle. *De la boue.* Mais il n'y avait pas d'autre endroit où s'asseoir. On lui mit une bière dans la main, et elle y goûta.

Des garçons. Trois, peut-être. Elle n'était pas sûre, parce qu'elle n'avait pas vraiment regardé, mais elle savait qu'ils étaient tous assis de l'autre côté du feu : des brindilles, du papier journal, et une odeur de fumée. Ils riaient. Des blagues qu'elle ne comprenait pas. Les garçons à côté de Heather et de Jo. L'un dit : « Tu peux pas faire mieux que ça ? » Il y eut des coups de coude, et de poing, Jo renversa sa bière et se mit à rire aux éclats, en secouant ses cheveux.

Il y a des fulmars qui nichent à Broad Haven.

Moïra avait froid. Elle n'avait pas de gants, le feu était tout petit, et trop loin d'elle. Elle souffla sur ses doigts. Les mordit, pour les réveiller. Puis elle défit ses lacets, enfonça ses mains dans ses tennis. Elle pensa : Je sais à quoi je ressemble – lunettes, peau blanche, grande bringue, osseuse. Cheveux noirs. Manteau matelassé. Elle n'avait pas de nom, et elle avait eu tort de se faire des idées. Elle sortit une main de sa chaussure, but toute sa bière.

Pendant qu'elle buvait, son capuchon tomba. Elle le sentit, et elle entendit :

« Elle a soif, votre copine. »

Heather lança aussi sec : « C'est pas ma copine. »

Le liquide de correction blanc versé sur ses lunettes de rechange, l'eau dans son lit, les regards en dessous, les sobriquets : *P'tits Nichons*, *Sac d'os*, *Moïra-le-Rat*. Ou bien rien que le ton – difficile à expliquer, mais pendant cinq ans Heather avait pris un air spécial pour lui parler, ou sourire, ou pour articuler chaque syllabe de l'expression *bourse d'études*. Moïra avait subi tout ça. Elle n'avait jamais porté la chemise de nuit donnée par Til, avec la dentelle verte, par peur des commentaires, ou d'un coup de ciseaux, ou d'un trait de marqueur. Et maintenant il était trop tard, car la chemise de nuit était trop petite pour elle. Elle l'avait gardée, cachée dans son emballage.

D'autres choses. Vérifier que toutes les toilettes étaient vides avant d'entrer, pour le cas où Heather serait là, en embuscade, parce qu'on pouvait jeter des objets par-dessus la cloison qui séparait les toilettes.

Ou bien le jour où Moïra était tombée, et qu'elle avait perdu son haricot de mer.

Ou le crocodile accroché sur le dos de son chandail.

Elle leva les yeux. Regarda de l'autre côté du feu, là où Heather était assise sur un rondin, à côté d'un garçon blond – tellement blond que ses cheveux en paraissaient presque blancs. Heather, dans un pull de laine de couleur crème. Belle. Avec des boucles d'oreilles, et son sourire aux lèvres serrées. Moïra soutint son regard. Peut-être à cause de la bière qu'elle avait bue, ou du froid, ou des pensées qui l'agitaient, ou de la tour du jeu de tarot, ou de tout autre chose comme une colère prête à exploser, au bout de tout ce temps, et un désir de revanche, Moïra ne détourna pas les yeux. Pendant dix longues secondes. Moïra les compta, et pour la première fois Moïra fixa Heather d'un regard noir, froid, dur comme le silex, qui fit pâlir le sourire de Heather. Des années plus tard, le garçon blond assis à côté d'elle essaierait de recapturer ce regard pour le dessiner. Il dirait que Moïra était *comme une sorcière*. Ou encore : *Tu étais comme une caverne, je dirais*.

Elle était furieuse de se trouver là. Furieuse contre ce feu minable, contre ses mains gelées.

Alors elle se leva, remonta son capuchon. Fourra ses cheveux dedans, balaya sa frange pour dégager ses yeux, frotta son pantalon. Jeta un bref coup d'œil à tous les présents. Aux six visages.

Puis elle rentra à Curie toute seule. Traversa les champs de betteraves, où les oies aux pattes roses murmuraient. Elle se glissa dans la chambre par la fenêtre ouverte. Se déshabilla.

Trouva son lit encore tiède du corps qui avait été le sien avant celui-ci, ce nouveau corps qui avait ingurgité de la bière, et qui avait une odeur, une sagesse qu'elle aurait finalement préféré ne pas avoir.

*
* *

Un rêve d'eaux anciennes, la nuit qui suivit. Des vagues profondes et familières de l'Atlantique, des vagues qui la berçaient et dans lesquelles elle s'enfonçait. Elle rêva de la plage de Lydstep avec une seule mouette debout. Des coquillages d'un blanc nacré dans l'herbe des dunes, et de la bosse sous le maillot de bain de sa mère. Du soleil sur l'eau. L'eau était tiède, étincelante, et dans son rêve, Moïra plissait les yeux.

Cela la hantait. Les reflets miroitants du soleil sur l'eau. Elle les avait en tête en traversant l'école plongée dans l'hiver. Elle pensait : *Je n'ai rien dit. À personne. Je n'ai pas prononcé ne serait-ce qu'un seul petit mot*.

*
* *

La dernière semaine du trimestre. Dehors, il y avait de la neige fondue. À l'intérieur, les classes fumaient de la vapeur des radiateurs, des haleines, et des vêtements qui séchaient. Des heures de demi-somnolence. Elle avait son stylo à la main. Elle regardait Mrs Maynard qui débordait de sa jupe, qui mettait des mots sur le tableau noir, et qui toussait. Moïra, affalée, la joue gauche dans sa main. Ou bien ensuite, à la bibliothèque, elle fermait les yeux. Elle était même trop fatiguée pour suivre ses cours, ou travailler. C'était la mi-décembre et dans sa tête, il y avait des plages, et le besoin de dormir.

Seule Miss Bailey gardait sa vitalité. Moïra entendait sa radio – des chants de Noël, qu'elle accompagnait en fredonnant. Elle avait accroché du gui dans le hall, ce qui semblait bizarre : qui aurait-on pu embrasser ? Mr Hodge ? Le gardien ?

« Je sais, je sais… Mais on peut bien égayer un peu cet endroit. »

Exact. Moïra observait cela, en enfonçant ses doigts dans les trous de ses poches. Elle avait la nausée, et plus tard elle vomit, sans préavis, sous la douche, ce qui fait qu'elle paniqua, rinça le carrelage plus que sa personne, mangea du dentifrice, et s'inquiéta. Fut inquiète à l'idée que quelqu'un aurait pu entendre, ou se rendre compte.

Autre escapade nocturne. Mercredi, un froid glacial. Toute la journée, elle avait porté son écharpe, pour ne pas se geler en traversant la cour ou en allant au réfectoire. C'est le vent de l'Arctique, se disait-elle. Qui souffle jusqu'à Locke, s'enroule autour de ses murs de brique, fait frissonner la jeune fille en pierre de la fontaine. Le drapeau était trempé, il battait au vent, et l'après-midi, elle vit les petits flocons de neige tomber dru dans la lumière des lampes qui éclairaient l'allée de gravier. En cercle. Glacés sur ses joues, et brouillant la vue de ses lunettes. Elle sortit son mouchoir, les essuya.

Donc la nuit, elle ne s'y attendait pas. N'avait pas guetté. Il faisait sûrement trop froid pour filer dehors par la fenêtre. Elle était persuadée que ça ne recommencerait pas mais malgré tout, à minuit, elle était toujours réveillée. Elle ne somnolait même pas, et elle avait les yeux grands ouverts pendant qu'elles s'habillaient près d'elle en chuchotant. Fermeture Éclair, talon qu'on enfonce dans la chaussure. Une fille s'approcha d'elle, se pencha sur son lit, pour vérifier. *Non. Elle dort.* La voix de Jo. L'odeur de bouton de rose de Jo.

Et pour Moïra, voilà, ça recommençait – à nouveau elle était la dormeuse, la seule respiration dans une chambre noire. Elle calcula, à nouveau, qu'elle pourrait les suivre à pas de loup, comme un espion ou un voyageur. Descendre en cachette par les marches métalliques. Remonter son col. Mais pour quoi faire ? Elle se posa la question tout haut. À quoi bon ? De la bière, et un rondin. Les mains et la bouche de Heather sur un garçon aux cheveux blonds.

Donc Moïra resta dans la chambre, les laissa partir.

Et cette nuit-là, pour la première fois, il y eut du feu dans son sommeil. Elle rêva qu'il y avait quelque chose qui brûlait – elle sentait la chaleur et la fumée. Les bouts de ses doigts étaient en flammes, et au début, Moïra vit du feu dans les bois. Puis du feu d'une autre sorte : du verre qui se brise, un toit qui s'effondre. La pile de pupitres cassés que le gardien avait allumée, puis il avait reculé de quelques pas, et soudain Moïra voyait des visages et des yeux au milieu des ombres, et la spirale des flammes qui s'élevait. Le feu dans le réfectoire. Comment faire un soufflé – et la cloche sonnait, les voitures de pompiers arrivaient, mais les hommes qui en sortaient étaient voûtés, la mine grave, et l'incendie ne s'arrêtait pas. Ils se serraient la main, admirant le spectacle. Le bruit du bois qui casse. Moïra voulait jeter de l'eau dessus, pour l'éteindre. Mais il n'y avait pas d'eau.

Elle ne les entendit pas rentrer. Mais elle se réveilla de bonne heure, un poing dressé contre sa poitrine. Les filles dormaient. Elle tourna la tête, regarda la fenêtre. Ciel gris. De la gelée blanche, peut-être.

Elle se brossa les dents à s'en faire saigner les gencives.

*
* *

Je veux rentrer à la maison.

Elle imaginait le hamster se promenant sur ses devoirs. Elle entendait ses pattes, le voyait vider ses poches sur le livre : des graines de tournesol, un pois sec.

Dans la salle de biologie, elle ne distinguait pas le tableau, comme si elle ne voyait plus clair, elle ne comprenait pas ce qui se passait. Elle se retrouva affalée, le front contre le bureau, le stylo à la main. Mr Hodge se pencha : « Moïra ? » Il mit la main sur son épaule.

À la maison. Ou en Floride. Ou collée comme une moule au sommet de Church Rock.

*
* *

Mardi matin. Quatre jours avant la fin du trimestre. Quelques petits flocons de neige dans l'air qui venaient fondre sur la vitre. Heather en robe de chambre et en pantoufles de peau de mouton, faisant la queue pour la douche. Heather peignant ses cheveux mouillés, plongeant la main dans un pot de crème et l'étalant sur ses tibias, ses coudes et ses hanches. Boutonnant son chemisier. Prenant un bâton de mascara noir et se penchant vers le miroir – bouche ouverte, menton en l'air. Mettant ses chaussures noires. Son chandail. Une pince dans les cheveux.

Comme tous les matins ? Oui, pensait Moïra. Pas la moindre différence. Pareil, tout pareil.

Jusqu'au moment où Heather se retourna brusquement et dit : « Tu veux ma photo ? » Et elle lui lança sa brosse à cheveux de l'autre bout de la chambre.

Et Moïra se dit : *Ça, c'est nouveau.*

*
* *

Il y a tant de choses que tu ne sais pas.

Et voici, Amy, ce qui suit. Moïra marcha jusqu'à Lockham Thorpe. À la fois elle se sentait vide, et à la fois elle débordait. Son haleine fumait. Elle passa devant les hospices et le champ de citrouilles. Elle s'assit sous le porche de l'église. Écouta un tracteur au loin. Toucha sur sa peau le ruban rouge qu'elle avait gagné et, sur le banc de pierre, pensa à certaines choses : toi, et puis le squelette, et la bouteille qu'elle avait jetée à la mer un jour, avec des mots à l'intérieur.

Un soleil bas, au retour, qui éclairait les fenêtres d'une lueur rougeoyante.

Le garçon se tenait près de la clôture du parc. Les cheveux tellement blonds qu'ils en paraissaient blancs. Une veste verte, et un jean.

Elle s'arrêta. Se projeta sur le côté, pour se réfugier derrière la remise aux accessoires. Se colla contre la paroi. Se dit : *Je vais rester là.* Hors de vue. Jusqu'à ce qu'elle ait les pieds engourdis, qu'il se mette à faire nuit, qu'il soit parti.

Elle resta donc cachée derrière la remise. Troublée, tentée de jeter un coup d'œil furtif, mais sans oser le faire.

Une minute passa. Deux.

Cinq minutes.

À la fin, elle se dit : *Il doit être parti.* Elle se glissa doucement jusqu'au coin de la remise, et jeta un coup d'œil. Les peupliers se balançaient. Il n'y avait personne dessous, alors elle se détendit, décida de repartir.

« Hou ! »

Elle sursauta. Perdit l'équilibre, se retint à la paroi. Deux options, quand quelqu'un vous fait peur comme ça : pousser des cris, se mettre en colère, lui foncer dessus, se montrer la fille forte en gueule – comme il m'est arrivé de le faire, et comme ça m'arrivera encore. Ou appuyer le poing pour calmer son cœur battant, aspirer à fond. Hocher la tête, comme si de rien n'était. C'est l'option que j'ai choisie, là, près de la remise. J'ai avalé ma salive, presque ébauché un sourire.

« J'ai vu vos pieds, dit-il, en les montrant du doigt. Et la buée de votre respiration. »

Il a les yeux bleus. Il a des cils blond pâle. Il est mal rasé.

« Moïra, c'est ça ? »

*
* *

On a marché. Tous les deux. Le garçon que j'avais vu de l'autre côté du feu, celui qui avait dit : *Elle a soif, votre copine.* Pas loin, jusqu'à l'arrière du gymnase, là où se trouvait le terrain de netball. Les mains dans les poches. Et je n'avais pas mon capuchon sur la tête, mais mes cheveux étaient dénoués, alors je me cachais derrière. Je le regardais entre les mèches. La gelée blanche craquait sous nos pieds, le soleil plongeait.

Il a dit : « Vous n'êtes pas restée longtemps. » Il a parlé de Heather, de son attitude cette nuit-là. Mal embouchée, désagréable, elle avait trop bu. Et elle s'était mise à dire des méchancetés. « Sur vous, dit-il. Il est bon que vous le sachiez. »

Il avait la même taille que moi. Il était plus âgé : pas seize ans, comme moi. Dix-neuf, peut-être. Moins de vingt ans, mais plus large d'épaules que les garçons de cet âge-là, en général. C'est en tout cas l'impression que j'eus. Mais qu'est-ce que j'y connaissais ? Dans sa bouche, quand il souriait, une dent de travers. Il souffla sur ses mains, et dit : « Et voilà. Elle est toujours comme ça ? »

Plus ou moins. Car elle était bien comme ça. Belle et cruelle.

Et je peux te dire aussi qu'on a parlé du temps, comme le font les gens qui sont mal à l'aise. Des hivers du Norfolk, et des vents glacés qui descendent de la toundra russe. Je lui ai parlé des oies aux pattes roses, et il a dit que oui, il les avait vues. Des vanneaux aussi, qui passaient l'hiver dans les champs. Et il m'a demandé ce que j'aimais, ce que je voulais faire plus tard. *De la recherche, peut-être*. Et il a sifflé entre ses dents, secoué la tête. « Fortiche !... » Comme d'autres gens avant lui. Alors je me suis dit qu'il était déçu, bien sûr. Réponse idiote, pour une fille fortiche.

*
* *

Ce ne fut pas grand-chose. Dix minutes, peut-être, passées comme ça. Mais le monde peut changer en l'espace de quelques secondes : regarde, toi, par exemple, et les bombes, et la vitesse à laquelle un virus se propage. Il m'a dit plus tard que déjà il savait. *Savait quoi ?* ai-je demandé. Il a souri. *Je ne sais pas. Quelque chose*.

« J'ai pensé que vous pourriez revenir à la glacière », a-t-il dit. Il ne m'a pas touchée du tout, à part le baiser, qui fut bref, étrange, et je pense que j'ai dû faire une petite grimace, comme s'il était fou, ou dangereux. J'ai reculé d'un pas.

*
* *

Quant au fin mot de l'histoire, sais-tu pourquoi il était là ? Pas pour voir comment j'allais, ni pour me raconter que Heather avait tapé du pied, et l'avait giflé, quand il lui avait annoncé que c'était fini entre eux, et que ça n'avait jamais été de l'amour. Ni comment, quand mon capuchon était tombé, on aurait dit qu'il était en feu. Et que j'avais un regard de sorcière, ou de guerrière. Les autres filles étaient blondes, poudrées, tout en sourires. Et puis il y avait moi : silencieuse. Sombre comme une caverne. Ce n'est pas ce qu'il me dit alors. Mais un jour, se carrant contre son dossier, dans une voiture, il me raconterait tout cela.

« Je vous dis au revoir », dit-il. Il partait. Sac au dos, il allait voyager autour du monde pendant un an. Le tour complet.

Douze lunes pleines.

Bien sûr.

J'ai hoché la tête, et j'ai tourné les talons.

À Curie House, l'air était chaud, sec, et sentait la poussière.

Moïra entendit la porte se refermer derrière elle. Elle resta un instant dans la cage d'escalier, seule.

Je n'en ai jamais parlé à personne. Du baiser, ou de quel genre de baiser c'était. La brosse à cheveux d'Heather, quand elle me l'avait lancée à la figure, m'avait éraflé la joue gauche, et près des terrains de netball, il s'était interrogé sur cette marque, mais du regard, pas en paroles.

Est-ce romantique ? Bon. Comme pour toutes les histoires, je pense que cela dépend de la façon dont on le raconte. Je peux me montrer objective, dire que ce fut une coïncidence. Ou en faire une histoire embarrassante : il avait vu mon haleine monter de derrière la remise, et les bouts de mes pieds qui ressortaient, comme ceux d'un clown, et il avait su que je me cachais là. Ou je peux faire flamboyer mon récit de toutes sortes de choses : le destin, l'intelligence, la tragédie, la spiritualité, l'amour.

Il est tard, mais sache une chose : il avait neigé pendant la nuit.

Jo ouvrit les rideaux. Dans sa robe de chambre, elle avait un air juvénile. Elle déchiffra : *Moïra ?* Mon nom s'étalait, tracé dans la neige sur le terrain de hockey. Pas de façon claire et nette, mais il était là. Je pensai : *C'est un mensonge.*

Alors j'ai tourné le dos à la fenêtre et je me suis habillée. Ça me faisait peur. J'avais peur, je n'y comprenais rien. Mais je l'enregistrai, Amy. Dès le milieu de la matinée, la neige avait fondu, et mon nom s'était évanoui, pourtant je le vois encore, exactement comme il était. Il est ici, dans cette chambre. Il est ici, sur ton lit. Le tréma sur le *i* de mon nom, et la blancheur immense, vide, symétrique du *o*.

XI

Ray

As-tu déjà vu la mer le soir, à marée haute, quand il va se mettre à neiger ? T'es-tu trouvée au sommet d'une falaise avec cette lumière étrange, indécise, et les mouettes qui volent en cercle, mais sans crier, comme si elles aussi sentaient venir la neige ? As-tu regardé la mer, tout en bas, là où les vagues ont l'air de fantômes, avec un bleu venu de l'Arctique, la crique pleine d'une eau blanche et sifflante, et l'écume courant sur les plages ? Et toi tu la sens, la neige. Tes sens sont en éveil. Par un soir comme celui-là, tu as pleinement conscience de la puissance de la mer – et de la tienne. La lumière baisse, alors tu rentres chez toi – avec une sagesse intérieure sur laquelle tu ne saurais pas mettre de mots. Elle fait partie intégrante de toi, et un jour, au coin du feu ou pendant une promenade hivernale, tu diras : « J'ai déjà été sur la côte, un jour où il neigeait. Autrefois. » Et la personne qui t'écoute penchera la tête et dira : « Vraiment ? » Essayant de se représenter la chose.

Le bleu, et les mouettes silencieuses.

*
* *

Moïra alla retrouver cela. L'Atlantique gris, agité. À Stackpole, pas de neige, mais l'écume de mer était projetée sur les plages, et venait recouvrir ses pieds. Les vagues étaient hautes. Des mouettes volaient au-dessus des crêtes, et toutes les grottes, arches et roches creuses de la côte étaient envahies d'une eau rugissante. Un vent du nord-ouest. Il secouait les haies de prunelliers, courait sur les rochers noirs et les dunes de Freshwater West.

Elle parcourait tous les jours les sentiers côtiers du Pembrokeshire. Tous les après-midi, cet hiver-là, elle mettait son manteau et partait pour Manorbier, de l'autre côté des falaises, avec son pub et son château fort couvert de lierre. Ou pour les étangs aux nénuphars. Ou encore plus loin, pour la petite chapelle secrète cachée dans les rochers, près de St Govan's Head. Elle s'y abritait. Elle fut surprise par une chute de neige fondue ; elle resta assise, les genoux relevés, sur le sol de pierre. La chapelle sentait le sel, le poisson et l'urine, et par l'unique fenêtre, elle regarda les vagues monter et redescendre. Il faisait froid, et elle était loin de chez elle.

Ou bien, une fois, elle marcha vers l'est, vers Presipe Bay, qui disparaissait quand la marée était haute, et où des hommes en cuissardes pêchaient le bar. Elle était assise au-dessus, écoutait les embruns, espérait que les bars seraient assez malins pour filer. *À la nage.* Voilà ce qu'elle espérait. Et elle était rentrée à la maison à la nuit tombée pour trouver sa mère en colère, parlant de brouillard qui se lève et d'accidents, de chutes du haut d'une falaise. « Il est tard ! s'exclamait-elle. Où étais-tu donc ? »

Et puis, à Broad Haven, comme elle l'avait fait des centaines de fois, elle enleva ses vêtements. S'avança jusqu'au bord, entra dans l'eau jusqu'aux genoux. *Vas-y !* se disait-elle. Pas pour escalader Church Rock, mais simplement pour nager jusque-là. Nager dans cette eau bleue comme les icebergs. Elle compta jusqu'à trois. Mais elle n'arrivait pas à se lancer. Pour la première fois elle ne se décidait pas à pousser avec les pieds pour plonger. Ça lui faisait peur. La morsure du froid, l'eau qui vous enserre. *Vas-y.* Mais elle restait sur place.

Furieuse contre elle-même, le soir, Moïra se fit couler un bain. Elle se déshabilla rapidement, sans regarder ce qu'elle faisait. Un bain bouillant, jusqu'au cou, et elle retint son souffle, écouta son cœur battre. Elle voyait dans sa tête les bars, ou bien la chapelle, ou ce qu'elle avait appris en biologie, et elle cherchait Moïra, la Moïra qu'elle pensait avoir été et ne plus être.

*
* *

Amy, en salopette, passait son temps à faire les pieds au mur. Elle avait un lecteur de cassettes jaune qui ne la quittait guère. Pendant toute une semaine elle porta un badge qui disait : *J'ai cinq ans !* Elle écartait les doigts de la main pour en faire la démonstration. « Un, deux… » Elle comptait tout. Les cuillers, les boutons, les taupinières dans le jardin. Le nombre de fois où George bâillait. Elle entrait dans la chambre de Moïra, comptait tous ses crayons, tous ses livres, et elle les étalait par terre. Elle en était tout heureuse et fière. Elle attendait des compliments.

« Tu veux bien jouer ?… » Cette requête et d'autres. Elle tirait sur la manche de Moïra, ou frappait doucement à sa porte. Debout sur une jambe, tenant son pied en chaussette dans sa main, elle implorait. *S'il te plaît…* Non. Moïra avait du travail à faire, toujours du travail. Alors elle refermait la porte, tournait le dos. Attendait qu'Amy soit repartie en trottinant. La plupart du temps, Amy retournait dans sa chambre. Car dans un coin se trouvait une cage avec des tubes, dégageant une odeur aigre. C'est là qu'était son cœur. Dans cette maison pleine de sciure de bois, il y avait ce qu'elle préférait au monde. Le soir, Amy assise jambes croisées devant la cage parlait à la petite boule de fourrure qui faisait sa toilette à l'intérieur. *Moïra dit…* Ou bien : *J'ai cinq ans !* Moïra l'entendait répéter ça. Ses parents aussi, qui, en secret, étaient charmés par la petite – sa gaieté, ses promesses solennelles. Ravis d'avoir maintenant une fille qui portait du rose, qui sautait à la corde, parlait à un hamster, et qui soulevait les jupes de ses poupées pour voir qu'elles avaient bien des culottes blanches et propres.

En tout cas, Moïra supposait qu'ils étaient ravis. Elle avait vu les regards qu'ils échangeaient. Elle pensait aussi à ça pendant ses promenades en haut des falaises – aux bavardages d'Amy, à ses poupées retournées. Aux crayons de cire et aux guirlandes électriques. *Moi, j'étais sombre et silencieuse.*

Un bébé de la mer.

Elle ne pensait pas à Ray.

*

* *

Le lendemain matin, une carte postale attendait sur le pas de la porte. Elle représentait des pélicans, et une jetée, et une longue plage de sable, avec les mots *Sunny Florida* écrits en travers. Moïra la retourna. Elle vit que Til avait écrit :

Soleil ; mer ; poissons grillés ; fleurs rouges ; feux de circulation suspendus à des fils ; climatisation ; bière mexicaine avec du citron vert dans le goulot. Éclairages électriques dans les arbres ; frites ; bon café...

Joyeux Noël à G, M, M, A, et Monsieur Poupou.

Baisers de T

Loin de Stackpole. Moïra était sur la balançoire du jardin, la carte postale à la main. Elle imagina sa tante en cet instant précis, bronzée, heureuse, se promenant sur une avenue bordée d'arbres à l'écorce blanche.

Puis elle se leva de la balançoire, et rentra.

*

* *

Ray. Pas une lampe. Pas une créature grise du fond de la mer.

Plus tard, dans le train qui la ramenait au pensionnat, elle se dit : *Tu continues ton chemin. Tu fais comme si telle ou telle chose n'était pas là, jusqu'à ce qu'elle ne soit plus là.* Une forme d'autohypnose. Elle avait toujours cru que c'était possible de faire ça, et elle avait déjà essayé, elle y était presque arrivée. C'était une question de discipline, de détermination. Elle avait combattu la souffrance d'être loin de chez elle, alors elle arriverait bien à combattre ceci. En se disant : *Je ne le connais même pas.* Car quel autre choix avait-elle ?

Et donc, pour elle, pas de promenades derrière le gymnase de l'école, sur un petit nuage. Pas de balades près de la remise.

Janvier était revenu, avec les perce-neige au même endroit que l'année précédente et l'année d'avant, et les faisans empruntant l'allée en silence. La directrice avait prononcé les mêmes paroles – *effort, responsabilité.* « De nouveaux challenges pour la nouvelle année ! » Elle disait toujours ça. Chaque année, depuis six ans.

De l'eau stagnante sur le toit de Curie après un hiver aux pluies persistantes. La porte du réfectoire raclait toujours contre le béton, résistant quand on la poussait. Les cheveux d'Annie étaient toujours couleur mandarine, et la seule différence que Moïra parvenait à percevoir dans toute l'école tenait à la petite prof de français, mademoiselle Lac. Elle était revenue à Locke portant le nom de Mrs Brown, avec une alliance en or à la main gauche, et une voix plus douce. Elle était rayonnante. Elle n'arrêtait pas d'écrire son nom au tableau, ce qui fait que Geraldine serinait : *Mrs Brown ! Mrs Brown !*

« Eh bien, eh bien », lança Heather. Avec mépris.

Les poissons continuaient à arrondir la bouche quand Moïra s'approchait de l'aquarium. La fontaine de pierre sans eau était toujours enfouie sous les feuilles mortes. Et la seule chose qui rassurait et calmait un peu Moïra était Mr Hodge. Il soupirait et se frottait l'arête du nez parce que le squelette avait à nouveau disparu. On fouilla toute l'école. Moïra en rêva une nuit : accroché au mât du drapeau, cliquetant au vent.

« Volé », dit Mr Hodge. Très abattu.

Mais on retrouva le squelette, dès la deuxième semaine : dans le vestiaire pour hommes de la piscine, un endroit où personne n'allait. Jambes croisées, avec une serviette de bain sur le bras. Après ça, il sentait le chlore.

*
* *

Ceci : *Je suis quelque part en Italie.*

Elle lut ces six mots, replia la lettre et l'emporta dans la salle de bains. Ferma la porte à clef. Troublée. Elle s'assit sur le rebord de la baignoire.

Je suis quelque part en Italie. Je suis dans le train de nuit, de Nice à Rome, et je t'écris de la couchette supérieure, à la lumière d'une lampe de poche. Nous sommes six dans le compartiment. Il fait trop chaud pour dormir, et je suis si près du plafond que je peux le toucher en relevant la tête.

Elle n'avait jamais reçu de lettre par avion. Pas une seule.

Rien que des lettres de Stackpole, ou une carte postale de Floride, de la main de Til, avec ses grandes boucles. Rien qui ressemble à ça. Elle ne recevait jamais de lettres de pays étrangers.

Le papier était sec et léger comme une plume. Un timbre étranger, une grande écriture désordonnée. Il ne savait pas son nom de famille, alors il avait écrit sur l'enveloppe : *Moïra (cheveux noirs, lunettes, classe de terminale).*

Il s'excusait auprès d'elle – d'être parti. Il disait qu'au fond, il n'aurait peut-être pas dû venir la retrouver près de la remise, mais en même temps, qu'il ne regrettait pas. Ce qui voulait dire ?

Moïra s'efforça de ne pas y penser. Qu'elle soit en uniforme, en jogging ou en pyjama, elle s'efforçait de ne pas penser au mouvement du train, au bruit des freins quand il entre lentement dans une gare plongée dans le noir. Elle cacha la lettre. Ça la perturbait. Il y avait du danger dans cette lettre, et elle ne voulait pas que Heather la trouve, la lise, ou la jette.

C'est une plaisanterie. Ou bien un geste isolé. Un mot d'excuse. Pour se donner bonne conscience. Ou alors un défi qu'il se lance.

Tout cela était plausible. Elle en fit une liste numérotée qu'elle inscrivit dans la marge de son manuel, et s'assit au bord de la fenêtre, le livre sur les genoux.

Miss Bailey la fit appeler. Moïra la trouva perchée sur le coin de son bureau avec un mug de thé, et une violette d'Afrique qu'elle arrosait avec un pot à lait.

« Un peu de thé ? » proposa-t-elle.

Pas de thé, merci. Elle s'assit sur une chaise en bois, en se mordillant les ongles. Elle se demandait de quoi il s'agissait : Une requête ? Une remontrance ?

C'est une plaisanterie, Moïra. Cette lettre par avion ? Mais ce ne fut pas cela que dit Miss Bailey.

« Vous devez savoir, dit Miss Bailey, tenant son mug entre ses deux mains, que vous êtes une excellente élève. Bientôt, vous en aurez fini avec cette école… » Elle balayait la pièce des yeux.

Et Miss Bailey parla d'universités. Oxford. Cambridge. Elle les exposait, comme des paquets entourés de ruban. « Vous en avez les capacités, disait-elle. Vous êtes douée. » Elle parla de talent. Qu'il ne fallait pas gâcher. Parla d'une des boules de pierre de Clare Bridge, à Cambridge, et du creux secret qu'elle avait touché du doigt avec un ex-petit ami à elle. « Au moins pensez-y, Moïra. Promis ? »

Elle le fit. Elle savait maintenant qu'un seul événement mineur en apparence, une seule conversation, peut réduire un lieu comme une peau de chagrin. Changer les murs de brique, et le bruit que fait un arbre, rendant tout cela moins éclatant, plus vieux. Church Rock aussi lui avait paru plus petit. Elle savait à qui en revenait la faute : elle avait cette lettre. Son écriture secouée par le train de nuit.

*
* *

Il n'écrira plus.

Elle en était persuadée. Autour d'elle, il y avait de la pluie, amenée par le vent du nord, déterrant les graines dans les champs ; les chauves-souris qui battaient des ailes dans la cavité du mur. Et lui, où était-il ? Là où il faisait chaud. En Italie, ou plus loin. Elle rapprocha son visage du miroir, jusqu'à le toucher du nez. Pour voir à quoi elle ressemblait, de tout près.

Je t'écris de la couchette supérieure, à la lumière d'une lampe de poche. Elle essaya de s'en défaire. Elle tint la lettre au-dessus de la boîte à ordures du dortoir, l'emporta jusqu'à la porte du fond de la cuisine. Elle se frotta les cheveux, comme pour éliminer le baiser, pour le voir s'écouler par la bonde, avec la mousse. La Moïra d'avant aurait pu réussir. La Moïra qui avait brûlé sa frange au-dessus d'un bec Bunsen et qui n'avait jamais écrit de lettre à ses parents – pas une seule.

Ç'aurait été plus facile, en vérité, s'il n'avait jamais écrit. Il n'y aurait eu aucune preuve de son existence. Les autres filles sortaient toujours en douce par la fenêtre la nuit, mais elles ne mentionnaient jamais le nom de Ray.

Quoi qu'il en fût, elle regarda le timbre italien. Quand elle regagna sa chambre après le dîner, qu'elle ouvrit son tiroir à vêtements – tee-shirts, linge de corps, chaussettes – et qu'elle le trouva plein d'eau clapotant contre le bois, avec les chaussettes qui flottaient comme des langues, elle s'agenouilla sous son lit, cher-cha l'enveloppe. La trouva : sèche, intacte.

Rien ne fut dit par personne. Mais Annie savait qu'on avait versé de l'eau dans le tiroir de Moïra, si bien que ses chaussettes et ses culottes étaient trempées et glacées, et qu'elles avaient mis des heures à sécher. Elle avait assisté à la chose – Heather faisant des allers et retours avec un verre à dents. « Désolée », dit-elle. Et elle fit un petit sourire contraint.

Moïra,

Voici quelques-unes des choses que j'ai vues depuis que je suis ici, en Égypte :

Des oiseaux qui boivent et qui se lavent dans le trop-plein de la piscine de l'auberge de jeunesse

Un homme marchant sur les mains

De la chicha : du tabac aromatisé à la pomme, qu'on fume par un tuyau plein d'eau

Un troupeau de chèvres endormies sur la chaussée

Une pub pour une crème qui blanchit la peau

Les pyramides (bien sûr)

De l'infusion d'hibiscus – c'est amer, violet, et on la sert dans des verres sans anse, alors il faut se servir de ses mains, et c'est si chaud que je dois tout le temps reposer le verre. Pourquoi n'y a-t-il pas de mugs ? Quelque chose qui protège du chaud ?

Aussi, je suis réveillé par les appels à la prière – je sais que c'est un cliché. Ainsi que les chats errants, je suppose, mais il y en a des milliers ici, à l'épine dorsale saillante.

J'espère que ça ne t'ennuie pas que je t'écrive. Je ne sais pas bien pourquoi je le fais (es-tu une sorcière ? ? ?).

R.

Une sorcière. Qu'est-ce que ça pouvait vouloir dire ? Vieille et tordue ? Ou juste aux yeux noirs ? Ou mystérieuse ? Ou bien était-ce à cause de ses mains, qui étaient bizarres, elle le savait, avec leurs doigts osseux qui pouvaient atteindre plus d'une octave au piano, c'est en tout cas ce qu'avait dit Miss Kearney, et les paumes pleines de lignes. Til avait arrondi sa bouche d'étonnement en voyant ces lignes. *Ciel !...* Elle en avait plaisanté. Mais maintenant ?

Une sorcière.

Elle était assise sur son lit, jambes croisées, avec les minarets chantant au-dessus des toits plats, brûlants, du Caire le soir, et les chats errants qui se léchaient les pattes, et le livre de maths calé contre son genou gauche.

*
* *

Une semaine passa. Puis deux.

Février arriva avec un temps pluvieux. Les élèves ne sortaient guère. Pas de hockey ni de netball, ni de cross. C'était un temps fait pour dormir, pour lire, et elle lisait sur la chaise près de la fenêtre pendant que les autres étaient dans le petit salon, où elles buvaient du thé ou se limaient les ongles. Elle avait remarqué cela, le nouvel intérêt porté aux mains. Maintenant le dortoir sentait l'acétone.

Les cours étaient ralentis, comme s'ils avaient pris l'eau. Les salles avaient bleui, on aurait dit que les lumières n'éclairaient plus assez. Quelquefois la pluie tombait si fort que tout le monde s'arrêtait et regardait par la fenêtre, comme si un tel bruit était porteur d'un message. Les fossés qui entouraient le parc débordaient. À la mi-février, un mercredi, la pluie était trop violente pour la supporter tête nue, et les élèves couraient entre les bâtiments en se couvrant la tête de leurs livres. La pluie rebondissait du sol, elle vous piquait.

La pluie, drue, sur la fenêtre du labo de sciences. Puis on frappa à la porte de la classe.

Tout le monde leva les yeux. Une secrétaire qui rôdait toujours dans le bâtiment principal entra. L'air gêné, pas aimable. Elle chuchota quelque chose à l'oreille de Mr Hodge, qui dit : « Moïra ? »

Une urgence. C'est le mot qui fut prononcé. Elle suivit la secrétaire dans l'escalier, puis sortit avec elle, le vent s'engouffrant dans ses cheveux. Cela lui fit penser à des voitures. À un essuie-glace qui tressaille encore sur le pare-brise mouillé. Un hôpital, et une machine qui se remplissait et se vidait, comme un poumon.

« C'est tout ce que je sais », dit la secrétaire. Filant en vitesse.

Ou un bras dans lequel une aiguille est enfoncée. De la sciure de bois qu'on répand sur la route. L'œil bleu d'une ambulance, qui clignote.

À la réception, elle vit Til.

Til vivante. Til dans un imper rouge à ceinture, la peau bronzée. Des mèches blondes dans les cheveux. Moïra pensa : *Un accident d'avion. Til s'est écrasée dans la mer, ou au Groenland, et elle est morte.* Mais ce n'était pas ça. Puisque Til était là, rentrée de voyage.

« Je t'enlève », dit-elle. Dans un demi-sourire.

Il ne s'agissait donc pas d'une urgence. Tout allait bien. « Tout le monde est vivant, et bien portant », dit-elle. Til avait forgé ce mensonge parce qu'elle passait par là, qu'elle avait voulu voir sa nièce, et qu'elle savait pertinemment qu'on ne peut pas sortir une élève de l'école, comme ça, un jour de semaine. Pour l'emmener déjeuner au pub, faire le point. Pas possible. « Alors j'ai inventé cette histoire. » Regarda de côté : « Ça t'a fait peur ? »

Elles prirent la route du nord-est, vers Titchwell, dans l'auto cabossée de Til. Les genoux de Moïra touchaient maintenant le tableau de bord. La pluie cognait aux vitres. Moïra avait passé un vieux chandail rose de Til sur son uniforme, alors on voyait seulement la jupe grise. Est-ce qu'elle était en colère ? demanda Til. Non, se dit Moïra, difficile d'en vouloir à sa tante, avec son pendentif en quartz rose, son coup de soleil sur le nez, et sa façon de conduire n'importe comment.

Dans le café de la réserve d'oiseaux, elles burent du chocolat chaud dans des mugs en grès.

« La Floride, c'était très bien, dit Til. J'ai pris le soleil, je me suis baignée... Et puis... »

Moïra attendit. De savoir ce qui avait amené Til jusqu'ici en plein milieu de la semaine, l'air excité. Il y avait forcément quelque chose. *Il n'y a pas là de sorcellerie, ou il n'y a que ça.* Elle sentait qu'il y avait un homme là-dessous, elle en était sûre. Elle croyait le voir. Grand. Des cheveux blond-roux.

Hamlet, disait Til, c'était terminé depuis longtemps. Mais dans le hall de départ de l'aéroport d'Heathrow, il y avait un homme en uniforme de pilote, avec une mallette en cuir, et un accent, assis à côté d'elle, et qui avait souri. Ils avaient parlé de petites choses insignifiantes – un paquet de beurre, un numéro de vol, la chaise cassée de Til. Pas grand-chose. « Mais il s'est retourné trois fois pour me regarder, Moïra, trois fois – en allant vers notre avion. »

Elle marqua un silence. Prit une gorgée de chocolat.

Sa voix dans le haut-parleur. Et le reste de lui à dix mètres.

Et ?

« Il habite Londres. Il fait la ligne Londres-Miami. Et quand on attendait nos bagages, il m'a donné son numéro à l'hôtel. Et ensuite ? Devine. » Elle fit une grimace. « Je l'ai perdu. »

Perdu ?

Elles se promenèrent dans les marais, cet après-midi-là. En Floride, Til n'avait été que poings serrés, haine de soi, regrets : elle tirait sur ses doigts, était incapable d'avaler une bouchée. Elle retournait ses poches. Elle appela l'aéroport de Miami, pour obtenir le nom du pilote du *vol numéro…* Puis elle appela une centaine d'hôtels, en leur donnant la description. « Mais comment aurais-je pu le retrouver ? » Elle n'avait aucun nom à demander, ou à chercher dans les annuaires, car il n'avait donné qu'un numéro à dix chiffres, plus un numéro de chambre. Il avait dit : *Tenez, voilà… Au cas où…* sur un carré de papier jaune pâle.

« Alors… »

Des avocettes, comme toujours, levant la patte dans la vase. Aussi un busard.

C'était peut-être la tour du tarot qui était à l'origine de tout ça. Qui lui faisait trouver un sens à tout – un pilote, dix heures de vol, un morceau de papier perdu. Moïra eut soudain envie de poser sa main sur celle de sa tante. Dans leur abri de bois, c'est à cela qu'elle pensa.

*
* *

Locke était éventré. Les murs avaient disparu depuis longtemps. C'est à cela que pensait Moïra, allongée dans son lit – et pas au pilote, ni à sa mallette en cuir. Elle pensait aux croissants de lune que les ongles de Til avaient marqués sur sa peau, et aux rides sur son front.

Elle se tourna sur le côté. Se demanda ce que sa tante deviendrait, plus tard. Mais elle pensa aussi à sa propre vie. À ce que l'avenir lui réservait. À des trains de nuit ; à des oiseaux buvant dans une piscine.

Elle ramena ses genoux contre sa poitrine. Ne dormit pas.

Tous les quinze jours, parfois plus souvent, Ray lui envoyait des mots inconnus qu'elle cueillait comme des fruits sur la page : hibiscus, *tor-til-la*, loriquet. Elle recopiait ces mots, dans les marges des livres. Les voyait étalés sur la pelouse. Dans sa bouche, elle sentait la forme de la chicha, et pensait : *Il a dit ça aussi.*

Dans la journée, elle travaillait. Elle était toujours bonne élève. Mais le soir, elle sortait du dortoir pour aller feuilleter dans la bibliothèque tous les livres ayant trait aux maladies tropicales, aux insectes qui piquent. Aux araignées qui peuvent traverser une pièce d'un bond pour retomber sur votre visage comme une main brune et poilue. Elle ne faisait pas vraiment ses devoirs. Mais elle ouvrait le grand atlas relié et suivait les cartes du doigt, regardait leurs couleurs. Ray lui avait dit qu'en Zambie, il pouvait utiliser des stylos-billes comme monnaie d'échange. *Ils veulent des pointes Bic*, avait-il écrit dans une lettre, et, pour une raison qu'elle ignorait, cela l'avait rendue furieuse, ou jalouse, ou les deux.

Une fois, il avait écrit : *Ici, le vent est si chaud que je ne le sens pas. C'est juste un murmure près de mes oreilles.* Et ça l'avait mise en colère. *Il est arrogant, et orgueilleux*, avait-elle conclu. Elle avait roulé la lettre en boule, mais l'avait déplissée ensuite. Moïra était ici : sa vie, c'était une salle de sciences, une marque de vaccin, des exercices d'évacuation. Et pendant qu'elle prenait sa douche, on lui fourrait des mégots dans sa trousse à crayons, ce qui fait que tous ses stylos et ses rapporteurs étaient poussiéreux et sentaient le tabac. Quand il faisait nuit, dans son lit, elle tenait ses enveloppes à la main, se demandant où elles avaient été écrites. Dans une taverne, ou sur ses genoux dans un car. Sur un balcon avec des géraniums donnant sur une piscine où une femme nageait sous l'eau, refaisant surface en silence, avec des cheveux brillants comme du verre.

Elle n'avait pas de moyen de lui répondre. Elle n'avait pas d'adresse, d'ailleurs elle aimait autant ça. De quoi aurait-elle pu lui parler ? Du temps ? Des betteraves ? Lui écrirait-elle pour lui dire : *Pourquoi m'écris-tu ? Ça t'amuse, ou quoi ?*

Quelquefois elle lui en voulait de ses lettres, alors quand elle les voyait dans son casier, elle n'y touchait pas. *Je m'en fiche !* De toute manière, il devait inventer la moitié de ce qu'il racontait. Mais elle finissait toujours par les lire. Elle remontait ses genoux contre sa poitrine et parcourait son écriture, cherchant des allusions dans les mots, ou dans les espaces entre les mots. Cherchant la trace d'autres voyageurs, de femmes qu'il invitait peut-être à danser dans un night-club thaïlandais, ou à qui il proposait de monter ensuite dans sa chambre.

*
* *

Vinrent ses dix-sept ans. Elle se regarda dans la glace de la salle de douche, comme si elle s'attendait à voir une différence – une nouvelle ride, ou d'autres lunettes. Elle avait le sentiment que ç'avait été une longue année, et qu'elle devait en garder des traces.

À l'heure du déjeuner, avec ses livres dans les bras, elle passa devant son casier et y trouva trois cartes d'anniversaire. Til envoyait un paysage marin et un étui à lunettes orné de pierreries. Ses parents avaient écrit : *À notre Moïra chérie*, et elle trouva dans l'enveloppe un chèque et une photo d'eux trois, dans leur jardin de Stackpole. Amy avait d'énormes sparadraps aux genoux. Amy qui, elle, avait envoyé sa propre carte. C'était surtout de la colle, avec quelques paillettes, et quand Moïra l'ouvrit, elle trouva son nom écrit en rose fluo, avec le *i* surmonté d'une fleur.

Elle glissa les cartes entre deux livres. Mais au moment où elle allait repartir, elle vit un coin bleu sous un paquet, et quand elle tira, cela devint une enveloppe par avion pour une fille sans nom de famille.

Elle l'emporta dans la salle de bains, ferma la porte à clef.

C'est la conduite automobile qui me tuera. C'est dément. Ils ne tiennent pas compte des feux rouges, et hier on a dérapé sur la pente d'une montagne. La violence armée, les lions, la malaria, n'en parlons même pas : je mourrai dans un accident de voiture en Afrique, et pendant des semaines, personne n'en saura rien... Je serai enterré au bord de la route, ignoré de tous. Je te vois ici, Moïra... la seule créature à peau blanche, déposant des fleurs.

Partir ? Déposer des fleurs sur la tombe d'un homme qui l'avait embrassée une fois ? Est-ce qu'il savait seulement qui elle était ? Il pensait qu'elle était une sorcière, or elle était à moitié galloise, on voyait trop ses os, elle était nulle en vocabulaire – elle ne savait même pas prononcer le mot *tortilla*. Sa Moïra à lui n'était sûrement pas celle qu'elle voyait, appuyée contre le mur carrelé de la salle de bains.

Plus tard, elle regarda de nouveau à l'intérieur de l'enveloppe. Quelque chose qu'elle n'avait pas vu au premier coup d'œil, un petit morceau de papier. Un dessin au crayon, délicat : des flamants dans l'eau. Elle l'approcha de ses lunettes. *Il dessine.* Ces oiseaux avaient des genoux bizarres, repliés à l'envers, un bec recourbé, et elle savait qu'ils avaient des plumes brillantes, couleur crevette. Elle se les imaginait, prêts à décoller au moindre bruit – quelqu'un qui frappe dans ses mains, ou le déclic d'un stylo-bille – et à s'envoler dans le couloir, sentant le poisson, et laissant leurs empreintes dans la vase de la rivière.

*
* *

Je suis en train de devenir une personne différente. Elle le sentait. Quelquefois elle avait l'impression de marcher sur une planche étroite, pieds nus, les bras écartés. Dans la salle de bains, le soir, elle s'examinait. Elle se demandait s'il était possible de trouver de la beauté à une peau blanche et des yeux noirs ; à une frange sage, des bras musclés. S'il était possible que ces lettres soient sincères, pas un simple défi. Mais elle pensait que non, car elle portait des lunettes. Et elle lui avait dit : *De la recherche, peut-être*, alors que c'était un artiste, alors à quoi cela rimait-il ? Que pouvaient-ils partager ?

Elle était sûre de la réponse. *Il me joue un tour*. Et pourtant, elle aussi faisait semblant – elle ne pouvait pas s'en empêcher. Même elle, avec tous ses défauts, se surprenait à *espérer* – un coup frappé à la vitre de la fenêtre du dortoir, un caillou lancé. La nuit, elle se glissait en silence dans ces pensées. Rêvait à ce qui se passerait plus tard. À ce qui pourrait arriver. Elle s'imaginait souvent Ray couché, dans un pays chaud et moite, avec des bruits d'insectes et un ventilateur au plafond. Elle espérait qu'il pensait à elle. Elle se laissait aller à y croire, brièvement, le voyait un bras derrière la tête. Et puis elle s'en voulait d'avoir pensé ça.

Dans la journée elle était tendue, énervée. Elle envoyait Jo sur les roses. Elle se plongeait dans ses bouquins, comme elle l'avait toujours fait – les maths, les équations du troisième degré. Et elle se triturait à nouveau les ongles. Elle en arrachait les coins. Une fois, elle se fit saigner. Elle dut quitter le cours de maths pour aller à l'infirmerie, trouver un sparadrap, se nettoyer la main. Devant le lavabo, rinçant le sang, elle sursauta. *Regarde*, se dit-elle. Elle avait arraché presque tout l'ongle du pouce. En dessous, la peau était rose comme un coquillage, à vif. Elle la regarda dans la lumière. Il y avait de petits vaisseaux, des têtes d'épingle de sang. Elle ouvrit le robinet d'eau froide, et laissa sa main sous l'eau courante.

Til, elle, savait. Personne d'autre, apparemment. La fois suivante où elle revint à Locke, elle posa les yeux sur sa nièce. « Tu as changé », dit-elle. Moïra fit celle qui n'entendait pas. Elle se hâta de poser des questions sur Londres : les théâtres, les bars, les pâtisseries danoises, les souris. Et le pilote, bien sûr. Les rêves de Til. La lourde porte de la bibliothèque servit d'explication à son pansement au pouce.

« Tu sais où me trouver, Moïra. » Ce furent ses paroles d'adieu. Peut-être qu'elle avait lu ça dans les étoiles – que tous les Poissons allaient se débattre, ce mois-ci. Se retrouver pantelants, à bout de souffle, sur le rivage. En partant, elle embrassa sa nièce sur le front. Et elle lui jeta un dernier regard dans son rétroviseur : yeux gris, ronds, cils recourbés.

*

* *

Miss Bailey mit deux doigts dans sa bouche, siffla. Moïra en l'entendant se retourna, la vit près des casiers, avec ses cheveux vaporeux, tenant une lettre à la main. Cornée, une enveloppe par avion. « Pour vous, dit-elle. Regardez les timbres… »

Plus tard, dans l'escalier, elle dit à Moïra qu'elle devait les garder soigneusement, ces lettres. « Quand vous serez vieille, vous verrez, vous serez contente. » Une dizaine d'enveloppes assouplies, attachées par une ficelle.

*

* *

Il disait aussi : *Dans le nord de la Thaïlande, il y a un sanctuaire aux éléphants. Le roi thaï passait dans la région quand l'éléphant de son enfance mourut. Il a construit ce temple en son honneur. C'est un lieu de pèlerinage. Les gens laissent des fleurs et de l'encens, ils font un vœu. Le sanctuaire est entouré de petites statues d'éléphants, parce que si votre vœu se réalise, vous devez dire merci – en faisant don d'un autre éléphant. Un ami pour celui qui est mort, peut-être ? En tout cas, c'est un lieu paisible. J'en ai fait un croquis. Et bien sûr, j'ai fait un vœu.*

Elle lut cela et regarda devant elle la pelouse. Il n'y avait pas là de sanctuaire dédié à un éléphant. Rien que la piste cendrée délimitée à la chaux par le gardien. Un merle dans le noyer, qui chantait.

Oui, tout ça est vrai. Si tu ne me crois pas, sens ceci – là, sur ton bras. Ça ? C'est sa lettre. Sa lettre de Thaïlande. Je l'ai apportée ce soir, pour toi, comme preuve, au cas où tu penserais toi aussi, comme d'autres, que tout ça c'est des mensonges. *Tiens.* Respire-la, comme je l'ai fait, cherchant à identifier le parfum du lieu, de Bangkok, du riz, du frangipanier, ou bien la sueur de Ray, ou la sueur de l'homme qui mit cette lettre dans l'avion. La saleté sur ses mains. Sens-la, et regarde. Peut-être que c'est bien ce que nous sentons, mais nous croyons plutôt que c'est l'encre. Peut-être que la Thaïlande sent l'odeur du papier pelure.

Juillet. Wimbledon était terminé, et c'étaient les mêmes que d'habitude qui avaient gagné.

Toc-toc. Tard dans la nuit.

Moïra ouvrit les yeux. Un coup sur la vitre ? Elle s'assit dans son lit. Elle attendit de l'entendre de nouveau. Ce fut plus rapide, cette fois. Le *toc-toc* ne venait pas de la fenêtre. C'était dans la chambre. Près d'elle. À sa gauche. Elle rejeta ses couvertures.

Des petits coups légers, rapides. Puis, dans le noir, un nouveau bruit – sourd. Un bruit animal. Elle n'arrivait pas à l'identifier. Un grognement ? Des paroles ? Elle n'en savait rien. Puis, soudain, elle comprit. *Quelqu'un qui s'étrangle. Qui suffoque.* Elle en était sûre. Oui, c'était ça. Elle se précipita sur sa lampe de chevet, l'alluma.

Annie. Annie, sur le dos – ou plutôt, sur les épaules, car son dos était arqué, soulevé du matelas. Elle avait les bras raides, tout le lit était secoué, et cognait contre le mur. Annie bégayait à la vitesse d'une mitraillette. Elle semblait réveillée, car elle avait les yeux ouverts, mais on ne voyait pas ses iris verts, rien que du blanc, et quand Moïra se pencha sur elle, elle put voir les petits vaisseaux sanguins, et les prunelles qui tressautaient. Il y avait de la salive sur son menton. Du sang, aussi. Du sang sur l'oreiller, et Moïra pensa : *Elle est en train de mourir.*

Jo cria : « Qu'est-ce… ? »

Miss Bailey arriva – emmitouflée dans une robe de chambre rose, avec une trousse de secourisme, et sentant la lavande. Elle les poussa toutes sur le côté. « Reculez-vous ! » et elle s'assit sur le lit d'Annie, la tourna sur le côté droit, et glissa le coin du duvet entre ses dents. Puis elle attendit. Elle caressa les cheveux d'Annie. Elle lui murmura des paroles douces, comme à un bébé, pendant qu'Annie lui lançait des coups de pied. Heather et Jo se tenaient dos au mur.

La crise ne dura pas longtemps. Une minute peut-être. Annie, sans se réveiller, finit par se calmer. Son corps s'affala doucement et retomba sur le lit. Miss Bailey prit un mouchoir en papier, tamponna sa bouche. De la bave. Encore du sang.

Elle se retourna, sortit de la chambre, revint avec trois mugs de chocolat chaud sur un plateau, comme si c'étaient elles qui avaient été malades, et pas Annie.

Le lendemain matin, Annie se réveilla, se prit la tête dans les mains. Elle avait une telle migraine qu'elle pouvait à peine marcher. Elle bafouillait, regardant sans comprendre les taches de sang sur son lit.

On l'emmena chez l'infirmière, puis à l'hôpital, où on la garda deux jours ; on la fit passer dans des machines, déchiffrant les ondes de son cerveau avec des ventouses et du gel. Pendant les cours, Moïra n'arrêtait pas de penser à elle, elle n'arrivait pas à se concentrer. Elle revoyait le dos arqué, tout raide, elle entendait le *toc-toc*. Elle regardait le ciel gris du Norfolk et pensait au cerveau, aux diagrammes qu'elle en avait vus – ses signaux électriques, ses lobes, ses hémisphères. En marge de ses livres d'exercices, elle dessina de nouvelles formes, et repensa aux yeux blancs comme la lune.

Quand Annie revint, elle parla peu. Embarrassée, pensa Moïra. D'avoir fait tous ces bruits, d'avoir été vue dans cet état – car Heather, les yeux comme des lampions, faisait le récit complet : *Tu bavais. Il y avait du sang... Tu as fait pipi au lit, tu sais ça*. La honte réduisait Annie au silence, peut-être – d'avoir perdu le contrôle. Mais ce n'était que la moitié de la vérité.

À la fin de la semaine, elle se confia. Par terre, dans les vestiaires, quand tout le monde était parti sur les terrains de hockey, Moïra vint s'asseoir à côté d'Annie avec ses cheveux orange, et elle attendit. Au milieu de la boue et des flacons de déodorant.

« Je me suis mordu la langue, figure-toi. Un grand coup de dents. »

Et elle se mit à pleurer. Elle appuyait ses yeux contre ses genoux, serrait ses tibias dans ses bras, et pleurait. Elle n'avait pas parlé, parce que cela lui faisait trop mal. Sa langue était trop meurtrie. Toujours enflée.

Si Moïra avait eu une adresse pour Raymond, elle lui aurait raconté ça. Sans parler d'Annie – elle n'aurait pas voulu dire son nom. Mais elle aurait pris la plume pour lui dire ce qu'elle avait appris en assistant à une crise d'épilepsie. Que le corps humain est comme un accumulateur électrique. Qu'il est immense, sombre, plein d'ombres inconnues. Elle avait vu le corps d'une fille s'attaquer lui-même. C'était la première fois.

Si Moïra avait eu une adresse, elle aurait parlé à Ray du sang, et des mugs de chocolat. Il pouvait bien parler de tous les pays et de toutes les fleurs du monde, mais personne ne savait vraiment de quoi le corps est capable.

C'est incroyable. Je voudrais pouvoir te dire que je suis déçu et que ce n'est pas aussi bien que ce que je pensais. Mais ce n'est pas le cas, et il y a... Tout est rouge – les rochers, les kangourous. Même la sève des arbres est rouge. Et puis il fait tellement chaud. C'est mon meilleur moment, jusqu'ici : être assis sur un rocher, dans le Red Centre, en train de t'écrire. Je viens de manger une pomme ; il y a un nuage, un seul. Je voudrais pouvoir te décrire exactement la scène.

Il savait le faire ; il savait écrire. Il connaissait les mots et l'art de s'en servir, et elle ne pouvait s'empêcher d'admirer cela. Ne réfléchissait pas au fait qu'il ne connaissait peut-être pas les symboles chimiques, et ne savait pas où se trouvait la glande pinéale.

Il vaut mieux que moi. Bien mieux.

Cet été-là, elle se promena sur la côte du Pembrokeshire, les manches roulées jusqu'aux coudes. Frôlant du plat de la main les ajoncs jaunes. *Tout est rouge.* Mais ici, c'était une mer bleue et calme, avec des moules bleues sur les rochers mouillés. À Swanlake, il y en avait des milliers. Toute une cathédrale – dans l'ombre, elles étaient bleu nuit. À la lumière de l'après-midi, elles étaient presque blanches, l'air fragile. Elle les tapotait comme les touches d'un piano. Elle posait les doigts dessus, les entendait cliqueter contre ses ongles.

Elle essayait tant qu'elle pouvait de penser à autre chose – à Amy, qui pouvait dormir dans un arbre, comme un paresseux, ou à la petite plaque, là où étaient enterrées les cendres de Mrs Bannister, dans l'église de Stackpole. Ou à des gâteaux, car Miriam faisait beaucoup de pâtisserie. Cet été-là, l'envie lui en avait pris, bizarrement, alors elle ouvrait la fenêtre et travaillait dans la cuisine, elle faisait des biscuits de Savoie, des tartes aux fraises, des entremets gélatineux dans lesquels Amy plantait sa cuiller en chantonnant.

« Tu viendras à la pêche aux crabes ? » demanda George. Plein d'espoir.

Des crabes qui pouvaient casser un os humain, en Asie du Sud-Est. Des sauterelles chantaient dans des cages en osier, et elle les voyait. Elle voyait les verres de bière glacée avec lesquels on trinquait au-dessus des nappes, et la pleine lune, et peut-être qu'il était allongé, parfois, sur des plages où les tortues pondaient leurs œufs, poussant le sable avec leurs nageoires.

En haut de Church Rock, les mains endolories, ses lunettes attachées avec de la ficelle de cuisine, elle pensa : il a une dent qui manque, dans le fond de sa bouche. Ses cheveux sont blond-blanc. Les canons de l'armée grondaient doucement à l'ouest. Lundy Island dormait. Et elle pensait aux pattes des sauterelles sortant de leurs abris d'osier, et au croquis que Ray avait fait d'un chien endormi dans une ruelle.

*
* *

Elle s'en voulait. Elle buvait seule à la Stackpole Inn. Elle travaillait dans le petit jardin du pub, avec un demi devant elle, après s'être débarrassée de ses chaussures. Elle traçait des traits et des cubes dans son livre de *Biologie – Niveau supérieur*. Et quand, de retour à Locke Hall au printemps suivant, elle ouvrirait le livre, elle y trouverait un petit insecte mort. Collé entre deux pages, au milieu d'une tache rougeâtre toute sèche. Une bestiole de Stackpole dont elle allait regarder les ailes froissées. Et, sous la lampe de lecture de la bibliothèque de Locke, elle reverrait la Moïra de l'été.

Elle en voulait à Miss Bailey, qui lui faisait suivre son courrier. Si bien que dans son ancienne chambre, avec son tapis en patchwork et le macareux en peluche qui chantait quand on appuyait dessus, elle cueillait des mots nouveaux. *Coquilles de paua. Raratonga.* Elle sentait l'odeur de la sueur, et du fumier, et elle croyait qu'elle aussi avait été piquée par des moustiques sur le bras gauche. La nuit, ça la démangeait. Elle imaginait ses ongles grattant les piqûres, les faisant saigner.

Elle se disait : *Les mots sont puissants*. Moïra s'exprimait par équations, ou en termes scientifiques ; elle n'avait pas, comme lui, le sens du style.

Dans une vieille lettre, Ray avait écrit à l'encre rouge : *En Europe, il y a toujours un chien qui aboie*. À la suite de quoi elle l'entendait – dans la cage de l'escalier de Locke, ou près des peupliers. Et maintenant elle l'entend ici, dans ta chambre d'hôpital, quand elle se tait.

*

* *

Et puis ceci. À la fin du mois d'août :

Il y a eu un problème hier soir. Je rentrais du bar, et j'ai vu un homme en larmes. Il était assis par terre, on lui avait volé son appareil photo, son portefeuille, sa montre. Sous la menace d'un couteau. Alors j'ai appelé la police et je suis resté près de lui. C'était un Anglais – il venait de Southend-on-Sea.

Alors aujourd'hui j'en veux à la terre entière. Je me trouve là, au milieu des boutiques pour touristes et des souvenirs de Hollywood, et j'en ai plus qu'assez. J'ai été naïf, je pense.

Je prends un risque en t'écrivant ces lettres. Je ne sais pas du tout ce que tu peux penser de moi. Peut-être que tu les jettes. Est-ce que ça t'ennuie ? Que ça t'énerve ? Peut-être que tu les vois dans ton casier et que tu n'y touches même pas. Peut-être que ces lettres, personne ne les lit. Dans ce cas-là, le risque est nul.

J'ai une adresse, ici à Los Angeles. De toute façon, j'aimerais bien avoir de tes nouvelles.

Moïra rentra à l'école deux jours en avance et trouva le dortoir étouffant, après six semaines sans avoir été aéré. Elle ouvrit toutes les fenêtres. Ça sentait l'herbe coupée, et elle entendait une tondeuse au loin. Pendant qu'elle était là, mains sur les hanches, Miss Bailey vint la trouver. « Vous les avez reçues ? Les lettres ? Je vous les ai toutes fait suivre ! »

*
* *

Je la vois disant cela. Peut-être en tenue de tennis blanche, parce que ses dents étaient blanches, elles aussi. Tu diras peut-être que j'ai d'elle une vision romantique, due au fait que je ne devais pas la revoir. Qu'elle allait mourir quelques jours plus tard. *Devenue un ange*, comme tu me dirais au téléphone.

Miss Bailey mourut à la fin du mois. On la trouva, un matin de bonne heure, dans l'escalier de Curie House, la tête en bas et la jupe relevée. Une mort terrible, disgracieuse. Pire encore du fait que c'est une élève qui la trouva. Moïra se lavait la figure dans la salle de bains lorsqu'elle entendit un hurlement bref, perçant. Comme le cri d'alarme d'un oiseau. Mais quand elle arriva en haut de l'escalier et qu'elle regarda en bas, elle vit l'angle bizarre d'un bras gauche tout pâle, et la jupe en l'air.

La rumeur dit que c'était l'alcool. Puis ce fut le suicide. Pendant deux jours, il y eut toutes sortes d'hypothèses jusqu'à ce que les élèves soient convoquées en assemblée plénière, et là elles apprirent qu'il existe des caillots de sang qui remontent jusqu'au cerveau.

Miss Bailey avait trente-six ans. On vida sa chambre. On transporta dans des cartons ses mugs, ses plantes en pot, ses coussins et sa radio, et on les descendit. Annie regardait ça avec moi. Elle dit : « Je ne comprends pas où elle est partie. » Je pensais à son gui suspendu, à son sifflet au bout d'une ficelle. À Wimbledon, à son dialecte.

*
*   *

On installa un banc à sa mémoire. Et plus tard, quand je n'étais plus là, on planta un saule près des courts de tennis. Je ne le vis jamais, mais mille fois je me l'imaginai. Les balles de tennis allaient se perdre dans ses branches, les élèves des petites classes s'asseyaient dessous, quand elles avaient du vague à l'âme, et elles tressaient des guirlandes de pâquerettes. Il y avait peut-être des garçons qui attendaient là, comme Ray avait attendu près du cadran solaire. Et personne ne saura jamais qui était vraiment Miss Bailey, en dehors de ce que disait d'elle la plaque sur le banc. La figurine en fer-blanc et la sucette qu'elle donnait à chacune des élèves de Curie pour leur anniversaire (moi y comprise. Je t'ai déjà raconté ça ? Une torsade rouge et blanche). Ces choses ont disparu, on ne s'en souviendra pas longtemps. On en garde la mémoire pendant une génération. Mais dans un siècle, qui connaîtra encore tout cela ? Même maintenant, d'ailleurs.

Je trouve que sa mort fut injuste. Totalement.

Il y eut un service religieux dans l'église de la Toussaint, mais elle fut enterrée dans le Yorkshire, près de sa mer à elle, près des lieux de son enfance.

*
*   *

Ceci :

Ray,
La responsable de notre maison est morte la semaine
dernière. Elle a eu une embolie. Ç'a été une mort soli-

234

taire, sans dignité, elle méritait mieux que ça. Elle n'avait que trente-six ans, et elle m'a dit qu'il fallait que je garde toutes tes lettres, parce que quand je serai vieille j'aurai peine à croire qu'on a pu me les envoyer. Je me souviendrai d'elle pour toutes sortes de raisons, mais ceci est l'une d'elles.

Donc, tu vois : je n'ai pas jeté tes lettres. Je les ai lues. Je t'en veux quelquefois, et je suis perplexe, parce que je me demande pourquoi tu les écris. Mais je les lis.

Ici, la vie continue. Des examens, des devoirs à rendre. Je ne sais pas ce que tu t'attends à trouver quand tu rentreras, mais je crois que tu t'es imaginé que j'étais quelqu'un que je ne suis pas. Je voulais que tu le saches. As-tu vu Hollywood ? Le nom en grand ?

Moïra (Stone)

Elle ferma l'enveloppe, l'envoya.

Qu'est-ce que tu voudrais savoir ? Qu'est-ce qui te paraît bizarre ? Je sais ce que disent les apparences : que nous ne nous étions vus que deux fois, disons même une seule. Pas beaucoup, en tout cas. En étant totalement différents l'un de l'autre. Je sais ce qu'on dit à propos des contraires, mais il y a une limite – comme toujours. Là, il y en avait une, c'est sûr.

Moi aussi je me suis posé la question. Ne crois pas, Amy, que je ne l'aie pas fait. Je me suis interrogée sur chacun des mots des pages qu'il écrivait, chaque virgule, chaque point. Je plissais les yeux, je cherchais à détecter le mensonge. Est-ce que Heather avait quelque chose à voir là-dedans ? La pensée me traversa. Je sentais qu'elle était capable de tout. *C'est de la comédie. Ils sont de mèche.*

Je savais. Il a dit ça, plus tard. Qu'il était sûr.

Sache une chose : moi, je ne l'étais pas. Ce n'était pas ma façon de voir. Je n'ai jamais été Til, avec son tarot et ses décoctions, ni mes parents, qui s'agenouillaient sur des prie-Dieu roses pour honorer l'âme de Mrs Bannister. Je n'ai jamais eu ce genre de foi, et j'avais probablement l'intention de faire mon bonhomme de chemin dans la vie en célibataire dépourvue de sentiments, qui manipule ses éprouvettes et met des sels parfumés dans son bain. Non, je ne savais pas. Je le voyais comme j'avais vu le feu près de la glacière : bien réel. Et lumineux, et chaud, et je voulais le regarder, et l'image restait sur ma rétine après : tout le monde se retourne pour regarder le feu. Mais les flammes meurent. Elles ne durent pas, c'est ce que je me disais. Je me le disais encore quand j'ai épousé Ray.

Mais je vais trop vite.

Ta chambre empeste l'eau de Javel, ce soir. On en a mis trop. Notre agent de service est certainement venu, lui ou un autre. J'ai croisé nos parents dans le hall, qui m'ont dit qu'ils avaient ouvert ta fenêtre. *Ne la laisse pas avoir froid*, ont-ils dit. Je t'aurais peut-être dit, des années plus tôt, de cligner deux fois des yeux pour dire que tu avais froid, ou trois fois si tu avais trop chaud, quelque chose comme ça. Mais je vais simplement surveiller tes bras, c'est le plus simple : la chair de poule, les poils qui se hérissent.

*
*   *

Elle avait dix-sept ans et neuf mois. Une année s'était écoulée.

Ses livres dans les bras, elle traversa la cour, passa devant la fille de pierre. De la neige fondue dans l'air. Qui lui mordait les chevilles, les oreilles.

Ses yeux étaient fixés sur le gravier, et sa tête était pleine d'algèbre, donc elle ne vit pas la main, ne l'entendit pas non plus, elle la sentit juste, qui se posait sur son dos. Cela la fit sursauter, alors elle se retourna d'un coup, l'insulte aux lèvres, un bras levé, les cheveux dressés sur la tête. Une sauvageonne. Une guerrière. C'est la première chose qu'elle se dit. *J'ai l'air d'une sauvage.*

Ray eut un mouvement de recul, en voyant la main levée, et il fronça les sourcils. Ce fut sa réaction instinctive. Elle vit ses cheveux : pâles, des paquets de cheveux. Elle vit sa peau qui avait foncé, les petites rides autour des yeux. Plus large d'épaules.

Plus tard, au cours du printemps, il dirait à Moïra : *Tu n'avais pas changé. Un peu plus de cheveux gris, peut-être, mais…*

Mais elle, elle était d'humeur belliqueuse. Furieuse contre lui. Elle lui dit qu'elle aurait pu avoir le souffle coupé, lâcher ses livres, tomber. Elle lui dit qu'il était fou. Qu'il n'avait rien à faire là. Elle avait ses révisions à faire. Et Moïra repartit, avec ses livres et ses cheveux en bataille.

Ce n'est que devant la porte de Curie House, près du lierre, qu'elle se retourna. Furtivement, ayant peur. Jetant un regard par-dessus son épaule. Il souriait.

*
* *

Et je me rappelle ceci : son large sourire, tranquille, serein. Il dit aussi qu'il se souvient du mien. Si j'entends une chanson, ou une plaisanterie compliquée, je fais un sourire lent, qui s'élargit peu à peu, et il dit : *Voilà, c'est ça ! C'était comme ça.* Dans la cour, il y a dix ans.

XII

Cley-sur-Mer

Raymond.
Il le lui avoua avec embarras, il trouvait son prénom vieillot. Ils étaient dehors, et il portait une lourde veste militaire vert foncé, une écharpe noire. Elle le regarda, imagina son prénom écrit en entier, sur du papier. Elle n'était pas d'accord avec Ray, elle dit que s'il trouvait son prénom poussiéreux, démodé, que dire du sien ? *Moïra*. Un prénom de grand-mère. Un prénom comme un livre, comme une vieille carte trouvée dans une mansarde. *Essaye donc de vivre avec ça*, lui dit-elle.

*
* *

La première fois que Ray était venu la voir à Locke Hall – la première fois après ses voyages – il l'avait rencontrée dans la cour, marchant avec ses livres de maths dans les bras. Il s'était introduit dans le parc en plein jour, et avait attendu derrière les poubelles de la cuisine, jusqu'à ce qu'il entende sonner la cloche de l'école.

La deuxième fois, Mrs Duff frappa à la porte du dortoir un samedi après-midi, et dit à Moïra qu'elle avait une visite. Qui l'attendait dans le hall d'entrée. Moïra posa son livre. Elle ne se coiffa pas, elle ne se brossa pas les dents, car elle pensait que c'était Til qu'elle allait trouver là-bas. Til, dont la dernière apparition avait eu lieu au moment de la migration des cygnes de Bewick, si bien que Titchwell était plein de jumelles et de vestes cirées. *Cela continue*, avait dit Til, *la vie*, congédiant l'ombre du pilote. Et Moïra s'attendait à la revoir – avec une nouvelle histoire londonienne, faisant les cent pas sur le plancher dans ses bottes montant jusqu'aux genoux. C'est cela qu'elle imaginait, et rien d'autre, alors elle mit lentement son cardigan. Se sentant fatiguée. Elle descendit l'escalier de Curie, se frottant les yeux sous ses lunettes, puis elle sortit dans l'allée de gravier.

Il était assis comme s'il attendait un train : sagement, l'air pensif, les mains entre les genoux. Elle le vit à travers la porte vitrée. Elle se dit : *Je pourrais faire demi-tour maintenant*. Retourner au dortoir. Et ensuite ?

Mais elle poussa la porte, Ray leva les yeux, et ils entrèrent dans la pièce aux tapisseries et à la cheminée sans feu où un jour, une version plus petite de Moïra avait mangé un gâteau surmonté d'une cerise. Ils s'assirent l'un en face de l'autre sur les fauteuils droits en velours. Il lui posa des questions sur ses examens, sur le temps, et lui demanda si cela l'avait ennuyée qu'il lui écrive – « Je sais que c'est bizarre de t'avoir écrit comme ça, mais je... » Il fit craquer ses jointures. Il gratta sa tignasse jusqu'au crâne avec le pouce. Peut-être qu'il avait juste eu envie d'écrire à *quelqu'un*. Pour tenir une sorte de journal. « Voyager, ça vous affecte de façon étrange... Tu comprends ça ? » lui demanda-t-il.

Plus ou moins.

Ray pencha un peu la tête. « Pour ta responsable qui est morte, je suis désolé. »

Elle l'emmena jusqu'au banc qui portait le nom de Miss Bailey. Ils ne s'assirent pas dessus, mais ils regardèrent la plaque, et la vue qu'on avait de là – les terrains de hockey, les courts de tennis sans filets. Bras croisés, ils parlèrent de leurs prénoms. Il dit qu'il s'appelait Raymond – un nom démodé.

Il ne dit pas s'il reviendrait. Mais elle observa la façon dont, quand il réfléchissait, il se passait la main dans les cheveux, en cercle. Et elle se dit : *Il ne reviendra pas*.

*
* *

Une pluie battante vint cogner contre les vitres de la salle de sciences, et tout le monde leva la tête pour l'écouter. Lumière bleue, froide, dans l'école. Les fossés débordèrent, les graines furent noyées, et de l'eau s'infiltra dans le grenier de Pankhurst, si bien que l'électricité sauta, et une file d'élèves qu'elle ne connaissait pas vinrent profiter de l'eau chaude de Curie ce soir-là. Elles faisaient la queue, serviette sur le bras. Comparant la couleur des murs, et le tableau d'affichage. *Tu as vu… ?* Elles se moquèrent de la vitrine aux trophées, car celle de Pankhurst était pleine – elles étaient bonnes en course, et gagnaient des prix les jours de compétition.

Trois jours. Quatre jours. Une semaine. *Quel temps fait-il chez vous ?* écrivait Miriam. *La télévision dit que vous avez de la pluie. Couvre-toi bien ! Ici, il fait…*

Ça lui était bien égal. Elle n'avait aucune envie de savoir quel temps il faisait à Stackpole, s'il pleuvait ou non, ni comment se portait la petite chose qui ressemblait à un rat. Elle avait presque dix-huit ans. Elle devait passer ses examens de fin d'études cette année. Le matin, elle entrait dans la douche, tirait le rideau, et regardait ce nouveau corps qui était le sien – ses hanches dures et étroites, ses genoux. Il lui semblait parfois impossible de croire qu'elle habitait ce corps, qu'il lui appartenait. Et elle regardait le mouvement des os de ses pieds quand elle ployait les chevilles sur le carrelage. Elle regardait sa blancheur, et les régions plus sombres. Elle se représentait sa colonne vertébrale.

Dans le couloir, Heather lança : *Garce !*

Moïra avait bien entendu. C'était un mot qu'elle connaissait. Elle l'avait déjà entendu, mais pas comme ça : lancé comme un projectile.

*
* *

Une semaine devint neuf jours, neuf jours devinrent quinze jours, et elle se dit : *J'avais raison.* Elle faillit prendre toutes les lettres qu'il lui avait écrites, avec les timbres, et la poussière, et les mots, pour aller les jeter dans les grandes poubelles de métal de la cuisine, où on mettait les épluchures de légumes et les coquilles d'œuf. Elle faillit le faire. Les tint au-dessus d'une des boîtes, compta jusqu'à trois. Mais rentra au dortoir en tenant encore les lettres à la main.

Le quinzième jour suivant celui où il lui avait dit son prénom en entier, elle entendit frapper au carreau de la fenêtre du dortoir. Elle leva les yeux. Une écharpe noire, et un signe de la main.

Sur le palier de l'échelle de secours, en fin d'après-midi, elle défit un paquet qu'il lui avait donné. Du papier blanc, avec un ruban bleu. À l'intérieur elle trouva des coquillages enfilés comme des perles. Pas des coquilles de moules, ni de coques. De petits coquillages mouchetés aux bords bruns. Un bracelet. Avec un fermoir en argent. Elle le souleva, le recouvrit de sa main, et les coquillages se replièrent les uns sur les autres.

Il lui dit : « Cela vient de Thaïlande. » Elle fit oui de la tête, le remit à l'intérieur de son papier de soie blanc.

Plus tard, elle le porta. Elle referma le bracelet, regarda l'effet qu'il faisait sur elle. Elle voulait savoir ce que c'était que ces coquillages, comment ils s'appelaient, et à quoi ressemblaient les créatures qui avaient vécu à l'intérieur. Elle se renseignerait. Il devait bien y avoir un livre quelque part. Il y avait un poids nouveau, frais, au bout de son bras. De la musique dans ses rares gestes.

*
* *

Ses derniers mois à Locke Hall ne furent pas du tout occupés par l'école, mais par lui, par ce garçon, un homme peut-être, car il avait maintenant vingt ans. La peau brune, et des cheveux blanchis par le soleil. Des taches de rousseur sur le dos de ses mains.

Et donc il venait, Ray, avec son carnet de croquis et ses crayons dans un sac de toile, dans une petite voiture orange qu'il garait sous le noyer. Le samedi après-midi, ils faisaient le tour du parc, ayant gardé leur veste, conscients chacun de la présence de l'autre et de l'espace entre leurs mains. Elle parlait rarement. C'est lui qui parlait – de tas de choses. Du parfum des eucalyptus, et de la circulation à Los Angeles, et du fait qu'en Nouvelle-Zélande, on faisait cuire la viande en l'enterrant avec des braises. Il disait : « J'ai rencontré un type qui avait été piqué par une méduse. Il en gardait les cicatrices. Sur toute la jambe. Il avait failli mourir. »

Elle savait cela. Elle avait entendu parler des méduses. Qui n'ont pas de cœur. Quand elles se prenaient dans les cordes d'amarrage, la marée les laissait à sec, alors Moïra s'accroupissait, et les touchait. Regardait leur transparence.

Mais elle ne savait pas qu'Uluru était un endroit de femmes – où les femmes aborigènes se retrouvaient et apprenaient à leurs filles à connaître le monde, et leur propre corps, et à s'en servir. Il y avait des peintures. Elles avaient fait ces peintures à la base des rochers, dans les grottes. Il les avait vues : des femmes corpulentes, de couleur ocre, sur les murs. Il avait fait le tour du rocher au lever du jour, ayant attrapé la veille des coups de soleil. « Aussi rouge que le rocher lui-même », avait-il dit. Il avait eu des cloques. Il avait pelé. Avait laissé sur l'herbe des lambeaux d'épiderme.

Elle se mâchouilla un ongle, dit : *Tu m'avais parlé de...* Et elle faisait la liste des choses sur lesquelles elle voulait en savoir davantage, ou qu'elle n'avait pas vraiment comprises. Le sanctuaire aux éléphants. Ou les pointes Bic. Elle en demandait plus, et entrait dans ces histoires, pour s'en souvenir plus tard. L'Amérique ? Est-ce qu'il y avait... des bisons ? Des gens qui habitaient dans des caravanes ?

Ses histoires lui permettaient de s'évader de Locke. Mais il y avait d'autres fois où elle n'avait rien à lui dire, et elle ne savait pas comment s'y prendre avec lui, qui avait vu et éprouvé tant de choses. Elle se sentait maussade. Et toujours méfiante – car tout ça ne tenait pas debout. Elle se cachait derrière ses cheveux noirs. Qu'avait-elle à raconter ? Quels voyages ? Elle ne savait parler que de vives, ou des souris dans le métro de Londres qu'elle n'avait même pas vues.

Dans sa voiture, Moïra feuilleta les pages de son carnet de croquis. Des feuilles d'arbre. Un bâtiment avec des tourelles, et des voûtes.

« Qu'est-ce que c'est ? » demanda Ray.

Mais elle ne répondit pas. Elle savait seulement que Locke, ça ne comptait pas pour elle, pas du tout, et les examens non plus, ni l'université, et que c'était sa faute à lui. *Bien sa faute.* Parce qu'il avait ramené avec lui toutes ces histoires, qui la faisaient rêver d'une vie ailleurs. Des pyramides, et des wombats. Sur le banc de Miss Bailey, Ray parlait d'un orage électrique qui lançait des éclairs roses. Il avait vu ça une nuit où il était assis tout seul au bord d'une piscine sur une chaise longue bancale. « Ça m'a plu », disait-il. Des éclairs roses. Les palmiers qui se balancent, et l'odeur de la terre humide. Mais il avouait aussi qu'il s'était senti très seul.

*
*   *

Il est beau. Elle ne pouvait pas s'empêcher de penser ça, parce que c'était vrai. Quelle partie de lui ? Juste le visage ? Ou peut-être était-ce pour une autre raison qu'elle le trouvait beau – la façon qu'il avait de la regarder sans en avoir l'air. Peut-être après tout qu'il n'était pas beau du tout – et que c'était elle qui se montait la tête. Pauvre idiote. Perdant tout sens critique parce que ce garçon l'avait par hasard remarquée.

Un soir, elle était censée le retrouver près du cadran solaire, et elle n'y était pas allée. Elle n'avait pas voulu. Elle était restée allongée sur son lit, une jambe pendante, les doigts de pied touchant le plancher. Six heures était devenu sept heures. Puis huit heures.

Pas de nouvelles de lui pendant trois jours, après ça. Elle suivait ses cours, tout en y pensant – elle le voyait levant les mains et disant à Heather : *Elle a compris notre manège*. Ou bien elle l'imaginait dans sa veste vert foncé, attendant près du cadran solaire, et peut-être qu'il ne lui avait pas joué un tour, peut-être que c'était après tout un garçon honnête, qui ne lui avait pas écrit ni raconté de mensonges. Ça existait, les poules qui ont des dents, et les lunes bleues, et on pouvait aimer, pourquoi pas, le visage de Moïra, son allure, et d'autres choses encore. Plausible ? Dans l'allée de gravier, elle donna un coup de pied dans une pierre qui vint heurter la porte d'entrée de Nightingale House et fit une encoche. Elle ne savait pas. Elle ne savait plus que croire.

*
* *

N'empêche qu'il vint. Escalada l'échelle de secours, frappa deux fois au carreau. Heather le vit, et se retourna sur le ventre.

Moïra sortit par la fenêtre. Elle sentit son odeur – une bonne odeur de propre et de chaud, même s'il

245

gelait dehors. Il regarda les marches de métal. Et dit :
« Tu sais, Moïra, si tu ne veux pas, tu le dis. »

Mais elle tritura ses ongles, sans rien dire.

*
*　*

Quelquefois Ray venait à Locke en voiture, se garait, et inscrivait son nom dans le registre des visiteurs, comme il était censé le faire. Ils faisaient le tour du parc, ou bien ils allaient jusqu'au pub *La Charrue*.

Mais quelquefois, aussi, il la retrouvait après la nuit tombée, ce qui n'était pas autorisé. Il restait dans l'ombre, sifflait doucement, ou bien il lui prenait le poignet pendant qu'elle mettait la clef pour ouvrir la porte de Curie. *Moïra ?* Un murmure rapide, et un signe.

Il ne s'agissait pas que de lui. Oui, peut-être, au cours des premières semaines, car sa peau était encore animée par toute cette chaleur des pays étrangers, et puis il parlait bien. Il parlait comme s'il se confiait à elle. Qu'il confessait des choses. *À Los Angeles…*

Mais il disait aussi : *Parle-moi de…* D'elle. De Moïra Stone. Cette fille chaussée de tennis, à la bouche ferme, compacte. Dans la voiture, ou sur le banc, ou à l'intérieur du pub *La Charrue*, avec son odeur chaude et humide, il disait : *Et puis parle-moi de…* L'école. Ou sa famille. Ou sa maison, et ce que ça représentait pour elle, son chez-soi. Ou bien il posait des questions sur sa vocation scientifique, car lui n'était pas du tout comme ça, il n'y avait rien de scientifique en lui. Et Moïra se mordait la lèvre inférieure, pensant à des réponses.

L'école distribuait des bourses.

Le cœur pompe neuf mille litres de sang par jour ; les yeux bleus sont un gène récessif ; il existe sept gaz rares.

Elle lui parla aussi de la grenouille morte. Comment elle avait dansé pour elle. Et elle avait alors jeté les yeux sur lui, ayant peur qu'il se moque, parce que c'était bizarre de raconter une histoire pareille. Mais il ne se moqua pas. Il la regarda. Et peut-être qu'il la voyait lui aussi, la grenouille écartelée, aux yeux gluants, essayant de nager sur le dos pour traverser le plan de travail, échapper au scalpel, et retourner dans son étang.

Elle pensa : *plouf.*

Le dos appuyé contre le mur de la remise, là où il l'avait embrassée la première fois, il dit : « Parle-moi de Stackpole, un peu. » Il fumait. Elle ne savait pas qu'il fumait, elle le regarda faire. Son visage était rosi par le froid, et contre la remise, il lui demanda à quoi elle ressemblait quand elle était petite. Sur quoi elle marqua un temps, fit la moue et dit : *J'étais la même, en plus petit.*

En échange, il lui parlait bien sûr de lui, du petit garçon blond avec un appareil dentaire. Qui volait le journal *Beano* de son frère. Racontait comment il avait passé tout un été dans la forêt de pins de Holkham avec son détecteur de métaux – il avait trouvé des boîtes de conserve, des bracelets, une pièce d'un demi-shilling. Racontait l'histoire de la balle de cricket de son père. Les deux frères, sautant du haut d'une jetée. Raymond, à huit ans, dans son uniforme de louveteau tout fripé.

*
* *

Moïra se retrouvait dans son rôle de fille à la langue acérée, protégée par de hautes murailles. Mais elle l'écoutait quand même, elle l'épiait de derrière ses cheveux. Était encore là pour se faire embrasser, sauf qu'une fois elle le repoussa sans expliquer pourquoi. Il leva les deux mains, laissa l'air s'échapper entre ses lèvres, fit un pas en arrière. Elle déchirait les sousbocks, elle se mettait en colère quand il voulait l'aider à escalader la clôture du parc en glissant sa main gauche sous son bras. Cela aurait pu l'offenser. Mais ça le faisait rire, d'un grand rire franc. *Têtue !*

Et puis elle faisait des rêves. Pendant deux mois, elle en fit énormément. Il s'agissait toujours d'eau, ou de choses liées à l'eau. De macareux avec des anguilles dans le bec, et un œil de phoque. Aussi d'une baleine échouée sur la plage – la peau se craquelant au soleil, aspirant à retrouver son enveloppe protectrice, les profondeurs froides et vertes. Quant à elle, elle était assise sur Church Rock, mais la marée montait, plus haut que les moules, plus haut que la corde bleue, elle venait enlacer son cou, alors elle retenait son souffle et glissait sous l'eau. Il y avait aussi du soleil, sur l'eau. Si brillant qu'elle devait fermer les yeux.

Ces rêves ne la quittaient pas de toute la journée.

Une gifle de Heather, qui la fit trébucher. Cela aussi, c'était un rêve. Mais elle se réveilla la joue meurtrie, et elle arpenta les couloirs en serrant les poings et en se disant : *Si c'était arrivé, je lui aurais rendu sa gifle.* Elle lui aurait fait payer le remplacement des lunettes.

*
* *

Une enveloppe rouge dans son casier, en février. Avec son nom dessus.

Elle l'ouvrit dans la salle de bains. Il n'avait pas mis son nom à l'intérieur, mais elle savait, car qui d'autre aurait pu envoyer cette carte ? Elle palpa les parties douces de la carte. Se sentit inquiète, l'estomac noué. Pas de carte de la Saint-Valentin à donner à Ray. Elle avait décidé de ne pas le faire, se disant que c'était mieux comme ça.

Le soir, elle repensa à sa dent légèrement de travers. À la main qu'il avait posée sur sa nuque, sous ses cheveux. À la meurtrissure comme un fruit talé sur le cou de Heather : disparue depuis longtemps – des années avaient passé. Mais elle y repensait, et elle remonta ses genoux.

Raymond.
Elle se redit son nom, dans sa tête.

*
* *

Le lendemain, 15 février 1996.

Tu dois connaître la date, Amy Stone. Tous les gens de Stackpole la connaissent. Tous les Gallois, en fait. Peut-être que toutes les nations ont une date qui se marque de façon indélébile dans les esprits, sinon dans les calendriers.

Je la connais, et j'étais à quatre cents milles de là, occupée à couper une fine mèche de cheveux cachée dans ma tête, longue comme mon avant-bras. Noire, douce comme une algue. Je l'ai enveloppée dans du papier, et je l'ai jetée dans les poubelles de la cuisine.

Je n'ai entendu la nouvelle que le lendemain matin. George a téléphoné, on aurait dit qu'il n'y avait plus un gramme d'air dans tout son corps – il était faible, essoufflé. Je l'ai vu aussi au journal télévisé. J'étais dans le salon des élèves, devant l'écran, et il y avait des oiseaux avec des filets de mazout qui s'étiraient entre les deux parties de leur bec quand ils l'ouvraient. Ils ne pouvaient plus voler. Ils avançaient en trébuchant sur les rochers également couverts de mazout. Et les poissons étaient morts. Les phoques faisaient surface au milieu de la nappe. Les mouettes étaient posées sur les plages noires, leurs ailes collées ensemble, comme retenues par une main.

Le pétrolier *Sea Empress* avait déversé soixante-dix mille tonnes de pétrole brut dans la mer où j'avais – où nous avions – grandi, et sur nos plages. Et moi le lendemain matin, moi qui avais presque dix-huit ans, accroupie par terre dans le petit salon, le pouce entre les dents, je pleurais, et je me disais : *Tant de choses ont disparu.* J'aurais peut-être dû apprendre alors, pour m'en souvenir, qu'il ne faut pas croire que quoi que ce soit – qu'il s'agisse d'un endroit, d'un sentiment, d'une personne, d'un poisson, et même d'un souvenir – peut ne pas changer. Que ma mère avait radicalement tort lorsqu'elle affirmait, sept ans plus tôt, que rien ne s'altère, et qu'on peut traiter comme on veut l'objet de son choix et y revenir plus tard.

Rien ne changera.

Les cormorans flottaient. Le pétrolier s'était échoué trois fois.

George dit : « On essaie d'aider. On les nettoie avec du papier journal et des chiffons. »

*
* *

C'était Ray que j'allais retrouver. Je m'assis dans sa voiture orange.

Plus de murailles. Pas quand le mazout flottait sur l'eau. Je ne pouvais plus me méfier de lui : je voulais le croire, croire chacune de ses paroles, chacun de ses regards posés sur moi. Je voulais de l'honnêteté. Ne pas être abandonnée. Il prit mes mains, qui étaient de grosses pattes pas belles, et il aurait pu à ce moment-là s'éloigner de cette fille aux cheveux noirs qui s'essuyait le nez sur la manche de sa veste, sa tristesse pesant comme une pierre, mais il ne le fit pas. Il resta. Ne dit rien du tout. Il me donna son mouchoir.

Je ne retournerai jamais là-bas.

Elle en était sûre. Ça avait disparu – pour de bon, pour toujours. Elle était allongée dans un champ à côté de Ray, et elle était en deuil. Une mort. Cent mille morts. La colère de George, et les cloches des églises qui sonnaient tout au long de la côte, le soir.

Ray lui dit : « La vie reprend. Toujours. »

L'ancienne Moïra n'aurait pas été d'accord. Elle lui aurait tourné le dos. Mais cette Moïra-ci choisit d'y croire, sans réserve, de croire que les dauphins reviendraient, de croire en Ray, et de croire qu'il existait maintenant d'autres plages pour elle. Une autre vie.

*
* *

Elle retrouva Ray sur l'allée de gravier. Elle portait sa blouse blanche, elle avait laissé son cartable et ses livres dans la haie de troènes. Ils passèrent sous les peupliers, traversèrent les champs de betteraves pour aller retrouver la voiture qu'il avait laissée près de Lockham Thorpe. Fin d'après-midi. Des jonquilles. Il l'emmena dans un pub près de la côte qui s'appelait *Le Soleil Levant*, où elle but un demi de bière de Woodthorpe. Elle regardait la forme de sa bouche, et les plis d'expression de son visage, qui lui permettaient de deviner où se formeraient les rides quand il aurait plus de vingt ans. Autour de sa bouche. Sur son front. *J'ai dix-huit ans.* L'âge de faire à peu près tout ce qu'on veut. Elle but trop, et lui raconta, en chuchotant, qu'elle allait à Skomer Island en barque avec son père, qu'elle voyait voler des macareux, et que son père avait une barbe, et qu'il lui attachait ses lunettes avec une ficelle, et que les grottes avaient une musique particulière ; et qu'il y avait des goélands perchés sur leur toit, maintenant où étaient-ils, ces goélands ?

Mais tout ça c'était fini.

Dans la voiture, il se rapprocha d'elle. Lui ôta ses lunettes du nez.

Une nouvelle Moïra. C'est du moins le sentiment qu'elle avait. Il y avait eu l'ancienne Moïra, qui avançait en hésitant, qui parlait à un singe dessiné au feutre rouge sur une ampoule électrique, et qui restait allongée dans le noir avec des chauves-souris dans les murs. Qui avait en elle un Atlantique moutonneux, pas un océan noir.

Et maintenant cette fille. Ou cette femme, ou un hybride femme-fille. Une Moïra qui feuilletait le carnet de croquis de Ray et se voyait dessinée dedans : une omoplate, et la tête tournée. Qui s'en fichait maintenant, de Heather, et de l'école. Qui savait comment les genoux de Ray craquaient quand il se relevait, comment son père était mort et comment il – lui, Ray – avait sauté d'un bateau de pêche en route vers Blakeney Point, un jour, quand il avait sept ans, parce qu'il voulait aller nager avec les phoques. Bouées de sauvetage, et une mère affolée qui criait : *Mon fils ! Mon fils !* Ray fit une petite grimace et un sourire en se rappelant cela.

Elle connaissait sa façon de s'étirer. Savait que ses pieds sentaient quand il faisait chaud.

On ne parlait plus de couvre-feu. C'est-à-dire que Moïra n'en tenait plus aucun compte. Elle laissait les autres filles endormies – ou assoupies –, et maintenant c'était elle qui descendait toute seule par l'échelle de secours pour aller le retrouver près de la clôture du parc. Il avait les mains dans les poches. Elle rentrait de plus en plus tard. Minuit, ou une heure du matin. C'était l'intérieur de sa voiture qu'elle connaissait – plus ses livres ni le cycle de l'azote. Une fois, elle avait soulevé le châssis de la fenêtre à trois heures et demie du matin, quand le ciel blanchissait et qu'un merle chantait sur le banc de Miss Bailey. L'heure des voitures des laitiers, et celle où les renards regagnent leur tanière. Ses bras sentaient l'herbe quand elle grimpa dans son lit, ses cheveux étaient humides, et elle ne dormit que légèrement. Elle rêva d'elle-même, elle se retourna. Elle avait conscience du fait que les filles écoutaient, qu'elles ne dormaient pas vraiment.

Combien de Moïra, maintenant ?

Elle fut convoquée par Miss Burke. Moïra frappa à la lourde porte de chêne et trouva la directrice debout près de la fenêtre, le visage gris. « Les règles ne sont pas faites pour ma propre protection, Miss Stone. » Elle parla de confiance, de discipline. « J'attendais une meilleure conduite de la part d'une boursière. » Quinze jours de retenue pour Moïra, à la suite de cela. Dans la salle froide du rez-de-chaussée, avec une seule fenêtre, où l'on gardait les chaises en trop.

Elle se dit : *Ça, c'est Heather*. Car ce soir-là Heather portait un masque de beauté vert, elle se limait les ongles en faisant ses révisions. Elle évitait le regard de Moïra.

Moïra ne vit pas Ray pendant dix-sept jours. Plus de deux semaines. Mais enfin, on faisait pire. Bien pire. Des branchies prises dans le mazout. Des fausses couches sur un petit chemin en plein hiver.

Elle pensa à Til, aussi, qui lui avait écrit. *Je l'ai vu de mes propres yeux. L'amour, c'est de la malchance. Mais imagine que ça ira mieux…*

Sage pensée, peut-être. Mais Til était au bord de la folie, disait-elle. Encore perturbée par le pilote : elle était retournée plusieurs fois à Heathrow, et avait pris l'habitude de rester pendant des heures dans les lieux stratégiques de Londres – Covent Garden, un café à Oxford Circus. Ou bien elle s'appuyait contre Eros à Piccadilly Circus sous la pluie – au cas où il passerait par là, pour qu'il puisse la voir. Elle mettait son plus beau rouge à lèvres. Elle voyait tourner l'heure. *Je sais bien que je ne le verrai pas.*

Il donne probablement son numéro d'hôtel à toutes les femmes.

Donc, oui, on faisait pire que d'être en retenue. Le mazout, mais aussi ce que racontait Til.

Moïra répondit à Tante Til. Elle plaça des baisers à la fin de sa lettre, à l'encre bleue : trois beaux x alignés et soulignés.

Peut-être que je l'aime.

Cela, elle ne le dit pas. Elle se contenta de le penser. Dans la bibliothèque, sur son ancienne chaise, devant la table d'acajou, elle se posait la question. Elle ne révisa pas ses examens. Ce n'était pas en maths qu'elle voulait se perfectionner. Elle en avait assez des bouquins.

*
* *

Il voulait savoir toutes les choses qui la faisaient pleurer. Il en voulait la liste, pour pouvoir éviter de la faire souffrir. Elle ramena ses genoux contre sa poitrine, tourna les yeux vers lui. Ils étaient garés à Blakeney Quay. Il faisait noir dehors. Elle voyait ses cheveux, et une partie de son visage.

C'était difficile de répondre à ça. Ou facile, parce qu'il était au courant, pour le mazout, et il avait vu dans quel état elle était. Mais quoi d'autre ? L'ancien chantier de construction de bateaux à Pembroke – sa cale sèche, et la mer qui n'était pas là. Elle était triste quand elle pensait aux Bannister, qui s'étaient sentis responsables pour les bougies renversées et la perte du bébé pas encore né, au crépuscule, près du pré aux chevaux.

« Qui ? »

Elle parla des étangs aux nénuphars. De leur corde à linge. Du chapeau blanc impeccable de Mr Bannister quand il jouait aux boules et de son genou verdi par l'herbe.

Ray sourit. Quoi d'autre ?

C'était dur. Qu'est-ce qui la rendait malheureuse, encore ? Que pouvait-elle évoquer sans trop de risque ? Un jour elle avait vu une vieille femme pleurer d'avoir fait tomber sa bouteille de cognac. Elle avait vu aux informations un otage qui suppliait qu'on lui laisse la vie sauve, et elle était sortie de la pièce, n'arrivant plus ensuite à oublier ses yeux bleus. Moïra n'aimait pas les migrations. Une élève était tombée le jour des compétitions, elle s'était ouvert la jambe, et Moïra avait eu mal à sa jambe à elle, en voyant ça. Elle n'aimait pas passer devant l'éventaire du marchand de poissons, avec son étalage luisant de corps morts qui semblaient toujours la dévisager de leurs yeux gélatineux et lui dire : *Ne nous regarde pas, on est trop moches*. Ça la rendait malade. Elle en portait le deuil dans son cœur. Elle aurait voulu les ramasser et les ramener en courant jusqu'à la mer.

Dans la pénombre de la voiture, Ray l'observait. Elle sentait son souffle sur le haut de son bras. Il n'y avait pas de raison, se disait-elle, pour qu'il comprenne ces choses-là – la tristesse des poissons exposés sur la glace, ou le ressentiment bizarre de Moïra contre les chantiers de construction. Mais il avait l'air de comprendre. Lui aussi avait des listes à proposer – les grandes villes, la lâcheté, la malhonnêteté.

« Tu es très différente », lui dit-il, au volant de la voiture.

Ce qui pouvait vouloir dire à peu près n'importe quoi.

*
*   *

Il avait les yeux de son père. « Et de la même couleur. Et puis il avait un toupet de cheveux, comme moi. Il ne se les brossait jamais, il n'est jamais devenu chauve… »

Il était mort quand Ray avait dix ans – par une nuit de verglas, une semaine avant Noël. Un camion de sablage, du mauvais côté de la route. Et Mr Cole était mort – là, sur le macadam, près de Diss. « La police a averti ma grand-mère. Elle est venue nous prévenir, mon frère et moi. Et je me rappelle que Stephen s'est levé, qu'il est allé dans la cuisine, et qu'il nous a fait une orangeade. » Il souffla doucement l'air entre ses lèvres, au rappel de ce souvenir.

Moïra écoutait. Stephen, le grand frère sérieux, l'esprit pratique. Le père dont les cendres avaient été dispersées sur le terrain de cricket de Lord. La mère, qui avait survécu à l'accident, même si elle y avait perdu ses jambes – du moins leur usage. Elle aurait pu tenter de se rééduquer, mais elle avait choisi de ne pas le faire, on la poussait maintenant dans la vie en fauteuil roulant, disait Ray. Dans une maison de plain-pied avec des lavabos et des interrupteurs à sa hauteur.

Et ce fut en mai qu'il se mit à faire pour Moïra la liste de tout ce qu'il y avait de beau en elle. Du moins, il essaya de le dessiner. Les os saillants de sa cheville, sa façon d'enrouler son écharpe d'uniforme autour de ses oreilles pour les protéger du froid, quand le vent soufflait de la mer. Il parlait comme un homme qui a bien plus de vingt ans. Peut-être était-ce à cause de ces voyages qu'il avait faits, ou des autres femmes mysté-rieuses qu'il y avait eu dans sa vie, elle en était convain-cue, car il ne pouvait pas y avoir eu que Moïra. Les autres soutiens-gorge dont il avait fait glisser les bre-telles. Mais il lui parlait en poète – l'air un peu trop sincère, peut-être, les yeux un peu trop grands ouverts. Elle s'efforçait de le croire. *Tu es...* comme une caverne. Comme une sirène, avec ces cheveux. « Je ne m'y attendais pas », avait-il dit, sur l'échelle de secours, la touchant presque, seulement presque. Moïra ne lisait pas de poèmes ni de romans, mais elle avait l'impres-sion que ses phrases sortaient directement de là. Il lui mettait dans la main une feuille de papier, parfois, qu'elle dépliait plus tard, pour y trouver la courbe du bas de son dos et de ses fesses, dans sa jupe d'uniforme, quand elle était allongée sur l'herbe. Ou sa façon de faire la moue. Il aimait son air de dame quand elle buvait son infusion de menthe. Et même ses répliques, telles que : *Essaye un peu, pour voir !*

Il n'avait pas l'air d'avoir envie qu'elle lui rende la pareille. Ce n'était pas du donnant-donnant. Peut-être qu'il connaissait déjà bien Moïra. Une seule fois, elle essaya de lui dire un mot à propos de lui, d'eux, et de ce qu'il y avait entre eux. Elle appuya le pouce contre son bras. Ouvrit la bouche pour parler, mais quels mots aurait-elle pu dire ? Pas ceux qu'il fallait. Elle, elle avait affaire à des éléments chimiques, et aux parties physiques du corps. Lui, c'était l'artiste, celui qui avait une âme. Du coup elle parlait peu. Alors qu'il avait écrit, lui, des choses telles que : *Tu me manques. Où que j'aille, tu es avec moi.*

*
* *

Elle laissait les autres réviser leurs examens, dans leur chambre ou sur la pelouse, et allait se promener dans Holt, avec son monument aux morts, son école de garçons, et les libellules dans le cimetière. Il l'emmena dans une galerie avec des paysages aux murs – des moulins à vent, des nuages d'orage, des oies en plein vol, et il lui dit : « Un jour, j'aurai mes tableaux ici. »

Des cornets de glace dans High Street, et le salon de thé où un jour elle avait ouvert le paquet avec la chemise de nuit donnée par Til. Et des bières dans des pubs cachés dans des petits villages silencieux où les murs étaient en galets, et où des poules traversaient la route. Séparés par une table de bois, ils observaient leurs mains. Des chansons sur le juke-box qu'ils écoutaient en sachant que pour eux deux, maintenant, ces chansons ne seraient plus les mêmes. Buvant leur verre à petites gorgées. Il lui fit la liste de ses couleurs préférées : vermillon, aigue-marine, lapis-lazuli. « Quand je serai célèbre… », dit-il, dans le pub *Lord Nelson*, à Burnham Thorpe, et elle se demanda si un jour viendrait où elle pourrait dire : *J'ai connu Raymond Cole, dans le temps…* Les gens feraient des yeux ronds, sans la croire tout à fait.

Sur le chemin du retour, elle coula un regard vers son profil.

*
*   *

En juin, le temps se réchauffa. Des vanneaux dans les sentiers, et elle trouva Ray assis sur le capot de sa voiture, souriant, bras croisés, disant : « Au bord de la mer, ça te dirait ? »

Oui. Elle était d'accord. Trois ans, depuis le jour où elle avait été jusqu'à Sheringham, s'était assise sur le front de mer, terriblement déçue, au bord des larmes. Depuis le jour où elle s'était dit : *Ça, ce n'est pas la mer.* Mais peut-être que c'était la mer, aujourd'hui, parce que c'était la sienne, la mer de son enfance, c'était ce que l'eau signifiait pour lui. Elle se tenait sur la bordure de galets de Cley-sur-Mer, et elle lui apprit à faire des ricochets. Elle regarda avec lui les oiseaux des marais, et un dimanche, il l'emmena à Happisburgh, à l'est, là où se trouvait le phare – rouge et blanc. Et Ray lui dit : « Ce phare, c'est mon premier souvenir. »

À Cromer, ils jouèrent dans les galeries de jeux, elle perdit toutes les parties, et bouda, ce qui le fit beaucoup rire. En mangeant des glaces, il lui dit : « Ici, un jour, une ex-petite amie à moi a perdu ses clefs dans le sable. Et bien sûr, elle a dit que c'était ma faute. » Moïra ne répondit rien.

À Blakeney, elle l'embrassa. Avec brusquerie. Le sable mouillé du bord de l'eau était dense, mou, avec la marque de petites pattes palmées. Ray émergea, surpris. Comme si elle avait essayé de le pénétrer.

Elle l'embrassa encore, plus tard, devant un cottage avec une porte jaune. Un heurtoir en cuivre. À LOUER, disait la pancarte. Des roses trémières plus hautes qu'elle.

Sur le front de mer de Blakeney, Ray lui dit : « Mon père était chirurgien. Surtout le cœur. Il s'asseyait dans l'escalier, enlevait ses chaussures, et il nous racontait des histoires. Il avait ouvert le ventre d'une femme, et il en était sorti un merle qui s'était envolé. Ou bien quand il enlevait des amygdales, ou un appendice, il les mettait à sécher sur une corde à linge. Papa nous a raconté qu'il avait laissé un patient dans une salle d'hôpital pendant cinq minutes, et que quand il était revenu, il y avait une lumière, près de son lit, une lumière dorée.

Elle pensa : *Il était mort ?*

Ray n'était pas sûr de ce qu'il croyait. Il haussa les épaules, et dit : « Je sais que son corps n'est plus là, mais papa pouvait chanter "La vie en rose" et dire des mots à l'envers, et il connaissait par cœur les moyennes de tous les joueurs de cricket anglais depuis 1962, l'année où il avait fait la queue sans pouvoir entrer dans le stade d'Old Trafford, et c'est lui qui avait attrapé la balle que May avait lancée trop loin et qui avait atterri dans la rue. » Ray se tourna vers Moïra, plissa les yeux : « Où ça s'en va, tout ça ? »

Elle déplaça une mèche de Ray. Son père – jeune, pas encore marié, aux cheveux clairs, avec de belles dents, regardant en l'air dans la rue, la balle de cuir tenue dans la paume de sa main comme une pomme. Un fruit tout lisse. Cueillie en l'air, rapportée chez lui, gardée sur son bureau pour le restant de ses jours. Il devait en palper la couture quand il réfléchissait, elle était sûre de ça. Son chien avait appris à ne pas la mordiller. Ses fils avaient grandi reflétés dans cette balle.

C'est donc ça, la mer. Telle qu'elle est aujourd'hui.
Pas de brisants blancs. Pas de grottes où pénétrer, mais
elle pouvait encore faire des ricochets, et elle coinça sa
jupe dans sa culotte et entra dans l'eau. Ray lui montra
l'endroit où il avait trouvé son trésor de métal, quinze
ans plus tôt – dans le sable doux et pâle sous les pins,
près de Holkham Bay. Ce fut là également que, en plein
baiser, il découvrit qu'elle avait une mèche de cheveux
qui manquait, près de la nuque, et il fronça les sourcils : « Qu'est-ce qui… ? »

Elle était collée par du chewing-gum. Il avait fallu
qu'elle la coupe.

Il caressa ses cheveux, haussa les épaules.

Aussi, un dessin d'elle. À la craie sur du carton noir.
Profil perdu, alors il avait dessiné sa pommette, sa
mâchoire ferme de Celte. Sa frange qu'elle laissait
pousser.

Je voudrais pouvoir te faire toucher le papier, sentir
l'odeur de craie. Mais c'est la seule chose que j'aie perdue. C'est ma faute. Je l'avais laissé sur la table près de
mon lit, alors Heather l'a trouvé et l'a déchiré. Quand je
suis revenue de la salle de bains je n'ai retrouvé qu'une
dizaine de morceaux noirs, et Heather, peste comme
toujours, avait fait disparaître un morceau pour que,
même si j'essayais, je ne puisse pas le reconstituer.

Les choses que nous avons faites, Amy.

L'amour. Combien d'années depuis qu'Annie avait dit le mot pour la première fois ? Avant qu'elle se soit cassé le bras ? L'amour – que j'avais franchi d'un bond, dans lequel j'avais plongé, que j'avais ignoré – l'amour était là, enfin je le pensais, et je n'avais encore jamais été aussi hardie. Je pouvais dire : *cinq mois avec lui*, et tu crois peut-être que ce n'est rien du tout, cinq mois – c'est ce que pensent la plupart des gens. Cinq mois : une saison, ou un peu plus. Six pleines lunes, cinq signes astrologiques. Je n'avais pas grandi, en cinq mois, car ma croissance était terminée.

Toutes les nuits je descendais par l'échelle de secours. Je ne faisais plus mes devoirs. Il y avait partout des lettres et des messages de Stackpole, auxquels je ne répondais pas, si bien qu'en juin, ma mère appela la directrice et demanda : *Est-ce qu'elle va bien ? Elle n'est pas surmenée ?* Même Miss Burke ne pouvait pas obliger une élève à écrire à ses parents, ou à leur téléphoner.

Tant de choses. Je me suis retrouvée dans la pénombre d'un cabinet à Holt, un homme entre deux âges soulevait mes paupières, il a braqué une lampe dessus. Quand je suis ressortie, j'ai retrouvé Ray, qui a reculé d'un pas, et sifflé entre ses lèvres en me voyant. Quatre verres de rhum-Coca plus tard – de quoi vous assommer – il déclara : *Je vois mieux ton visage.* Le sien, je le voyais trouble. Cela prit un certain temps. Sur mes globes oculaires, les deux disques minces glissaient dans le liquide, bougeaient. Je me sentais dénudée, la peau froide.

J'affirmai que oui, c'est ce que je voulais.

Moïra sans lunettes. Comme un bateau ayant largué ses amarres. Seule Annie fit une remarque. Levant les yeux de ses bouquins, fatiguée, elle dit : *Eh ben !*

Pendant longtemps, cela lui parut bizarre. De ne pas avoir ce poids supplémentaire sur elle. Elle avait encore le réflexe de repousser ses lunettes sur son nez, et elle ne repoussait que de l'air.

*
* *

Raymond le Brave. Raymond le Téméraire. Il disait cela de lui-même, en tambourinant sur sa poitrine, parce que les soirs d'été, il l'emmenait sur les petits chemins de campagne tranquilles et envahis par l'herbe, loin de Holt, plus loin dans l'intérieur des terres. Il descendait de voiture et elle prenait sa place au volant. « Rappelle-toi », disait-il, et suivait une liste : embrayage, point mort, première. Position du rétroviseur. Frein à main. Au début, elle n'était pas très bonne. Le moteur calait, ou bien la voiture faisait un bond en avant, ils entraient dans les haies. « Pauvre peinture… »

Pendant des semaines, elle n'y arriva pas. La voiture avançait par à-coups sous les tilleuls. Une fois, elle se mit en colère et quand, ses yeux lançant des éclairs, elle regarda Ray, elle vit qu'il était en train de rire, la main sur la bouche. Cela la mit encore plus en fureur. Elle tira sur le frein à main, lui lança la clef de contact.

« Ouille ! » Souriant toujours, il la raisonna. Lui expliqua qu'elle touchait au but. Elle connaissait tous les principes. « Vas-y doucement, lui dit-il, avec le pied gauche. »

Elle se radoucit. Fit un nouvel essai, levant le pied lentement, attentive au démarrage de la voiture.

« Tu y es ! Continue ! »

Elle cala une nouvelle fois. Une grive musicienne sortit brusquement de la haie, poussant des cris d'alarme. Ray se remit à rire. Il s'était rejeté en arrière sur son siège, les mains sur les genoux, et il riait. Moïra était outrée. Elle était prête à sortir de la voiture et à rentrer à pied. Mais elle se reprit. Peut-être que Ray la retint, ou alors ce fut à cause de la voiture, ou encore de la grive. Elle posa son front sur le volant, respira calmement.

Il y eut encore des leçons – mais elle faisait des progrès. Et elle finit par passer son permis, au cours de ses premières semaines à Blakeney. Il continuerait malgré tout à se moquer de sa conduite, lui demandant à qui elle avait fait tellement peur sur la route ce jour-là. *Désarmant*, voilà ce qu'il disait de ses demi-tours en trois manœuvres – sachant qu'elle allait voir rouge. Il lui attrapait les poignets lorsqu'elle était prête à le battre.

*
* *

Cinq mois, donc. Cinq dessins d'elle : fusain, crayon, et dessin à la plume. Un d'elle à Holkham, enfonçant ses pieds dans le sable.

Il disait que c'était la Providence. Pas le sort ou la destinée, qui étaient des mots galvaudés. Même Moïra le savait bien. Des clichés, vides comme des baudruches. *La Providence*, c'était autre chose. Cela avait un parfum d'aventure, ou d'humus, c'était tangible. Quand il disait *la Providence*, cela trouvait un écho en elle, ou près d'elle, comme si elle avait déjà entendu le mot employé en ce sens. Ce n'était bien sûr pas le cas. Mais Ray brandissait par exemple une plume d'oiseau, ou voyait au loin un coin de ciel bleu, et il levait un doigt, et disait d'un air sentencieux : *Ah, la Providence...* Ce pouvait être une chose ou une autre : une de ses manières d'être (il aimait aussi cette expression et semblait en avoir toute une liste dans la tête : son infusion de menthe, sa façon de serrer les lèvres quand elle réfléchissait. Ses manches de chandail tirées sur ses mains), ou bien un de ses défauts. Tante Matilda, bien sûr, croyait mordicus en la première hypothèse. Une manière d'être attendrissante. Si Moïra lui téléphonait, pour lui parler de Ray, elle prenait un ton sentencieux, cherchait à deviner son signe astrologique.

« Lion, avait dit Ray, quand Moïra lui avait posé la question. Pourquoi ? »

Rien, comme ça. Et elle avait serré les lèvres. Ray avait continué à rouler, sans parler de Providence à ce moment-là, mais Moïra était sûre qu'il y pensait. Il l'avait dit si souvent. Et elle avait l'impression qu'elle commençait à le connaître, lui aussi. Ses manières d'être : il marchait d'un air déterminé. Il inventait des chansons. Il tiraillait les poils de son menton quand il réfléchissait. Une fois où il était soûl, il avait écrit sur sa jambe, et en se réveillant le lendemain matin, il avait trouvé les mots : *Ray, tu es soûl*. Tout cela la préoccupait, la nuit.

*
*   *

Il lui caressait le dos de la main, la paume. Elle regardait l'allure de leurs deux mains, doigts mêlés.

Une nuit, il lui parla d'amour. Avec une telle franchise, un tel naturel qu'elle n'osa affronter son regard. Plus tard, seule dans la salle de bains, elle eut l'impression que le monde tournait, et qu'elle en faisait partie. *Enfin*.

On était début juin.

*
*   *

Les examens de fin d'études. À nouveau le plancher verni du gymnase, et l'aiguille rouge des secondes sur l'horloge. Les cahots de la tondeuse à gazon sur la piste de course, elle en sentait l'odeur. Écrivit ses réponses à l'encre, sans trop réfléchir.

Ailleurs dans le monde, les colibris migraient, buvant le suc des mêmes fleurs que six mois plus tôt. Le magma se déplaçait doucement sous la terre. Amy avait six ans, elle avait appris pourquoi il ne faut pas tirer les chats par la queue, ni les tenir trop près de sa figure. Rita était au Sri Lanka, peut-être en train de se rincer les mains. Quelque part dans le Yorkshire, un homme proche de la quarantaine était privé de sa partenaire de double mixte.

Quant à Til, rien de changé pour elle, jusqu'ici. Le soir, elle était Madame Ranievski dans *La Cerisaie* et dans la journée elle dormait, ou elle achetait d'énormes bijoux africains à Camden Market. Une fois elle avait pris le métro pour Heathrow et avait passé tout l'après-midi près du contrôle des passeports, un livre sur les genoux, au cas où. Les yeux faits, de l'or au poignet.

Mais il n'était pas là. Elle rentra en ville à cinq heures, et à sept heures et demie, elle était en scène. Elle écrivit : *Ne deviens pas comme ta pauvre folle de tante, Moïra. Viens juste lui rendre visite de temps en temps, quand elle sera enfermée et débitera des sornettes...*

Ce petit bijou dans sa lettre : l'humour. Dans la pénombre du dortoir, il brillait. Cela fit sourire Moïra. Mais il y avait aussi une ombre de tristesse.

*
* *

Elle pensa : *Ça n'existe pas, un unique bonheur immense qui nous atteigne tous au même moment.* Ce serait trop beau. Elle écrivit le mot *Ray* sur la buée de la vitre. Elle avait découvert les verres de contact, tandis que Matilda traînait sur scène le vide de son existence, comme ses jupes et son parfum de zeste d'agrume.

Cette histoire, tu la connais, car tu m'as demandé cent fois de te la raconter. Et il est tard, mais je vais te la redire :

La promenade de planches, dans les marais de Cley. Une belle journée, avec un ciel bleu, dégagé. Je marchais avec Ray dans la réserve d'oiseaux, pas main dans la main, mais proches l'un de l'autre. Des courlis à queue noire, et des avocettes. Ray raconta la fois où il était venu, enfant, et où il avait vu un rat d'eau qui nageait tranquillement, sous les planches. Avec ses pattes, le nez en l'air.

Il m'a fait sa demande sur la plage de galets de Cley-sur-Mer, près du bateau retourné. Et avant de répondre j'ai fermé les yeux. Je sentais le soleil sur mon visage, je respirais l'odeur d'algues. Les goélands argentés criaient au-dessus de ma tête, l'air était salé, et que j'aie seulement dix-huit ans, est-ce que cela avait de l'importance ? Ou le fait qu'on se connaisse seulement depuis quelques mois ? Certains diraient que oui. Et me diraient, *Tu es encore une enfant.*

« Moïra ? » me dit-il.

Très dur d'imaginer pour toujours. Très dur de m'imaginer en épouse, faisant ces choses que font les épouses. Je n'avais jamais pensé que quelqu'un puisse un jour me faire sa demande. Et que ce soit Ray.

Sur les galets, j'ai pensé : *Être une épouse.*

*

*   *

Ce fut très simple. Je l'aimais. J'ai choisi sa vie. J'ai tourné le dos à la marée noire, aux grottes, à Stackpole, j'ai fait un signe de tête. J'ai dit, *oui.*

Nous avons fait demi-tour sur les planches, croisant les mêmes personnes, les mêmes échassiers. Tout se présentait clairement devant moi, dorénavant. *Ray*. Un nouveau nom de famille.

Et j'ai porté une bague avec un vrai saphir.

XIII

Balises

Sur toute la ville, un ciel bleu nuit.

Ta fenêtre donne à l'est, alors d'ici on n'a pas de coucher de soleil. Mais je vois les nuages, et les contours de la ville. Des clochers, des arbres, des maisons ; des bureaux. Toutes ces vies. Les voitures roulent, et l'éclairage des rues est aussi orange que du feu. Il y a deux jours que je ne suis pas venue, et je suis là, debout, à te faire la liste de tout ça : les lampadaires, et le chien errant sur le parking, avec ses lents mouvements de côté. Si on était en bas avec lui, toi et moi, on l'entendrait gratter le sol de ses griffes.

Je dois reconnaître que Heather était belle. Même à l'époque, je l'ai toujours reconnu. Elle ne m'a pas bien traitée, je n'emploierai jamais le terme « bonté » en ce qui la concerne. Mais elle avait un beau visage, qui a dû encore embellir avec les années – sauf que je ne sais pas où elle vit aujourd'hui. Je suis devenue plus tolérante, peut-être. À l'époque, elle était glaciale comme le poison, mais j'ai acquis la faculté d'avoir d'elle une double image : je peux la voir avec mes yeux d'adolescente, mais aussi avec mes yeux d'aujourd'hui, plus réfléchis. Elle était cynique, cruelle. Ou bien c'était juste une fille qui surmontait comme elle pouvait son mal-être intérieur. Quelqu'un qu'on pouvait aimer, en ce cas ; pour qui on pouvait avoir de la compassion.

Elle avait une langue acérée, des sautes d'humeur, et elle fourrait des touffes d'herbe dans mon lit, mais je suppose que je lui ai brisé le cœur – peux-tu croire une chose pareille... Ou alors, c'est Ray qui l'a brisé. Ou nous deux.

Moi, en brise-cœur. Même Til n'avait pas su voir ça, dans ses cartes.

Quoi qu'il en soit, Heather avait une bouche comme les Égyptiens en peignaient sur leurs urnes. Une bouche digne de donner son nom à un dieu grec. Elle le savait d'ailleurs. Tout ce gloss rose.

Il y a des gens à qui je pense beaucoup plus souvent qu'à elle. Annie, par exemple. Les parents de Miss Bailey, que je n'ai jamais rencontrés, mais que j'ai vus un jour, assis sur le banc de leur fille : âgés, le corps arrondi, se tenant par la main et s'essuyant le nez. Mais il m'arrive de penser à Heather. *Échalas. P'tits Nichons*.

N'empêche. C'est moi qu'il a choisie. Je ne sais pas pourquoi. Peut-être parce que je ne mettais pas de gloss sur mes lèvres, que je ne faisais pas de charme, que je ne cédais pas facilement. Ou parce que je rejetais mes cheveux en arrière, et qu'ensuite je me cachais derrière. Ou à cause de mon côté élève douée. Ou de mes yeux, dans lesquels il voyait son propre reflet. Je représentais pour lui quelque chose qui lui résistait, ça je le sais. Ou alors c'était écrit là-haut. La Providence.

Le *Sea Empress* ? Tu connais ça mieux que moi. Des années après, on trouvait encore du mazout sur les rochers. Peut-être même encore maintenant. Ray avait raison, la vie reprend toujours. Et si ce pétrolier s'était échoué deux semaines plus tard, il n'y aurait plus un oiseau sur Skomer Island aujourd'hui. Difficile de trouver un côté positif à la chose, mais en vérité, ç'aurait pu être pire.

La ville tire ses rideaux, et allume ses feux. Ses gros matous paresseux s'installent au coin de l'âtre, se lèchent les pattes, et somnolent. Toi aussi tu dors. Menue comme une souris.

Ce qu'on voit par la fenêtre, je le connais depuis des années. Mais je ne reste pas souvent à le contempler, comme je le fais aujourd'hui. Il y a des paysages que j'adore, tu le sais, je pense.

Une boule de passereaux se déploie dans le ciel.

*
* *

Tu avais six ans, l'été où j'ai quitté Locke Hall. Tu étais exigeante. Les parents te tenaient à l'écart de la marée noire, mais tu étais parfaitement au courant. Tu en avais entendu parler à l'école de Stackpole, et ça t'avait fait pleurer. Tu n'allais plus sur les plages, tu passais tes après-midi dans le jardin en espérant que les lapins allaient te prendre pour des ajoncs et venir gambader sur toi. Venir grignoter l'herbe près de ton oreille. Ce qu'ils n'ont pas fait, bien sûr.

Et sache une chose : tu n'as pas été choquée. La seule personne, Amy, qui n'ait pas retenu son souffle pour dire : « *Quoi !* Moïra se *marie !* » Toi tu le claironnais. C'est comme ça que les parents ont appris la nouvelle, ce qui fait qu'ils étaient sans voix au bout du fil, se rac-crochant à des mots tels que *vraiment ?* ou *non !*... George demanda : « Comment est-ce arrivé ? » Parce que j'avais toujours été leur fille bizarre, parce que je n'avais jamais jusque-là soufflé mot d'un garçon. Il me demanda si j'étais sûre. Je pris ma voix offensée, dis-tante, sans réplique. *L'amour* fut ma réponse, ce qui n'était pas un mensonge. Et je raccrochai.

Même Tante Til fut étonnée. Elle contempla sa nièce assise en face d'elle au pub *La Charrue*, à travers ses cils épaissis par le mascara. Des demi-lunes bleues sous les yeux. Elle ne se posait pas de questions, et n'en posa pas. Mais elle sourit – un grand sourire ravi. Elle dit que oui, c'était bien. Elle dit : « C'est logique, en un sens. »

À Locke, Annie découvrit la chose. La dernière semaine du trimestre, elle aperçut un éclair bleu, dans le dortoir. Elle ne dit rien, mais s'étira, allongea le bras et dans le noir, alla chercher la main gauche de Moïra. Elle lui prit le poignet.

Plus tard, Annie essaya la bague. Assise à côté d'elle sur le lit de Moïra, elle la prit, et la passa à son annulaire. La bague était trop petite, elle resta accrochée à la première jointure. Annie leva la main, doigts écartés, la regardant briller.

Annie pensa à lui, disons que c'est ce que Moïra supposa. *Lui.* Un homme sans visage. Passionné, intrépide. L'homme qui un jour passerait la bague au doigt d'Annie, en disant les mots qui vont avec. C'est ce qu'Annie espérait.

*
* *

Ray vint la retrouver dans le grand hall, comme il l'avait fait sept mois et quatre jours plus tôt. Il dit : « Regardez-moi ça ! »

Elle était intimidée. Elle surprit son reflet dans les portes vitrées en les traversant – tenue soignée, jupe bleu marine et blouse blanche. Le cardigan d'uniforme sur le bras. Elle ne se ressemblait pas du tout. Il n'y avait rien de la nageuse chez celle qui monta dans la voiture, croisa les jambes dans des collants auxquels elle n'était pas habituée. Elle pensa à la corde de nylon bleue.

Ils roulèrent vers Norwich, à l'est, et il lui expliqua la musique que jouait la radio. « Écoute ce morceau… », et elle le fit. Il monta le son. Il lui raconta que la première fois qu'il avait entendu cette musique – batterie et cloches – c'était, bizarrement, en Thaïlande. Encens et frangipaniers.

Je suis fiancée. Ray à côté d'elle – tout en paroles et en énergie, avec les doigts qui battaient la mesure. Devant elle, la cathédrale de Norwich, pâle dans la lumière.

Juin : le mois des roses précoces, des aigrettes de pis-
senlits. Les nénuphars bordés de rose des étangs de
Stackpole. La journée de compétition sportive à Locke
Hall, avec de l'orangeade et des applaudissements.
Wimbledon.

Et aussi *June*, la mère de Ray. *June*, qui aimait les
tasses à thé en porcelaine tendre, et dont les pieds
étaient posés bien sagement sur le marchepied de son
fauteuil roulant. Elle n'avait rien de son fils – c'est ce
que Ray avait dit, et Moïra le constatait. Il était sans
doute davantage le fils de son père. Un homme qui
avait ouvert des corps, posé des agrafes, épongé le sang.

Elle habitait un bungalow blanc dans une rue tranquille. Près de la porte, il y avait des géraniums rouges.
Elle avait des cheveux bruns, des mains rapides comme
des oiseaux, et elle accueillit Moïra en disant : « Enfin,
nous faisons connaissance. » Des yeux clairs, gris. June
souriait sans montrer les dents, et elle observa les
moindres gestes et attitudes de Moïra – les lunettes
qu'elle portait encore la plupart du temps, les veines
bleues sur son poignet. Elle posa des questions sur
Stackpole. *C'est une belle femme*, pensa Moïra. La
femme du médecin aux yeux hardis. Silhouette élé-
gante quand elle se rendait à ses cocktails, jadis.

« Il paraît que vous êtes une scientifique, Moïra ? »

On avait du mal à imaginer cette femme essuyant des
traces de pastel sur le mur, ou approuvant les mots tracés
sur la jambe de son fils à la suite d'une cuite. Elle buvait
son thé. Des mots croisés à côté d'elle. Dans chaque pièce
il y avait des photos des deux garçons, dans des cadres
d'argent – l'un brun, l'autre aux cheveux presque blancs.
Elle embrassa Raymond pour lui dire au revoir, sans quitter Moïra des yeux, et quand celle-ci se pencha à son tour
vers sa joue, elle respira une odeur de violette.

Parfois, Moïra avait envie d'amener Ray dans son petit lit du dortoir, de dormir la tête posée sur le sillon qui reliait son torse à son nombril, avec un bras sous lui, même si cela signifiait une circulation ralentie et un bras engourdi au réveil. Plus que quatre jours avant de quitter Locke pour de bon. Elle aurait voulu arpenter les couloirs et les allées de gravier avec Ray. Ses journées étaient vides, alors elle fit ses bagages – vêtements et livres. Elle monta s'asseoir sur le toit avec les fumeuses. Regarda la cime du noyer.

Mais parfois aussi, elle était contente qu'il ne soit pas là. *Sept ans de ma vie se sont écoulés ici.* C'était donc peut-être mieux qu'elle soit toute seule pour faire ses adieux. Adieu au carrelage des vestiaires. Aux plateaux métalliques du réfectoire, au son aigu de la cloche, et à la jeune fille de pierre de la cour, seule, sans yeux, avec sa cruche vide.

Elle alla frapper à la porte de l'infirmerie, laissa un mot d'adieu sur le bureau. Polit la plaque de cuivre du banc de Miss Bailey en soufflant dessus et en la frottant avec sa manche. Inscrivit l'adresse d'Annie à l'intérieur des *Mathématiques avancées*.

« Je ne pensais pas que j'aurais le moindre regret de quitter cet endroit, dit Jo, mais en fait, si. »

Moïra la regarda. *Je ne te reverrai jamais*, pensa-t-elle. Elle décida qu'elle se rappellerait toujours Jo telle qu'elle était en cet instant précis – dans l'allée, accroupie, en train de rattacher son lacet de chaussure, avec un bleu sur la main gauche causé par une balle de tennis mal placée.

Le jeudi après-midi, elle emprunta, au milieu des moucherons, l'allée de gravier, poussa la porte, monta les escaliers du bâtiment des sciences et frappa doucement à la porte du labo de biologie. Mr Hodge leva les yeux, un arrosoir à la main. « Ah ! » dit-il.

Elle s'assit sur un bureau, les mains sous les fesses, et le regarda arroser le caoutchouc. Puis elle le suivit dans le labo, ils passèrent devant les poissons rouges. Il lui parla de son talent, de son don pour les sciences. « Ne gâchez pas ça, lui dit-il par-dessus ses lunettes. Pensez à l'université, je vous en prie. L'année prochaine peut-être ? » En faisant claquer sa langue, il ajouta : « Une de mes meilleures élèves. »

Elle mit la main dans sa poche, et lui tendit un petit cadeau, enveloppé dans du papier d'emballage. Il retint sa respiration. Cligna des yeux. Posa son arrosoir et défit précautionneusement le paquet. Une cravate avec pour motifs des squelettes. Il rassembla ses lèvres, sourit. Les yeux pétillants.

Adieu au labo de sciences. Aux trois poissons rouges, à sa blouse blanche, et aux os en plastique suspendus près de la porte, qu'elle toucha brièvement en partant.

*
*   *

Trois sonneries. Qui résonnèrent dans l'entrée d'une maison du pays de Galles du Sud, où des goélands argentés étaient perchés sur le toit. Moïra était assise dans le couloir, et elle voyait la scène. Elle sentait l'odeur des ajoncs par la fenêtre de la cuisine. Puis, à la quatrième sonnerie, sa mère répondit.

« Ma chérie », dit-elle. Lentement, d'une voix un peu rauque. Elle soupirait le mot, comme avec reconnaissance. *Ma chérie…*

Moïra regarda le mur. Parla de Ray, et de leurs projets. Du cottage à la porte jaune à Blakeney, avec son heurtoir en cuivre, de la mère de Ray. Elle tripotait l'ourlet de sa jupe. Ils devaient bien comprendre que Stackpole était trop loin – à des centaines de milles – pour qu'ils fassent le voyage. Ray était occupé. Il peignait comme un fou. Et elle aussi était prise. Ils n'avaient pas le temps.

« Alors on pourrait venir, nous ? On ferait sa connaissance dans le Norfolk ? »

Ils allaient se marier bientôt, de toute façon. Pourquoi ne pas attendre jusque-là ?

*
* *

Moïra tournait le dos à tous les mots qu'elle n'aimait pas : *salaire, jeune, université.* Elle ne voulait pas les entendre. En revanche, peu après ses fiançailles, par une soirée de juillet, elle vit les cousines Knox accroupies sur la piste de course, allumant une fusée qu'elles avaient achetée à Holt. La fusée éclata avec un bruit argentin et toute l'école en fut illuminée. Les fenêtres, le clocher. Toutes les élèves de terminale qui chahutaient et dansaient dans l'herbe, et Moïra pensa aux élèves des petites classes, celles qui avaient du vague à l'âme, qui regardaient le spectacle depuis leur dortoir. Se disant, *un jour…*

Elle considéra que les feux d'artifice sentaient l'avenir, comme autrefois les cerises, comme le tennis évoquait pour elle une femme blonde qui était morte, et le papier à lettres par avion la ramenait à Ray. Ce serait toujours le cas. Le feu d'artifice s'estompa, et disparut derrière les peupliers.

*
* *

J'ai dit *au revoir*. À tout ça. Au cadran solaire, et aux peupliers. À la silhouette de l'école vue du village, les soirs d'été. Aux chauves-souris dans le mur.

Et la soirée d'adieux de celles qui quittaient l'école ? Je suis sûre que tu voudrais que je t'en parle. Ma robe ? Ce que j'ai bu ? Si j'ai dansé ? Si Ray est venu ? N'insiste pas. Parce que si tu te réveillais, et que tu ailles chercher sur un ordinateur les archives de Locke pour trouver la photographie de cette année-là, tu verrais des dizaines d'élèves avec des robes noires à mi-cuisse (sauf Heather, qui était en rouge, avec un jupon doré) – mais tu ne me trouverais pas moi. Je n'y suis pas allée. J'avais mieux à faire. Je suppose qu'on ne m'a pas regrettée, et je n'ai pas regretté de ne pas y être. Franchement, est-ce que tu vois Moïra à un bal ? Dans le hall de l'école ? Avec des étoiles en papier et de la limonade ?

Elle était dans la voiture orange, bien sûr. Sur le quai de Brancaster Staithe, avec son futur mari, et le bruit des canards qui prenaient leurs quartiers de nuit.

Ils mirent la clef dans la serrure de la porte d'entrée jaune. *Prête ?*

Il la regarda passer d'une pièce à l'autre, toucher les poutres et les dalles, ouvrir les fenêtres. Respirer. Caresser de la main le montant du lit en bois. S'appropriant les lieux.

« Ça te suffit ? »

Oui, ça lui suffisait. C'était petit et accueillant. Il y avait une certaine qualité de silence. Il y avait une grande baignoire, et une serre où Raymond pourrait dessiner. De leur chambre on voyait les toits de Blakeney, les mâts des bateaux, et les criques découvertes à marée basse. Au-dessus de la baignoire, il y avait un sèche-linge en bois, si bien que le soir, quand Moïra se trouvait dessous, le linge s'égouttait dans l'eau, sur sa tête et sur ses genoux.

*
* *

Le village de Blakeney était situé à l'ouest de Cley-sur-Mer, sur la route du littoral, entre les marais salants et les marais d'eau douce. Ses deux rues étaient petites et étroites. Il y avait des maisons à murs de galets, des roses trémières, une boutique de cadeaux pendant les mois d'été. Un salon de thé, deux pubs. Moïra s'appuyait au garde-fou sur le quai, regardait l'hôtel, et se demandait ce qu'on voyait du dernier étage.

Voici notre chez-nous. Des barrières blanches, des bancs blancs sur le quai. À marée haute, les bateaux amarrés cliquetaient et on voyait arriver les pêcheurs de crabes ; à marée basse, la boue était foncée, ferme, et les oiseaux marchaient dessus, cherchant des vers de sable. Le ciel était vaste et bas. Elle marchait dessous quand elle se promenait sur le chemin côtier. Le moulin à vent de Cley à l'est, et de la lavande de mer sous les pieds, et elle disait et répétait sans cesse, *chez nous, chez nous*. C'était son troisième foyer, en somme, et comme pour les autres, elle voulait l'arpenter de long en large. Alors le soir, en ce début d'été, quand les touristes retournaient dans leurs maisons de vacances, et que Ray peignait, ou était dans la cuisine, les mains pleines de peinture, elle se promenait toute seule dans les deux rues du village, passait devant les rangées de petites bâtisses avec des coquillages sur les murs, leurs petits jardins donnant sur la rue. La légère odeur des poubelles, après une semaine de soleil. Les gouttières grinçaient. Elle lisait le menu des pubs, s'asseyait sur les bancs, regardait le village depuis le chemin côtier. Moïra, en chemisier blanc et jupe de lin au genou.

« Alors, disait-il quand elle rentrait. Qu'est-ce que tu as vu ? »

L'église sur la colline avait deux clochers, et les enfants s'asseyaient au soleil sur le quai avec des seaux de crabes à côté d'eux. Plus loin, sur la route de Cley, il y avait une boutique qui vendait des épices, du jus de pomme frais, du vin du Norfolk et de la cristemarine, du pain au romarin et des œufs de caille. Au cours des années à venir, elle irait parfois se promener par là-bas pour acheter tel ou tel produit exotique ou bizarre, seule ou avec son mari. Ils étaient mariés depuis un mois lorsque, rentrant chez eux, Ray trouva sa femme en pyjama, mangeant du miel d'ajoncs à la cuiller, à même le pot.

*
* *

Tous nos vœux de bonne installation. Elle ouvrit la carte et vit trois noms. Avec également un mot de sa mère qui annonçait que le hamster était mort. Une fin triste mais paisible, on l'avait trouvé raide comme une cuiller dans son bol de nourriture, un pois sec entre les pattes. *Les larmes…* avait-elle écrit. Amy en noir. Pleurant à l'école. Laissant des graines de tournesol près de sa tombe, au cas où.

*
* *

Elle ne se promenait pas toujours toute seule sur la côte. Pas les premières semaines, car même si Ray dessinait dans la serre et dans la chambre, ce n'était jamais très longtemps. « Tu me distrais », disait-il d'un air sérieux. Et il posait son crayon ou son pinceau.

Il y avait trop de choses nouvelles. Trop de choses qu'il fallait encore apprendre, explorer – la sélection de bières du pub ; les échassiers ; l'homme appelé Gordy qui emmenait les gens en bateau observer les phoques, et qui avait connu Ray dans son enfance. Elle découvrit les éternuements spectaculaires de Ray. Elle apprit à quoi cela ressemblait de dormir avec quelqu'un – même cela, car quand avait-elle jamais eu l'occasion de le faire ? Se réveiller, et le voir. Aussi, regarder son dos, la forme de son dos, quand il marchait devant elle sur la digue – et qu'ils passaient devant une carcasse de bateau. « Je me suis caché là-dedans, une fois », dit-il. Quand il était petit. Qu'il avait des pièces aux genoux.

Les soirées d'été sur des laisses de vase. Les oiseaux qui venaient, elle les écoutait avec Ray. Locke était à des milliers d'années derrière elle, et elle avait le sentiment de voir Ray différemment aujourd'hui. Elle n'avait plus à jeter un regard furtif sur la marque qu'il avait à la clavicule, à l'endroit où il était tombé sur des ciseaux. Elle pouvait l'étudier. Approcher une lampe, comme si elle était une experte, regarder la cicatrice par-dessus ses lunettes. Retenir sa forme, sa texture. Il faisait la même chose avec elle : il lui saisissait la cheville pendant qu'elle était assise sur un banc pour chercher la piqûre que lui avait faite la vive quinze ans plus tôt.

C'est lui qui cuisinait – car elle n'y connaissait rien. Elle était trop sensible à la chaleur, surtout en ce mois d'été, alors elle s'appuyait contre le réfrigérateur et le regardait faire. Raymond. Un tamis, du beurre, et un livre de recettes tenu ouvert par des pierres prises sur la bordure de galets.

« Un chef-d'œuvre... »

Il ne fumait pas beaucoup, mais quand il fumait, c'était sur le perron du cottage, pieds nus. Il avait toujours un mouchoir dans sa poche revolver – un mouchoir de coton blanc – ce qui l'avait étonnée et lui avait paru, comment dire ? Prudent. Démodé. « Pratique ? » avait-il suggéré, feignant d'être offensé. Il ne se servait que de savon pour se laver les cheveux. Elle en trouvait des mèches dans sa brosse.

Moïra, tu es...

Cela, mais aussi d'autres choses. Un puits. Une chose à boire. Il adorait ses cheveux, et il y plongeait les mains, il respirait leur odeur. Il avait repéré une foulque qui picorait dans la vase, et il avait dit : *Voilà, c'est toi*. À cause de ses grands pieds peu gracieux. Elle avait boudé, à côté de lui, ce qui l'avait fait sourire, en rejetant sa tête en arrière. Le soleil sur lui. La foulque, le banc blanc, et une pierre bleue sur sa bague.

*
* *

Il fallait bien se mettre à parler d'argent, tôt ou tard.

« Si on veut qu'il y ait des noces et des lunes de miel. Se nourrir. Des bains pour toi... »

Dix-huit ans et vingt et un ans. Ils s'étaient installés à la table de la cuisine, un soir, avec du vin, un stylo et un bloc-notes, faisant leurs comptes comme des gens de quarante ans. Moïra la comptable – ses économies à elle, ses économies à lui, et l'argent que son père mort avait laissé à Ray.

« Je vendrai un tableau », dit-il. En se tapant le front : « Pensée positive... »

Elle acquiesça.

Et donc, quinze jours après avoir emménagé dans le cottage aux roses trémières aussi hautes que Moïra, Ray alla s'installer dans la serre, avec sa radio, son crayon collé derrière l'oreille. Elle l'y laissait, retournait se promener, à nouveau seule, sur le chemin côtier. Ou bien, debout près de l'évier de la cuisine, elle l'observait – sa chemise bleu clair, ses cheveux en broussaille. Sa façon de tirer sur sa lèvre inférieure quand il réfléchissait. Quelquefois elle allait le retrouver, ouvrait la porte coulissante, s'asseyait sur le tabouret et le regardait travailler. *Aube, Afrique orientale. Hervey Bay.* Les pots remplis d'eau du robinet devenaient d'un gris de champignon.

*
* *

Épouse. C'est ce que je vais être.

Moïra prit un emploi à Cley, dans une boutique qui vendait du jus de pomme et des œufs frais. Elle portait un tablier blanc, et avait les cheveux tirés en arrière. Rentrait retrouver son peintre avec une prune ou une tranche de cake.

Et pendant qu'elle coupait du bleu de Binham ou qu'elle pesait des fraises, il peignait sans relâche. Plus vite, plus à fond, comme s'il débordait et que les coutures craquaient. Alors, appuyée à la porte de sa maison de verre, sans rien dire, elle pensait dans sa tête : *Rentre !* Ou bien : *Il est tard !* Presque toujours, il comprenait ce qu'elle pensait. Alors il rangeait ses affaires et la suivait dans la maison, continuant à parler travail, couleurs.

Un mois s'était écoulé depuis Locke.

« Je t'aime », disait-il. Tard le soir, elle émergeait de son bain pour le trouver accroupi à ses côtés. Avec les chaussettes qui séchaient au-dessus de leurs têtes. Et une odeur de térébenthine.

*
* *

Moïra transportait une sacoche d'affiches et de dépliants qui disaient : *Raymond Cole. Artiste local*. Une photo de lui, une reproduction de *Aube, Afrique orientale*, son numéro de téléphone et les prix – *on prend des commandes*. Il avait une barbe rousse de trois jours.

Elle poussait les portes des boutiques, qui carillonnaient. Elle déposait les dépliants sur les comptoirs, parlait de Ray, ou essayait, en glissant une mèche derrière son oreille.

Les cafés, les pubs, les ateliers de poterie de Cley, les pensions de famille. Elle faisait tout ce qu'elle pouvait. Elle glissait des dépliants sous les essuie-glaces. Elle en laissait dans les cabines téléphoniques. Elle en collait sur les poteaux télégraphiques, elle en distribuait sur Blakeney Quay, se répétant : *C'est mon homme*. Elle alla jusqu'au village de Morston, sur la côte, en laissa chez le marchand de fruits de mer. Sous les porches des églises. Dans les boîtes aux lettres.

Le soleil lui brûla le cuir chevelu, ce qui lui donna mal à la tête, plus tard.

« Mon petit coursier », dit-il lorsqu'elle rentra avec une sacoche vide. Il fit la grimace en voyant sa peau rougie sous les cheveux. « Moïra ! » dit-il. Elle s'apprêtait à se mettre sous une douche froide pour faire crisser son cuir chevelu et le rafraîchir. Mais elle entendit un bruit. Dans le jardin.

Qui ?

Il fit un petit sourire. « Nous avons une visite. » Il la prit par la main.

Un homme plus grand. Qui n'avait pas des cheveux presque blancs, comme Ray. Mais du gris près des tempes. Des yeux bruns. Moins de trente ans.

Il y a du June en lui. Elle vit cela à la façon dont il tenait son verre, dont il hochait la tête. Dont il écartait une guêpe de la main, écoutait son frère, la tête de côté.

« Alors, ça vous plaît, Moïra ? » Elle ne savait pas ce qu'il entendait par là : la vie sur cette partie de la côte ? Ou bien avec Ray ? Le climat ? « On prenait des bateaux pour aller au large observer les phoques. Un jour... »

Stephen avait les cheveux bruns, avec le haut du crâne un peu dégarni. Des mains plus petites que celles de son frère. Plus soignées également, sans trace de fusain. Il les garda dans ses poches en suivant Ray dans la maison, l'explorant, se penchant pour regarder par les fenêtres. Deux frères. Elle ne voyait pas de ressemblance. Elle ne voyait jamais les ressemblances. Elle essayait de se les représenter se battant, ou creusant un trou sur une plage. Se réveillant le matin de Noël. Stephen faisant de l'orangeade.

Il était comptable. Il habitait un appartement au-dessus du marché de Norwich, et travaillait près de la gare. Tout en parlant, il tripotait l'étiquette de sa bouteille de bière. Regardait Moïra de côté, comme Heather jadis. Il affirma que l'eau de Venise ne pouvait être que verte et avec une odeur forte. Sur quoi Ray fit non de la tête.

« Ce n'est pas vrai. »

Moïra les laissa pour aller prendre sa douche. Elle inonda ses cheveux d'eau.

Plus tard, une fois Stephen reparti, elle dit à Ray qu'ils ne se ressemblaient pas du tout, qu'on ne pouvait pas savoir qu'ils étaient frères.

Ray hocha la tête. Ce n'était pas la première fois qu'on lui disait ça. « N'empêche qu'il a dit oui. »

Oui ? À quoi ? Je ne comprenais pas.

L'idée vint de Ray, donc, il faut que tu le saches. Car le lendemain du jour où Ray avait demandé à son frère d'être son témoin à notre mariage, tu as envoyé par la poste une petite horreur – des nouilles sèches et de la laine collées sur une carte, et une photo de toi, dans tes nouvelles chaussures : roses, avec une boucle. Ray ne t'avait jamais vue. Il ne te connaissait que par mes quelques anecdotes : couleur de ver de terre, courte sur pattes. Il avait dit que tu étais « mignonne ». « Est-ce qu'elle sera demoiselle d'honneur ? » avait-il demandé.

Qu'est-ce que je pouvais répondre à ça ? Toi aussi, tu espérais bien que oui, et nos parents y comptaient, et qu'aurais-je pu donner comme raison pour refuser ? Comment aurais-je pu leur dire – et à toi – la vérité, à savoir que j'étais toujours pleine de ressentiment ? Que je continuais à souhaiter que tu ne sois plus là, ou que tu n'aies pas été conçue ? Toujours jalouse de toi, je suppose. Mais même moi je ne pouvais pas dire ça. Et puis, qui aurais-je pu trouver d'autre, comme demoiselle d'honneur ? Alors je t'ai demandé. Tu ne m'as rien répondu, mais tu as lâché le téléphone. Je l'ai entendu cogner contre le mur, et de loin, au fond du jardin peut-être, je t'ai entendue crier : *Vous savez quoi ?*

Tu as crié la même chose, une semaine plus tard, quand j'ai téléphoné à Stackpole pour annoncer mes résultats. *Vous savez quoi ?* Mention très bien dans toutes les matières, sans aucun effort de ma part, ce qui a fait dire à Miriam : « Oh ma chérie… ! »

« Tu peux choisir n'importe quelle université », a dit Ray, la tête de côté, caressant une de mes mèches. Mais je ne voulais rien de ce genre. Pas de table de travail, pas de bibliothèque. Plus de pages à tourner, de stylos, plus de livres au-dessus desquels on lève les yeux pour regarder par la fenêtre.

C'est aussi l'été où deux enfants – de ton âge – ont été emportés par la mer à Brancaster – pris d'un seul coup par une vague invisible. Des courants sous-marins. On l'a dit à la radio, et Ray et moi, sur le quai de Blakeney, la main en visière sur les yeux, nous avons vu l'hélicoptère passer au-dessus de nous.

Je confesse une chose : je savais qu'ils avaient disparu. Des lampes-torches balayaient l'eau, mais tout au fond de moi, je pensais à une mouette morte que j'avais vue, il y a longtemps, et au mazout, et à la terre retournée à Happisburgh. Et je me demandais où ils allaient échouer. Si, à marée basse, je verrais un maillot de bain jaune à moitié enfoui dans la vase.

Je m'avançai donc sur le chemin côtier en pensant à eux – des frères, leurs chaussures déposées sur la plage, loin de la mer, avec les chaussettes roulées à l'intérieur. Et ce fut leur disparition qui m'amena à l'église Saint-Nicolas, à Blakeney, pour la première fois. Bizarre, de ma part. Mais c'est ce que je fis. Je restai assise dans la pénombre de l'église, avec un pigeon qui battait des ailes dehors sous le toit, et un cageot de boutures de géraniums à vendre, près de la porte.

Je n'ai pas prié, je n'ai pas inscrit mon nom bien soigneusement dans le livre de prières – je savais qu'ils s'étaient noyés, qu'ils étaient morts. Je suis tout de même restée assise sur un banc de l'église.

Plus tard, ce soir-là, j'ai dit : *D'accord*.

Il a posé son livre, il s'est redressé sur un coude. Il a dit : « Tu es sûre ? Vraiment sûre ? »

C'était la chose à faire, de se marier dans cette église. Quel autre choix ? Stackpole, c'était fini. Lockham

Thorpe avait toujours été un endroit sinistre. Au moins, ici, il y avait la vue. Des fonts baptismaux octogonaux, et des géraniums rouges. Le fantôme de Raymond bébé se tortillant pendant qu'on le baptisait, comme on m'avait baptisée moi-même. Le cercueil de son père, en bois verni.

~~~

Til est venue. Elle a quitté les vapeurs de diesel et a roulé vers le nord, a garé sa voiture le long du quai, près du chemin côtier, près de la cabane qui disait : *Vente de coques*. Elle avait un foulard sur les cheveux. Son rouge à lèvres était grenat.

Il s'est présenté, lui a serré la main. *Ray*.

« Bravo », m'a chuchoté Til plus tard, avec un clin d'œil.

*
* *

Ils allèrent à Titchwell, comme toujours, mais ils étaient trois, cette fois. Deux femmes, avec des cheveux jusqu'aux omoplates, et un homme blond au bras nu appuyé sur la portière, qui parlait de légendes et de vérités anciennes. Des souffleurs de verre et du fantôme d'un chien noir arpentant le bord de mer, entre Cromer et Overstrand. Du pasteur en disgrâce qui était devenu dompteur et qui, plus tard, avait été mangé par le lion. Til fut horrifiée et ravie. « Mangé ? » Elle pensa toute la journée à cette histoire.

Des avocettes, des eiders, des chevaliers. Ensuite, ils prirent le thé dans un hôtel, au bord de la route. C'était au tour de Til de faire la conversation. Elle énonça la liste de ses pièces, haussa les épaules. « J'ai connu une actrice – une doublure – qui avait versé du laxatif dans la camomille du rôle principal. Elle a obtenu le rôle.

— Elle est bien bonne », dit Ray, en remuant le thé dans la théière.

Et Moïra finissait par se demander s'il y avait vraiment eu un pilote, ou un Hamlet, ou si Til ne les avait pas inventés, parce qu'elle semblait en pleine forme, et heureuse. On avait peine à imaginer qu'elle avait maintenant plus de quarante ans, à la voir se pencher en avant, avec son pendentif en quartz rose qui se balan-çait, et ses yeux faits. En train de rire avec Ray, de par-ler d'art, et de sa mine de marin.

Ils dînèrent au restaurant *La Langoustine*, à Wells. De là on voyait le port, et Ray portait une chemise brune qui faisait ressortir l'ombre rousse sur ses joues non rasées. Son tableau préféré ? Ses ambitions ? Til lui posait ces questions, et Moïra se disait : *Je ne lui ai jamais demandé tout ça.*

Ce soir-là, dans la chambre d'amis, au milieu des toi-les et des livres de sciences, Til défit ses bagages. Posa ses bottes au pied de son lit. « Moïra, il te regarde comme si tu étais une *reine* ! » Tenant ses deux mains en l'air. Elle fit aussi la liste en comptant sur ses doigts : son humour, son talent, sa grande gentillesse. Elle raconta comment, dans la cuisine, elle les avait vus se mouvoir comme des danseurs, ou des arbres. Au rythme d'une musique qu'elle espérait entendre un jour elle-même. Ou qu'elle avait déjà entendue, mais qu'elle avait perdue, quelque part aux environs de Miami.

Elle transmettra tout cela. Aux trois personnes de Stackpole, qui prenaient encore leurs repas à une table prévue pour quatre. C'est Amy qui avait dit cela à Moïra. Qu'elle était assise en face de la chaise vide, et que ses jambes étaient maintenant assez longues pour l'atteindre du bout des pieds.

*
*   *

Elle choisit une robe blanc cassé dans une boutique de Norwich. Des chaussures assorties. Et comme ce serait un mariage d'automne, elle aurait un bouquet d'asters de mer. « Asters de mer ? » June avait fait la grimace.

Je suis là. Debout dans la cuisine. Ou bien assise dans le salon de thé qui donne sur les roseaux. Ray avait accroché ses tableaux dans la vitrine d'une boutique, fait les réservations pour un week-end à Venise avec de l'argent laissé par son père, et Moïra trempait dans son bain ou remontait son capuchon doublé de fourrure, sur la côte. *Il y a un an… En juillet dernier…* L'infirmerie de l'école, lieu paisible, et la boule à neige dans sa poche pour monter sur la balance, et le cadran solaire, et les faisans qui se faufilaient sous la clôture du parc. Elle dépliait ses lettres par avion, dans la chambre. Elle se rappela les mots tels qu'ils lui étaient apparus, pour la première fois, dans son dortoir – *casoar, Malibu.* Elle repensait aussi à l'autre Moïra, l'élève studieuse, qui avait pleuré sous la douche, qui s'était griffé les bras, qui avait parlé à un singe au feutre rouge sur une ampoule électrique, et qui avait une âme si fière et têtue qu'elle se trouvait larguée. Pas de vraies amies. Prenant pour confidents un squelette et un champ de citrouilles.

Je vais me marier.

Elle le serrait fort, au lit. S'agrippait à lui, avec ses ongles, enfin le peu d'ongles qu'elle avait.

*
* *

« Mariée… dit sa mère. Je n'arrive pas à le croire. Quand tu es née, tu n'as pas crié. Tu t'es juste glissée dehors et… voilà que maintenant, tu te *maries* ! »

Et au téléphone, en octobre, Miriam parla de l'amour. Elle parla de l'homme qui l'avait aidée à monter dans un bus rouge, à Londres, vingt ans plus tôt, et qu'elle avait épousé, et du fait qu'elle n'en avait jamais éprouvé l'ombre d'un regret. « Pas une seule fois ! »

Elle raconta aussi que pour elle, le moment le plus heureux de sa vie n'avait pas été le jour de son mariage, ni sa rencontre avec George dans un bus londonien. Mais c'était Moïra. « Ta naissance. C'est la vérité pure. »

*
*   *

Quant à June, c'était moins clair. « Raymond est impulsif », avait-elle dit en souriant, la main posée sur la clavicule. Peut-être était-ce parce que sa propre histoire d'amour avait été interrompue par un camion de sablage. Mais dans son fauteuil roulant, elle regarda ses digitales et dit : « J'ai toujours aimé mes fils, Moïra. De toutes les fibres de mon être. Pour mes fils, je marcherais sur le feu, je m'ouvrirais les veines, les miennes ou celles de quelqu'un d'autre. »

Que faut-il raconter de la journée elle-même ? Tu étais là. En robe rose, avec une ceinture de taffetas blanc. Ramassant les confettis dans les rigoles. Je t'ai donné mon bouquet d'asters de mer, et tu te promenais avec sous les arbres. *Un. Et deux. Et...* Tu te rappelles ?

Je revois la scène comme si je n'en faisais pas partie. C'est comme ça que ça se passe, pour les mariées ? Je revois notre mère, accroupie pour rattacher sa chaussure. Le pasteur dont la robe s'accroche à un clou. Til qui pleure. Il y avait des badauds près de la porte de l'église qui regardaient. Et là, sur le parvis, Ray m'a appelée sa femme, il m'a déposé le mot dans la main comme un bijou. *Ma femme.* Un nom très spécial. Ou alors je peux te parler du bateau de pêche, et du bleu intense du poste de secours, à Blakeney Point, en pleine lumière.

Le soir, on était sur un tapis d'herbe coupée. Le parc de l'hôtel était éclairé par des torches enfoncées dans la terre. Mon père m'a prise par la main, il a dansé avec moi, et Stephen a trop bu, il a traversé la pièce à minuit, et m'a parlé de façon inappropriée. M'a touché l'intérieur du bras. M'a dit : *Rappelle-toi que je t'ai dit ça.* Le deuxième clocher de l'église était illuminé, comme toujours, et Ray a fait un dessin de moi sur une serviette en papier, que j'ai gardée : dans une boîte, avec ses lettres, et le lac avec les flamants roses. Et toi, Amy, tu t'es endormie sur l'herbe, cachée par une nappe, ce qui fait que personne ne t'a trouvée jusqu'au moment où, à plus de minuit, tu es rentrée dans la maison, gelée, dormant à moitié, avec des confettis mouillés dans la main.

XIV

La maison de verre

« Tu as, avait-il soutenu, du sang italien dans les veines. »

Non.

Écossais et gallois, et c'est tout, c'est ce qu'elle lui expliqua. Elle le lui avait déjà dit. Mais trois jours après leur mariage, et pour la première fois de sa vie, sa peau brunit. Elle ne le remarqua que lorsqu'elle enleva sa robe ce soir-là et découvrit des marques blanches sur elle. De fines raies blanches. Elle se retourna lentement. Elle appuya sur sa peau brunie, pour vérifier. « Tu vois ? » dit Ray, derrière elle. C'est donc cela qu'il voulait dire : que, malgré sa blancheur, elle n'attrapait pas forcément des coups de soleil. Moïra en était venue à penser qu'elle aurait pu vivre là pour de bon, à Venise, mais bien sûr ce n'était pas son cas à lui. Pas avec ses cheveux blonds, et ses cils roux, et toutes les taches de rousseur qu'il attrapait au soleil sur les avant-bras et les genoux.

*
* *

Ils marchaient. Quand ils n'étaient pas allongés dans leur chambre, ils marchaient – empruntaient la Calle dei Fabbri, traversaient des *campi* pour déboucher sur la place Saint-Marc. Ils explorèrent les Frari, où Titien

293

est enterré. Ils passèrent toute une matinée au marché du Rialto, où ils achetèrent de la soie, de l'huile, et un énorme artichaut jaune qu'ils mangèrent plus tard dans leur chambre. Il y avait aussi des anguilles dans des bocaux. Et sur le pont, Ray dit : « Même toi, tu dois reconnaître que c'est magnifique… » Elle regarda, en bas, le Grand Canal, le soleil qui l'éclairait.

C'était Venise telle qu'elle l'avait imaginée. Les matinées calmes, la couleur blanche de la pierre. La ville de Casanova. Le lieu où Jérôme Cardan avait résolu les équations du troisième degré, et mené sa triste existence. Des peintres aussi, disait Ray. Beaucoup de peintres. Véronèse, Vinci. Les femmes blondes, bien en chair, de Titien qu'elle avait vues dans le carnet rouge foncé de Ray. C'était là, se dit-elle, dans ces ruelles. Ray avait des yeux partout, et Stephen avait tort, parce qu'il n'y avait pas beaucoup de touristes, en octobre, et que l'eau n'était pas verte.

Le soir, les rues étaient vides. Il n'y avait que des insomniaques, des chats, et Moïra et Ray. Occupés par leurs pensées, et parlant de choses sans importance – le vin, la calligraphie, le meilleur sport. Elle lui tenait la main. Ils entendaient leurs voix réverbérées par les murs, et puis les chats, et l'eau du canal qui venait frapper les parois. Ray s'arrêtait, quand il voyait de la lumière sur l'eau, ou des ombres dans l'eau elle-même. Il disait : « Regarde… » Toujours l'œil du peintre. Et elle voyait ces choses elle aussi, mais à sa façon à elle. Ray notait la mousse au coin des bâtiments, le bleu de son poignet. Elle remarquait les angles des murs de brique.

Ray se moquait gentiment d'elle. Une matheuse, qui retenait les noms latins.

Un soir, après avoir dîné à San Paolo – bouteille de vin et serviettes de table blanches – ils sortirent du restaurant et déambulèrent dans les rues. À un pont, il marqua un temps d'arrêt, et elle pas. Moïra se retrouva dans une ruelle, sans son mari. Il l'appela. Quelque part dans une des rues derrière elle, elle l'entendit dire :

Moïra… ? Comme une grande personne qui veut amadouer un enfant. Elle se sentit alors vivre intensément.
Différemment. Mariée, à Venise, et s'élançant vers des
eaux tranquilles. À un moment, il la dépassa sans la
voir. Elle sentit l'odeur de sa peau. Elle s'aplatit dans
l'ombre, retint son souffle.

Il mit une heure à la retrouver. Assise près de la fontaine d'une place silencieuse, tranquille, jambes croisées. Deux heures du matin. Il s'approcha d'elle sans se
faire voir. « Ça, ce n'est pas de jeu », dit-il en souriant.
Elle voulut repartir, mais il secoua la tête, la retint par
sa ceinture. Ils rentrèrent ensemble à l'hôtel.

Et puis la nuit, aussi, de la musique. Ils se déshabillaient dans leur chambre, et la mélodie lui parvint – des
guitares, et une voix empreinte de douceur. Cela aiguisa
sa curiosité. Elle se pencha au balcon, en petite tenue,
cherchant les lumières d'un café, ou les musiciens. Un bar
en sous-sol. Le lendemain matin, elle demanda à l'hôtelier
s'il connaissait cette musique, s'il savait d'où elle venait.
Mais il se contenta d'un clin d'œil, de faire claquer ses
lèvres, de hausser les épaules. *Je ne sais pas…*

Dîners aux chandelles, lèche-vitrines. Bains partagés
dans une baignoire en porcelaine avec des robinets en
cuivre et un verre de vin. Une fois elle essaya de le dessiner. Il lisait dans un fauteuil, la cheville gauche posée
en travers du genou droit, un bras pendant sur le côté.
Elle, assise comme une enfant au bord du lit, le crayon
à la main. Mais ce ne fut pas fameux. Elle ne savait
pas, comme lui, voir les ombres. Elle s'énerva, déchira
le papier.

« Est-ce bien important ? » dit-il.

Oui c'était important, parce que Venise, c'était fait
pour être dessiné, pour les peintres, et il était impossible à son mari (*mari* : à Venise, elle se répétait le mot
dans sa tête comme si c'était un pays : dans les *vaporetti*, dans les églises) de passer une heure dans cette
ville sans vouloir s'arrêter pour faire un croquis. Ses
phrases restaient en suspens. Il retenait Moïra sur un

pont, à un coin de rue. Près de la Ca' d'Oro le dimanche, il prit un crayon dans son sac et dit : « Donne-moi cinq minutes… » Mais ces cinq minutes durèrent près de deux heures. Elle bougeait d'un pied sur l'autre, fermait les yeux, regardait ses chaussures, frottait son pied contre les lacets. Deux heures. Il s'excusa auprès d'elle. Fit le nécessaire pour se faire pardonner. Et en fin de compte, l'année suivante, on vit qu'il n'avait pas perdu son temps, car son grand tableau de la Maison d'Or, avec des gondoles, allait se révéler l'une de ses meilleures toiles. Elle fut rapidement vendue à un homme dont le cœur avait été chaviré, à cet endroit même, par une Italienne dont il ne voulut pas donner le nom.

*
* *

De Venise, ils envoyèrent des cartes postales. Ils écrivirent à tous ceux qui étaient venus à leur mariage – les remerciant, écrivant : *On vous embrasse*, *Ray et Moïra*, et ajoutant des croix pour les baisers, comme font les couples mariés. Ils firent cela à des terrasses de café, en buvant des cappuccinos. Elle écrivit à ses parents qu'elle était assise en face de la basilique. À Til elle parla des pigeons. *Les gens leur lancent des graines sur la tête, et ils portent des chapeaux pour se protéger des battements d'ailes*. Elle savait que ça plairait à Til.

Quant à Amy, elle lui parla des chats de gouttière. Ray ajouta alors les plages de sable du Lido, les gâteaux au chocolat, et dit que c'était vrai que les gondoliers chantaient, l'air important, en gilet noir. Il écrivit aussi : *Bravo*. Parce qu'elle n'avait pas trébuché à l'église, qu'elle n'avait pas eu de fou rire, et qu'elle n'avait pas pleuré.

À ses parents elle parla de l'hôtel, et de la nourriture. Ray écrivit trois pages, au stylo à plume, à Stephen. L'amour fraternel, sans doute. Le marié qui remercie son témoin. Elle but son café, regarda les pigeons sur les toits, évalua la longueur de ses cheveux.

Tout en buvant leur café, Ray lui dit : « Tu sais, c'est bien mieux la seconde fois. »

Il voulait dire d'être ici, à Venise. Il voulait dire, expliqua-t-il, que d'être ici avec Moïra, c'était mille fois mieux que d'y être tout seul. Comme dix-huit mois plus tôt, avec un sac à dos, et un stylo qui fuyait.

« Ce n'était pas la même ville, à ce moment-là », dit-il.

Elle non plus n'était pas la même, à l'époque. Dans un monde où l'on vérifiait les poux et où l'on disséquait les grenouilles. Dormant seule dans son petit lit de collégienne.

*

* *

Pendant leur dernière soirée, elle demanda à rester là. À ne pas rentrer.

Ils avaient trop bu tous les deux. Ils étaient dans un restaurant au Castello, où la nappe était vert foncé, et où il y avait des lumières dans les arbres sous lesquels ils étaient assis – des ampoules de couleur accrochées aux branches. Elle se carra dans sa chaise. C'était leur quatrième soirée, et elle portait une robe grise à bretelles qui laissait voir les raies blanches sur ses épaules. En passant sur les ponts, il avait posé sa main sur sa nuque.

Il répéta : « Rentrer ? »

Chez eux à Blakeney. La maison avec la porte jaune.

Le sourire de côté. Il réfléchit à la proposition, en faisant tourner son vin dans son verre. « Et qu'est-ce qu'on ferait ? Serveurs ? Souffleurs de verre ? »

Ray peindrait. Quant à Moïra, elle annonça qu'elle ferait de la pâte à pizza.

Il pensa qu'elle plaisantait, ce qui était vrai, bien sûr. C'était irréalisable. Il y avait sa mère. L'argent, les visas, la boutique de Cley. Et puis elle ne savait pas faire la cuisine. Mais elle imaginait la chose : un appartement à Venise. Des volets en bois. Un tablier, des odeurs de levure. Peut-être, beaucoup plus tard, un enfant à la peau dorée. Elle savait que Ray s'imprégnerait de la langue, l'absorberait par tous ses pores, lui pour qui les mots venaient tout naturellement, mais elle non, et elle serait obligée de s'expliquer par gestes pour faire ses courses. Lui peindrait, en se servant de bleu de cobalt, d'azur et de vermillon. Il aurait des titres tels que *L'Académie la nuit. Saint-Marc vu de la Salute. Le Ghetto.*

Elle vida son verre d'un trait.

Ray dit : « *L'amo. Andiamo a letto.* »

Elle marqua un temps, déchiffra la phrase. Trouva dans son glossaire les mots *lit* et *allons*. Elle rougit.

*
* *

Leur dernier matin, elle se réveilla de bonne heure. Sortit sur le balcon enveloppée dans un drap. Venise avant les amoureux, les artistes, les gondoliers. Du soleil sur les toits. Un homme, en bas, balayait lentement. Des sansonnets buvaient dans la gouttière de la maison d'en face, et elle les regarda.

Elle n'en parla à personne. Mais elle devait y repenser au cours des années qui suivirent, lorsqu'elle marchait sur les galets ou qu'elle attendait dans le cloître – persuadée qu'elle se serait chaque matin réveillée dans cette paix s'ils avaient fait un choix différent ce soir-là dans le restaurant aux nappes vert foncé, et qu'ils étaient restés à Venise, à pétrir de la pâte à pizza. Pas de famille, pas d'ennuis. Eux, rien qu'eux : Ray, et sa femme vénitienne.

À l'aéroport, il lui saisit les cheveux dans une main et il l'embrassa.

Venise les quitta. Elle regarda la ville qui s'éloignait doucement au-dessous d'eux, qui rapetissait. Plus de chapeaux antipigeons, plus de ponts.

*
* *

Ils regagnèrent en voiture la côte du Norfolk, traversant des terres plates et labourées où l'automne avait arraché les feuilles des arbres et les avait dispersées dans les champs, jusque sous leur porte. Elle dut les repousser du pied pour rentrer. Elle en prit une dans sa main – brune, sèche comme une aile. Ray tira les rideaux, ouvrit le courrier. Mit l'eau à chauffer pour le thé.

Arriva un automne froid, plein de lenteur. Il se déploya par à-coups, amenant un ciel plus sombre et des oies sauvages qui survolaient leur maison en formation triangulaire, avec des cris, mais à part ça, leur vie reprit comme avant Venise et leurs vœux de mariage. Les drisses chantaient toujours. Le matin, elle mettait les cendres de la cheminée dans du papier journal, qu'elle pliait et jetait.

Quant à Ray, il amena un câble électrique jusque dans la serre, ce qui la remplit de chaleur et de lumière. Il travaillait maintenant le soir. En permanence, semblait-il. Être artiste était son métier : en partie pour l'argent, mais aussi par nécessité personnelle. Parce que depuis trois mois il n'avait pratiquement pas peint, et que cela lui manquait.

Moïra se tenait devant l'évier de la cuisine en porcelaine blanche et elle le voyait dans son antre. Penché en avant, les cheveux en bataille, de la peinture sur les bras. Elle lui apportait de quoi manger. Du thé sucré. Elle portait son chandail, qui lui tombait des épaules quand elle se penchait. Le soir, quand il travaillait, et qu'il allumait la lumière, il devenait un tableau lui-même – un homme dans une maison de verre, avec la lumière jaune qui tombait sur le jardin plongé dans le noir. Comme un rêve ancien. Ou comme quelque chose qu'elle aurait déjà vu quelque part. Dans un livre, ou sur le mur de Miss Bailey. Elle aurait voulu le noter, ou lui en parler, mais elle n'en était pas capable. Comment aurait-elle pu décrire cela ? Tous les croquis qu'il avait faits sur des ponts, ou dans des restaurants, ou dans le *vaporetto*, ou dans le hall de leur hôtel pendant qu'il l'attendait, il les avait ressortis. Mis en couleurs.

Il travaille.
Je l'aime.

Au téléphone, Tante Til dit à Moïra : « Bien sûr qu'il travaille… De toute façon, quand tu l'as rencontré, ça faisait déjà partie de lui, non ? »

Oui, c'était vrai. Cette vie intérieure, cette vocation, cette passion l'avaient séduite dès le départ. Ces lettres. Il avait osé écrire ces choses à une fille qu'il connaissait à peine. Il remarquait la sève dans les arbres, et la façon qu'ont les guêpes d'attendrir le bois avec leurs petites bouches d'insectes. Il avait croqué des oiseaux roses, les lui avait envoyés.

Je te vois ici. La seule créature à peau blanche.

Une mer d'automne toute plate, et de vastes espaces.

*
* *

Les éclairages de Noël étaient suspendus le long du quai, et un couple de perdrix accroché devant la boutique en bois de Cley. À l'intérieur, on vendait de la gelée de coing, des châtaignes, du fromage, des épices pour le vin chaud. Elle rentra par la grand-route en portant tout cela dans ses bras.

Ray peignait. Et pendant qu'il peignait, Moïra choisissait, de préférence, d'être dehors. Alors elle partait en voiture pour Salthouse, à l'est, là où se dressaient de hautes digues où on avait du mal à marcher par grand vent. Enfouie dans le sable, il y avait la carcasse d'une maison en ruine. Moïra faisait des ricochets. Ou alors elle marchait sur la vaste plage vide de Holkham, avec ses ruisselets et ses pluviers. Elle enfonçait ses talons dans le sable humide. Elle se tenait sous les pins, là où Ray avait jadis trouvé un trésor pour petit garçon : des shillings et un clou rouillé.

Mrs Cole. Ça faisait vieux. Ferme, comme une empreinte digitale. La barmaid du pub *Le Lion rouge*, les vendeurs et Ray lui-même l'appelaient comme ça. « Mrs Cole… » Ray le disait pour jouer, la tête sur le côté.

Par ailleurs Moïra remplissait son rôle de bru discrète et attentionnée, et quand les pluies d'automne se mirent à inonder les champs au sud de leur maison, elle se rendit à Norwich dans la voiture de Ray. Elle déposa un bocal de gelée de coing dans les petites mains de June.

« Comment va mon fils ? Il est heureux, j'espère. » Cela, et d'autres questions. Concernant Blakeney, la maison. L'argent. Les enfants. June sentait bon, elle avait la peau douce et, en repartant, Moïra s'enveloppa dans son châle pour aller retrouver sa voiture. Sans se retourner, elle savait que June avait les yeux sur elle – regardant peut-être ses grands pieds, ou sa nuque.

Sur le chemin du retour, elle pensa à Heather. Elle passait devant une rangée d'arbres, avec le soleil derrière, et elle entendit Heather dire : *Je t'ai vue tomber dans la boue*. Elle avait rincé sa jupe, enfin, essayé.

Où est-elle maintenant ? En train de boire un verre d'alcool fort, transparent, dans un bar d'étudiants. Ou de danser. Une chasseresse à l'affût. Elle aurait apporté autre chose qu'un bocal de gelée de coing et un sourire faux.

*
* *

Il travaillait à *Ca' d'Oro*, le nez collé contre la toile. Tout à son affaire. Il rentrait dans la maison avec de la peinture sur le lobe de l'oreille, disant : « Ça prend tournure ! » Il buvait un verre d'eau, embrassait Moïra deux ou trois fois, puis retournait directement dans sa serre.

Elle vendait des olives dans un bocal, et du cidre. Du gâteau à la lavande. Elle avait découvert le prieuré de Binham, à l'intérieur des terres. Aujourd'hui en ruine, mais elle s'y était promenée l'après-midi, capuchon remonté et lunettes sur le nez. Des pierres moussues, des pigeons ramiers. Un cloître envahi de courants d'air, où l'on se gelait. Elle se réchauffa les mains grâce à un cheval solitaire dans le champ d'à côté. Il avait passé la tête par-dessus le grillage, et il avait une haleine chaude et humide.

Je l'aime. Lui aussi lui avait dit cela, un jour, sous le sèche-linge, près de la baignoire. À Venise, il le lui avait dit.

Elle avait toujours pensé que si cela venait un jour à sa rencontre, si on la choisissait, et qu'elle ait assez de chance, ou soit assez inconsciente pour dire le mot elle-même, cela resterait. Ne s'en irait pas. D'autres amours s'en allaient peut-être, mais pas de cette sorte-là. Non, pas celui-ci. Elle y avait cru, et depuis près d'un an elle n'avait pas palpé sa broche de poissons, avec son agrafe pointue, qui restait dans son coin à se ternir. Et voilà, Moïra était là : jeune mariée. Se promenant dans un prieuré désert en plein mois de décembre, toute seule, se triturant les ongles comme jadis à Locke, dans les semaines et les mois qui avaient précédé Ray.

*
* *

Une fille aux rotules saillantes.

Mais la nuit elle le retrouvait. Il avait pris une douche, il oubliait son travail et il la regardait comme si c'était la première fois. Ils étaient ensemble – elle retrouvait la bonne chaleur des mains de Ray. Ou bien ils dormaient. Ou alors, s'ils étaient trop fatigués pour dormir, et trop fatigués pour faire autre chose, ils restaient allongés sur le côté, ils se regardaient. Sans rien dire, ou bien c'était Ray qui parlait – de ses voyages, mais c'était des histoires qu'elle connaissait elle aussi maintenant, elle aurait pu les raconter comme si elles lui étaient arrivées à elle. Le jour où il avait crié son propre nom dans le cratère du Vésuve pour entendre l'écho lui revenir.

Dans un murmure, elle lui avoua qu'à la bibliothèque de Locke, le soir, elle ouvrait un atlas, cherchait ses pays, leurs récoltes, leurs insectes venimeux, l'espérance de vie de la population. Qu'elle se répétait :

En Afrique, ne pas nager. Ou bien : *Mettre de la crème solaire*, et : *Peler les fruits.*

« Tu faisais ça ? Vraiment ? » Il souriait.

J'ai de la chance. D'avoir ce que j'ai.

De la chance, que nous dormions comme des virgules accolées, l'un contre l'autre. D'avoir la porte d'entrée jaune. Les oiseaux qui volent dans le noir. Elle se répétait cela, grâce à quoi le matin elle acceptait sans broncher de le voir se lever, passer la main dans ses cheveux, ramasser un pinceau et sortir.

*
*   *

Au téléphone, Amy lui dit : « J'aimerais bien que tu sois là, Moïra. Parce que tout de même, c'est Noël, tu sais. »

Elle raconta qu'ils avaient suspendu le bas de velours rouge à la porte d'entrée, et mis dehors de la couenne de bacon pour les oiseaux. L'Atlantique était sombre et triste. « Joyeux Noël », dit Moïra, avant de reposer l'appareil.

Mais le premier Noël de femme mariée de Moïra n'eut pas lieu à Stackpole. Il se passa avec Ray, avec sa mère, qui portait une robe de veuve et critiqua la dinde, et avec Stephen, qui but trop et appela trois fois Moïra par son nom, sans raison, pendant qu'elle lavait les soucoupes. *Moïra, Moïra, Moïra…* Qui alla bavarder avec son frère au bout du quai, et téléphona à une fille sans enlever son chapeau de papier.

Quand arriva la nouvelle année, Moïra était dans la cuisine, toute seule.

Comment te rends-tu compte du temps qui passe ? Est-ce que tu t'en rends compte, seulement ?

Pour nous, la question est assez facile, nous qui marchons les yeux ouverts, qui avons nos miroirs, et des clochers, et des calendriers où l'on peut cocher les jours. Mais Dieu sait comment c'est, pour toi. J'ai entendu parler de gens qui ont été dans le coma pendant des années, et qui se sont réveillés pour dire : *Comment va le chien ?* Ou bien : *Qui a remporté le match de foot ?* Comme s'ils s'étaient endormis une minute ou deux. On ne pense plus que ça risque de t'arriver.

*

*   *

Bien des mois s'étaient écoulés depuis Locke. Un long fleuve. Pourtant, je revoyais avec précision la vieille horloge de l'école au-dessus de la cour – son cadran vert-de-grisé, les aiguilles rouillées qui grinçaient en tournant. Les fientes d'oiseau tombées dessus. J'entendais encore son carillon grave, fatigué, si clairement que je tournais la tête pour l'écouter. Je mesurais maintenant les jours grâce à d'autres pendules – la montre de Ray, ou le réveil, ou les chiffres lumineux sur la porte du four.

Aussi par les gens qu'on voyait sur le quai. Ceux qui promenaient leur chien, les retraités, les observateurs d'oiseaux : ils étaient là toute l'année, ça ne voulait rien dire. Même Gordy, qui emmenait les gens voir les phoques, bravait la mer par tous les temps. Mais quand arrivaient les enfants, Moïra se disait : C'est l'été. Les balances à crabes et les cornets de glace signifiaient que la saison avait commencé, et que cela allait entraîner pour eux des rentrées d'argent. Les derniers tableaux de Ray étaient accrochés sur les murs du restaurant *La Langoustine*, au-dessus des têtes des dîneurs, et on y appliquait des petites pastilles rouges. *Vendu*. Un article sur lui dans le journal local : Ray souriant, bras croisés, le teint hâlé.

Un artiste local prend son envol.

« Son envol : pour où ? » dit-il en souriant, et levant les bras.

Son visage à elle, aussi. Son corps, son grain de peau. Les parties d'elle anciennes et nouvelles. Il avait dessiné ses pieds au fusain sur du papier blanc pendant qu'elle faisait la sieste, parce qu'ils lui plaisaient. « Élégants ! » Pas élégants du tout. *Il se moque*. Elle mit des chaussettes.

Il s'enfermait dans une chambre de verre, le soir. Il parlait aux couleurs, aux pinceaux.

Elle mit une petite annonce dans l'*Eastern Daily Press*.

Étudiante donnerait leçons à domicile. Maths/Sciences. Que savait-elle faire d'autre ?

*
* *

Pour Til également le temps passait. Enfin. Elle allait jouer, dit-elle, Lady Macbeth – sur une scène du West End, si bien qu'il y aurait des affiches d'elle – maquillage noir, sourcils levés –, en mars, placardées sur les autobus, dans les escaliers roulants du métro. « Oui, c'est vrai, disait-elle. Lady Macbeth ! » Elle passait son temps en répétitions. Ou bien elle était dans son appartement, devant son feu électrique, à lire des livres sur la pièce. À dire son texte. « Il y a un seul problème », ajoutait-elle. Dans la scène de folie, elle devait se déshabiller. *Va-t'en tache damnée*, et elle devait se voir le corps couvert de sang, et défaire en scène sa chemise de nuit. « Alors je fais de l'aérobic. Les croissants à l'œil, plus question. »

Il y avait à nouveau une forme de bonheur en elle. Til faisant sa gym, s'exerçant à dire *Désexuez-moi*, se liant d'amitié avec les trois sorcières. Et s'il y avait encore un homme quelconque qui lui trottait par la tête, il était plus vague, il avait une voix plus étouffée. Elle oubliait parfois de lire son horoscope.

Au téléphone, Miriam dit : « Ta tante a l'air d'aller bien. Je m'inquiétais un peu pour elle. »

George aussi allait bien. Il avait gagné aux courses, si bien que trois jours plus tard Moïra trouva un billet de vingt livres dans une enveloppe. *Petit cadeau ! Achète-toi quelque chose qui te fasse plaisir.* Elle s'acheta un couteau de cuisine et des sels de bain.

*
* *

Ray lui dit : « Tiens… » et il lui tendit un petit carré de papier de couleur pêche avec son écriture. Elle défit son écharpe. C'était un numéro de téléphone, avec un nom.

Elle appela. Un homme avec une élocution nette, un peu saccadée, lui parla de maths, et de son fils unique. « Dès que vous pourrez. Il a du mal. » Donc cette semaine, ou même demain.

*
* *

Moïra portait une robe grise, avec des chaussures grises à petits talons qu'elle avait trouvées dans une boutique de soldes à Holt. Elle s'était fait un chignon. Elle avait mis ses verres de contact qui s'arrondissaient sur ses yeux.

Ils s'appelaient Hannigan, et ils habitaient à Burnham Market, avec ses maisons du XVIIIe siècle, sa boutique de modiste. Moïra remonta l'allée de gravier qui menait à la demeure de briques rouges et frappa deux fois à la porte d'entrée. Le garçon à qui elle allait donner des leçons s'appelait Sam. Timide. Il était installé dans la salle à manger, les mains posées sur la table. Un large bow-window donnait sur la rue, sur l'église et les sycomores, et pendant qu'il travaillait, elle regardait les arbres qui perdaient leurs feuilles, et les haies secouées par les oiseaux. Au loin, une cabane dans un arbre. C'était une maison silencieuse, bien tenue. Le père de Sam apportait du café, des biscuits à la cannelle, une provision de stylos-billes, et refermait la porte derrière lui.

Sam peinait avec les maths. Avec Pythagore, et les décimales. Quand Moïra écrivait une fraction, sa respiration changeait. Il attrapait son stylo-bille, fronçait les sourcils. Moïra le regardait : ses cheveux couleur de mélasse, avec une mèche blanche près de son oreille gauche qui brillait doucement. Une blessure, peut-être. Un coup sur le crâne. Une chute de la cabane dans l'arbre, ou une balle de golf.

À cinq heures et demie, le père de Sam glissait dix-huit livres dans les mains de Moïra. C'était un homme maigre, anguleux. Il se tenait parfois si près d'elle qu'elle sentait l'odeur de son after-shave et du cuir de ses souliers. Une fois, elle se retourna sur la route et vit Sam assis dans la salle à manger, perdu dans sa mer de chiffres, pataugeant.

Un bébé de la mer, peut-être. Aux yeux noirs, comme elle.

*
* *

Elle rêva, cette nuit-là, de la corde de nylon bleue qu'elle n'avait ni vue ni escaladée depuis des années. Elle devait ne plus être là, ou être noire de mazout. Mais elle en rêva. Un ciel crevassé, une bouche pleine d'écailles de poisson, et son père qui lui disait : *Crache, mais crache*. Elle crachait.

Moïra.

Ray redit son nom. « Moïra. »

La chambre fut là, et le visage de Ray, et la corde bleue avait disparu.

*
*　*

Elle fit paraître de nouvelles petites annonces dans tous les journaux locaux, et dans les revues paroissiales, et elle laissa des prospectus dans toutes les écoles. Et bientôt, elle n'eut plus seulement Sam. Elle se mit à travailler presque tous les soirs, comme Ray – chargée de bouquins, d'encyclopédies, de rapporteurs. Elle se retrouvait dans des pièces où on faisait silence avec des enfants aux yeux rivés sur leurs devoirs, se mordant la lèvre inférieure. Ils avaient tous des manques. Une petite fille de Fakenham avait de mauvais résultats dans toutes les matières scientifiques. Le mardi, Moïra était dans un presbytère des Fens, assise à côté d'un petit garçon qui avait un doigt cassé et un gros rhume, et elle lui trouvait l'air triste. Elle passait une heure par semaine en ville, avec une petite fille qui parlait aux additions. Elle ne les comprenait pas, elle leur disait : *Toi, tu es difficile…* Moïra voyait ça, elle se demandait s'il lui était jamais arrivé de parler aux chiffres de cette façon. On voyait la cathédrale de la maison, et la maison de Stephen n'était pas loin de là, elle aurait pu aller frapper à sa porte, si elle avait voulu. Mais elle ne le faisait pas. Elle préférait aller retrouver Ray, et dans l'espace clos plongé dans le noir de la voiture, elle retrouvait des tas de choses enfouies qu'elle n'avait pas ressenties depuis Locke, depuis l'époque où elle se retrouvait seule dans le dortoir la nuit, ou alors quand elle avait perdu son haricot de mer. Elle mettait fin à ses rêveries en passant la porte, replaçait ses clés dans le pot de fleurs près de l'entrée et annonçait : *Je suis là !*

Tu as des fleurs. Fraîches. La dernière fois que je suis venue, il y a trois soirs, j'ai vu des lis – aux bouches roses, à l'allure sexuelle, avec une haleine chaude. L'infirmière a éternué en entrant dans la chambre, mais elle ne les a pas enlevés. En tout cas, elle a dit qu'elle ne les enlèverait pas. N'empêche qu'ils ne sont plus là, et à la place tu as des jonquilles sur ta table de nuit. Les premières de l'année. Simples, éclatantes. Tu t'en rends compte ?

Ma dernière visite m'a troublée. Je ne m'y attendais pas, mais en rentrant, lorsque j'ai traversé le pont à péage, j'avais Sam en tête, je n'arrivais pas à m'en défaire. Je ne me l'explique pas. Cela paraissait bizarre, parmi toutes les possibilités, d'être hantée par lui. Pourquoi pas la jeune fille de pierre, sans yeux, de la fontaine ? Ou Venise ? Je ne sais pas, même si ces images-là jetaient aussi leur ombre sur moi de temps à autre, ou même plus souvent, comme toutes les choses de notre passé. Toi aussi tu dois en avoir. Les camarades de classe peuvent être cruelles, et je soupçonne qu'on t'a parfois lancé des paroles comme des gravillons. Tu es quelqu'un – ou tu étais quelqu'un – qu'on blesse facilement. Princesse, peut-être. Ou Mademoiselle la… quoi ? La chef ? La vexée ? Un été, tu as fait pousser des radis dans une bassine, et tu en as apporté un en classe. Elles ont bien dû se moquer de toi. *Un radis ? Sans blague !*

Donc j'ai pensé à Sam. Il se promenait sur mes bouquins. Il m'accompagnait quand je montais les marches de la bibliothèque. La nuit dernière, il flottait dans mon sommeil, comme une nappe d'huile, et me voilà, deux jours plus tard, avec lui qui est toujours là, et son père, bien sûr, et je ne comprends pas pourquoi, alors qu'il y a tant d'années que je ne les ai pas vus ni l'un ni l'autre et que je ne les reverrai probablement jamais. Je n'ai pas repensé à Sam depuis ma vie à Blakeney. Sans doute que mon cerveau, en secret, sait pourquoi. Quelque part entre l'hippocampe, l'hypothalamus et les petites cellules grises.

Et puis ces enfants qui avaient été emportés par une vague, à Brancaster, la semaine précédant mon mariage. Ils se sont noyés, est-ce que je te l'ai dit ? Tu avais probablement deviné, de toute façon. Il est difficile d'échapper à l'eau. C'est presque toujours elle qui gagne. Les nénuphars, les phoques, jouer à jeter des bâtons du haut d'un pont, cela n'atténue en rien le pouvoir des lieux aquatiques, ni leur secret. Ils séduisent pour tromper, comme les sourires. Même si on dit que mourir noyé n'est pas la pire des morts, et je veux bien le croire – j'ai lu ce qu'on écrit sur la privation d'oxygène, et ses effets. J'ai suivi des cours, je sais l'idée qu'on peut s'en faire. Mais d'un autre côté, tu sais ce que j'en pense maintenant. Et tu connais mieux que moi ce qu'on sent quand on a du sel dans les poumons.

Est-ce que tu aimais les jonquilles, jadis ? Je ne te revois pas en train d'en cueillir, comme tu cueillais d'autres plantes. Les pâquerettes, ou les aigrettes de pissenlit sur lesquelles tu soufflais. Il poussait des jonquilles près du pré aux chevaux, et de l'école.

Bref. Amy.

Je vais essayer de ne plus penser à Sam, en tout cas pour l'instant. Et poursuivre jusqu'aux animaux tués sur les routes et toi en petite fille de sept ans qui avait séduit tout le monde à Blakeney. Ray fit un croquis de toi en rose pastel : ton choix, tu te rappelles ? Tu avais refusé le fusain, disant qu'on était en été, et que l'été, ça n'était pas fait pour le noir. *Amy, avec perles de bois.*

Tu fus émerveillée.

*
*   *

Une lettre arriva. Ray la lui lança par-dessus la table du petit déjeuner. Moïra l'emporta dans la salle de bains et l'ouvrit.

Moïra,
Je deviens folle. Il faut que je vienne te voir, s'il te plaît.
Je sais que tu n'en as pas vraiment envie, parce que tu
dis tout le temps que tu es très occupée, mais quelque-
fois c'est affreux d'être ici. Il n'y a rien à faire. J'en ai
assez de papa et maman. Ils ne me parlent que de mes
devoirs. L'autre jour, je les ai vus s'embrasser dans
l'entrée, quelle horreur, je ne savais plus où me mettre.
Est-ce que je peux venir pour les vacances ? Je pour-
rais faire de la peinture avec Ray. Je suis bonne en des-
sin à l'école. Si tu dis non, je serai vraiment triste, et
je ferai rien que des bêtises.
Je t'embrasse,

Amy, xx

« Du chantage ? dit Ray. Maligne, cette petite. »

*
* *

Est-ce qu'on peut éviter ça ?

Elle posa la question à ses parents, de façon abrupte, sans prendre de gants. Elle avait des élèves, et des choses à faire. La maison était petite, et qu'est-ce qui l'obligeait à l'accueillir ? Paroles brutales. Mais ça jaillissait spontanément, elle ne voulait pas d'Amy chez elle, avec ses galipettes et son entrain, et Ray qui l'avait trouvée tellement adorable le jour du mariage, dans sa robe de demoiselle d'honneur.

George dit : « Moïra, c'est ta sœur. Sois raisonnable. »

Raisonnable. Elle répéta le mot en grommelant.

*
* *

« C'est une bonne idée », dit Ray. En déplaçant une toile. Le moulin à vent sous un ciel d'orage. « Tu ne la vois jamais. Tu la connais à peine. »

Du temps s'était écoulé depuis le mariage. Elle n'allait plus être la petite fille avec une ceinture en taffetas rose, un fer à cheval en argent attaché à son poignet, les mains pleines de confettis. Qui passait des brindilles sous la grille devant l'église.

On mit donc Amy dans un train à Bristol, en lui recommandant de ne pas bouger, de ne pas quitter sa place et de ne pas parler à des inconnus, pendant cinq heures, le temps d'arriver à Norwich. Long voyage. Moïra s'attendait à voir débarquer une créature fatiguée, silencieuse. Mais Amy traversa la gare en courant, ses chaussures à boucle claquant sur le sol. Elle trébuchait un peu. Quand elle atteignit le banc, elle ne dit pas bonjour. Elle ne serra pas la main de sa sœur, ne vint pas se coller contre sa taille. Elle se contenta de tirer sur sa lèvre inférieure, montrant les veines bleues délicates à l'intérieur, et la blancheur devant ses gencives. « Regarde ! »

Du doigt, elle fit branler une dent. Grinçant dans son alvéole. D'avant en arrière, d'avant en arrière.

*
* *

Avoir Amy dans la maison, c'était comme un coup de fusil, ou comme une piqûre de vive au talon, ou une lampe torche qu'on allume. C'était du bruit aussi – un Yo-Yo qui cogne contre le sol en ardoise, ou des bribes de chansons, ou un cliquetis de pas dans l'escalier. Amy achetait des caramels, laissait les enveloppes sur le rebord des fenêtres, et les mâchonnait pensivement en dessinant à la table de la cuisine. Des caramels, pour faire tomber sa dernière dent de lait. Sauf que ça ne marchait pas.

Il y avait du Til en elle. Ou du Miriam. Elle avait sept ans et demi, elle était intrépide, et elle appuyait trop fort sur ses feutres, dont le bout s'écrasait et dont l'encre séchait. Elle était d'un blond plus foncé que Ray, dont les cheveux étaient si blancs, avec du roux dans la barbe quand il la laissait pousser. Les cheveux d'Amy étaient couleur de gâteau de miel. La plupart du temps, elle ne les coiffait pas, même si elle avait une pince rouge en forme de papillon qu'elle se mettait tout près du cuir chevelu. Moïra la regardait faire. « Tu veux la porter ? » demanda Amy, sa pince à la main.

Amy croyait à tout.

Aux fées, principalement. Les mains sur les hanches, elle croyait dur comme fer qu'il y avait des petites créatures ailées qui vivaient dans les fleurs et qu'on pouvait ramener à la vie en claquant dans ses mains. Elle soulevait des briques, retournait des feuilles. Au petit déjeuner, la bouche pleine de toast, elle annonça que oui, il y avait des fées dans le jardin de Blakeney.

« Tu les as vues ? » demanda Ray.

Elle fit signe que oui. « Trois.

— Trois ? »

Un tapis devenait un étang, et un coussin était un marchepied. De la rue, elle observa la cheminée : pas tout à fait assez large pour laisser passer le Père Noël, alors comment faisaient-ils ? Ils ouvraient les fenêtres ? Le Père Noël ne venait pas chez eux ? « Les chats, disait-elle, nous comprennent. » Dans le fond d'une penderie, il y avait tout un monde enfoui sous la neige, il suffisait d'y croire. Et elle voulait elle-même devenir une fée, en mangeant des gâteaux de pollen et en buvant de la rosée – c'était donc ce que devenaient toast et jus d'orange. Elle faisait claquer ses lèvres et disait *Aah !*

« Je te vois en elle, Moïra », dit Ray. En remplissant un verre d'eau.

Menteur.

Pas de frontières. Amy faisait bouger les lignes. Le réel et le fictif se donnaient la main, se mêlaient l'un à l'autre. Elle fourrait son nez partout, posait des questions, ouvrait les portes sans frapper. Essayait les vêtements de Moïra. Mit pour se coucher une paire de chaussettes à elle. Quand June vint en visite, Amy, mâchouillant son caramel, la regarda et dit : « Pourquoi est-ce que vous ne marchez plus ? » Question qui ravit June, qui la fit rire, et s'émerveiller de cette innocence, de ces immenses yeux bleus.

Ray dit : « C'est un plaisir de l'avoir ici. Tu ne trouves pas ? »

Il savait bien ce que sa femme pensait. En lui posant la question, il repoussa derrière son oreille une mèche de ses cheveux noirs et raides.

Le dimanche, ils partirent en bateau voir les phoques à Blakeney Point. C'était une idée de Moïra. Elle leur avait payé un tour sur le *Safari phoques de Gordy*, et s'assit à l'arrière, près du moteur. Des hirondelles de mer venues de l'Arctique, et sur la terre, derrière eux, les clochers des églises. Amy fut malade pendant une heure. S'accrochant au bord du bateau, les joues grises, s'essuyant le nez sur le mouchoir de Ray, et ne cessant de dire pardon à Moïra. Pardon de leur gâcher l'excursion.

*

* *

Il n'y avait pas que les promenades en bateau qui rendaient Amy malade. Bientôt, ce furent aussi les longs voyages étouffants en voiture. Lors d'une excursion en car au Pays noir avec son école, Amy tambourina sur la porte du car, dégringola par terre, vomit sur les chaussures d'une dame.

Le mal de mer fut peut-être la première vérité de la vie adulte qu'ait rencontrée Amy : elle découvrit que son corps ne pouvait pas faire n'importe quoi. Ou alors ce fut la viande. Un soir, elle pleura lorsque Moïra lui apprit qu'on faisait les saucisses avec des cochons.

« Est-ce qu'ils meurent de vieillesse ? » demanda-t-elle, secouée, mais se raccrochant à cette idée.

Moïra ne voulait pas mentir. Elle avait le sentiment que ça ne servirait à rien, et que viendrait forcément un moment où Amy devrait faire face à la réalité. Alors elle expliqua que non, ils ne mouraient pas de vieillesse. Elle parla de balle dans la tête. Des poulets de batterie dont on sentait l'odeur, à Locke, quand le vent venait du sud-ouest. Prononça le mot : *abattoir*.

Mais surtout, ce qui faisait horreur à Amy, c'était les animaux que les voitures tuaient sur la route. De toutes les vérités c'était la pire, la pire violation de ses théories enfantines. On était au début de l'été, et les routes étroites du Norfolk étaient pleines de petits cadavres étendus sur le macadam, ou se ramollissant sur le bas-côté. Il y avait des oiseaux morts sur la grand-route. Des oisillons qui n'avaient pas encore appris le danger des pare-brise gisaient dans les caniveaux, pattes écartées. Ceux-là, Amy ne les remarquait pas, ils étaient trop petits, ou peut-être qu'en voyant leurs ailes bouger au vent, elle pensait que c'étaient des vieux chiffons. Mais les lapins, les écureuils, les renards : ceux-là, elle les apercevait. Elle les comptait. Elle avait en tête la liste douloureuse des morts. Sa première expérience de la chose fut à Wells-sur-Mer : un cadavre d'écureuil sanguinolent sur la chaussée qu'elle traversait pour aller s'acheter une glace. Elle poussa un cri, s'agrippa à la manche de Moïra. Son monde s'effondra, sur ce trottoir. Rien n'était plus comme avant. Elle ne voulut pas de glace. Et ensuite, chaque fois qu'elle montait en voiture, pendant cet été dans le Norfolk, Amy priait. Pour ne pas voir de morts. Pour qu'il n'y ait rien d'écrasé par terre. Quelquefois elle enfonçait la paume de ses mains dans ses yeux pour que, même si on croisait un lapin, elle ne le voie pas. « Conduis moins vite », supplia-t-elle pendant qu'elles allaient à la jetée de Cromer. Elle avait peur de heurter quelque chose. Une bosse sur la route la rendait malade.

Est-ce que ça n'arrivait jamais à Stackpole, sur les routes ? Les morts qu'elle avait vues, c'était à cause du mazout, et sur le sable noir, tandis qu'ici, sur la route qui longeait la côte depuis Hunstanton, et qui traversait des villages de guingois, c'était les voitures qui venaient surprendre les animaux en liberté. Qui n'apprenaient pas la prudence. Amy les pleurait tous.

Moïra remarqua cela. Sur le chemin du retour, elle jeta un coup d'œil de côté sur la petite fille assise à côté d'elle – elle la vit se mordre la lèvre inférieure, tirer sur ses pouces. Elle remarqua aussi que ce n'étaient pas les bêtes écrasées qui frappaient le plus Amy. Un hérisson tout raplati ne lui causait pas autant de chagrin qu'un lapin intact. Les animaux qui ne portaient pas de trace du choc. Les bébés lapins qui avaient l'air endormis, ou d'être morts de mort naturelle. Les écureuils qui avaient l'air de prendre le soleil. Le lièvre qu'ils croisaient en début de soirée, et qui venait de se faire renverser, encore chaud peut-être, allongé sur le côté, une oreille brune dressée.

« Je ne veux pas voir ça… » Elle pleurait à chaudes larmes. Elle tirait sur la peau de ses bras. Elle aurait voulu les aider, les sauver, les enterrer. Déposer des fleurs sur leurs petites tombes. Moïra était tentée de parler tumeurs, caillots de sang, hernies. Mais Ray s'asseyait à côté d'Amy et lui expliquait plutôt que ce genre de mort était rapide, et que l'animal ne sentait rien, n'avait conscience de rien. Il disait : « Tout meurt un jour, ma jolie. » Elle paraissait toute petite, quand on lui disait ça. Elle se refermait comme une fleur, et reniflait. La sagesse, supposait Moïra. La colonne de lumière de l'âge adulte pénétrant entre les arbres de l'enfance.

*

* *

Moïra rentrait des Fens, après une leçon particulière. Tard le soir, avec des moucherons, elle roulait en silence. Elle passa devant la ferme de lavande, elle en sentit l'odeur. Quelque part à l'est, Locke Hall était vide pour les vacances d'été. Des chauves-souris dans les murs, et un squelette au milieu de la poussière, attendant qu'on le retrouve.

Elle pensait à ça, et elle ne le vit pas s'aventurer sur la route au-devant d'elle, près de Hunstanton. Elle freina, mais le heurta. Elle sentit les pneus tressauter, elle prit le temps de respirer à fond et sortit de la voiture. Elle retourna à l'endroit où la bête gisait. Morte. Un gros blaireau gris, les mâchoires encore ouvertes. L'œil brillant. Avec une odeur de terre, musquée, une odeur encore vivante. Elle s'agenouilla à ses côtés, l'empoigna par sa fourrure tiède, le traîna sur l'herbe du bord de la route.

En rentrant à Blakeney, elle trouva le living inondé de lumière. Amy, sur une chaise en bois. Ray était assis jambes croisées – la cheville droite sur le genou gauche – avec un carnet de croquis, et un pastel rose à la main. « Je fais le portrait de ta sœur. Une commande. »

Moïra se versa un verre de vin et regarda la scène. Le menton levé d'Amy, ses pieds qui remuaient, et les perles de bois autour de son cou. Ray disant : *Parfait*…

Le blaireau aussi était présent. Le fait que la veille encore il trottait dans les sentiers, glapissait, humait l'air. Ou, qui sait, allaitait ses petits. Elle pensa à Stackpole, à quatre cents milles de là : son père, et le craquement des glands sous son talon.

Amy prenait des airs, ce qui faisait rire Ray.

*
*   *

Moïra emmena Amy à la gare de King's Lynn quatre jours plus tard. Traversa Hunstanton, et ne pensait plus au blaireau, sans doute. Ne s'en souvint que lorsqu'il apparut sur le bord de la route, là où elle l'avait laissé. Plus petit, maintenant. En le voyant, Amy eut les larmes aux yeux et fit : « Oh non ! » Ses larmes ne cessèrent pas de couler, elle monta dans le train les yeux rouges, les joues mouillées. Elle appuya le front contre la vitre pour dire au revoir : elle ne voulait pas partir, elle voulait rester à Blakeney, avec eux. Le nez bouché, mais elle avait le mouchoir de Ray, alors elle en tordit les coins pour s'en servir.

*
* *

Plus tard, sur le canapé, j'ai senti un objet dur. Ton Yo-Yo, sans la ficelle. Je l'ai ramassé et je l'ai jeté dans la poubelle.

Encore plus tard, une quinzaine de jours peut-être après ton départ, en ouvrant un tiroir de la chambre d'amis, j'ai trouvé la ficelle et, attaché au bout, un petit carré blanc et dur. Avec des traces rouges. Qu'est-ce que tu avais fait ? Ray savait, lui. Il a secoué la tête, admiratif. Le vieux truc : une ficelle, une dent, et une porte qu'on claque.

« Les petites Stone, quand ça veut quelque chose… », a-t-il dit.

Ç'allait être une histoire à laquelle se raccrocher, bien plus tard, dans les années où tu te retrouverais sur un lit d'hôpital, les yeux fermés, la tête sous l'eau.

J'ai raconté la chose à nos parents : la dent, et la ficelle. Ça montrait ta force, ta ténacité. On pouvait y trouver des raisons d'espérer. Ça les a rendus un peu plus optimistes. Ils se penchaient contre ton oreille blessée et disaient : *Tiens bon, Amy. Tiens bon.*

XV

Migrations

Et tu te retrouves sur ce lit d'hôpital dans une ville où tu n'avais jamais mis les pieds avant de tomber du sommet de Church Rock, près de Broad Haven, quand tu avais douze ans. Tu n'es plus près de la mer. Tu es à l'intérieur des terres, et l'eau la plus proche n'est qu'un fleuve, la Severn, qui s'est enflée plus d'une fois depuis que tu dors ici – la déferlante géante, le mascaret, qui est remonté en amont loin de la mer, en rugissant. Nous ne l'avons pas vu, ni entendu, en vérité : ni nous, chez nous, ni toi, ici. J'ai lu la nouvelle ensuite, dans le journal, je l'ai lue à haute voix : *Hier...*

Voilà ce que c'est, l'eau, Amy, voilà ce qu'elle peut faire. Ce n'est pas fait uniquement pour y patauger. Ce n'est pas seulement la mare aux colverts au bord de laquelle on m'a raconté que tu aimais t'asseoir avec du pain en surveillant l'eau peu profonde, dans l'espoir d'apercevoir le dos luisant d'une loutre. L'eau peut s'enfler. Elle peut emporter, ou ramener. Les enfants qui sont morts près de Brancaster l'année de mon mariage avec Ray ont été portés par un courant plusieurs jours de suite, ils ont tourné en rond, l'un à côté de l'autre, la figure dans l'eau. On a retrouvé leurs corps à Weybourne, finalement. Ne lui fais pas confiance. Ne t'imagine pas que c'est une eau calme, captivante, dans laquelle tu peux voir ton reflet.

Stephen, à un moment, a eu une petite amie qui me faisait penser à toi. Pas physiquement – à l'époque tu avais à peine dix ans. Elle avait la trentaine, un corps en forme de violoncelle, une tignasse de cheveux frisés, et sur la cheville un tatouage représentant une libellule. Mais elle parlait de choses dont tu aurais pu parler un jour, toi aussi. La planète, les forêts tropicales. Assise à notre table de cuisine de Blakeney, elle faisait une mappemonde avec ses mains et parlait des pluies acides, des réserves de pétrole, des tigres, du carbone, des sacs en plastique. Stephen, lui, regardait son vin. Moi je la dévisageais, et je te voyais toi. Même si tu n'avais alors que dix ans, ou même pas.

Peut-être que tu peux prendre cette pensée avec toi, ou bien nous pouvons le faire, nous : le fait que le monde qui fut le tien ne va pas durer de toute façon. On fait comme si. Mais il y a des ours polaires qui regardent tristement leur glace en train de fondre. Des singes qui tombent avec le bois qu'on coupe. Des plantes qui auraient besoin d'eau. Un ciel rouge, martien, file au-dessus de nos têtes, et le vent transporte du sable – en tout cas, c'est déjà ce que j'imagine, et ça arrivera bientôt pour de vrai. Alors, peut-on se consoler en se disant que c'est mieux pour toi de ne pas être là si tel est l'avenir qu'on nous prédit ? Ce qui nous attend ? Toi, avec tes massifs de fleurs, et ton fossile dans un rocher. Tu pleurerais. Tu ne comprendrais pas l'état du monde, tu ferais craquer tes jointures. Tu ferais du recyclage. Des manifestations. Tu économiserais l'eau, tu aurais le cœur lourd.

Cela au moins te sera épargné, Amy. Pour toi le monde restera pluvieux, avec des taupinières et un jardin potager. Pas de bombes. Pas de raz-de-marée.

Est-ce une consolation ? Et si oui, pour qui ? Je ne sais pas. Mais on essaye. Nos parents font tout ce qu'ils peuvent pour trouver un sens à la situation. Et ce soir-là, à Blakeney, je te voyais dans la petite amie de Stephen, avec ses cheveux virevoltants couleur de paille, je pensais à toi, je te sentais en moi, pendant qu'elle parlait. Et plus tard, quand je n'arrivais pas à dormir, je t'ai vue au plafond – suspendue au poirier, comme une chauve-souris, avec tes cheveux qui frôlaient le sol.

Bref.

Le mascaret de la Severn s'est surpassé cette année, il est remonté jusqu'à Epney, je te l'avais dit ? Ray était assis sur le toit de sa voiture, en train de manger une banane, et il l'a vu.

*
* *

Les longues fins de journée calmes dans les marais. La lumière tombait, et les oiseaux se posaient sur l'eau, ou sur les berges vaseuses. Moïra se frayait un chemin parmi les hautes herbes, laissant ses empreintes. Son capuchon relevé, ce qui fait qu'elle voyait tout dans un encadrement de fourrure gris foncé.

La femme qui tenait la boutique de Cley annonça de la neige pour les mois d'hiver. En emballant le pain aux noix et les pots de moutarde, elle secouait la tête : *Vous ne la sentez pas ?* L'odeur de la neige ? Moïra essayait, mais à quoi est-ce que ça ressemblait, l'odeur de la neige ? Comme de l'eau froide ? C'est ce qu'elle se disait. Mais en sortant dans la rue, elle se dit qu'il devait y avoir quelque chose en plus. Une âcreté dans l'air, comme du métal, ou du sang. Elle n'avait jamais senti ça, ni à Locke ni nulle part.

Elle attendit que la neige vienne. Elle s'asseyait le soir devant la fenêtre, avec son infusion de menthe. Et les vents se levèrent ; les roseaux bougèrent. L'après-midi, sur le chemin du retour, elle stoppa la voiture devant une clôture et resta là en observation. Les oies sauvages étaient bruyantes, agitées, et pendant qu'elle était là, dans un champ près de Langham, elles se levèrent une par une. Des centaines, qui prenaient leur envol au-dessus des champs labourés et s'appelaient les unes les autres, si bien que le ciel de Moïra était plein de bruit et de plumes, et des courants d'air qu'elles provoquaient en faisant deux fois le tour du champ. Puis elles partirent ailleurs. Vers un autre champ, ou un cours d'eau. Pas longtemps, Moïra le savait, avant de s'envoler vers le nord, vers des contrées beaucoup plus froides que celle-ci. Adieu. Lançant leurs cris aigus au-dessus des fossés et des tombes.

Elle garda pour elle cette migration. Le spectacle, et les bruits qui l'accompagnaient. À un moment, elle pensa à Til, et faillit lui téléphoner. Mais sa tante dormait dans la journée, depuis qu'elle passait la nuit à jouer. Et puis, comment parler du vol des oies sauvages ? Il fallait le voir, et il n'y avait qu'elle qui en avait été témoin.

Le soir, elle était dans une maison de Burnham Market, assise à une table de merisier vernis, pendant que Sam faisait rouler son crayon entre deux doigts, se concentrant. De l'algèbre. Elle le regardait. Assise jambes croisées, cheveux dénoués. De semaine en semaine, il lui paraissait plus grand. C'était encore un gamin, mais il y avait en lui des éléments plus mûrs, tels que sa façon de se gratter la tête, de soupirer. Elle n'avait pas lu beaucoup de romans, ni de poésie, mais elle avait le sentiment que la mèche blanche près de son oreille serait quelque chose qu'on remarquerait, qui plairait tout de suite aux filles. Mais pas encore.

Dix-huit livres données par le père de Sam, cet homme grand aux mains fraîches. « Je vous félicite, disait-il. Il fait des progrès, je crois. » Elle était payée également par la femme avec un enfant sur la hanche dont la fille avait tellement pleuré sur ses manuels scolaires que les pages étaient toutes froissées, et qu'elles collaient les unes aux autres. En cette petite fille, Moïra retrouvait quelque chose d'elle au même âge – les manches élimées, les ongles mâchonnés. Elles étaient dans une chambre où il n'y avait pas de photos de ses amies au mur.

Elle essayait de parler à Ray de sa tristesse, mais c'était un homme, lui. Il avait des cheveux blonds, il était plein de talent, il savait raconter des histoires drôles. Quand il serrait la main à un homme, il le prenait par l'épaule. Le sentiment de vide, qu'y connaissait-il ? C'était un aspect des choses dont il ignorait tout, à part ce qu'elle avait pu lui en apprendre. Les espaces intérieurs ? Ceux de Ray étaient pleins. Pleins tous les soirs, et en même temps il se réveillait comme s'ils étaient vides, alors il les remplissait. Toutes ces histoires. Les nouveautés – des gens, un champ d'orge, et elle rentrait le soir après avoir servi du fromage du pays ou des œufs de canard ou avoir donné une leçon à Sam pour trouver la maison vide : Ray était au pub avec des copains. La barmaid qui lui faisait du charme. Alors Moïra ne lui disait rien. Allongée aux côtés de son mari, la nuit, elle aurait voulu pouvoir retourner à Venise, ou même à Locke. Quand elle était une nouveauté pour lui. Quand il n'avait besoin de rien d'autre qu'elle – ni de peinture ni d'argent. Ou alors, ces enfants à qui elle donnait des cours, elle aurait voulu les étendre sur une table, les ouvrir avec un scalpel, et ôter pour eux la pierre, le poing, les ombres, ce qu'elle trouverait. La rose noire s'ouvrirait. Comme si c'était quelque chose de réel qui se trouvait au-dessous de l'estomac. Qu'on pouvait soulever avec un forceps. Et étendre sur une corde à linge.

George lui dit : « Tu as de grandes capacités, ne l'oublie pas. Et ça nous ferait si plaisir de te voir un jour. Il y a tellement longtemps… »

Ils lui répétaient cela. Mais ils avaient une autre fille pour laquelle ils se faisaient du souci. Amy avait séché l'école, fait un faux mot d'excuse en imitant la signature de sa mère.

Elle apprit une théorie à une élève qui avait de l'eczéma. C'est quelque chose qu'on lui avait enseigné à

Locke, dans une classe où le nombre pi était inscrit tout autour des murs. Que, dans un liquide, la pression se transfère. Que la douleur ne reste pas immobile, qu'elle se répand, comme de l'encre. Un pincement au bras est ressenti au niveau des pieds. En théorie, si Moïra lâchait une pierre dans la mer à Cley, une baleine dans l'Antarctique réagirait en plissant tristement un œil.

Quand Ray se séchait après la douche, il le faisait distraitement, en pensant à autre chose. Il ne restait pas sur place. Il se promenait dans tout l'étage, se frottant les cheveux, s'arrêtant un instant pour se passer la serviette dans le dos. Parfois il fredonnait. Puis il s'asseyait au bord d'un lit, ou sur une chaise, et il se séchait entre les orteils. Elle baissait son livre pour l'observer – l'attention qu'il portait aux détails. Moïra imaginait sa mère ou son père lui apprenant à faire ça, après son bain du soir ou une baignade dans la mer. Ray petit garçon, une jambe levée, comprenant l'importance d'avoir les pieds secs.

Il se déplaçait aussi de pièce en pièce lorsqu'il se lavait les dents. Il regardait par la fenêtre. Il tâtait la terre des plantes d'intérieur, remarquait la peinture qui s'écaillait ou les taches d'humidité, tout en continuant à se brosser. Il allait cracher dans la salle de bains, revenait, tenant toujours la brosse à dents à la main, et disait : « Il faudrait peut-être repeindre cette pièce, qu'est-ce que tu en penses ? » Ou bien : « Cette latte du plancher, écoute-la… »

Un jour, elle le trouva en train de changer une ampoule avec sa serviette de bain nouée autour de la taille. Rien d'autre. Il fit un petit sourire, expliqua que ça ne pouvait pas attendre. Quand il fait jour il fait jour, il faut en profiter. S'il s'habillait, il risquait d'oublier et il serait obligé de changer l'ampoule dans le noir. Elle le regarda faire : son mari, avec des taches de rousseur sur les épaules, en équilibre sur une chaise, en serviette de bain.

Et puis, quand il rinçait ses pinceaux sous le robinet, il étalait les poils entre le pouce et l'index. La couleur coulait. Il les pressait, ensuite, avec un mouchoir en papier. Il les laissait sécher, alignés comme des petits soldats.

Sa façon de se raser – elle l'avait déjà observé, appuyée contre la porte de la salle de bains. La mousse, sa façon de l'étaler. Et dans les instants qui suivaient, le menton étrangement lisse, mais ça ne durait pas, son mari était un homme qui avait le poil dru, le menton qui piquait. C'est comme ça qu'il était, à Locke déjà, près de ce feu. Alors elle touchait du pouce ce menton tout lisse, et attendait quelques heures que le Ray qu'elle connaissait le mieux lui revienne.

En travaillant, il appuyait contre sa joue avec sa langue. Il ne comprenait rien à la machine à laver. Il ne parlait plus de Stackpole.

La mère de Moïra lui avait dit un jour : *Il y a des moments. Tu les reconnaîtras.*

Elle les reconnaissait.

*
* *

Quand la neige arriva, enfin, ce ne fut que quelques flocons, et elle ne tint pas. Elle ne fit que lui rosir le visage. Elle grésilla contre les vitres de la serre.

Il dit : *Terminé.* En se séchant les mains.

C'était approprié. *Moulin de Cley, hiver ; vu côté ouest.* Là, c'était de la vraie neige, celle qui tient, bien éclairée, avec des choucas. Et c'était authentique, disait-il, car il avait vu le moulin quand il était plus jeune, avant de connaître Moïra, quand il flirtait encore avec une jeune rouquine qui avait perdu ses clefs dans le sable de Cromer. Un veuf l'acheta pour trois mille livres. Par nostalgie de sa femme, avec qui il s'était promené là.

Ray agita le chèque devant elle, comme un éventail. Il toucha le bout de son nez. « Ça, mon chou, c'est une deuxième lune de miel. »

Et pendant une semaine ou plus, c'est ce que ce fut. La vie fut comme elle avait été dans les premiers jours, et Moïra assise ou couchée ou marchant à côté de lui l'écouta parler d'endroits lointains. Les chutes d'eau, les volcans, les vers africains qui pouvaient pénétrer à l'intérieur de la plante des pieds. Il disait : *Dans les îles Tonga, on…* Et elle l'écoutait. Elle avait à nouveau dix-sept ans. Elle sentait l'amour s'étirer à l'intérieur d'elle, lui donnant envie de lui mordre le poignet, ou le lobe de l'oreille, ou de lui caresser le menton avec son poignet.

À nouveau, son mari. *Mon mari*. Elle pouvait recommencer à penser à lui, en passant devant l'église de Blakeney, et ils s'asseyaient au milieu des galets à Cley, abrités par la *Mary-Jane*. « Alors on va où ? dit-il. Dans la lune ? »

Elle ne savait pas. Ça lui était égal. Ray – qui avait écrit son nom sur la neige. Qui faisait aussi des ricochets, et elle regardait les petits plis près de ses oreilles, la peinture blanche à la naissance de ses cheveux, et elle voulait s'allonger sur le dos de Ray, le piéger, s'enfoncer en lui, pendant qu'ils étaient assis sur les galets, à Cley.

*
* *

Il leva le bras, le tendit devant lui. Lui montrant la vue. Moïra pensa : *des champs d'orge*. Tout ce qu'elle voyait, c'était de l'orge. Elle plissa les yeux, mit sa main en visière. Ils n'étaient pas loin de chez eux. Ils étaient venus à pied – longeant la digue jusqu'à Cley, passant devant les refuges d'oiseaux, et s'éloignant de la mer. Ray connaissait ce chemin depuis son enfance. C'est là qu'ils promenaient le chien le soir, avait-il dit, à l'époque où sa mère pouvait marcher et où son père était encore vivant.

Il avançait le premier, la guidant, et ils montèrent la côte. Ray dans sa chemise blanche. Le soleil dans ses cheveux, ce soleil qu'elle sentait aussi sur les siens, ce qui faisait qu'au lieu d'être noirs ils devaient paraître presque bleus. « Un jour je me suis caché ici, lança-t-il en tournant la tête. Je suis entré dans le champ en prenant toutes les précautions pour ne pas laisser de traces, et je me suis assis au milieu. »

Il s'arrêta. Brandit une tige d'orge qu'il tenait à la main.

« Alors, qu'est-ce que tu en dis ? Mon prochain tableau ? »

Je suis sa femme. Elle regarda au loin. *Orge, près de Cley.* Ou : *Champs, Norfolk du Nord.* Le vent agitait tout cela. L'orge verte, le ciel bleu.

C'était pour sa peinture qu'ils étaient venus ici, elle le voyait maintenant. Pas d'autre raison. Ray avait voulu qu'elle voie ça ; il avait pris avec lui un carnet et sa boîte de fusains pour dessiner la forme des champs, leur mouvement, la ligne d'horizon. C'était tout. Elle lui prit la main, et ils imprimèrent leur forme dans cette orge. Ray attrapa un coup de soleil sur le dos des mains, qui devint rouge et pela quelques jours plus tard. Moïra s'aperçut, dans la salle de bains, qu'elle avait perdu un bouton.

*
* *

Tu te rappelles *Orge, près de Cley* ? Tu l'as vu, à l'état d'ébauche. Tu étais revenue, au printemps suivant, et, à côté de Ray, dans la serre, tu faisais une tresse avec une mèche de tes cheveux. Il le présenta en faisant des réserves : *Ce n'est que le squelette, attends un peu…* Mais pendant que de ton côté tu grandissais, le tableau se développait, s'enrichissait de couleurs et d'ombres, et Ray en était fier. Du coup, il nous fut enlevé.

Donc, pas de deuxième lune de miel. Car tu avais harcelé nos parents – ayant trop, trop envie, leur disais-tu, de retourner dans le Norfolk. Pour manger des glaces, et pour demander à Ray de traverser la rivière à gué avec la voiture orange à Glandford. *Je peux y aller ? S'il vous plaît…* Et donc te voilà un vendredi, sur le quai numéro un, accroupie pour rattacher le lacet de ta chaussure. Tu n'avais pas grandi, mais ton visage avait pris forme, et tu souriais de toutes tes dents blanches, les vraies cette fois. Plus de fées, mais tu frissonnais encore à la vue des animaux tués sur la route. Ce soir-là, en sirotant un verre d'eau rougie, tu souriais avec les yeux en regardant Raymond.

C'était Pâques. Je m'en souviens. Car de Stackpole avait été apporté dans le train un sachet d'œufs en chocolat, et sur le panneau d'affichage de l'église en haut de la rue on pouvait lire *Il est Ressuscité*. « Encore ! » avait dit Amy, en soupirant. Et, secouant la tête : « Est-ce qu'Il n'était pas déjà ressuscité ? »

*

* *

Pas d'excursion pour aller voir les phoques, cette fois. Moïra l'avait proposé – peut-être qu'Amy n'était plus malade en bateau ? Mais Amy avait creusé ses joues, comme si elle revivait le tout. Mal au cœur, mal à la tête. Elle se prit le ventre. « J'aimerais mieux pas. »

Alors, où aller ? Elle avait vu le phare de Happisburgh. Elle avait monté toutes les marches, et s'était hissée sur le premier barreau de fer de sa grille, avait aperçu le projecteur lui-même. Elle avait donné des pommes au cheval du prieuré de Binham. Elle avait soufflé du verre à Langham.

Et maintenant ?

Amy avait dix ans et quatre mois. Elle lisait des BD à plat ventre, le menton dans les mains. Elle retournait le doigt de Moïra pour examiner son saphir.

« Est-ce qu'on pourrait aller faire des courses ? » demanda-t-elle.

Ce qui fit rire Raymond, qui répondit : « *Bien sûr*. Ah, les femmes... » Comme s'il était fin connaisseur. Comme si ce goût des boutiques était le symptôme de quelque chose. Moïra écarquillant les yeux, indignée, le planta là avec son café, un vase de jonquilles sur la table, et la radio qui marchait.

Amy fredonnait. Elle portait des socquettes en coton bleu avec des pompons. Elle ouvrit les vitres de la voiture, et sortit les pieds dans leurs socquettes. Parla de ses meilleures amies à Stackpole, et du vieil homme tout nu qu'elle avait vu nager à Presipe. Il avait cru que personne ne le verrait, mais elle, si. « Je l'avais espionné ! » Elle réfléchit un instant. « Il était *vraiment* vieux. »

Norwich. La flèche de la cathédrale soutenait un ciel de nuages blancs. Amy se promena au milieu du marché, secoua une bâche qui fit tomber l'eau de pluie sur un banc vide. Demanda une boisson à la cerise, et de l'argent pour une bague en plastique violette. Dans la galerie marchande, elle mettait ses pas dans les pas de Moïra, ce que celle-ci remarqua.

Tu veux déjeuner ? demanda Moïra. Amy fit oui de la tête. Alors Moïra l'emmena à la charcuterie-rôtisserie près de l'église, elle se mit dans la file d'attente ; avec des grimaces, Amy lui secoua le bras, horrifiée, en voyant le cochon tourner sur sa broche.

*
* *

« Moïra. »

Dans la rue du Prince-de-Galles, elle se retourna. Il portait son costume-cravate, il avait changé. Vieilli. Elle n'avait pas revu Stephen depuis des mois, et Amy hocha la tête, dit que oui, elle se souvenait de l'avoir vu au mariage. « Il y a longtemps.

— C'est vrai. »

Tous les trois, plantés au coin de la rue, bloquant le passage. Il posa des questions à Moïra sur son travail – la boutique, les leçons. Amy montra à Stephen sa bague violette, et il dit à son tour que lui aussi, il avait beaucoup de travail. Jamais un moment à lui. « Ray a choisi le bon boulot, dit-il. Pas de patron, pas de bureau. Et au bout, on a quelque chose à montrer. »

Silence.

« Allez, il faut que je rentre. »

Moïra ne le regarda pas partir, et ne parla pas de cette rencontre. Mais des heures plus tard, au moment où elles quittaient Norwich avec une paire de souliers vernis rouges et la bague en plastique, Amy lâcha : « Ray est bien plus gentil. Et Stephen te regarde avec un drôle d'air. »

La bouche pleine de caramel.

*
* *

Ensuite : Cromer. Amy avait demandé à faire des courses, et aussi, d'aller à Cromer – parce que là-bas, il y avait des galeries de jeux, non ? Elle traversa donc les rues les poches pleines de petite monnaie qui tintait, un cornet de glace à la main. Avec les mouettes qui avaient des vues dessus.

L'après-midi, elles étaient sur la jetée, regardant en bas. Les bases de la paroi couvertes de mousse, et l'écume dans l'eau. Sur la plage, des ânes étaient alignés sous une bâche, somnolant, agitant leurs grandes oreilles toutes douces. « Je peux ? » demanda Amy. En joignant les mains.

Non. Trop tard dans l'après-midi. Une trop longue file d'attente.

« S'il te plaît… » Ayant supplié, elle se mit à bouder, et la bouderie tourna à la colère, là, sur la jetée. Elle tapa du pied, dit : « C'est mes vacances, après tout ! Pourquoi tu veux pas ? » Elle parla de leurs parents. Dit que Moïra était méchante, que tout le monde le savait – même Ray. Qu'elle ne s'amusait plus du tout. « Même pas une petite promenade à dos d'âne… »

Elle ouvrit des yeux immenses, après la gifle lancée par Moïra. En travers de sa pommette. Amy faillit en perdre l'équilibre, et ses yeux se mouillèrent, mais elle ne pleura pas. Elle ne dit pas un mot. Au bout d'un moment, elle tendit la main vers Moïra, voulant lui saisir le pouce. Mais Moïra balançait les bras en marchant, d'avant en arrière, et elle n'y arriva pas. Alors elle tirailla son pouce à elle.

Je t'ai renvoyée avec ça. Une marque sur la figure – ça avait un peu saigné sous la peau, alors je m'attendais à ce qu'au téléphone les parents disent : *Qu'est-ce que tu as fait ? Tu l'as frappée ?* Il y eut bien un coup de téléphone. Mais c'était les formules habituelles. Que je leur manquais. Qu'ils espéraient que nous allions bien. Qu'Amy n'arrêtait pas de parler d'oiseaux, et de galeries de jeux.

Tu aurais pu leur dire : *Elle m'a donné une gifle.* En prenant l'air douloureux de la biche blessée, en réalisant le pouvoir que ça te donnait, et les conséquences prévisibles : la maison en émoi, pleine de reproches, avec les goélands alignés sur le toit.

Je t'ai renvoyée une autre fois après t'avoir fait mal, tu te rappelles ? C'était un peu plus d'un an plus tard, tu avais presque douze ans, et dans un salon de thé de Sheringham, je t'ai vue te gratter furieusement la tête. Tu te griffais tellement fort que j'entendais tes ongles te racler la peau, et que j'ai vu les marques rouges que tu avais faites. Sous les cheveux. Tu hurlais de rage. Ce qui fait que ce soir-là je t'ai mise dans un bain, je t'ai frottée avec une lotion qui piquait, et je t'ai passé un peigne dans les cheveux pour tuer les poux, leur briser les pattes. Tu as pleuré. J'ai jeté les oreillers sur lesquels tu avais dormi.

Til croyait – et croit peut-être encore – au *karma*. Au retour de la volonté. La bonté revient sous forme de bonté, dit-elle, et donc, si c'est vrai, le fait de t'avoir frappée aurait dû faire retour sur moi. Une claque, sous une forme ou sous une autre. Une douleur dans la tête.

Peut-être ai-je donc causé la maladie qui m'attendait en te faisant mal. Ou peut-être – et cela paraît plus raisonnable – ai-je eu un accès de fièvre pour avoir marché dans l'eau trop longtemps à Holkham, pantalon relevé, ou bien pour être restée couchée dans l'herbe au prieuré de Binham jusqu'à la tombée de la nuit, avec la rosée qui m'enveloppait. Je suis rentrée à la maison en grelottant. Ray a dit : « Qu'est-ce qui s'est passé ? » Je suppose qu'on ne saura jamais la vraie raison.

Les rêves, Amy. Les rêves que j'ai faits, au cours de ces quelques semaines. Til n'avait pas tort. On n'échappe pas aux rêves, et on ne peut pas les laisser sur les draps de son lit quand on se réveille. On peut essayer. Mais ils vous suivent à pas feutrés. Ils respirent, et vous le sentez. Et cela fait peur, ma petite chérie. Ils ne contiennent ni baume ni douceur. Les rêves, si inoffensifs qu'ils paraissent, donnent un sentiment de malaise, quand on se les remémore. On se retourne pour les voir. On en sent les abîmes.

Quand Moïra allait bien, qu'elle était dans son état normal, elle faisait des rêves riches et pleins d'imagination. Mais quand elle était malade, ils devenaient trop intenses. Au début, sa peau s'empourpra. Elle avait l'impression de l'entendre grésiller quand elle la touchait. Et pourtant, en l'effleurant, elle frissonnait. Ray disait : « Tes yeux… Ils sont… » Petits. Douloureux. En montant l'escalier, elle devait se tenir au mur. Qu'est-ce que c'était ? Tout son corps qui brûlait. Les draps se prenaient dans ses jambes, et elle rêvait de cordes, qui la tiraient.

Elle vit s'approcher d'elle le visage de Ray – les traits plus rudes, avec les rides de son front, et les piqûres de moustique qu'il avait attrapées en Thaïlande étaient revenues, c'est l'impression qu'elle avait. Il posa de l'eau près de son lit. « Tâche de boire, si tu peux. »

Les oiseaux qui volaient vers le sud. Un haricot de mer dans sa main.

Le mazout, et la forme d'Annie tombant du toit de l'école. Elle parlait dans son sommeil, avait dit Ray. Elle parlait, et se débattait, et pendant trois jours il dormit dans la chambre d'amis. Ayant peur de prendre son espace. Ou de lui faire peur, dans ses moments de lucidité. Mais finalement, ce qui lui fit peur, c'est son absence. Elle se réveilla, se trouva tout emmêlée, voyant l'espace vide, aussi frais que semblait l'être sa propre peau, et elle se dit : *il est parti.*

Il est trop tard. Il est parti.

À vingt-deux ans, voici à quoi ressemblait Moïra : grande, avec de grandes mains et de grands pieds, et des membres allongés. Ses genoux étaient tournés en dedans. Elle avait des creux près de la clavicule qui se remplissaient d'eau dans son bain, et ses cheveux étaient plus longs que jamais – ils descendaient jusqu'aux omoplates, si bien que quand elle baissait la tête, ils virevoltaient autour d'elle. Ou bien elle pouvait les rejeter en arrière en demi-cercle quand ils étaient mouillés. Et ils arrosaient les alentours. Elle avait des sourcils minces qu'elle les épilait en accent circonflexe, elle avait des pommettes saillantes – c'est ce que disait Ray – et des yeux noirs, enfoncés dans leurs orbites. Ses lunettes, quand elle les portait, étaient rectangulaires, sans monture. La plupart du temps, elle mettait ses lentilles, et son visage lui paraissait nu, et plus léger, mais elles étaient difficiles à enlever le soir, elle s'irritait les yeux en le faisant. Ray, qui avait une vue parfaite, ne comprenait pas ça. Appuyé contre la porte de la salle de bains, il disait : « Des lunettes, ça ne serait pas plus simple ? »

Sur son bras gauche, une marque de vaccin. Plissée, ovale. D'autres cicatrices également, provenant d'anciennes blessures d'enfant – sur les genoux, l'intérieur des bras.

Je t'aime, avait-il dit un jour. Il y avait longtemps.

*
* *

Le monde tourna, une fois de plus. Elle se coupa la main à la boutique de Cley. En tranchant un pain d'épice, la base du couteau lui avait éraflé la peau. On lui mit un sparadrap bleu. Quand elle montra cela à Ray, il fronça les sourcils. « Pain d'épice ? » dit-il.

Tante Matilda vint pendant l'été. Ses cheveux avaient changé de couleur – châtain foncé, avec un soupçon de roux quand on la voyait en plein air. Elle dit : « Qui aurait pu penser que ma carrière allait démarrer comme ça, à quarante-cinq ans ? Floraison tardive... »

Elle avait perdu du poids. Grâce à la gymnastique, et au fait d'avoir supprimé les pâtisseries, et puis d'avoir à se déshabiller en scène tous les soirs depuis plusieurs mois.

« J'ai autant le trac qu'au début. Crois-moi – tous ces yeux... Et toi : ta vie de femme mariée ? Quand retourneras-tu à Stackpole ? »

Til expliqua que le mazout, c'était fini depuis longtemps, que les oiseaux étaient revenus, et qu'Amy était à l'âge adorable.

« Tu leur manques. Et ça te ferait du bien à toi aussi », dit-elle.

*
* *

Elle rentra un soir d'une ferme dans les Fens pour trouver la voiture de Stephen garée devant le pub du *Cheval Blanc*. Elle mit sa clef dans la serrure. Un mot par terre, de Ray, disant : *On est au pub ! Viens nous rejoindre !* Petit dessin de bonhomme souriant, à l'encre bleue.

Elle les retrouva en train de boire de la bière. La barmaid faisait des sourires à Ray. Stephen ne leva pas les yeux. Ray se retourna, siffla entre ses dents, comme jadis près du cadran solaire, ou de la clôture du parc, et dit : « Par ici ! »

Peut-être y avait-il une lune porte-bonheur – elle aurait voulu demander à Lady Macbeth. Mais la bonne nouvelle enveloppait Ray, il se pencha, prit Moïra par le poignet, et lui dit : « Tu te rappelles la galerie de Norwich ? Que je t'avais montrée ? »

Un endroit aux murs blancs, avec un vase dans la vitrine ; elle s'en souvenait. Eh bien on lui offrait une salle rien que pour lui. RAYMOND COLE, imprimé en grands caractères, et son œuvre exposée sur les murs, sous des spots, avec le prix affiché. Il imaginait la chose. Dans le pub, il fit un moulinet avec sa main et dit : « C'est comme si j'y étais. Ça change tout, tu sais. »

Et c'est vrai que ça changeait tout.

Il allait cesser d'être le type qui fait des tableaux pour les touristes dans une serre et qui les vend à l'épicerie et au pub. Là, c'était un vrai début. Son nom serait sur d'autres lèvres, on chercherait à le rencontrer. Quant à Moïra, devant l'évier de la cuisine, elle verrait une serre vide, car Ray serait ailleurs.

Les pinceaux seront posés sur leur papier journal. Bien propres.

« Bonne nouvelle », dit Stephen. En levant son verre.

Elle embrassa son mari. Et cette nuit-là, elle lui grimpa dessus. Un ressort du lit claqua, ce qui fit rire Ray. Au matin elle ne voulait pas qu'il se lève, s'étire et s'en aille.

*
* *

Le haut de St Giles Street, près de l'autre cathédrale, et d'un pub où elle avait bu de la bière brune, des années plus tôt, avec sa tante. Elle était devant, capuchon relevé. Quand Ray poussa la porte, un carillon retentit.

« Vous devez être Mr Cole ? »

C'était lui. La femme avait la trentaine, de grandes dents, des cheveux soigneusement mis en plis, et un chemisier avec des boutons défaits, trop de boutons défaits. Elle serra la main de Ray sans regarder ni la main ni Moïra. « Je suis ravie, dit-elle. Ce que vous faites nous a beaucoup plu. À tous. »

Moïra attendit dehors. Sur un banc où il y avait des pigeons. Les nuages filaient dans le ciel, et les détritus étaient poussés vers le marché, les bureaux. Elle voyait Ray de l'autre côté des vases de couleur, les bras levés. Ses cheveux, et la nuque qu'il s'était écorchée contre des fils de fer, près d'une glacière, jadis.

« Tu aurais pu entrer aussi », dit-il ensuite, le regard distrait. Elle répondit qu'elle avait besoin de prendre l'air. Qu'elle les aurait dérangés. Sur le chemin du retour, elle observait son profil, comme pour le garder en mémoire.

*
* *

Heather avait rempli un verre à dents d'eau du robinet dans la salle de bains, l'avait rapporté jusqu'à mon tiroir et l'avait versé dedans, inondant mes vêtements. Elle avait trouvé un portrait de moi dessiné à la craie que j'avais laissé sorti exprès pour dire : *Regarde. C'est moi qui l'ai.* Heather avait déchiré le dessin. Bien sûr. Et elle en avait volé un morceau.

Bien fait pour toi.

*
* *

Quant à moi, voici ce que je fis : je donnai un coup avec une pierre dans le rétroviseur de la voiture de la barmaid, mine de rien, en passant. Rapide, sans m'arrêter. À dix pas de là, je jetai la pierre dans un parterre de fleurs. Ni vu ni connu.

Et cette nouvelle gérante rousse aux yeux curieux et aux grandes dents, elle reconnut sans doute à demi la femme qui se tenait face à sa boutique, dans un capuchon doublé de fourrure, les yeux fixes. Elle se retira au fond de la boutique. Décrocha son téléphone.

Moïra la nuit. *Je suis sa femme aux yeux noirs. Je suis une sorcière. Une caverne. Un puits de mine.*

Elle entendit Ray frotter son corps contre les draps en se retournant. Elle se glissa hors du lit, sachant qu'il y avait un clair de lune dehors. Elle descendit, puis sortit dans le jardin nocturne, et trouva la clef de la serre sous le nain de jardin.

Peut-être que c'était mal. Peut-être qu'un jour lointain, une autre Moïra considérerait celle-ci avec désapprobation et tristesse. Mais la Moïra d'aujourd'hui déplaça des toiles, feuilleta les pages des carnets d'esquisses, défroissa les papiers jetés dans la corbeille. À l'affût. Mains sous la table, sur sa boîte à fusains. *Moïra au verre de vin. Wells, crépuscule. Moïra lisant. Basilique. Vaches, esquisse.* Elle était sûre et certaine, et rapide, et sa seule question était : *Qui ?* Il pouvait y en avoir plusieurs. Plus d'une.

Elle savait qu'elle trouverait quelque chose. Elle en était convaincue. Et elle finit par trouver, dans son tiroir. Une aquarelle. Un dos de femme – lisse, long, et pas le sien car la peau était mate. Et même hâlée. Et il y avait une main gauche fermée, sans alliance en or ni saphir.

Elle resta clouée sur place.

*
* *

Je pense constamment à toi. Il avait écrit cela jadis. Il lui avait acheté un bracelet de coquillages qu'elle avait porté en secret, senti peser sur son poignet, elle avait entendu des océans lointains dans leur cliquetis. Jadis, peut-être qu'il avait pensé à elle. Une seconde ou deux. Le temps d'acheter un chapelet de coquillages en monnaie thaïe.

Maintenant il dormait au premier étage, et sa femme, à moitié déshabillée, était dans une serre, la nuit. Pas étonnée. Tenant la preuve, et se sentant vidée.

Moïra n'alla pas chercher la broche aux poissons que sa tante lui avait jadis donnée, ni les rubans rouges. Mais dans la maison de Burnham Market où le jeune garçon à la mèche blanche vivait avec son père, et une cabane dans un arbre, Moïra se retrouva dans la cuisine avec lui : le père, son costume, ses mains fraîches, la vue sur le buisson d'hortensias.

Rapide, étrange. Elle se cogna la hanche contre la table de la cuisine, et quand ce fut terminé il se secoua, remplit un verre d'eau. Ils se reboutonnèrent.

Elle rentra en voiture, se sentant vidée. De la peau tendue sur des os. Elle trouva Ray en train de déboucher une bouteille de vin, avec de la peinture dans les cheveux, fredonnant l'air de la radio. N'ayant pas encore pris conscience de la présence de sa femme.

XVI

Moïra en rouge

Notre maison blanche sur la côte du Devon chante au vent. Ce sont ses fils électriques, je crois. Ou les tuiles, ou la forme de la maison elle-même, son orientation par rapport à la mer. Ou alors elle a une âme : une sorte d'âme. En tout cas, elle chante.

Et il y a deux jours, nous étions ensemble, Ray et moi, dans le jardin, emmitouflés. Nous regardions la mer – couleur de fer, avec des vagues courtes. Pas d'échassiers pour lui, ici – ou à peine. Quelques-uns seulement, marchant au bord de l'eau. Il n'y a pas non plus de marais, ni de lits de roseaux, ni de crabes de Cromer, et le ciel ne pèse pas sur nous comme il le faisait à l'est d'ici. Est-ce que cela lui manque ? Il ne l'a pas dit, même s'il y a, épinglée sur un mur de son atelier, une carte du Norfolk du Nord – de Hunstanton à Great Yarmouth, avec toutes les plages droites entre les deux. Cela doit lui manquer un peu, je pense : après tout, nous avons déménagé il y a quatre ans, après ta chute, pour être plus près de toi. Et quatre ans, c'est long. Mais peut-être que lui aussi avait besoin de changer d'air. Ray a une force en lui, une énergie. Je l'ai vu dès le début. Peut-être est-ce un trait d'artiste, ou une hardiesse de fils cadet, ou lui, tout simplement – mais tu sais, Amy, il a rarement peur. Il aime s'exposer, explorer de nouveaux territoires. Il aime ce qui lui résiste – j'ai dû représenter cela pour lui. Il dit *oui*. Il quitte le sentier tracé pour affronter la jungle, enfonce des portes fermées à clef. Essaie des mots nouveaux.

Moi ? Il m'est arrivé d'avoir peur. Mais peut-être, aussi, d'être impatiente. Difficile de demeurer sur une côte sans penser à d'autres pays – des deltas, des guerres, des forêts de pins, des déserts, des tribus lointaines. La mer est trop vaste. Ray l'appelle *sublime* d'un air entendu et, comme sur lui, cela a un effet sur moi. Un cœur triste est soit rendu plus triste encore par la mer, soit consolé : forcément l'un des deux. Comme la plupart des choses dans la vie, je suppose, tout dépend de la façon dont on les considère, dont on veut qu'elles soient. Il m'est arrivé de traverser les criques découvertes à marée basse de Blakeney, de voir la vase, le ciel de plomb, et de souffrir de ma solitude. Et il m'est arrivé de me tenir là, les mains dans les poches, de voir les petites racines qui se frayent un chemin dans la vase, avec la lumière qui les éclaire, et de trouver cela magnifique. Les mêmes oiseaux, les mêmes criques – c'est moi qui n'étais pas la même. Qui n'avais pas le même cœur. Le bonheur est peut-être en nous. Est-ce que Til avait finalement toujours raison ?

Sublime ou non, la mer a quelque chose de spécial. Et quand, pendant la saison chaude, je me baigne dans l'Atlantique, je pense aux poissons qui ont nagé exactement à cet endroit, aux bateaux que l'océan a contenus, aux jambes, aux algues, aux crachats, aux icebergs bleus qui craquent dans les baies du Nord. L'Atlantique doit posséder des mèches de mes cheveux, et si oui, où sont-elles maintenant ? Sur une plage africaine ? Enroulées autour d'un tentacule de calamar ?

Sous une forme légèrement différente, j'avais pensé à tout cela pour la première fois avec Matilda. En haut de Stackpole Head, après que ma mère eut perdu un deuxième enfant. Je ne sais pas ce que Til avait écrit sur le morceau de papier qu'elle avait glissé dans sa bouteille. Moi j'avais écrit : *Moïra Stone, de Stackpole. Août 1987*. Notre numéro de téléphone. Je l'avais jetée de toute la force de mon corps. Et après ça, la mer devint quelque chose de plus profond et de plus étrange. J'étais rentrée à la maison derrière elle en songeant pour la première fois à toutes les autres plages. Même si je continuais à penser que ces plages auraient du sable et des grottes.

Il n'y eut pas d'appel téléphonique. Alors, peut-être que la bouteille flotte encore dans l'Atlantique, ou que l'eau s'est infiltrée et qu'elle cogne maintenant contre le fond marin. Ou peut-être qu'elle avait échoué à Manorbier dès le lendemain, ayant peur du large.

Je vais te raconter une histoire drôle, Amy. À Locke Hall, quand j'avais treize ou quatorze ans, j'avais osé rêver que cette bouteille serait trouvée par un garçon, des années plus tard. Qu'il appellerait à la maison et demanderait à me parler. Que, à ce moment-là, je serais devenue belle – avec des courbes, des taches de rousseur, n'ayant pas besoin de lunettes –, qu'on se rencontrerait, et qu'il m'emmènerait ailleurs. C'était mon seul espoir. Je ne voyais pas d'autre solution. C'était comme ça que ça devait se passer et pas autrement. Ce rêve était comme la bouteille : minuscule et lointain, mais malgré tout, c'était là-bas, quelque part. Possible, tout comme il est possible qu'il tombe de la neige. Je sais qu'avec toi, au cours de ta vie, et avec d'autres, j'ai été bien trop arrogante et désagréable ; mais je me demande parfois si je n'ai pas été également trop dure envers moi-même.

Ray et moi nous voulons tous les deux lever l'ancre un jour ou l'autre, et nous le ferons. Et si Blakeney lui manque – sa lumière, les poutres basses du pub *Le Lion Rouge*, il n'en laisse rien paraître. Mais il a toujours été plus fort que moi, pour ça. Il ne se lamente pas pour le lait renversé. Son verre est à moitié plein. Il n'a jamais été quelqu'un qui se retourne avec nostalgie vers le passé.

*
* *

Je sais ce que tu dirais, si tu pouvais parler. Avec ta petite bouche rose de chat.

Alors ce n'est pas de l'amour. Ou bien : *Comment as-tu pu le tromper, Moïra ?* N'est-ce pas ?

Pas de l'amour, dirais-tu. Pas s'il peut se passer une chose pareille. Un mensonge comme celui-là. Crois-tu que je ne me rende pas compte des dimensions d'un tel acte, et de ceux qui allaient suivre ? On peut savoir ce qui est mal et le faire quand même. Voilà une vérité bonne à apprendre. Ajoute-la à ta liste. Regarde la boue dans mes souliers, ou l'herbe dans mon lit. Regarde Heather et dis-moi qu'elle ne savait pas ce qu'elle faisait. Elle le savait parfaitement – même si, lorsque nous mentons, nous avons les yeux qui fuient vers la droite, ce qui fait que je les avais vus – ces yeux comme des miroirs qui lorsqu'ils se levaient m'évitaient. Et je m'étais dit, *un mensonge.*

Je sais aussi une chose : c'est qu'il y a différentes sortes d'amour, et différents stades de l'amour. Même dans mes périodes les plus féroces, je crois qu'il y a toujours eu de l'amour en moi, sous une forme ou sous une autre : pour Ray, pour les bruits de Stackpole Quay, et pour toi, naturellement. *Ma sœur* : essaie ce mot, pour voir. J'ai lutté contre, je l'ai ignoré, mais si j'espérais un coup de téléphone d'un inconnu sur une plage lointaine, bouteille à la main, n'est-ce pas la preuve ? Que dès le départ j'avais de l'amour. Et pas un amour parental ou filial – ou pas seulement. Et puis une nuit, finalement, nous nous sommes rencontrés, Ray et moi. Sur une litière de feuilles mortes.

Mais ce n'est pas à moi qu'il faut demander d'analyser l'amour. Vraiment pas. Il y a des gens beaucoup plus qualifiés pour ça. Nos parents, Miss Bailey, toi, Til, June, Mr Hodge. Et même Heather. Tout ce que je sais, c'est que j'ai senti ce que j'ai senti. Je voulais ce que je m'étais mise à vouloir. Ray a dit une fois, pour plaisanter : « Est-ce qu'on s'est déjà rencontrés ? » Bonne question. Quant à Til, assise dans notre cuisine avec un verre de vin, au milieu de sa tristesse, elle m'a dit qu'elle nous avait observés et que nous lui avions fait une impression étrange. Nous exécutions une sorte de ballet en rangeant les casseroles. Je n'avais pas compris à l'époque ce que cela voulait dire. Maintenant non plus. Et voici une autre vérité : les adultes ne savent pas tout, et il y aura toujours dans le monde et en nous-mêmes des mystères sombres et informes.

N'empêche. J'ai entendu des gens dire : L'amour ce n'est que de l'oxytocine, de la dopamine et des hormones, à l'intérieur de nous. Une drogue, une sorte de cocktail. Si je n'avais pas été une nuit me promener jusqu'à la glacière, je parie que je serais aujourd'hui une femme cynique qui rejette l'amour au nom de la science, le réduisant à des éléments chimiques, non sans y aspirer en secret. Mais cette promenade, je l'ai faite.

Quand il n'est pas là, Ray me manque. Je regarde ses souliers, ses lunettes de lecture. Et je me demande quelquefois ce qui se serait passé si je n'avais pas avalé une rasade de la vodka secrète de Jo, qui m'avait enhardie. Si je n'avais pas été élève à Locke. Et puis, à ne pas oublier, il y a les tout petits bébés de notre mère, morts avant la naissance : trois, et dans ma tête, c'étaient tous les trois des filles. Des petites versions incomplètes de toi, douces et à la peau blanche.

*
* *

Elle tenait la broche dans sa main.

Cette broche qui avait la taille d'une pièce de monnaie. Lourde – de l'argent massif, avec de faux petits cristaux pour les yeux des poissons. Les poissons étaient incurvés, si bien que la broche avait presque aussi la forme d'une pièce. Les poissons avaient la bouche ouverte ; leurs écailles étaient gravées dans l'argent, et sous son pouce le toucher était rugueux. Elle passait son ongle sur les écailles. Elle les entendait. Elle sentait les yeux froids, vitreux.

Le fermoir lui-même était petit, ancien, avec une dent en métal argenté qui tournait pour libérer l'épingle. L'épingle était ternie. La pointe était noirâtre. Au début elle était plus pointue et plus brillante, mais Moïra ne l'avait pas astiquée depuis douze ans et la broche n'était plus couleur de lune. Jadis, elle brillait dans la paume de sa main. Elle clignotait devant le pré aux chevaux. Mais Moïra avait vieilli, l'argent était gris, et sa main n'était plus lisse et sans rides. C'était une main de femme. Et un bras de femme.

Un mauvais rêve, dit-il. En se penchant vers elle. Ray avait allumé sa lampe, et il la regardait. Sous ses cils blancs. Une petite grimace. « Moïra ? Ça va ? »

Si c'était un mauvais rêve, il avait disparu. Il avait fui d'un mouvement vif, avait secoué sa queue, et s'était évanoui au plus profond d'elle-même. Elle prit l'eau que Ray lui tendait, dans le verre à dents rose.

*
* *

Le printemps. La saison où les cochléarias étaient en pleine floraison sur les laisses de vase – blancs, annonçant l'été –, et on avait aperçu à Cley un couple de butors, alors il y avait des voitures garées sur les accotements, et on voyait des vitres briller au milieu des roseaux. Stephen sortait avec une femme qui avait sur la cheville gauche un tatouage de libellule ; quand elle marchait, il semblait voler. Végétarienne, avec ça. Ray lui fit des lentilles, dont elle ne mangea que la moitié. Elle parla toute la soirée d'éoliennes, et d'élevage de poissons. De pétrole.

« Ça ne durera pas, dit Ray en se déshabillant le soir. J'en suis sûr. »

Qu'est-ce qui ne durera pas ? se demanda Moïra. Le pétrole ? La petite amie ?

Il travaillait sur un refuge d'oiseaux à Cley, là où on avait vu les butors. Pas un grand format – mais il y avait dans la galerie un mur qui lui paraissait l'endroit adéquat. Il fallait là un petit tableau, disait-il. Rectangulaire. Et qui avait jamais peint l'intérieur d'un refuge d'oiseaux ?

« J'y vais », disait-il. Il prenait un sac à dos. Il embrassait Moïra avant de partir à pied pour les marais de Cley. Elle se mâchouillait l'ongle du pouce, le regardait partir. Le vent faisait bouger les cheveux de Ray tout comme il faisait bouger les roseaux, à sa droite.

Quand il rentrait, il prenait une douche, et elle ouvrait son sac et tournait toutes les pages de son carnet de croquis, cherchant quelque chose qui ne serait pas des oiseaux, ou de l'eau plate. Un poignet. Ou un pied petit et délicat. N'importe quoi. Mais elle ne trouvait rien. Et il y avait une bonne odeur de sciure de bois aux coudes de son chandail, là où il les avait posés contre l'étagère de bois du refuge, en observation.

*
* *

Peut-être que j'ai tout imaginé.

Elle essaya cela, tout comme elle avait essayé d'imaginer les filles qui sortaient de la chambre par l'échelle de secours, ou Amy. Pendant les leçons qu'elle donnait, elle regardait les cheveux bien coiffés, bien brillants, des enfants, regardait leurs doigts qui blanchissaient à force d'appuyer sur leur crayon, et elle respirait à fond. Inspire, expire. Elle avait la preuve de ce qu'elle avait fait, elle : son bleu sur la hanche, provenant de la table de cuisine de Burnham Market et dont elle avait accusé la porte de la chambre, passait par toutes les couleurs – d'un vert menthe bizarre à jaune, puis mauve. Elle se réveillait, pensait : *Ça s'est vraiment passé ?* Elle allait dans la salle de bains, et dans la glace elle avait la réponse, gravée. De la taille d'un poing, contre l'os. Pendant un temps, les ceintures lui firent mal. Elle avait conscience, de nuit comme de jour, d'être peinturlurée comme une grotte préhistorique.

Puis, comme preuve supplémentaire, ceci :

Une lettre adressée à *Mrs M. Cole*, timbrée d'ailleurs que du pays de Galles. Une écriture serrée, anguleuse, à l'encre noire. *C'est avec regret que...* Elle s'assit près de la fenêtre, regarda dans la rue, et pensa qu'elle ne remonterait plus l'allée qui menait à la maison de Burnham Market. Plus de cabane dans un arbre ni de biscuits à la cannelle. Plus de Sam. Moïra avait été infidèle. Le père de Sam avait mis fin aux leçons, par honte, ou peur, ou gêne. Et donc, Sam poursuivrait sa route avec une mèche blanche dans les cheveux et de très vagues notions d'algèbre.

Elle replia la lettre. La mit à la poubelle.

*
* *

Ray rinçait ses pinceaux sous le robinet jusqu'à ce que l'eau soit claire, et Moïra essaya d'appeler sa tante. Un soir elle mit sa veste en jean, remonta la rue en passant devant les corbeilles de fleurs suspendues, et de la cabine téléphonique, elle fit le numéro de l'appartement londonien. Pensa tout bas : *Décroche !* Laissa sonner, écouta quatre fois le message enregistré d'une voix ferme et gaie par Til avant de lui laisser un message. *Je voulais juste bavarder. Rien d'important.*

Qu'était-elle maintenant ? Un personnage de tragédie ou de comédie ? Allez savoir.

*
* *

Les touristes arrivèrent. Son bleu s'en alla. Les digitales et les gueules-de-loup du jardin de June poussèrent, se balancèrent, et June se propulsa dans son fauteuil roulant sur les pavés avec des ciseaux pour les cueillir. Dit : « C'était les fleurs préférées de Robert. Les gueules-de-loup. Il disait que quand il était petit, il croyait que c'était vraiment ça : des gueules de tout petits loups. » Cela l'avait toujours amusée.

La pancarte de Gordy réapparut sur le quai. Son bateau cognait contre les pierres avec sa cabine bleue et son gouvernail de pirate. Moïra se tenait là, les mains dans les poches, et le regardait frotter les flancs du bateau avec un chiffon. Il lui parla des saisons. Des hirondelles de mer venues de l'Arctique. « Il y en a moins cette année », dit-il, en mâchant son chewing-gum.

Il dit aussi : « J'ai vu un tableau en vitrine, dans une boutique de Holt. Le phare, là-bas, à Happisburgh. Il y avait le nom de votre mari dans un coin. »

Elle fit oui de la tête. Se rappela le jour où Amy s'était penchée par-dessus le bord du bateau de Gordy, les joues vertes, les yeux mouillés, vomissant. S'essuyant la bouche avec le mouchoir de Ray, disant : *Pardon, je vous demande pardon*. Les phoques qui la regardaient, médusés.

*
* *

Moïra faillit téléphoner à Stackpole. Non, failli n'est pas exact. Mais elle y pensa. Pendant une seconde lumineuse, tout lui revint, comme à Locke. Le tapis en patchwork, l'odeur à l'intérieur du placard-séchoir. Et elle se demanda ce qui se passerait si elle prenait sa mère à part pour lui dire : *Il ne m'appartient plus. Forcément*. Il appartient à une autre. Une femme si belle qu'il fait des pastels d'elle nue. Mais Moïra n'appela pas Stackpole.

Pendant le dernier été, languissant, du millénaire, elle passa devant les fenêtres ouvertes des rues de Blakeney et entendit des bruits de tennis – le va-et-vient des balles. Des applaudissements polis.

Elle avait moins de travail maintenant que le trimestre était fini. Plus qu'une seule élève – la petite fille qui avait la peau boursouflée, et qui tournait ses boucles autour d'un doigt quand elle réfléchissait. Elle habitait dans les Broads, ce qui fait qu'en rentrant, Moïra avait le soleil dans l'œil. De la lumière plein la voiture, des graines de peuplier dans l'allée, du colza dans les champs. D'un jaune à faire mal aux yeux. Elle passa devant la rangée d'arbres près de Stiffkey. Derrière eux le soleil clignotait : rouge, noir, rouge.

Donc, accalmie dans les leçons particulières. Mais la boutique de Cley était en pleine activité, et Moïra coupait du jambon, pesait du fromage. La patronne s'affairait, bavardait, pressait son corps contre Moïra quand elle passait derrière elle, et Moïra se demandait si ce pouvait être elle – avec ses formes généreuses. Peut-être que Ray était affamé de chair féminine, et qu'il venait ici. Mais elle portait une alliance à la main gauche.

Elle s'agenouillait sur les dalles du sol et les frottait. Elle lessivait la maison en grand, époussetait les meubles, lavait les vitres de la serre. Elle trouva une vieille mèche de ses cheveux noirs dans la bonde de la baignoire, visqueuse de savon, on aurait dit une langue. Parfois Ray arrivait par-derrière, la surprenait. Il l'appelait laveuse, fille de cuisine.

Ray, l'homme de langage. Il ne connaissait rien aux propriétés des éléments, ni au fonctionnement du corps, mais il lui disait des choses magnifiques, chatoyantes, pendant leurs promenades du soir. Tu es… royale. Hélène de Troie. Les mots étaient entre ses mains comme du verre filé, qu'il lui offrait. Elle ne répondait rien en retour. Son mari peignait, buvait, écoutait les matches de cricket à la radio. Il allait porter ses tableaux à Norwich en voiture, il se promenait à pied avec elle, et il lui arrivait de ne pas regarder sa femme pendant un certain temps. Mais il suffisait qu'elle bâille, ou qu'elle trébuche contre une racine sur le chemin, et le voilà qui levait les yeux, et disait : *Tu es…*

Quelqu'un qui triche, comme toi. Elle ne croyait pas à ses belles paroles. Y avait-elle jamais cru ? Toutes ces lettres. Toutes ces lettres qu'il avait écrites de pays étrangers, avec leurs timbres qui représentaient des fleurs, ou des colibris, et pleines de compliments –

alors qu'il ne la connaissait même pas. Il lui avait parlé une fois en tout. Et ça se résumait à quoi ? Quelques minutes de surplace, et un baiser près de la remise aux accessoires de sport. Tout ce qu'il connaissait d'elle, c'était son aspect physique, et n'était-ce pas ce qu'elle avait de moins bien ? Les lunettes. La démarche dégingandée. Il lui avait écrit des paroles d'amour, comme les amoureux sont censés le faire, alors qu'ils ne se connaissaient pas encore. Alors non – elle n'y avait pas cru. Elle aurait bien voulu, et même plus que tout au monde, mais elle n'y était pas tout à fait arrivée. Pendant des années, elle s'était monté la tête. *Moïra l'idiote*, une fois de plus. Elle était un esprit sérieux, un esprit pratique, et à Venise, à cause du miroitement de l'eau, elle avait porté des verres solaires par-dessus ses lunettes : pas de quoi séduire un homme.

*
* *

J'aurais dû le voir venir, se disait-elle. Moïra pleurait ce qu'elle avait perdu. Elle pleurait intérieurement, quand il saluait dans la rue des inconnus, quand il terminait un coup de téléphone par : *Ça m'a fait plaisir d'avoir de tes nouvelles*. Il fredonnait sous la douche. Il mettait des heures à faire l'aller-et-retour Norwich-Blakeney. Il avait peint une femme nue avec une peau aux reflets ambrés, et ensuite il souriait à Moïra, lui débitait des mensonges. Elle hochait la tête. Chaque fois qu'elle croisait une femme, quel que soit son âge, elle se retournait pour voir ses épaules – leur largeur, le dos de ses mains.

*
* *

En août, elle se coupa les cheveux. Ou plutôt, c'est une fille avec des faux ongles qui le fit. Les longs cheveux de sirène de Moïra tombèrent sur le carrelage blanc d'un salon de coiffure de Wells-sur-Mer, et elle sortit au soleil avec un cou nu, des oreilles dégagées. Des mèches battaient sur ses yeux. Des petits cheveux étaient tombés sous son chemisier et la démangeaient. Elle se gratta en rentrant chez elle.

Ray s'appuya contre le four. Mangea son yaourt tout en la considérant. Il cligna des yeux, leva sa cuiller. Lui demanda de se tourner pour mieux la voir. Elle obéit. Et à la fin, le mot qu'il trouva pour sa femme, avec sa nouvelle coiffure, fut *gamine*.

*
* *

Marée basse, Wells fut déposé dans le coffre de la voiture orange, et partit vers l'est, vers la galerie peinte en blanc et la femme qui avait trop de boutons défaits à son chemisier. Moïra, contre la porte d'entrée, regarda Ray s'éloigner. Deux heures et treize minutes plus tard, il rentra. Se frottant les mains et disant : « Plus que trois semaines à attendre… »

Et *Venise vue du Lido*, puis *Le Grand Canal*. Quittant la maison comme auraient pu le faire ses amis. Un par un. Posés verticalement dans le living, puis soulevés, sous un drap. Portés jusqu'à la voiture, avec des touristes qui regardaient l'opération. Moïra chassait les mouches, comptait les secondes, les minutes, les heures qui précédaient son retour. Assez long pour qu'il puisse se passer n'importe quoi. Et un après-midi, elle se mit à boire. Du cognac. Elle pensa à ses bras couverts de taches de rousseur, à ses hanches étroites, à la façon dont il l'avait tenue sous le bras quand elle avait escaladé la clôture du parc, et elle pensa, *Qu'est-ce que tu fais, à cette minute précise, là, maintenant ?* Comme à Locke, pendant qu'il était à l'étranger. Où elle pensait aux fuseaux horaires et aux palmiers. Il n'était pas là, et en même temps il était partout – dans ses chaussettes, son rasoir, dans la fourchette qu'il faisait passer sur ses dents, et son écriture sur le bloc-notes du téléphone.

Elle se saoula, et vit une grive musicienne, un artichaut, son nom sur la neige. La broche aux poissons et les os de ses pieds. Le saphir, bleu comme un œil.

*
* *

Elle ne pouvait pas suivre son mari jusqu'à Norwich, parce qu'ils n'avaient qu'une voiture. Impossible. Mais à midi, tandis que les martinets traversaient les rues comme des flèches, juste au-dessus de leurs têtes, Ray embrassa Moïra, et partit pour un pub de Cley. Un rendez-vous d'affaires, avait-il dit. « Une commande. Enfin peut-être. On verra. »

Elle attendit neuf minutes, jusqu'à ce qu'il ait presque disparu. Puis, en chemise grise, en jean, et avec sa nouvelle coiffure aux cheveux courts, elle partit à son tour – sur le chemin, passant devant le bateau qui pourrissait. Ray s'arrêtait pour parler à des gens. Ou pour regarder, en s'abritant les yeux. Alors elle se penchait pour refaire son lacet, ou cueillir une fleur.

Il alla jusqu'aux *Trois Hirondelles*. Elle le vit assis dehors sur un banc, les manches relevées, avec un demi à côté de lui. Il y avait une voiture rouge décapotée garée sur l'herbe en face. Moïra attendit. Debout derrière un chêne qui avait de la peinture blanche sur l'écorce.

La femme de la galerie. Ses cheveux roux dénoués, bouclés aux pointes. Elle gardait la main posée sur son verre de vin. Hochait la tête.

« Je vais avoir un vrai lancement », dit-il à sa femme, plus tard, en se brossant les dents. Il était sincère.

Moïra attrapa des coups de soleil, à épier son mari au mois d'août. Elle se dit : *C'est mérité*. Ray l'interrogea : « Qu'est-ce que tu as fait, pour attraper tous ces coups de soleil ? » En touchant sa peau. Elle expliqua que c'était à cause de l'eau. Elle était allée voir les phoques avec Gordy. Elle ne put pas dormir sur le dos, cette nuit-là, car son cou était écarlate, brûlé par le soleil. Toute sa vie, un rideau noir-bleu avait caché son cou. Mais il n'était plus là. Elle n'y avait pas pensé, et du coup sa peau lunaire avait été brûlée. Ray cassa une tige d'*aloe vera*, passa sur le cou de Moïra sa sève épaisse et claire, la faisant grimacer, et il dit : « Voilà… »

*

* *

Une semaine plus tard, Ray découvrit Moïra : debout contre le mur de l'hôtel, le regardant parler à la jeune serveuse du salon de thé.

« Moïra ? demanda-t-il, en la voyant. Qu'est-ce que tu fais là ? » Surpris. L'avant-bras levé pour lui servir de visière. Elle lui mentit – invoquant le besoin de prendre l'air, de se mettre à l'ombre. Ce qu'il crut, bien sûr.

*

* *

Il y eut un coup de fil de Stackpole. Ses parents firent la liste de tous les attraits : le ressac, les ajoncs, les bébés mouettes. Les orchidées. Les tirs de canon du champ de tir militaire, comme une porte qui se ferme lentement. Le dernier jour d'Amy à l'école du village, puisqu'elle irait à Tenby à la rentrée. Pas assez bonne élève pour avoir une bourse – même si personne ne mentionna ce fait. Amy, avec une sacoche et des chaussures neuves. « Elle prend ça très au sérieux », dit George.

Til appela, elle aussi.

« Pardon, mille fois pardon… » Elle était débordée. « Trop de travail, pas de temps pour jouer. Ou plutôt : je ne fais que jouer ! » Elle fumait ; elle raconta que deux soirs plus tôt, quelqu'un avait lancé une lettre d'amour sur la scène. C'était la première fois que ça lui arrivait. Jamais, au grand jamais, elle n'aurait imaginé…

Elle avait l'air heureuse. « Je le suis ! » Enfin.

Moïra invita Til au vernissage de l'exposition de Ray, où il y aurait du vin servi sur des plateaux d'argent, des lumières douces, et des journalistes. Elle attendit. Elle voulait entendre : *oui*. Savoir que sa tante serait là dans la galerie avec elle, avec sa bague portée au pouce, son parfum de fleur. Mais elle entendit sa tante feuilleter son agenda, lisant ce qui était gribouillé, à l'encre rose. Elle imagina le visage de Til. Et elle l'entendit dire : « Désolée, mon chou. Je ne peux absolument pas. »

Bien sûr il me crut. Je racontais toutes sortes de craques – que j'allais à mon travail, ou à l'église de Morston, ou voir un homme qui avait une chaise à vendre. Et Ray souriait, acceptant mes explications. Pas du genre méfiant.

Cela, je le savais depuis le début. À Nairobi, il avait perdu de l'argent dans un jeu de cartes truqué. Cent shillings du Kenya, et il avait juste haussé les épaules, puis quitté les lieux. *Le jeu c'est le jeu* – même si ça ne l'était pas. Dans un petit hôtel, il n'avait pas mis en doute la parole du propriétaire invoquant une clef perdue pour ne pas lui rendre l'argent qu'il avait mis en dépôt. À New York, Ray avait vu un clochard se prendre la main dans une porte et saigner, alors il avait arrêté un taxi et l'avait emmené à l'hôpital. Ne se disant pas une seconde qu'il pouvait avoir une maladie contagieuse, ou être drogué, ou être dangereux, ou tout ça à la fois. Il ne comprenait pas non plus qu'on puisse ne pas lui faire confiance – le gérant d'un restaurant qui avait dit que Ray était parti sans payer. Le préposé qui avait dit : *Vous me mentez, je crois*, en tendant la main pour qu'on lui file un billet. Tel était le monde, mais Ray l'acceptait comme il était. Brave et confiant. Contrairement à moi, le scepticisme est inconnu de Ray.

Mais personne n'est parfait, et personne ne fait son chemin sur terre sans commettre des erreurs de temps en temps. S'il avait tellement confiance dans les autres, s'il était tellement persuadé que les autres lui feraient confiance, cela ne pouvait-il pas l'amener à des tromperies ? *Elle ne le saura jamais*. Il n'avait jamais pensé que je le suivrais, ni que je chronométrerais ses déplacements, ni que j'avais cessé de donner des leçons à Sam pour une raison précise, ni que, quand il me disait qu'il allait chez son frère, j'allais téléphoner à Stephen le lendemain pour vérifier. Au téléphone, la voix étonnée de Stephen, qui cherchait ses mots.

« Oui, il est venu. Pourquoi ? »

C'était ça, Moïra, entre vingt et vingt-cinq ans. Mes cheveux. Tu ne les as jamais vus quand ils étaient le plus courts. Près d'un an plus tard – l'été avant ta chute – tu t'es approchée de moi, l'air intriguée, tu as tendu la main pour les toucher. Ils me tombaient à nouveau sur les épaules. Toi, tu avais douze ans : une petite fille décidée, intrépide, pleine de blagues à raconter et, comme Ray, tu étais loyale. De tous tes grands yeux, tu me croyais.

*
* *

Visualise cette scène, si tu peux :

Moïra dans une robe noire – en velours, jusqu'aux genoux, à col montant mais dos nu, ce qui fait que quand elle se penchait en avant, elle était sûre que ses vertèbres ressortaient, comme des osselets, ou des petits galets sous sa peau. Des chaussures à talons, ce qui la grandissait. Plus grande que Ray, mais pour lui ça n'avait pas d'importance. Elle portait ses verres de contact. Sur les lèvres, une touche mal appliquée de rouge.

Appuyée contre un mur, elle vit la façon dont la femme aux cheveux auburn guidait Ray, la main posée sur le creux de ses reins, pour le présenter aux invités. Les hommes lui serraient la main et, pour la deuxième fois depuis que Moïra le connaissait, il était élégant. Une cravate, les cheveux coiffés. Il s'était rasé, il n'y avait pas trace de chaume roussâtre sur son menton. Dommage : Moïra préférait qu'il y en ait.

Mon mari. Ça sonnait creux, maintenant. Les tableaux de son mari aux murs. Terre de Sienne, bleu outremer, ocre. Le galeriste, vêtu de jaune, le présentait comme *honnête et moderne*. « Un artiste qui a un style classique mais original. » Et Moïra buvait devant Venise, les rues qu'elle avait parcourues avec lui ; le champ d'orge ; une plaine africaine grise, vue de nuit, où elle n'était jamais allée, mais dont elle avait entendu parler. Un portail près de Walsingham. Le visage de Ray, car il disait que tout artiste doit se peindre lui-même, à un moment ou à un autre. *L'artiste, âgé de vingt-cinq ans*. « Il est incroyablement jeune, pour faire ce qu'il fait. De cette qualité, disait un visiteur. Vraiment ! »

Peut-être qu'elle est là, sa maîtresse, dans cette pièce.

Stephen s'approcha d'elle. Une main dans une poche, l'autre tenant un verre de vin rouge. « Qu'est-ce que tu en dis ? »

Dix-huit tableaux de son mari, dans une galerie. Il était jeune, et loin d'elle, et tout ça était arrivé avec le temps. Elle répondit qu'elle était fière.

« Je sais. Il a du talent… On est loin des bonshommes au crayon de couleur qu'il dessinait sur le mur de la salle de bains. »

Ils ne se regardaient pas, ils regardaient *La Place Saint-Marc*. Ses pigeons, et le garçon de café élégant avec son plateau qu'il brandissait très haut. Les flaques d'eau.

Moïra but. Elle se voyait reflétée dans une porte vitrée. Une créature en noir et blanc, de longues jambes, un éclat de rouge, empruntée. Seule dans une pièce remplie de monde, un verre de vin à la main.

*
*   *

Stephen la raccompagna en voiture. Elle n'était pas ivre, mais elle avait trop bu pour conduire elle-même, alors c'est Stephen qui prit le volant. C'est lui qui mit la clef dans la serrure à sa place. Je pourrais parler d'alcool, d'imprudence, dire que ce ne fut pas sa faute à elle, exactement. Qu'elle n'était pas vraiment responsable. Ou bien je pourrais parler de lune et d'étoiles, de Scorpion, de l'effet du vent. Mais je comprends qu'il y a eu faute et je la dépose à mes propres pieds, mes pieds aux ongles non peints, avec leurs chaussures noires à talons qui n'étaient pas tout à fait à la bonne taille. Il alla de l'avant, Amy, parce qu'il n'était pas heureux, comme moi je n'avais pas été heureuse, et parce que lui aussi faisait la liste de tous les bruits nocturnes. Donc, à la porte, il s'arrêta un instant. Les yeux noirs, la bouche mince. Compte les secondes qui séparent le coup de tonnerre de l'éclair, et ce fut comme cela. *Un, deux…* Elle savait que cela allait arriver. Elle ne fit rien pour l'empêcher.

Il avait des mains rapides, et maladroites, et le pot en terre sur la table se brisa, et quelque part son mari faisait des signes de tête, souriait en montrant sa dent de travers, pensant : *Elle est comme…* Pas sa femme. Mais une autre femme.

*
* *

Tu n'aurais pas escaladé Church Rock si tu avais su, n'est-ce pas ? Que ta sœur était une telle garce. Tellement différente de l'image que tu avais, que Ray et nos parents avaient de moi.

Pas de pâquerettes ni de myosotis cueillis sur le chemin, et mis dans un verre, à côté de mon lit de Stackpole.

Elle avait entendu parler de l'attitude des hommes quand ils ont une liaison. Elle avait vu un film, elle avait écouté des récits. Ils pouvaient brasser de l'air, comme s'ils étaient ivres – poursuivre une femme pendant qu'elle était au marché ou qu'elle se tenait aux côtés de son mari ou qu'elle était assise dans une église vide. L'attraper par ses vêtements, dire : *Il faut que je te voie*. Ce genre de choses. Des poèmes. Des bouquets de fleurs sans message.

Elle ne pensait pas que Stephen était comme ça. Elle ne pensait pas qu'elle était femme à inspirer ce genre de sentiments à un homme, quel qu'il fût. Il faisait des calculs, il cirait ses chaussures. Il ne parlait guère dans les soirées. Et puis il n'était pas du genre passionné – du moins il ne lui donnait pas cette impression. Une fois, elle avait mordu l'épaule de Ray jusqu'au sang. Mais dans l'ensemble, Moïra était réservée, et peu bavarde, et elle ne comptait pas les heures. Ce n'était pas le désir qui la tenait éveillée.

Malgré tout, il y eut un changement. Elle le constata, dans les jours qui suivirent. Stephen avait les traits plus tendus, il gardait les yeux fixés sur son verre avant de le boire d'un coup. Il ne s'adressait plus à elle quand ils étaient avec des gens. Il parlait à son frère, ou à des inconnus. Quant à la fille à la libellule, elle disparut du paysage : le vent l'emporta, et on ne la vit plus. Ray demanda de ses nouvelles : « Alors, qu'est-ce qu'elle est devenue ? » Stephen haussa les épaules, secoua la tête. *Non.*

Est-ce qu'il faisait des rêves, comme elle ? Il ne rêvait sûrement pas d'elle. Quand elle dormait, ou qu'elle emballait du pain chaud à la boutique, Moïra ne voyait pas Stephen, ni qui que ce soit. Non, elle voyait des lieux, ou des choses du passé, et elle s'était dit que ce devait être le cas pour Stephen aussi. Il ne brassait pas l'air. Bien sûr que non. Elle ne l'imaginait pas contemplant le creux qu'elle avait laissé dans le lit. Et quand il sentait l'odeur de son poignet, il n'aurait pas voulu déchirer la peau, la garder avec lui, comme Ray lui avait dit une fois, dans les débuts.

*
* *

Son appartement était en ville. Au troisième étage, et une planche grinçait sur le palier quand elle marchait dessus. Des pas sur le trottoir, en bas, le robinet d'une baignoire qui gouttait, le ronronnement du réfrigérateur, et la porte du voisin qui se refermait. La circulation. Un camion de livraison qui faisait marche arrière. C'était ça, les bruits de l'appartement de Stephen à Norwich, près de la cathédrale.

Il portait toujours des chemises. Repassées, boutonnées. Et il n'écrivait pas au crayon, ni au stylo à bille, sur ses blocs-notes, mais au stylo-plume. Des pense-bêtes d'une écriture régulière, à l'encre bleue : *envoyer lettre aux Impôts*, ou *golf à midi*. Avec parfois un point d'exclamation. La part d'enfance en lui – le garçon qui avait fait de l'orangeade quand son père était mort sur une route hivernale. Elle ne touchait pas à ses notes. Se disait que si elle avait été quelqu'un d'autre, une femme cherchant l'amour, elle aurait pu le trouver là, dans ces petits mots. *Dentiste !* Et *N.B. : M.*

Un lieu masculin, bien ordonné. Des fauteuils en cuir. Des stores aux fenêtres. Elle était détachée. La bonne élève boursière, à nouveau, celle qui avait trouvé du réconfort grâce à un singe peint à l'encre rouge sur une ampoule. Et qui gardait maintenant en elle le tic-tac de sa montre, ou qui se raccrochait aux vis des étagères, à une ébréchure sur un mug. Pendant qu'il prenait sa douche, elle restait allongée sur le côté, regardait la lumière de la rue balayer le plafond, et ne pensait à rien du tout. Un chien aboyait. Elle était bien au chaud, entre les draps. Voilà pour elle, mais Stephen, parfois, était jaloux. Il ne voulait pas partager.

« Dans quoi je me suis lancé ? » demandait-il. Lui, plus qu'elle. Il s'asseyait au bord du lit, les coudes sur les genoux. La tête baissée.

Elle faisait une réponse laconique.

Donc ils ne se parlaient pas beaucoup. Car qu'y avait-il à dire ? Mais il posait la question, de temps en temps, et aussi : *À quoi penses-tu ?* Il connaissait la réponse – forcément, il devait la connaître. Mais elle lui mentait, lui faisait une réponse plus satisfaisante que : *À Ray. Au temps qu'il fait*, ou : *Qu'est-ce qu'on mange ?* Car elle avait tout le temps faim, dans son appartement, et il sortait lui acheter du pain frais, ou de la viande, ou des fruits, qu'elle mangeait avec les doigts, laissant des miettes dans le lit, et des graines entre ses dents, qu'elle retrouvait au bout de sa langue lorsqu'elle rentrait chez elle en voiture.

*
* *

Pour Noël, il lui offrit un collier d'argent. Avec, dessus, un petit oiseau. En vol, les ailes déployées. Elle le porta une fois, dans son appartement.

De Ray, elle reçut un peignoir en soie rouge foncé qui tombait jusqu'au sol, et qui froufroutait derrière elle quand elle descendait l'escalier de bois. Et puis dans le living, elle entendit un bruit d'eau. Pas de l'eau qui coule d'un robinet, mais quelque chose d'approchant. Dans un coin, une boîte recouverte d'un drap.

Elle souleva le drap. Un aquarium – avec des poissons comme elle n'en avait jamais vu. Pas des poissons rouges, mais irisés, allongés, avec des queues immenses. Différents de tous ceux qu'elle avait pu trouver dans des livres ou dans des creux de rochers. Ils se faufilaient au milieu des cailloux, cherchant de la nourriture. Collaient leur bouche contre la paroi.

« Parce que tu n'as jamais eu d'animaux, dit-il. J'ai failli te prendre des têtards... »

Il se rappelait ce qu'elle lui en avait raconté. Lui refit le récit, là, près de l'arbre de Noël : la façon dont elle les avait gardés dans un bocal. Et nourris avec le corned-beef des sandwiches de son père.

*
* *

Florence aussi fut un cadeau.

Une nouvelle élève : neuf ans, des oreilles rougies par de nouvelles boucles en or. Elle peinait en maths, mais elle chantait comme une sauterelle, et elle dessinait des fleurs sur toutes les pages. Pendant les premières leçons, elle écrivit les chiffres en couleurs d'arc-en-ciel, inventant des formes à partir de chacun. Toutes simples. Mais ce n'étaient plus des choses sombres et effrayantes sur la page.

Florence, avec son sourire et ses oreilles écarlates. Elle habitait à l'ouest de la ville, si bien que Moïra passait avec elle la fin de l'après-midi du mardi, puis elle se rendait à pied à l'appartement de Stephen et y restait une heure. La routine. Comme un rendez-vous. Si elle avait eu un agenda, elle aurait mis son nom dessus. Lui l'inscrivait peut-être à l'encre : *M ! 7-8.*

Du moins, c'est ainsi que cela commença. Son appartement près du marché, peu de mots. Mais une fois il demanda qu'ils se rencontrent ailleurs, en dehors de chez lui. Ils se retrouvaient à la gare, ou bien elle l'attendait dans le cloître de la cathédrale de Norwich, où la lumière zébrait les dalles de pierre, et elle l'arpentait, comme un moine. Des merles cherchaient des vers dans le gazon. Stephen marchait à ses côtés, sans la toucher. Il parlait.

« Au travail, aujourd'hui, j'ai... »

« Moïra, si tu pouvais aller n'importe où, où irais-tu ?... »

Il aimait bien qu'il pleuve. Parce que cela voulait dire un parapluie, et ils pouvaient s'abriter dessous, un passant ne pouvait voir que leurs jambes. Leurs visages étaient cachés, alors il cherchait sa bouche. La pluie tambourinait sur la toile noire au-dessus de leurs têtes, il aimait beaucoup cela et il le lui dit. Mais elle, non. Elle se disait : *Il y a deux dangers*. Se faire découvrir. Mais aussi, lorsqu'ils marchaient près de la rivière, ou qu'elle s'asseyait à côté de lui dans la fraîcheur silencieuse du cloître, ils s'inventaient un monde faux, dans lequel ils formaient un faux couple. Prétendant que ceci était autorisé, normal, se racontant que c'était leur autre vie. Et lui, il avait une façon de la regarder, sous le parapluie, qui semblait indiquer que pour lui tout ça était réel.

Mieux valait – c'est ce qu'elle pensait – se retrouver dans son appartement, sans parler.

*
* *

Les échanges de la vie courante, entre adultes, les détails pratiques. Stephen ne téléphonait pas, ou s'il le faisait, et que c'était Ray qui répondait, il avait une excuse toute prête. Une liste, au cas où. Une définition de mots croisés ; une erreur de numéro.

« Il ne devient pas seulement chauve, mais sénile », disait Ray à Moïra en roulant de grands yeux.

Quant à Ray, il peignait, il allait boire sa bière au *Lion Rouge*, il se séchait après la douche, il mettait un chandail dans la machine à laver après l'avoir porté une fois, ce qui agaçait Moïra, car c'était gaspiller de l'eau. Un jour elle le lui dit, et lui jeta le chandail à la figure, les yeux pleins de colère. Lui fournissant l'occasion d'aller se plaindre de son épouse auprès de sa maîtresse, celle qu'il aimait peindre. *Ma femme est une emmerdeuse*.

Les frères Cole ne se ressemblaient pas. En tout cas, elle ne cherchait pas à voir les ressemblances. *Il n'y a pas deux personnes semblables*. Et pourtant, parfois elle se réveillait auprès de l'un des deux et, l'espace d'un instant, ne savait plus. Lequel ? C'était presque comique, difficile à croire. Demandez à n'importe laquelle des élèves de Locke Hall, dites le nom de Moïra, elles n'auraient jamais deviné une chose pareille.

Moïra Stone ? Elle n'est pas mariée. C'est sûr et certain.

*
* *

Ce serait merveilleux de vous avoir tous les deux ici cet été. Il n'y a plus la moindre trace de marée noire. Amy vaut le voyage, plus que jamais. Un vrai moulin à paroles, et elle a son caractère. Que diriez-vous de juillet ?
Ça fait trois ans, Moïra. Nous sommes ta famille, même si tu sembles préférer l'ignorer.

Ray vit la lettre sur la table de nuit et dit : « Tu ne veux toujours pas ? »

Elle se demanda à quoi cela ressemblerait de se promener avec lui à Broad Haven, ou à l'intérieur des terres, de marcher sur les racines d'arbres et les plumes de canard sur le chemin près de l'étang aux nénuphars. Ce qui attirerait son attention, ce qu'il voudrait dessiner. Ce qu'Amy penserait de ses pataugas qu'il avait laissés dans l'entrée.

« Si on n'y va pas, allons ailleurs. N'importe où. »

Cette seconde lune de miel. Un soir, elle était dans son bain, avec les cristaux de sel qui glissaient sous elle, et il était assis au bord de la baignoire. Il trempa ses mains dans l'eau, fit une liste d'endroits où ils pourraient aller : les fjords norvégiens, Paris, l'ouest de l'Irlande, une croisière sur le Nil.

« Alors ? » demanda-t-il.

Elle ne savait pas. D'un pont ils jetteraient des feuilles dans la Seine, et il penserait à *elle*, qui qu'elle soit. Il l'appellerait du téléphone de l'hôtel, pendant que sa femme ennuyeuse et maigre prendrait sa douche ou irait au fond du couloir chercher de la glace.

*
* *

Les hôtels ? Je n'en ai connu qu'un, avec Stephen. Brancaster, sur la côte. J'avais ouvert les rideaux pour voir les courlis et les pies de mer. Les marais étaient jaunes sous le soleil, et Ray était à Londres, visitant des galeries, du moins c'est ce qu'il avait dit. J'étais à la fenêtre, j'avais sur moi la lumière du matin. Stephen a dit mon nom, comme s'il en avait le droit.

Combien de temps ? Toi aussi tu me poserais la question, je suppose. Comme si le temps avait un rapport : comme si plus il était long, pire c'était. C'est ce que nous pensons de la plupart des choses. Pour Ray, on m'avait dit : *Tu ne le connais que depuis cinq mois !* Si tu étais née au cours de mes premières années, au lieu d'être venue au monde quand j'avais onze ans, je t'aurais supportée de bien meilleure grâce, j'en suis convaincue. J'aurais peut-être pris plaisir à ta compagnie. Je serais restée au pays de Galles. Je ne me serais pas répété mille fois : *Trahison ! Trahison !* Mais si j'ai pensé ça, c'est que j'avais pensé qu'on resterait toujours tous les trois – moi et mes parents – et voilà que tu es venue tout gâcher. Tu as tout changé. Toi, l'œuf du coucou. Et tu sais ce que je pense de toi couchée dans cette chambre : quatre citrouilles, une année bissextile. Amy, cela nous a tous bien plus changés qu'on ne change en un mois, ou en six mois, ou en un an.

Le temps, ça compte, donc. Est-ce que ça ne comptait pas, à Locke ? Ces jours et ces nuits où je sentais que le ciel filait à toute vitesse et que les racines barbues des plantes s'enfonçaient davantage dans la terre à chacune de mes respirations, et où je croyais voir – littéralement *voir* – les rides apparaître sur mon visage. Tous les battements de cœur étaient des roulements de tambour. Les aiguilles de l'horloge tournoyaient.

Dix mois.

Tu as ta réponse. Dix mois avec les deux. Avec un autre homme. Y en eut-il d'autres ? C'est difficile à comprendre, je sais – que j'aie pu le traiter comme je l'ai fait. Un mari qui se désole, l'espace d'un instant, pour une araignée qui marche sur sa toile et y reste attachée. Les pattes collées ensemble. Il fait la grimace. Il dit : *Pardon, ô pardon.* Et le nœud mort et coloré est déposé sur une pierre dans le jardin. Difficile de s'éloigner de ça.

Pourtant il s'éloignait, lui, non ? Qui qu'elle fût. Je l'imaginais avec des formes, je supposais que mon mari avait envie d'une créature vraiment féminine. Il serait sur le dos, il en jouerait comme des cordes d'un violoncelle. Il ne devait pas voir en elle une guerrière, comme avec moi. Pas une sorcière, une caverne, une magicienne, un puits – rien de toutes ces choses sombres, car elle devait être lumineuse, comme lui. Elle devait être la flamme d'une allumette, une comète, un ver luisant, une lanterne de jardin, allumée. Un fanal. Une chandelle. Une mer phosphorescente.

Je supposais tout cela.

Je la dotai d'un rire, d'un parfum.

Et puis je voudrais te dire une chose, avant de repartir ce soir : je crois que le monde est tel que nous choisissons de le voir. Ce n'est pas plus compliqué que ça. Au bout du compte, notre bonheur dépend de nous, et de personne d'autre. Moi je cherchais la boue, les mensonges ; Ray voyait de la beauté dans les empreintes d'oiseaux, dans mes grands pieds. Il gardait en mémoire la nuance exacte de gris des plateaux-repas dans les avions. Rends-toi compte. J'essaie, à mon tour, d'être comme ça. Je te jure que j'essaie.

Bref. Je ne cherche pas d'excuse pour ces dix mois passés avec Stephen. Comment le pourrais-je ? Le plus souvent, je ne m'explique pas ma conduite, alors comment pourrais-je la justifier auprès des autres ? Mais je crois que si nous voulons nous rendre malheureux, nous y parvenons. Si nous voulons être seuls, nous le sommes, tôt ou tard.

*
* *

Moïra, assise sur le lit, les pieds par terre, un homme à côté d'elle. Une chambre plongée dans le noir, mais elle devinait son profil, la ligne de son omoplate. Il avait le bras gauche replié, avec des ombres qui marquaient le relief de ses muscles. Moïra devinait les os à l'intérieur. Les chairs. Les veines.

Trois heures du matin. Combien d'autres nuits avait-elle fait cela ? Avait-elle vu cette heure-là s'inscrire sur une pendule ? Une poignée de nuits. Comme des perles bleu foncé, comme des herbes. À Locke, elle reprenait ses lunettes sur sa table de nuit pour mieux voir l'heure. Au pays de Galles, la mer lui parlait. Cette chambre était trop calme : pas de vrais bruits.

Il remua. Le bras gauche se déplia, se déplaça dans l'espace vide jusqu'à rencontrer Moïra, ses hanches, assise au bord. Elle regarda la main. Plus brune que sa propre peau. Des ongles en demi-lune.

Alors elle se rallongea, dans les draps, au creux du lit. Ramena la couverture jusqu'à ses aisselles ; Moïra, avec ses lunettes cerclées de rouge, et ses têtards dans un bocal d'eau trouble.

Un sentiment de culpabilité ? Oui. Cela aussi. Noir, cuisant, au fond d'elle-même. Elle le gardait sous le boisseau, n'empêche qu'il était là. Dans la chambre d'hôtel elle pensait à la main de Ray, revoyait comment, à Cromer, il l'avait approchée d'elle pour protéger ses yeux du soleil. Elle se leva du lit, s'enferma dans la salle de bains, et s'assit au bord de la baignoire.

*
* *

Début juin, peut-être. Les martinets filaient dans les rues de Blakeney. Moïra se rendit en voiture à Sheringham, qui était la seule falaise qu'elle connût. Elle n'était pas très haute, et n'avait pas d'écume à la base. Mais tout de même, c'était une falaise. Elle enleva ses chaussures, alla jusqu'au bord, enfonça ses doigts de pied dans l'herbe rare qui poussait là, et regarda au loin, vers le large, le pétrolier qui avançait, et elle se dit : *Un petit glissement de terrain, un coup de vent, et je pourrais tomber*. Elle échouerait à Weybourne. Se cognerait contre la coque du bateau de Gordy.

Les phoques viendraient s'enrouler autour d'elle. On racontait l'histoire d'une morue dans le ventre de laquelle on avait trouvé un crâne humain, la morue l'avait dégurgité sur le pont du bateau. Elle repensait à ça. Au bruit que fait une morue en rotant. À l'odeur.

Mais il n'y eut pas de chute. Moïra se contenta de s'accroupir. Remit ses chaussures, rentra chez elle.

*
*   *

Ce qu'elle fit aussi, c'est de se rendre, toute seule, à la galerie de St Giles Street. Fit semblant de n'avoir jamais vu ces tableaux. Essaya d'y voir des formes, des messages. Acheta une carte postale de *Dans l'eau*, la garda dans son sac.

Elle se cogna la tête contre la table de nuit de Stephen – contre le coin, qui était pointu, et qui lui entailla la peau. La moindre blessure à la tête, ça saigne toujours beaucoup, à cause de tout le sang qu'il faut pour nourrir le cerveau – c'est Mr Hodge qui lui avait expliqué ça. Elle resta assise par terre, une serviette pressée contre sa tête. Stephen parla de points de suture. Il fallut trouver un nouveau mensonge, et elle expliqua à Ray, qui caressait de ses doigts la naissance de ses cheveux, qu'en relevant la tête elle s'était cognée contre une porte de placard ouverte. « Est-ce qu'il te faut des points de suture ? » demanda Ray.

Cela l'élançait. Le sang battait contre son cuir chevelu. Il se forma une croûte, grosse et charnue, qu'elle tripota, et arracha trop tôt. Il fallut recommencer la cicatrisation à partir de zéro.

*
* *

Ray chercha sa femme et la trouva – assise sur les galets à Cley-sur-Mer, à côté du bateau retourné. Les genoux contre la poitrine. Il descendit, s'assit à côté d'elle. Ils regardèrent la mer, une bouée qui se balançait toute seule. Ray sentait la térébenthine.

« Je sais, dit-il, qu'il y a quelque chose. »

Elle referma sa main sur un galet, essaya de parler. Elle aurait voulu s'appuyer contre lui, et qu'il lui passe un bras autour des épaules, et qu'ils restent tous les deux assis en silence à regarder la mer pendant un long moment. Elle avait tant de mal à s'exprimer. Il lui donna un petit coup de coude, prononça son nom.

« Je vais te dire une chose, fit-il. On va à Stackpole. »

Il n'y avait pas à discuter. C'était comme ça.

Ici à nouveau. Dans cette chambre.

Difficile, la nuit dernière, de dormir aux côtés de Ray après t'avoir parlé de ce dont je t'ai parlé. Nos deux têtes étaient tout près l'une de l'autre et je me disais : *Et si mes pensées étaient comme de l'eau ?* Elles pourraient s'infiltrer en lui, et il apprendrait la vérité. J'ai rêvé ça.

Et c'était là, une fois de plus. Cela venait flotter à la surface de ma conscience. On enterre ce qu'on peut, mais le tumulus est toujours là, l'écume sur l'eau, à l'endroit où cela s'est enfoncé. Toute chose laisse des traces.

Et à ce propos. On a enlevé le bandage de ta tête, et je peux voir toutes tes anciennes blessures, les cheveux plus courts, là où on t'avait rasée. Quelquefois tu l'as, quelquefois non. Aujourd'hui tu ne l'as pas, et il m'est arrivé, parfois, d'appuyer sur ton cuir chevelu, dans l'espoir de te voir lever une main, grommeler, te réveiller et dire *Aïe !*

Tu avais encore grandi. Pas aussi grande que Moïra, ou que Ray, mais quand tu faisais le cochon pendu à la branche du pommier, tu pouvais toucher le sol du bout des doigts, ce qui était nouveau. Tu avais encore une silhouette de garçon, toute plate. Tu faisais toujours un petit saut avant de te mettre à courir, et ta voix était, et avait toujours été, basse, comme celle d'un ours – même si je l'ai oubliée, mais je sais que c'était une voix plus mûre que celle d'une petite fille de onze ans et demi.

*
* *

Amy descendit l'allée, les bras grands ouverts. Elle s'arrêta pile à deux pas d'eux, marqua un temps. Puis se jeta dans leurs bras. Rayonnante.

Vous êtes là ! Presque en aparté, mais Ray répondit malgré tout : *Eh oui !*

Et le mari de Moïra fut confisqué par la petite fille maigre, il fut tiré par le poignet jusqu'à la maison et, se retournant, il jeta à Moïra le regard écarquillé des victimes. George, en serrant sa fille dans ses bras, lui palpait l'épaule comme pour vérifier son ossature, son existence. « Salut, ma jolie », dit-il. Presque cinq ans. La porte verte brillait derrière lui, une mouette se nettoyait les plumes en haut du tuyau de cheminée, et puis il y avait la mer, et pas de marée noire, rien de visible en tout cas. La dernière fois que Moïra avait vu son père, il portait une cravate rose et le soir il avait trop bu, et il avait dit à Raymond tout ce qu'il savait sur l'amour. Il y avait cinquante-sept mois de ça.

*
* *

« Je ne sais pas ce qui a changé, en fait. »

Les cheveux de sa mère étaient plus gris. Elle posait l'index sur le couvercle de la théière en servant le thé dans le jardin. La maison n'avait pas changé, avec ses briques brunes, elle était toujours de guingois, et le massif d'ajoncs était en fleur à l'extrémité sud du jardin. Le gratte-pieds sur lequel Amy s'était coupé les gencives. La balançoire rouillée près du tas de compost. Moïra avait passé un moment toute seule dans le jardin, à respirer à fond. Elle retrouvait des traces de son ancien foyer. Elle pensait à ce que l'esprit oublie – le bruit que fait l'air, la forme des arbres. Elle fermait les yeux, sentait l'odeur de la mer, une odeur de sel, d'algues et de bois un peu moisi. Elle pensait aux poissons qui y vivent.

« Et les plages sont comme avant, maintenant. Mais tu n'en serais pas revenue. L'état de la côte au nord d'ici. Angle Bay était envahie. Il y avait des oiseaux de mer… »

Elles buvaient leur thé. Toutes les deux. Moïra et sa mère, dont le visage avait vieilli, et dont les cheveux avaient des mèches argentées près des oreilles. Ses mains aussi avaient vieilli. Il y avait dans ses yeux une tristesse, une nostalgie en tout cas. Elle tendit des biscuits à sa fille. Dans les intervalles de silence, elle changeait de position. Elle dit :

« Tu nous as manqué, Moïra. Est-ce que tu le comprends ? »

Sur cette même pelouse, jadis, Moïra avait été juchée sur la hanche de sa mère qui étendait sa lessive, elle s'était accrochée à sa chemise. Et maintenant elle se retrouvait là, plus maigre, avec plus d'expérience.

Miriam lui prit la main. L'appela *mon aînée*.

*
* *

Amy montra tout à Ray – les ajoncs, la balançoire, le tas de compost. Elle réclama à cor et à cri la permission de le traîner jusqu'au bout du chemin, de passer devant la ferme laitière, pour l'emmener à Stackpole Quay.

« Demain », dit George. Ce qu'elle accepta en ronchonnant.

Elle lui montra le robinet récalcitrant de la salle de bains, le coussin de lavande, l'endroit où on gardait le bois pour le feu, et le soir elle l'emmena dehors, à travers une nuée de moucherons, pour lui désigner – ainsi qu'à Moïra – une primevère rouge, sous le pommier.

« Et c'est… ? » demanda Ray.

Un endroit consacré à la méditation et à la tristesse. Car sous la fleur, sous la terre, sous le galet où jadis était marquée une inscription que la pluie avait effacée, gisait un petit paquet d'os d'animal – minuscules, fragiles comme de la porcelaine. Amy était grave, respectueuse. Elle fit « ouh » en voyant une feuille morte, l'enleva.

« On a une vraie visite guidée », chuchota Ray à sa femme.

Mais Amy n'emmena pas Ray dans la plus petite des chambres. C'est Moïra qui le fit. *Ma chambre*, dit-elle. Elle tourna la poignée de fonte noire, ouvrit la porte. À l'intérieur, cela sentait bon le soleil. Le toit mansardé, la même peinture bleue. La bougie usée, le bateau de bois. La taie d'oreiller jaune, le tapis en patchwork. La dernière fois qu'elle avait dormi là, elle avait dix-sept ans, elle n'était pas mariée. Elle se sentit au bord des larmes et appuya la paume de ses mains sur ses yeux derrière ses lunettes. « Ça va ? » dit Ray. Il palpa les rideaux, regarda la carte du Pembrokeshire qu'elle avait épinglée au mur. Sur son bureau, un macareux qui chantait.

Elle lui expliqua depuis quand elle n'était pas venue.

« On ne se connaissait pas encore ? » Il siffla lentement entre ses dents.

*
* *

Et dans sa chambre, cette nuit-là, elle dormit en boule. Ray dormait au rez-de-chaussée, car il n'y avait qu'un grand lit dans la maison. Sa chambre l'enveloppait comme un voile, elle avait besoin de ça, elle avait dit : *C'est parfait*. Les canalisations grinçaient et elle entendait les bruits de la mer pour peu qu'elle entr'ouvre sa fenêtre. Et puis les odeurs – toute chose n'a-t-elle pas son odeur propre ? Un coquetier, près de sa lampe de chevet : des pâquerettes et des myosotis du chemin.

Elle se réveilla le matin en sentant un regard sur elle, ou une haleine sur son visage, et elle commença par se dire : *C'est Ray*. Ou alors son frère. Mais quand elle ouvrit les yeux dans son ancienne chambre bleue, ce fut pour trouver Amy assise sur la chaise dans le coin, jambes croisées, un mug de thé entre les mains. « ,jour ! » dit-elle.

Elle venait peut-être de s'asseoir, comme elle pouvait être là depuis des heures. Que ce fût l'un ou l'autre, Moïra lâcha : « Laisse-moi ! » En lui jetant un oreiller.

*
*   *

Amy se collait contre les portes, glissait un regard entre les gonds. Ça ne date pas d'hier, disait George. Il levait parfois les yeux de son journal pour apercevoir un œil couleur de myrtille collé contre la serrure, battant de temps en temps de la paupière. « Henriette l'indiscrète », l'appelait-il. Alors elle tordait un peu le nez pour dire : « Non... *Amy !* »

Mais c'était des années plus tôt. « Je croyais qu'elle avait passé l'âge », avait dit George.

C'était donc Amy-qui-épie. Allongée par terre sur le ventre, comme un assassin. Retenant son souffle, ou s'y efforçant. Quand Moïra la soupçonnait, au bout d'un moment, elle entendait les poumons en bout de course et la grande goulée d'air.

« Je t'y prends ! » disait Ray, entrant dans le jeu.

Mais Moïra haussait les sourcils, pinçait les lèvres. Était forcée de dire : « Lâche-moi ! Lâche ça ! » car Amy fourrait ses pattes partout.

« Tu sais, elle fait ce que font toutes les petites sœurs. »

Il haussa les épaules. Les vents de l'Atlantique dans ses cheveux, sur le chemin côtier. « Sois plus gentille avec elle. »

*
*   *

À nouveau Raymond et Moïra. Rien qu'eux deux.

Emmène-moi à... Sa plage préférée. Les étangs aux nénuphars. Ray – qu'elle aimait, qui l'avait aimée jadis et qui l'aimait peut-être encore à demi. Ils se promenaient là où elle pensait ne plus jamais aller se promener. Toutes les criques, tous les rochers qu'elle connaissait, et les vieux piquets de bois de la rambarde. Ils enjambèrent les taupinières. Descendirent les marches qui menaient à Presipe, où il se retourna pour regarder là-haut, là d'où ils venaient, et il dit : « Je vois ce que tu veux dire. Pour les falaises. »

À Broad Haven, il la prit par la main. Elle lui montra Church Rock, lui raconta son escalade. Ils s'éloignèrent de la mer pour aller jusqu'aux étangs aux nénuphars, et rentrèrent en traversant la réserve naturelle. À Barafundle ils firent des ricochets et d'un seul coup, brièvement, il la souleva dans ses bras. À Freshwater East elle lui montra une grotte. Humide et froide, couverte de sel à l'entrée. Les crevasses vertes, le bois flotté. De la grotte, on voyait la bordure de sable, et on entendait crier les fulmars et les mouettes.

Moïra posa sa tête contre lui. Elle sentit le contact de sa chemise, et la paroi humide de la grotte fut à nouveau contre son dos. Un long moment, dans la grotte. Dans l'obscurité, avec, dehors, la lumière et la mer.

*
* *

« Je vous ai vus », dit Amy. *Je vous ai vus !* En chantonnant. Se glissant par la porte du fond, une moitié de sandwich à la main. « Sur la plage ! Vous vous embrassiez ? »

*
* *

Le soir, le téléphone sonna. Amy répondit.

« Pour toi », dit-elle. En tendant le téléphone.

La voix au bout du fil était basse, rapide, et elle habitait un autre monde, si bien que Moïra ne cligna pas,

ne broncha pas, n'ouvrit pas la bouche. Elle resta plantée là. Raccrocha.

« Qui était-ce ? » demanda Ray, qui jouait aux échecs
avec George.

Til.

« Matilda ? Pourquoi est-ce qu'elle n'a pas voulu parler au reste de la famille ? » dit Miriam, contrariée. Et
Amy serra les lèvres – ne dirait rien, n'en pensait pas
moins. Elle fixait Moïra des yeux. La suivit d'autant
plus, après ça, sachant que c'était un mensonge, que ce
n'était pas Til : depuis quand Til avait-elle une voix
grave, comme un homme ?

Dans le chemin, Moïra se retourna, dit : *Garce !*

*
* *

Elle nagea, nagea jusqu'à Church Rock. Plongea sous
l'eau blanche, dans le sel et le grondement des vagues,
puis elle refit surface, sculptant l'eau de ses bras, se
dirigeant vers l'aiguille rocheuse avec ses moules et la
corde bleue et les algues sur lesquelles elle glissait. Elle
était plus grande que la dernière fois qu'elle l'avait escaladé, et elle se hissa, tirant sur la corde, émergea
mouillée, dégoulinante, avec ses cheveux courts dans
la figure, ce qui lui fit rejeter la tête en arrière. Elle
montait. Pas de mazout, mais les algues étaient glissantes. Elle s'était éraflé le genou, elle était essoufflée. Les
vieilles prises. La plante de ses pieds s'en souvenait et
elle hissa son corps sur la dernière saillie. Et la voilà à
nouveau au sommet de Church Rock. Bien attachée,
cette corde, se dit-elle. Dix ans, et le nœud était toujours solide. Elle était tout là-haut, dans son maillot de
bain noir. Couverte de sel et d'algues, avec, sur son
genou gauche, son propre sang, qui, sur ses mains,
ensuite, eut un goût de métal, comme la rampe de
l'échelle de secours de Locke. La plage de Broad Haven.
Derrière elle Lundy Island, semblable à elle-même. Elle

pensa : Imaginons que tout se soit passé différemment... Elle cligna trois fois des yeux, jusqu'à ce que ses lentilles se remettent en place. La forme sur la plage devint une personne – en robe d'été bleue, ses sandales à la main.

Moïra ne sauta pas. Elle descendit le long du rocher, entra dans l'eau qui monta pour l'accueillir. Elle rejoignit la plage, en maillot de bain, retrouva Amy qui pencha la tête sur le côté. Fronça le nez. Amy avec, sous l'œil, une seule tache de rousseur.

« Regarde tes bras », dit-elle.

Trois mots. Elles ne dirent rien d'autre. Elles rentrèrent à la maison sans échanger une parole, et trouvèrent George et Ray lancés dans une nouvelle partie d'échecs. Moïra s'attendait à ce que ses parents, dans les jours qui suivirent, lui fassent une réflexion. Qu'ils lui saisissent le poignet, la prennent à part, ou du moins chuchotent entre eux. Mais non. Amy avait dû se taire, ne rien dire à personne de la maigreur et des écorchures rouges, à personne ni à rien sauf peut-être, tout bas, à son chat en tissu, ou à la terre sous la primevère, ou à ses propres bras roses dans son lit ou dans son bain.

XVII

Réveille-toi

Tu penses que notre seul langage est dans les mots ? Évidemment. Un corps de seize ans, mais tu as à peine douze ans, à l'intérieur, et tu es trop jeune pour savoir qu'il y a d'autres moyens de s'exprimer, ou d'appeler tout haut. Prenons un exemple : tes paupières. La façon dont notre père, l'éternel bricoleur, avait essayé au début de te comprendre grâce au clignement de tes yeux. *Un pour oui, Amy. Deux pour non. Vas-y.* Et tu as pu, un temps, leur donner de l'espoir. Le fameux jour, en 2001, où Miriam demanda, sans y attacher d'importance, si le cliquetis des aiguilles à tricoter te dérangeait, et où en retour il y eut de ta part un seul clignement énergique.

Tu vois ? Le langage te vint, pendant un temps, d'un simple tic nerveux. Et puis ton petit doigt se replia une fois, pendant que je te lisais le bulletin météorologique dans le journal. De quoi s'agissait-il ? Je pouvais me dire que c'était un message de ta part, ou un spasme que tu ne contrôlais pas, et au cours des années, j'ai choisi l'une ou l'autre des deux hypothèses. Les deux m'ont apporté d'abord du réconfort, et ensuite, plus du tout.

Nous avons tous nos façons de voir. Je le sais bien. Dans le temps je pensais que le langage, c'était ce qui s'exprime par la bouche, pas autrement, et de ce point de vue, je n'étais pas gâtée. Moïra la taciturne. *Pas normale*. Mais maintenant ? Regarde Raymond, avec ses pinceaux, et les histoires qui en sont sorties. Les gens dépensent de l'argent pour acheter ses tableaux parce qu'ils *disent* quelque chose, pas seulement parce qu'ils vont avec le tapis de leur salon, ou pour meubler un espace dont ils ne savent que faire sur un mur. Il y a dedans de l'amour, ou de la tristesse, de la paix, ce que l'observateur veut y voir. Et c'est ce que Ray réussit à faire : atteindre les gens à travers la peau, et leur toucher le cœur avec la pointe de son pinceau en crin de cheval.

Ou bien regarde Til – qui connaît tous les gestes qui existent, et ce qu'ils veulent dire : le pouvoir d'un simple sourcil levé ou d'un balancement des hanches. Ou bien June, qui écoutait de la musique, ou Annie, qui en faisait avec son cor d'harmonie, ou Stephen, dont le langage était quelque chose de bizarre, d'incertain – des mots, mais aussi des silences ? Je les ai entendus, ces silences. Et j'avais fini par savoir ce qu'ils signifiaient, dans ces dix mois passés à le mettre à nu : colère, ou culpabilité, ou faim. Je pense que moi aussi j'ai été comme ça, au début de ma relation avec Ray. Austère, avec mon menton rentré dans le cou quand il me disait quelque chose de gentil. *Je t'aime beaucoup, Moïra.* Et je restais muette. Il a malgré tout su me déchiffrer.

Donc tu vois, Amy, le corps n'a pas du tout besoin de mots, il peut vivre sans, et je le sais, parce que j'ai dépouillé, au sens propre, une vraie personne morte, que j'ai regardé l'intérieur du corps, et que j'ai étudié un cerveau sur une table dans le labo de l'université, je l'ai disséqué, j'en ai vu des diagrammes. Depuis la naissance, nous apprenons à déchiffrer le visage que nous avons en face de nous : les sourires, les moues, l'anxiété. Quand nous avons honte, nous rougissons. Quand nous sommes nerveux, nous transpirons. Notre peau est un bulletin d'informations. Donc il faut bien qu'il y ait un sens à ce que j'ai fait. Ce fut mon langage. Mes mots. Ma façon d'appeler tout haut.

Trop pour toi peut-être. Je vois ton petit visage, sur la plage, ce jour-là quand je suis revenue sur le sable. Tout ce langage. Ray pense que ce sont des marques que je me suis faites avec les rochers que j'ai escaladés, du moins c'est ce que j'ai dit. Peut-être qu'il n'y croit pas. Sans doute pas. Je sais aussi que pour s'exprimer, il est plus sûr et plus généreux de choisir la peinture, ou la musique, ou les mots – et avec les mots, j'ai fait des progrès. Parce que pendant plus de quatre ans je t'ai parlé, je t'ai lu les titres des journaux, et les lettres de Til. J'ai même papoté. Et au cours des deux derniers mois, je t'ai fait cette confession ; je me suis penchée contre ton oreille blessée, je t'ai dit *Réveille-toi*.

Réveille-toi.

La mer, elle aussi, est sans paroles, et pourtant elle parle, j'y crois très fort. Vraiment. Ses couleurs, ses brumes, ses vents, ses marées. Notre père ne continue-t-il pas à prédire chaque orage ? J'ai entendu beaucoup des histoires qu'elle raconte, en longeant le rivage : sur les poissons qui ont leur propre lanterne, les baleines qui tombent amoureuses de la coque des bateaux, et qui viennent se balancer contre elle ; des hommes d'équipage sont morts à cause de cet amour des baleines. Le plancton qui luit comme une lune verte et triste. L'albatros solitaire qui effleure l'eau de ses ailes. Les veuves qui attendent sur le quai. Il y a une bête dont le cri est si étrange que celui qui l'entend pense que sa mort est proche. C'est ce que raconte notre père.

Mélancolique, ce soir. Pour parler de cette façon – du langage, de l'eau, de l'âme – il faut un esprit plein de mélancolie. Je pourrais dire que c'est à cause de la pleine lune, mais cela aussi serait de la mélancolie, et on se lasse d'entendre ce genre de choses. Chagrin mêlé d'espoir. Til aussi, il lui arrivait d'éprouver cela. Dans les pubs, ou sur les bancs de Titchwell.

Il lui reprocha : « Tu n'as rien dit. Tu as raccroché le téléphone, et tu n'as pas dit un mot. »

Moïra le regardait. À l'intérieur du cloître, car il pleuvait. Il se balançait d'un pied sur l'autre. Il avait l'air plus vieux. Les mains sur les hanches. Une cravate rayée.

Il avait appelé pour l'entendre. Rien de plus. Stephen soupira, se détourna. Les doigts se caressant l'arête du nez. Se disant : *Comment en suis-je arrivé là ?* Ou quelque chose de ce genre.

Et je me rappelle mes rêves, au cours des semaines qui suivirent Stackpole : ils me revinrent tous, de vieux rêves grinçants dont je me réveillais en me disant : *Est-ce que je n'ai pas déjà rêvé ça ?* Quelquefois je savais que oui. D'autres fois, je n'en étais pas sûre, car les rêves et la vérité se confondent parfois, ou presque. Ou alors un rêve unique peut être si intense que vous pensez l'avoir fait des milliers de fois, vous le portez en vous. La corde, ou les tentacules, qui s'enroulent autour de mes jambes. Mrs Bannister, glapissant. Toutes les mouettes fondant du haut du ciel.

Mon premier rêve de Stephen. Tel qu'il était dans le cloître : en colère, faisant les cent pas. Avec sa cravate rayée.

Quant à Raymond, il revint du pays de Galles habité par une certaine indolence, arborant un demi-sourire. Il ne peignait pas autant, même s'il passait toujours du temps dans la serre, à nettoyer ses pinceaux, à aligner ses pots de peinture. Appuyé contre son plan de travail, mug à la main, regardant le jardin. Réfléchissant.

Il était peut-être hanté, lui aussi. Les falaises, les grottes, les mouettes qui ne se battaient pas pour la nourriture, ne criaient pas sur leurs piquets, mais qui se déplaçaient en silence, dans les baies au-dessous de ses pieds. Il avait dit : *C'est là que tu as grandi ?* Sachant que c'était la vérité, mais surpris malgré tout – ou peut-être pas surpris du tout. Peut-être que tout cela lui paraissait logique. Les fulmars qui nichaient à Broad Haven, sur les falaises situées à l'ouest. Moïra s'était assise avec lui au-dessus d'eux, sur l'herbe. Au début, c'étaient deux créatures étrangères en anorak de couleur, qui se tenaient par la main. Les fulmars planaient autour d'eux, méfiants. Mais peu à peu les oiseaux les remarquèrent moins, ou furent plus en confiance, et Moïra observait leurs becs, leurs pattes pendantes, leurs yeux ronds, vitreux. Ray avait dit : *Regarde.* Et donc, peut-être que dans sa serre, à quatre cents milles de là, il sentait encore le courant d'air du battement d'ailes d'un fulmar.

Ou alors, se disait Moïra, *il pense à elle.*

Peut-être qu'il regardait les fulmars, s'asseyait avec sa femme près de la maison du garde côtier à Tenby, et qu'il pensait à l'autre femme, celle qui était belle. Qui qu'elle fût. Moïra surprit Ray en train de faire tourner une graine de sycomore entre le pouce et l'index, perdu dans ses pensées. Peut-être se sentait-il coupable. Ou avait-il des regrets. Ou peut-être qu'elle lui manquait, tout simplement.

Moïra rêva de Stackpole, et d'une femme sans visage qui n'avait pas de bagues aux doigts. Ray se réveillait avant elle, maintenant. Il se brossait les dents près des fenêtres. Regardait sa femme.

*

* *

Un rêve de chevaux dans un pré, se mordant l'encolure, avec de la poussière rouge sous les sabots, tourbillonnant. D'oiseaux qui volent à l'envers.

Til téléphona, d'humeur étrange. Tout en parlant, elle faisait tourner son anneau d'argent. Elle se demandait quel sens avait sa vie, si elle avait vraiment envie de continuer à être comédienne. Elle avait la respiration ralentie des fumeurs, on l'entendait souffler. « Je suis fatiguée », disait-elle. Quarante-six ans. Peut-être viendrait-elle les voir. Sa chaussure à talon se prendrait une nouvelle fois dans les planches du front de mer.

Florence fut renversée par une voiture. Elle avait vu un jouet en peluche sur le trottoir d'en face, avait couru le chercher. Le choc n'avait pas été important, mais tout de même : des broches à la hanche, comme si elle était vieille. On laissa les maths de côté, dans l'immédiat.

Et Stephen téléphona encore deux fois. Le voilà dans la rue à Blakeney dans son veston de laine, les mains dans les poches, le regard dur, et qu'est-ce qu'on pouvait faire ? *Quoi ?* C'est elle qui posa la question. Qu'est-ce qu'il pouvait attendre de tout ça ? Elle avait eu ses raisons – qu'elle gardait pour elle. Enfouies au plus profond d'elle-même. Sous sa rate, ou dans son estomac, lui causant une douleur, dont parfois elle sentait comme le goût. Culpabilité, peur également. Donc elle le repoussa, et il lança son nom d'une voix méchante, lui dit qu'il l'aimait. Elle s'éloigna de lui, dans la rue qui montait. Ne voulant plus rien.

Elle alla s'asseoir dans l'église où elle s'était mariée.

Et ensuite, ma douce, je suis rentrée à la maison, je suis montée. Ray dormait – à plat ventre, les mains sous l'oreiller, cherchant la fraîcheur. Je me suis allongée sur son dos, comme jadis, comme je l'avais fait dans le champ d'orge. Il a senti mes cheveux sur ses épaules, il a bougé la tête, s'est retourné.

« Tu sens le bon air du dehors », a-t-il dit.

*

* *

Quoi d'autre ? La pleine lune. Un lapin sous mes roues, en roulant vers le nord depuis Glandford. Mes vitres étaient baissées, je suis sûre que je l'ai entendu couiner. Des nuages, de la brume, des échassiers, et la broche aux poissons, et les petits plis dans la peau près des oreilles de mon mari, et ses lettres par avion que j'ai rouvertes, elles avaient l'odeur de Locke, plus une odeur de poussière, je retrouvais tous ses anciens mots. *Est-ce que c'est de la folie de ma part de t'écrire ?*

La folie. Une région frontalière. J'ai peut-être marché juste à la lisière, comme toi tu marches maintenant en suivant ta propre ligne droite. Les bras écartés.

M'est-il jamais arrivé de dire : *Amy...* Et de parler d'amour ?

C'était le 20 septembre 2001. La fin de l'après-midi, et Moïra somnolait sur le divan, un verre d'eau à la main. Elle se réveilla. Les yeux grands ouverts.

Elle saisit le téléphone, dit : *Oui ?*

« Ma chérie ? »

La voix de son père. Et peut-être que oui, nous le savons, quand un changement va se produire, peut-être que nous le pressentons, comme les oiseaux, et que Til avait raison, avec ses cartes de tarot, et si je pense cela c'est que j'ai senti, à l'instant, ce qui s'était passé. Là, sur le divan, je crois que je l'ai presque vue, la moule qui s'est incrustée en toi. George avait quelque chose de différent dans la voix. Il a dit deux fois mon nom, et puis d'autres mots. *La tête. L'eau. Amy.*

*
* *

Ce n'est pas l'argent ni la sagesse qui changent les vies. Tu avais laissé ton uniforme d'écolière sur le sable sec. Glissé tes chaussettes dans tes chaussures, et mis de la crème protectrice sur tes bras. Chaussé des lunettes de natation pour l'occasion. Fait quelques mouvements de gymnastique avant de nager. Et probablement hésité un peu, sur les bancs de sable, parce que tu n'étais pas trop sûre de l'eau. Et puis elle était glaciale.

Un hélicoptère est venu te chercher, une demi-heure plus tard. Pendant quelques minutes tu t'es balancée en plein ciel, enveloppée dans une couverture en alu, enfermée dans un appareil orthopédique.

*
* *

Bref, Ray me trouva et me dit : *Tu n'y es pour rien. Ce n'est pas ta faute.* Et j'ai dit que si, et je me suis débattue, et j'ai agrippé son chandail, parce qu'il me connaissait si bien, Raymond, mon mari. Depuis toujours. Même dans ses pays étrangers. Même dans un petit bois, quand j'avais seize ans. Autour de ce feu.

Ce n'est pas ta faute.

Mais peut-être que si.

XVIII

Les huîtriers pies

Ce sont ces oiseaux noir et blanc aux pattes rouges que j'ai toujours vus arpenter les bords de mer sur lesquels je marchais, que ce soit vers l'est ou vers l'ouest : caps couverts de galets, criques, ou vastes plages bordées de vagues déferlantes. Des oiseaux au bec rouge, qui volent bas, en ligne droite, et leur cri est funèbre, c'est l'impression qu'ils m'ont toujours faite. Ma mère poussait un soupir, disait : *Regarde – des pies de mer...* C'est comme ça qu'elle les appelait. Les macareux étaient des *clowns de mer*. Dans le Norfolk, une mésange à longue queue s'appelle un *cul-rond*. C'est Ray qui lui avait dit ça. Alors ma mère se servait du terme, le fait encore. *Il y a des culs-ronds dans les ajoncs.* Je battais des paupières : *Pardon ?*

J'y pensais, pendant le voyage en voiture avec Ray pour venir après l'accident. Je me représentais les huit pies de mer qui nichaient dans une crique près de Manorbier et qui, à marée haute, se tenaient alignées sur une patte et regardaient les vagues se dérouler. Ou bien celles d'entre elles qui criaient *clip !* dans les marais recouverts à marée haute à Brancaster Staithe quand nous allions en fin de journée, Ray et moi, nous asseoir là-bas. Ou bien toute une volée qui se levait brusquement sur le sable de Holkham. Je connais ce bruit, Amy. Peut-être que quand je suis née, elles appelaient, ou peut-être qu'elles se parlaient juste à l'arrière-plan et que j'ai enregistré ça, comme j'ai enregistré sans le savoir les canons du champ de tir ou les bruits du vent de Stackpole. Elles me font toujours penser à chez nous. C'est aux pies de mer que j'ai pensé en premier quand le pétrolier s'est échoué : leurs parties blanches devenant noires, et leurs becs rouges collés. Toujours par deux, tu as remarqué ça ? Et puis pour ces huîtriers, il n'y a pas de migration, ils ne s'en vont pas vers des climats plus chauds. À chaque saison je m'attendais à les voir prendre leur envol et me quitter. Mais non. Ils sont heureux de leur vie ici, sur ces plages, et à Titchwell, ils pataugeaient toute l'année, si bien que Til les saluait d'un : *Bonjour, vous !* Leurs pattes rouges faisaient penser à des clowns, ou à des hommes tout raides, ou à des jambières en laine.

*
* *

On avait roulé jusqu'à la nuit pour venir jusqu'à toi. Ray était au volant. Quand le soleil avait disparu et que le soir était tombé, on avait vu les douces ombres des choses – les maisons, les arbres, les églises – s'enfoncer progressivement dans leur sommeil bleu foncé. Un pont surgit sur nous comme un oiseau de nuit, puis disparut, et je sus que je ne le verrais plus jamais – pas comme ça. En venant vers toi.

Les huîtriers, et aussi un bébé avec une figure comme de la pâte à pain. Ou bien une demoiselle d'honneur – tu étais restée bouche bée en voyant la robe avec sa ceinture en taffetas rose, ses fleurs, son jupon. La bouche comme une fraise. Tu avais serré tes mains l'une contre l'autre et dit : *C'est pour moi ?*

Ou encore, à Stackpole, après un verre de limonade, tu avais roté – un bruit tonitruant, et ça t'avait fait rire. Tellement rire que tu avais dû aller faire pipi. Tu avais cinq ans, peut-être.

Je me suis demandé une chose : *Si elle meurt, qu'est-ce qui ne changera pas ?* Tout changera. Chacune des parties de la vie. *Tout change.* Je n'avais jamais imaginé que ce serait de cette façon-là, mais dans la voiture, croyant que tu allais mourir, j'étais sûre que ta mort allait faire bouger le monde entier, si bien que les marées seraient modifiées, les vents changeraient de direction, les oiseaux oublieraient le site de leur perchoir ou de leur nid. Et je me demandais, *Où ton absence sera-t-elle le plus intense ?* Dans les lieux où tu t'étais promenée, en cassant des branches, ou dans les lieux que tu n'as jamais connus ? Est-ce que tu hanterais les terrains de hockey, parce que je ne t'ai jamais laissée les voir ? Te retrouverais-je dans une cabane en bois d'observateurs d'oiseaux parce que je t'ai empêchée d'y aller, en te disant que ça n'avait aucun sens, que tu ferais trop de bruit à l'intérieur et que tous les oiseaux s'enfuiraient ?

Ou bien tu t'accrocherais au bord des bateaux en disant, *Pardon, je vous demande pardon…*

Ou sur une jetée, muette, avec une marque de gifle sur le visage.

*
* *

J'ai trouvé notre mère au cinquième étage. Le dos voûté. Amaigrie, même. Immobile, les yeux fixant le plancher, et je me suis dit : *Voilà à quoi elle ressemblera, quand elle sera vieille.* Quand je suis venue à côté d'elle, elle s'est accrochée à mon manteau et s'est appuyée contre moi. Contre ma clavicule, elle a émis un son. Une voix d'enfant, fragile.

Le front de George était appuyé contre ta main. Et toi, Amy, tu n'étais que tubes. Tu étais un battement de cœur vert sur un écran, et une respiration artificielle. Peau rouge, points de suture noirs et gaze blanche. Énormes gants blancs. Une moule bleue avait été extirpée.

On a attendu.

On a compté les minutes qui passaient. Puis les heures. Puis les jours.

Quatre années ont passé. Quatre et demie, maintenant car nous sommes en mars. Je vais avoir vingt-sept ans, et tu as eu toi-même un anniversaire. Seize ans, Amy. On a mis des roses dans ta chambre, et un ballon argenté. Pense à ce que tu devrais être en train de faire. Ce à quoi tu devrais ressembler.

Et je suis ici, ce soir, comme toujours. Sur une chaise avec un coussin en plastique qui soupire quand je m'assieds dessus. Dans la chambre, une odeur aigre. Tous les étages de cet hôpital semblent être exactement les mêmes : des carreaux bleus et beiges, rayés par les chaussures et les roues des chariots. L'homme aux grosses lunettes nettoie le couloir, et je me demande si je n'ai pas entendu, au cours de ma vie, plus de mots dits par lui que par toi. Si c'est le cas, c'est ma faute. Pour avoir pris le large quand tu les prononçais, ces mots.

*

* *

Tu sais tout maintenant. Ou presque. J'ai oublié des parties, j'en suis sûre – mais le squelette est là. Une part de vérité suffisante pour que tu puisses combler les manques. La ville, au-dehors, est plongée dans le noir, au-delà de ton cœur, et de ton souffle. À l'extérieur de la chambre, j'entends l'éclairage du couloir : un léger bourdonnement.

Je t'ai vue si souvent, et de si près, j'ai tellement étudié chaque partie de toi pour guetter un signe de vie, ou de compréhension, qu'il est difficile de croire que je puisse jamais oublier à quoi tu ressembles – les pores de ton visage, ou le duvet sur le lobe de tes oreilles, ou la tache de rousseur sous ton œil. Les touffes de cheveux sur tes tempes. Ou bien tes lèvres : roses, d'un rose qui déborde un peu sur les bords, comme si tu avais appuyé ton pouce sur de la couleur, et que tu l'avais appliquée sans précaution, comme le font les filles de seize ans. Et puis il y a toutes tes vieilles blessures, dont je peux faire la liste comme Ray fait des listes de pays, ou de couleurs, et comme Til parle des signes astrologiques. J'ai toujours été capable de les énumérer. Les gens demandaient : *Comment va Amy ?* Et je me lançais. Depuis les ongles arrachés jusqu'à la clavicule et au pan d'épiderme décollé de ton cuir chevelu.

Nous avons tous vieilli, j'imagine. Comment pourrait-il en être autrement ? Mais je peux affirmer en toute honnêteté que tu es telle que tu étais quand je t'ai vue pour la dernière fois. Nous faisant signe au moment où la voiture démarrait. Te disant peut-être : *Til n'a pas une voix d'homme, pourtant ?* Ou bien : *Pourquoi y avait-il des marques sur les bras de Moïra ?*

Je voudrais avoir alors arrêté la voiture. Et être venue te retrouver.

La vie reprend toujours, avait dit Ray. Quand le mazout pénétrait dans les poumons et les branchies.

C'était vrai. Difficile de croire aujourd'hui qu'il y a eu un jour un phénomène comme le *Sea Empress*. Les macreuses sont aussi nombreuses qu'avant. Dans les derniers jours, avant que nos parents ne vendent End House et ne déménagent, je suis allée me promener avec eux encore une fois à Freshwater West. Il y avait énormément de vagues, et ma mère m'a raconté comment était la mer avec le mazout : noire comme du charbon. Triste jusqu'au cœur, avec ses poissons et ses oiseaux morts. Un bébé phoque qui couinait. Mais cet après-midi-là, nous avions Freshwater West à nous : écume et lumière, un vaste ciel, les trous d'eau avec leurs crabes et leurs anémones de mer, et les trois séries d'empreintes que nous laissions derrière nous, sur la plage. Les dunes de sable, et de l'eau qui clapotait. Et les pies de mer, debout au bord de l'eau, avec leurs rêves intimes, raisonnables.

Nos parents vivent maintenant sur la péninsule de Gower, où l'on est encore au calme, où l'air est salé, et il y a des falaises où aller se promener. Des mouettes tournoient au-dessous d'eux. Mais il n'y a pas là de souvenir de toi, et c'est ce qu'ils voulaient, car comment pourraient-ils encore se promener en haut de Broad Haven ? Ou se tenir dans une pièce où tu avais marché à quatre pattes ? Ils ont donc quitté la tombe du hamster, les haies de prunelliers, les chevaux, la vieille demeure abandonnée des Bannister, et ils sont partis vers l'est. Leur nouvelle maison est près d'un ruisseau. Ils ont peint la chambre d'amis en rose pâle, ils l'ont remplie de tes revues d'équitation, de tes chouchous et de tes pantoufles de bain avec leurs deux cercles aplatis marqués par tes talons. Ils disent : *Quand tu reviendras…*

mais même eux doivent avoir des doutes, à l'heure qu'il est. Notre mère passe tous les jours de longs moments dans cette pièce, à fredonner, à humer tes oreillers qui n'ont pas été lavés, à épousseter la bibliothèque, et quand elle se relève, elle efface sur l'édredon la trace de l'endroit où elle s'est assise. Mais je ne peux pas croire qu'elle s'attende à ce que tu reviennes un jour dans cette chambre. Jadis peut-être, mais plus maintenant.

Nous menons nos vies, nous pleurons, nous espérons, et puis nous continuons nos vies. Un jour, en lisant un roman, Miriam s'est mise à rire, et elle a appuyé sa main contre sa bouche, comme si elle avait honte d'elle-même, honte d'avoir ri. Et George fait toujours tourner ses clefs à bougie, il se promène sur les plages, bien couvert. Je lui ai confié certaines des choses que je t'ai racontées – l'échelle de secours, et Miss Bailey. Les lettres par avion. J'ai passé mon bras sous le sien. Til avait dit un jour : *Ce sont les petites choses qui nous rendent heureux*. Il m'a tapoté le bras à ce moment-là. En se promenant sur une nouvelle plage galloise d'où tu étais absente, mais pas vraiment.

*
* *

Donc c'est vrai. La vie reprend, à sa façon. Elle suit son cours, et en vérité, Amy, c'est difficile d'être assise à côté de toi sans penser à toutes les autres personnes que j'ai observées, celles que j'aimais et celles que je n'aimais pas, et sans me demander ce qu'elles sont devenues. Si elles sont encore là, si elles respirent. C'est morbide, je le reconnais, mais je pourrais encore décrire en détail la forme de la tête de Mr Hodge, avec son crâne dégarni et ses oreilles en forme de cuillers, et pourtant je n'ai pas la moindre idée de l'endroit où il se trouve, ni de comment il va. Il avait été gentil avec moi. Il fredonnait : *dou-bi-dou-bi-dou*. C'est à cause de lui que j'ai cherché Locke Hall sur Internet il y a environ un an : j'ai tapé le nom, déroulé la page. Mais l'école n'existe plus. Abandonnée. En 1998, on en a fait un lotissement, et voilà encore une partie de ma vie qui a disparu. Il n'y a plus trace nulle part des balles de hockey, ni des leçons de piano, ni des graines de moutarde et de cresson sur des serviettes en papier. Je peux seulement espérer que le banc de Miss Bailey est toujours là – le bois adouci par tous les postérieurs qui se sont posés dessus. Mr Hodge ? À la retraite. S'occupant de son potager, et portant sa cravate aux motifs de squelettes le dimanche. En tout cas, c'est ce que j'espère.

Heather : qui saurait le dire ? Elle a pu continuer à s'épanouir, ou tout aussi bien perdre son éclat. M'oublier, ou tout aussi bien maudire mon nom dans les années qui suivirent, et mesurer toute duplicité, toute gaucherie à l'aune des miennes. Je la vois sur un terrain de netball, à l'université, consciente de ses jambes, et des garçons qui la regardaient depuis le terrain de football.

Quant à Annie, je doute que ses cheveux soient toujours orange, mais c'est comme ça que je les vois. Elle joue de son cor d'harmonie. Soit elle change le monde en mieux, soit elle l'a déjà quitté. Elle s'est étouffée avec sa langue.

*
*   *

Deux semaines après ta chute, Ray et moi sommes rentrés dans le Norfolk, nous avons résilié notre bail de la maison de Blakeney. Nous avons fait des cartons. Le soir, nous nous caressions les mains, assis sur un des bancs blancs, comme le font les vieilles gens. On s'en allait.

La dernière fois que j'ai vu mon beau-frère, c'était dans le cloître. On ne s'est pas dit grand-chose, bien sûr. Il savait par Ray que nous déménagions. Que rien n'est immuable. Que, quotidiennement, il y a ce qu'on gagne et ce qu'on perd. Il avait l'air d'un homme vidé de sa substance et qui déborde de toutes parts : les deux à la fois. Je connais bien cette sensation, et je sais la reconnaître chez les autres. C'est vrai de la plupart des gens. Je l'ai regardé s'éloigner, traverser l'enceinte de la cathédrale, au milieu des pigeons, sous un ciel automnal d'une douceur d'aquarelle. Et j'ai su que d'ici un jour ou deux, il aurait récupéré. Je représentais dix mois de pluie, voilà tout. Une petite pluie, à peine un crachin.

Il continue à faire ses additions et ses soustractions. Il téléphone à son frère toutes les semaines, et demande de tes nouvelles : j'entends ça de là-haut, ou pendant que je plie des draps dans la chambre d'amis. Son rêve est perdu, dans la mesure où celle qu'il a embrassée est une ancienne Moïra, qui n'existe plus. Je suis sûre qu'il partage ce sentiment : que quand il entend mon nom il plisse le front, comme si cela lui rappelait vaguement quelque chose, sans qu'il sache comment ni pourquoi.

Je me suis laissé dire qu'il allait se marier. Une fille partage son appartement. Elle joue de la flûte et se coiffe avec des petites boucles – c'est ce que dit Ray. Je la vois dans la baignoire du coin. Sous le même plafond fissuré. Ou déposant les bouteilles de lait vides sur le pas de la porte. Donc un jour je retournerai là-bas, dans le Norfolk, je retrouverai sa terre brune. Il y aura des barges et d'autres oiseaux dans les marais, j'en suis sûre. Je penserai à eux. Je m'assiérai dans l'église et je regarderai mon mari : sa façon de bouger, de ramener ses cheveux en avant, de prendre des photos des petites choses intimes qu'on néglige – la pluie sur l'ourlet de la robe de mariée, une toile d'araignée, les petits doigts qui se nouent dans son dos blanc. Je verrai ces choses moi aussi. Et dans les jours suivants, je relirai ses lettres par avion – *Tu me manques, Moïra. Je te porte en moi.* Amy, je sais ce qu'est l'amour.

Il y a un sanctuaire aux éléphants, dans les collines… Nous allons y partir. Il l'a déjà acheté : un petit éléphant de porcelaine, bleu de Chine, de quelques centimètres, la trompe dressée. L'après-midi, en faisant des ricochets, nous parlons de la Thaïlande – de la chaleur qu'il fera là-bas, ou de la fraîcheur. Nous irons. Mais pour le moment, on reste ici à attendre – on t'attend.

*
*   *

Encore une chose qu'il faut savoir. Le dessin au pastel ?

Je n'avais jamais pensé à le retourner. J'étais trop hors de moi pour avoir une pensée aussi claire que ça. Mais quand je l'ai revu, des mois plus tard, pendant que nous rangions nos affaires pour partir vers l'ouest, je l'ai tenu dans les mains. J'ai regardé le verso, là où il n'y avait pas de dessin. Il y avait un mot : *Moïra.* Dérivé de Mary. Un nom comme une vieille carte trouvée dans une mansarde.

Il a dit : *Ah…* M'a expliqué qu'au plus fort de ma fièvre, j'étais devenue toute rouge, et que dans mes mauvais rêves de mazout et d'oiseaux tombant du ciel, j'avais fait des moulinets, je m'étais écorché la joue avec la bague qu'il m'avait mise au doigt sur la plage de galets de Cley-sur-Mer. Alors il l'avait enlevée, l'avait posée sur la table de nuit, avec l'eau, l'aspirine, et mes lunettes.

Je sais ce que cela signifie. Oui, je le sais.

Mon mari m'avait dit un jour qu'il n'arrivait pas à croire qu'il avait visité certains endroits pour de vrai : une rivière, un soir, avec un ornithorynque, ou des réserves de grands fauves. Il m'avait montré sa main, il avait dit : *Voilà une main qui a cueilli une noix de coco. N'est-ce pas étrange ?*

Et je suis comme ça, quotidiennement. Je l'ai, lui, et c'est cela qui me fait dire : *N'est-ce pas étrange...* Moi la boursière. Moi la fille aux grands pieds.

Et je t'ai toi, comme sœur. Pour toujours.

*
*   *

Quant à notre tante, c'est peut-être son histoire à elle qui est la plus bizarre, pas la mienne. Que méritait-elle ? Tout ce qu'il y a de meilleur. *Matilda*. Aux yeux violets et au coffret plein de bijoux. Je crois maintenant qu'elle se produisait sur scène parce que c'était un lieu où elle se sentait en sécurité. Elle avait un texte à dire. Une robe à porter. Elle connaissait la fin d'avance.

Je me trompe peut-être. Ce ne serait pas la première fois. Mais elle n'est plus actrice. Elle a quitté le théâtre, et les souris du métro, et les croissants aux amandes. Elle vit maintenant à la campagne. Parce que chaque année à Noël, elle s'asseyait dans un café de l'aéroport de Heathrow et regardait les pilotes traverser le hall dans leurs souliers vernis, avec leur mallette en cuir et leur tasse de café. Elle avait toujours en elle un germe d'espoir, et moi je me disais : *C'est absurde*, et même : *C'est peine perdue* (mais qui suis-je pour affirmer une chose pareille ?). Tous les ans, elle refaisait la même chose. À la même date, à la même heure. Et j'avais tort de dire : *C'est absurde*, parce que, il y a trois ans, à Heathrow, un vendredi matin, où elle était en robe longue, avec une infusion et un journal, un homme aux cheveux parsemés de gris est passé devant elle. Il a regardé de son côté, il a ralenti. Dix ans après leur rencontre.

Il a dit : *Vous ne vous souvenez sans doute pas de moi, mais...*

Til parlait toujours de *l'Élu*, comme dans les romans. J'ignore si ça existe, ce genre de chose. Je ne sais pas non plus s'il y a un dieu, ni s'il y a des vérités absolues dans les boules de cristal, le suc des fleurs, ou les étoiles. Je peux seulement répondre *peut-être*, à tout ça. Car que pourrait-on considérer comme une preuve, ou comme une preuve du contraire ? Je me suis tournée vers ce genre de réconfort à un moment ou à un autre, comme les poissons se tournent vers le clair de lune, ou les plantes vers la vitre. J'ai lu mon horoscope. J'ai lu le tien. J'ai prié, à ma façon, ici, près de ton lit.

En tout cas, je ne sais pas ce qui a été déterminant : la volonté de Til, ou bien le monde comme il va, ou simplement la chance. Elle attendait, assise là. Croyait-elle pour de bon qu'il allait passer par là ? Lui, *l'Élu* ? Le croyait-elle vraiment ? N'empêche qu'il est passé. Le pilote qui avait fait le vol Londres-Miami dix ans plus tôt ; qui avait inscrit son numéro sur un morceau de papier jaune pâle. Qui avait surveillé le téléphone de sa chambre d'hôtel pendant deux soirées, il y avait bien longtemps de cela, attendant l'appel de la femme qui sentait bon l'orange, et dont le sourire l'avait captivé.

*
* *

Qu'est-ce que tu penses de ça ? Le crois-tu, seulement ? Moi, je ne l'ai pas cru. J'ai battu des paupières. J'ai secoué la tête. Et quand j'ai raconté ça à Ray, dans la cuisine, pendant qu'il épluchait des pommes de terre en écoutant la radio, il a écarquillé les yeux comme s'il m'avait entendue chanter juste. Il a dit : *Tu plaisantes. Pour de vrai, tu plaisantes ?*

Quoi qu'il en soit, elle vit maintenant au bon air dans une petite ville de province. Tante Til, avec lui. Ils ont des écureuils dans le jardin qui sautent sur la pelouse, volent du pain, et font tomber des glands sur le toit de leur cuisine. Il a pris une retraite anticipée à cause d'elle. La nuit, il y a des chats-huants ; elle les entend dans son sommeil.

De la grêle contre les fenêtres, si bien que n'importe quel autre dormeur lèverait la tête, se frotterait les yeux en entendant ce bruit et demanderait : *Qu'est-ce que c'est ?*

Qu'y a-t-il d'autre à te dire ? J'ai ramassé beaucoup de petites choses pointues, je les ai reposées. Il est venu un garçon – le sais-tu ? Les cheveux bruns, longs bras longues jambes, il rôdait nerveusement devant ta chambre. Je lui ai parlé, il a fait non de la tête. Cela lui suffisait, apparemment, de t'apercevoir à travers la vitre. Je le voyais à peu près aussi souvent que je voyais l'agent de service, ou ton médecin aux mains patientes. Mais il a peu à peu espacé ses visites. Il ne vient plus te voir ; sa vie a suivi son cours. Il a maintenant seize ans, lui aussi. Il doit avoir une petite amie. Et il se souvient d'une fille qu'il a connue jadis, qui est tombée d'un rocher et qui s'est blessée à la tête. Qui est morte, ou tout comme.

*
*   *

Toute ma vie je me suis tenue à la frontière. Ça a commencé le soir bleu foncé où je suis née, et où deux mondes me faisaient signe. J'ai choisi celui-ci. J'ai finalement choisi d'ouvrir grande la bouche et de hurler.

Je me suis tenue au bord des amitiés, du mariage, de l'état de sœur ou de l'état de fille comme si ces choses étaient des fils de fer, ou des piquets de palissade, ou la zone qui sépare la mer du rivage. Et j'ai imaginé une vie plus simple où il n'y aurait pas de séparations, une vie où il n'y aurait pas de choix à faire : la vie en mer serait quelque chose comme ça. Rien que de l'eau, mille après mille, comme la bouteille avec mon nom dedans, ou un bout de bois flotté. Rien contre quoi se cogner. C'est peut-être le pirate en moi. La sirène, que Ray affirmait avoir vue, pour la première fois, près de la glacière.

Mais maintenant c'est toi qui es couchée ici – la peau couleur de cendre, muette, avec une veine bleue au front, un cathéter, des aiguilles, à moitié vivante, à moitié morte. C'est toi maintenant qui marches sur le fil, qui te tiens à la limite entre le sable et l'eau. Et moi je ne t'ai encore jamais dit : *Pardon*. Non, je ne te l'ai jamais dit.

Mais je te le dis, maintenant. Et pas comme si je t'avais bousculée dans la rue, ou marché sur le pied en passant. C'est un mot plus profond. Profond comme la mer, ou plus profond encore.

*
* *

Vois-tu, Amy, il m'a fallu faire tout ce chemin pour découvrir enfin que tout le monde ne déteste pas les lunettes, que peu bavard ne veut pas forcément dire borné, et que des grands pieds et des grandes mains ne vous rendent pas forcément maladroit. Tu veux la vérité ? Il m'a prise à part, dans les semaines qui ont suivi ta chute de Church Rock, et il m'en a convaincue. C'est vrai que je suis sa couleur préférée. Que je suis le pays étranger le plus sauvage qu'il ait connu ; que toutes ses paroles me contiennent – toutes, y compris ses lettres, ses histoires, ou les mots qu'il ne dit pas mais qu'il fait comprendre par un geste. Je suis la femme dans la rue qui lui fait tourner la tête. L'espace d'un instant il se dit : *Qui est… ?* Puis : *C'est Moïra. Et elle est à moi.*

Étrange ? Oui, je le suis. Nous le sommes tous.

Nous rêvons ce que nous rêvons ; nous croyons ce que nous croyons. Et si tu as jamais été la preuve de quelque chose, c'est de ceci : nous aimons ce que nous aimons.

Amy, tu as survécu.

Tu continues à vivre. Pas comme nous vivons, nous – je ne peux pas te toucher, ou entendre à nouveau ta voix. Mais oui, tu vis. Tu es plus dans ce monde que tu ne l'as jamais été.

Six mois ont passé depuis ce début de soirée où notre mère s'est agenouillée et où elle a effleuré de ses doigts ton nom sur la petite plaque de pierre qui est au-dessus de ce qui reste de toi – une poudre douce et grise dans une boîte en bois. Six mois depuis que je suis sortie de la mer, m'essuyant avec ma serviette, pour voir Ray sur notre pelouse, pas coiffé, m'attendant.

Amy, je rêve toujours d'eau. J'ai toujours le sentiment qu'un jour je vivrai dedans – comme une sardine aux écailles brillantes. Ou un haricot de mer. Ou le chant de la baleine.

Mais pendant la journée, je te vois. Je te vois, tout en marchant dans des pays dont je ne savais rien avant Ray. Tu es pendue aux branches. Tu es allongée sur le ventre près d'une toile d'araignée, l'observant, brindille à la main. J'ai vu un rocher rouge devenir encore plus rouge au soleil couchant, et j'ai pensé à toutes sortes de choses – mais j'ai surtout pensé à toi.

Voici ce que tu es : un bulbe d'oignon. L'éclat de l'œil d'un lapin. Le cliquetis des pattes d'un hanneton sur une feuille. Le bord brun d'une feuille ; un pissenlit ; un galet ; un fruit abattu par le vent. Tu es les longs cils de l'œil d'un chameau. Tu es l'arôme de l'infusion d'hibiscus, tu es les premières gouttes de pluie sur les auvents. Et quand j'entends le remue-ménage d'un hérisson, le soir, je dis : chut ! Parce que tu es dedans, et parce que tu me manques, alors je veux que rien ne m'empêche d'entendre ce hérisson, avant qu'il n'aille se fourrer au milieu de ses feuilles et ne disparaisse. Tu es dans mes propres mouvements – dans cette petite moue que je fais. Une fois j'ai attrapé une abeille et je l'ai laissée repartir. Et Ray a dit qu'il t'avait vue faire ça, toi aussi. Il y a longtemps.

Je me dis ceci, pour me réconforter : que tu as existé. Et que grâce à cela, il y aura toujours des traces de toi qui souffleront sur la Terre.

*
* *

J'ai pensé cela dans cent endroits différents. Dans la neige. Dans un bois obscur.

Je le pense maintenant.

Je le pense en suivant mon mari sur une piste qui mène à une petite cabane, dans une clairière, après une journée de soleil. Sa chemise est humide sur son dos, et son bras gauche est derrière lui, sa main ouverte, demandant à ma main de venir se placer dans la sienne. Je le fais. Sa main se referme sur la mienne, la serre, et dans ce simple geste, je pense à toi.

Remerciements

Mes remerciements vont à Bert Jones ; Helen Ryan et Rosemary Philpott ; Ian et Claudine Causer ; Naomi Wyatt ; Sarah Bower ; Ross Peat ; Matt Colahan et Ben Youdan.

Merci également, comme toujours, à Viv Schuster et Clare Reihill ; à mes parents, à Michael, mes amis et ma famille qui me donnent le sentiment que je n'écris jamais seule.

Table

La rentrée littéraire des Éditions J'ai lu

JANVIER 2010

LA MÉLANCOLIE DES FAST-FOODS
Jean-Marc Parisis

LÀ OÙ LES TIGRES SONT CHEZ EUX
Prix Médicis 2008
Jean-Marie Blas de Roblès

LA PRIÈRE
Jean-Marc Roberts

L'ESSENCE N DE L'AMOUR
Mehdi Belhaj Kacem

AVIS DE TEMPÊTE
Susan Fletcher

DÉJÀ PARUS

UN CHÂTEAU EN FORÊT
Norman Mailer

ET MON CŒUR TRANSPARENT
Prix France Culture/Télérama 2008
Véronique Ovaldé

LE BAL DES MURÈNES
Nina Bouraoui

ENTERREMENT DE VIE DE GARÇON
Christian Authier

Une littérature qui sait faire rimer plaisir et exigence.

J'AI LU

8970

Composition
NORD COMPO
Achevé d'imprimer en France
par **MAURY IMPRIMEUR**
le 6 décembre 2009.

Dépôt légal décembre 2009. EAN 9782290009833

ÉDITIONS J'AI LU
87, quai Panhard-et-Levassor, 75013 Paris

Diffusion France et étranger : Flammarion